经典品读

楚辞·汉赋

上

【战国】屈原等／主编

孔庆东

吉林文史出版社

图书在版编目（CIP）数据

楚辞·汉赋. 全2册 / (战国) 屈原等著. -- 长春：吉林文史出版社, 2018.1
ISBN 978-7-5472-4688-7

Ⅰ. ①楚… Ⅱ. ①屈… Ⅲ. ①古典诗歌－诗集－中国－战国时代②汉赋－选集 Ⅳ. ①I222.3②I222.4

中国版本图书馆CIP数据核字(2017)第316979号

CHUCI HANFU
楚辞·汉赋

著　　者　（战国）屈原等
主　　编　孔庆东
总 策 划　马泳水
责任编辑　吴　枫　孙佳琪
装帧设计　中易汇海
开　　本　880mm × 1230mm　1/32
印　　张　19　　字数：400千字
版　　次　2018年9月第1版
印　　次　2021年1月第2次印刷

出　　版　吉林文史出版社
地　　址　长春市人民大街4646号　邮编130021
印　　刷　北京欣睿虹彩印刷有限公司

ISBN 978-7-5472-4688-7　　定　价：68.80元（全二册）

序

古人说："刚日读经，柔日读史。"本来说的是什么时间读什么书，从侧面看来，我们的前辈多么勤奋，每日读书，并不留空闲。

在一个号召"全民阅读"的时代，如何阅读，阅读什么，成为新常态下的新课题。数千年来的文化传统和我们祖先的经验告诉我们，那就是阅读经典图书。这套《品读经典》丛书，其旨趣、其志向，大概就是"打通"这样一个目标。

我也经常说，只有阅读经典著作，建立了平衡的知识结构，才能做到"风吹不昏，沙打不迷"。

一日不读书，心源如废井。

在我看来，读书应该是日常生活的组成部分，就像呼吸空气那样。

我在北大附属实验学校的一次报告会上曾经谈过，要读书，读好书，也只有那些有独创思想的著作才能称为"书"，才可能成为经典。

经典书，也就是我们常说的"真正的书"，它应具有独特性、原创性、思想性。独特性就是与众不同，是自己独立思考的东西；原创性就是"我手写我心"；思想性就是必须加入自己个体的思考。

另外，经典书均为文史哲范围，因为这些书属于上层书，其思想辐射至其他专业。今天我们有几百个专业，它们并不是在一个平面上展开的。

我们要每天读点儿书，滋润自己的心灵。读书不是立竿见影之事，不能立马改变生活，它是个慢功夫。几天不读好像没什么，其实你已经落后了，而当你水平提高了又不容易下去。

对于个人来讲，我们把学到的知识用到实践当中，用到一点就足够我们享用一辈子了。表里不一对于国家来说是毁国家前途，对于个人来说是毁自己前途。很多人总是发明新道理，但是我觉得旧道理够用。

知道了之后再实践了，这才是真正的读书人。

古人言："读万卷书，行万里路。"

"读万卷书"是前提，"行万里路"是实践，把知识实际地运用。孔子讲的"忠、恕、仁"这几个概念，你能把它实践好就很不错了，懂了这些道理你读书就很快乐。有了这种精神状态之后，你就会持一个乐观的心态。读书最后还是为了自己，使自己成为一个乐观快活的人，让自己活在这个世界上特别有劲。

我们既要"行万里路"，也要"读万卷书"，更要读好书，读经典书。

著名学者汤一介先生说，一本好的经典，"可以启迪人们的思考，同时也告诉我们应该重视经典"，面对先贤的智慧，面对我们两千余年来的诸子百家、孔孟老庄，"我们必须谦虚，向经典学习"，这正是"品读经典"丛书出版的意义。

前言

“楚辞”之名首见于《史记·酷吏列传》，当时泛指楚地的歌词，后来才成为专称，指以战国时楚国屈原的作品为代表的新诗体。

楚辞运用楚地（今湖北、湖南地区）的文学样式、方言声韵，叙写楚地的山川人物、历史风情，具有浓厚的地方色彩。如宋人黄伯思所说，“皆书楚语，作楚声，纪楚地，名楚物”。

汉代时，刘向把屈原作品及宋玉等人“承袭屈赋”的作品编辑成册，命名曰《楚辞》。《楚辞》成为继《诗经》以后，又一部对我国文学产生了深远影响的诗歌总集，并且是我国第一部浪漫主义诗歌总集。

楚辞的创作手法是浪漫主义的，它感情奔放，想象奇特，且具有浓郁的神话色彩。与《诗经》古朴的四言体诗相比，楚辞的句式比较活泼，在节奏和韵律上独具特色，更适合表现丰富复杂的思想感情。另外，楚辞大量使用楚国的方言，例如“兮”、“些”、“只”等字，成为楚辞语言形式的一个显著特征。其中“兮”的运用对于诗的节奏转换和表情达意都具有一定的作用。

屈原（前340—前278年）是最重要的楚辞作家，他的《离骚》是中国古代诗歌史上最长的浪漫主义政治抒情诗，是楚辞的代表作品，所以楚辞又被称为“骚”或“骚体”。汉代人还普遍把楚辞称为“赋”。《史记》中说屈原“作《怀沙》之赋”，《汉书·艺文志》中也列有“屈原赋”“宋玉赋”等名目。

本书精选“楚辞”作品中的重点章节，并对所选作品进行了精准地翻译。而且，在每首诗的后面都附上了精彩的简析，希望能帮助读者在理解作品基本内容的基础上，对作品的思想性和艺术性也有一个较为系统的把握。为了方便读者阅读，编者对于一些比较长的诗篇，进行了分段处理。我们衷心希望读者能从此书中感受到中国传统文化的隽永魅力，弘扬爱国主义精神。

——《品读经典》编委会

目录

九　怀

九　叹

九　思

离骚

关于《离骚》篇名的含义，历来虽解说不同，但篇中寓有忧愁之意，暗含作者「发愤以抒情」之心的观点却得到各家的一致认可。

原文

帝高阳之苗裔兮，朕皇考曰伯庸。摄提贞于孟陬兮，唯庚寅吾以降。皇览揆余初度兮，肇锡余以嘉名。名余曰正则兮，字余曰灵均。纷吾既有此内美兮，又重之以修能。扈江离与辟芷兮，纫秋兰以为佩。汩余若将不及兮，恐年岁之不吾与。朝搴阰之木兰兮，夕揽洲之宿莽。日月忽其不淹兮，春与秋其代序。唯草木之零落兮，恐美人之迟暮。不抚壮而弃秽兮，何不改乎此度？乘骐骥以驰骋兮，来吾道夫先路。

译文

我是古帝高阳氏的后裔，先父的名字是伯庸。岁星在寅的那一年正月，我在庚寅日降生到世上。尊敬的父亲仔细揣测我的气度，给我起了相应的佳名。为我取名叫“正则”，为我取字叫“灵均”。我天生就有很多内在的美质，而且还有优秀的才能。我肩上披着幽香的江离合白芷，身上佩戴着秋兰结成的佩巾。光阴过得太快了，我跟不上它前进的脚步，岁月不等人，我心里很慌张。清晨，我去山坡上拔取木兰，傍晚，我又在小洲中采摘宿莽。时光迅速逝去，一会儿也不停下，四季依次轮换变化有常。想到树上黄叶纷纷飘零，担忧楚王步入衰弱的暮年。为什么不趁着正值壮年抛弃秽行，从此改变旧的法度呢？骑上骏马向前奔驰啊！来吧，我在前面给你引路。

原文

昔三后之纯粹兮，固众芳之所在。杂申椒与菌桂兮，岂维纫夫蕙茝？彼尧、舜之耿介兮，既遵道而得路。何桀纣之猖披兮，夫唯捷径以窘步。唯夫党人之偷乐兮，路幽昧以险隘。岂余身之殚殃兮，恐皇舆之败绩。忽奔走以先后兮，及前王之踵武。荃不察余之中情兮，反信谗而齌怒。余固知謇謇之为患兮，忍而不能舍也。指九天以为正兮，夫唯灵修之故也。曰黄昏以为期兮，羌中道而改路。初既与余成言兮，后悔遁而有他。余既不难夫离别兮，伤灵修之数化。

译文

楚国曾有纯洁美好的三位贤王，那里原来就是群贤毕至的场所。他们聚集了申椒和菌桂等香草，不仅仅使用蕙草和香茝制作饰物。唐尧和虞舜都是光明正大的贤君，因为他们都沿着正道使国家步入坦途。而夏桀和殷纣都是狂妄邪恶的暴君，因为他们贪图捷径，不守正道，以至于最后走投无路。结党营私的小人们贪图享乐，使得国家前途昏暗不明，危险重重。难道我是怕给自己招来灾祸吗？我怕的是整个国家遭受毁灭。我心甘情愿地为国家效力，就是希望大王能像先王一样使国家富强。大王您不认真了解我的一片忠心，反而听信小人的

帝尧

谗言对我发怒。我诚然知道忠言直谏不会有什么好处，但我却忍受着痛苦仍然不改初衷。我要请上天为我做证，我所做的一切都是为了君王啊。本来说好在黄昏时分会面的，走到中途又改变了主意。你已经和我有言在先，现在却违背诺言，另做别的打算。我不再为君臣分离而难过，只是叹息君王总是无故地朝令夕改。

原文

余既滋兰之九畹兮，又树蕙之百亩。畦留夷与揭车兮，杂杜衡与芳芷。冀枝叶之峻茂兮，愿竢时乎吾将刈。虽萎绝其亦何伤兮，哀众芳之芜秽。众皆竞进以贪婪兮，凭不厌乎求索。羌内恕己以量人兮，各兴心而嫉妒。忽驰骛以追逐兮，非余心之所急。老冉冉其将至兮，恐修名之不立。

我曾经栽培了九畹的春兰，又种植了百亩的香草秋蕙。我还分畦种植了芍药与揭车，又在其中种了一些马蹄香与白芷。我真希望它们能够枝繁叶茂、鲜花盛开，到时候就可以喜获丰收。即使枯萎凋谢，那也没有什么可悲伤的，让人痛心的是，众多的香草变为了遍地荒棘。那些奸人个个贪得无厌，争先恐后地追逐功名利禄。他们以自己的想法来猜忌别人，彼此间又钩心斗角，相互倾轧。像他们那样竭尽全

留夷

力去争权夺利，实在不是我想要追求的东西。我觉得自己已经在渐渐地衰老，只是担心还没有来得及树立美好的名声。

原文

朝饮木兰之坠露兮，夕餐秋菊之落英。苟余情其信姱以练要兮，长颇颔亦何伤。擥木根以结茝兮，贯薜荔之落蕊。矫菌桂以纫蕙兮，索胡绳之纚纚。謇吾法夫前修兮，非世俗之所服。虽不周于今之人兮，愿依彭咸之遗则。

译文

清晨，我吮吸着木兰花上的坠露，傍晚，我咀嚼着菊花的残瓣。只要自己的德行坚贞美好、始终如一，就是长久地面黄肌瘦又有什么可悲伤的呢？我用香木的根须把白芷拴上，再将薜荔的花蕊缠在一起。我用菌桂的嫩枝连缀蕙草，再绞起胡绳，彰显飘逸的姿态。我全心全意地效法古代圣贤的装束，绝非一般世俗之徒所能做到的。我不能和今人志同道合，但却心甘情愿依从彭咸遗留下来的教诲。

原文

长太息以掩涕兮，哀民生之多艰。余虽好修姱以鞿羁兮，謇朝谇而夕替。既替余以蕙纕兮，又申之以揽茝。亦余心之所善兮，虽九死其犹未悔。怨灵修之浩荡兮，终不察夫民心。众女嫉余之蛾眉兮，谣诼谓余以善淫。固时俗之工巧兮，偭规矩而改错。背绳墨以追曲兮，竞周容以为度。忳郁邑余侘傺兮，吾独穷困乎此时也。宁溘死以流亡兮，余不忍为此态也。鸷鸟之不群兮，自前世而固然。何方圜之能周兮，夫孰异道而相安？屈心而抑志兮，忍尤而攘诟。伏清白以死直兮，固前圣之所厚。

我掩面拭泪声声长叹，哀叹人生的道路如此多灾多难。我虽然洁身自好严于律己，但早上进谏君王晚上就受到贬谪。我既因用香蕙作佩饰而受到处罚，又因身佩芳草遭到责怪。这些都是我所追求的美好事物，哪怕是多次死亡我也决不后悔。怨就怨君王行事多么荒唐吧，始终不能明察我的忠心。还有那些女子嫉妒我美好的容貌，诽谤诬陷我品行放荡。这些小人本来就善于投机取巧，不守规矩而且随便扰乱法度。他们违背法度而歪曲事实，竞相把取悦讨好君王作为处事准则。我忧郁烦闷以至于失意不快啊，现在的境遇又是这么孤独艰难。我宁愿突然死去魂飞魄散，也不愿做出小人之态。雄鹰向来是不与凡鸟同群的，从古至今一直都是这样。方枘和圆凿哪能配在一起，志向不同又如何彼此相安呢？我精神意志受到如此压抑，还能够承担罪过，忍受羞辱。始终保持自身的清白，时刻准备献身正义，本来就是古代圣贤所称赞的。

悔相道之不察兮，延伫乎吾将反。回朕车以复路兮，及行迷之未远。步余马于兰皋兮，驰椒丘且焉止息。进不入以离尤兮，退将复修吾初服。制芰荷以为衣兮，集芙蓉以为裳。不吾知其亦已兮，苟余情其信芳。高余冠之岌岌兮，长余佩之陆离。芳与泽其杂糅兮，唯昭质其犹未亏。忽反顾以游目兮，将往观乎四荒。佩缤纷其繁饰兮，芳菲菲其弥章。民生各有所乐兮，余独好修以为常。虽体解吾犹未变兮，岂余心之可惩？

我后悔当初选择道路没有看对方向，迟疑伫立了一阵又想原路返回。转过我的车头重归正确的道路，趁着在迷途中走的还不算远。让马儿在这长满兰蕙的河边，奔向那长满椒树的小山，到那儿去休息片刻。我既然进言不成反而获罪，倒不如及时隐退，将从前的衣服重整穿上。我裁剪碧绿的荷叶缝制成上衣，又将洁白的莲花做成下裙。没人理解我也没关系，只要我内心品质纯洁就行了。把我的帽子做得高高啊，使我的佩带变得长长。芬芳与污垢已经混杂在一起，但是我这美好的品质丝毫没有受损。我忽然回过头举目远望，看到了辽阔大地的四面八方。佩戴着五彩缤纷的饰物，它们散发出一阵阵令人心醉的芳香。每个人都有自己的追求和爱好，我却独独喜欢美德，

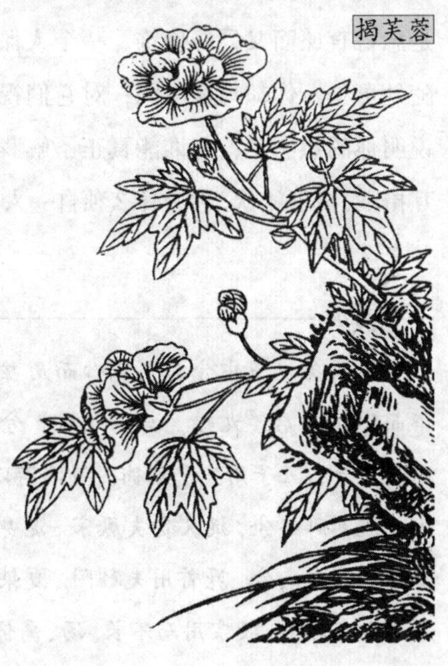
揭芙蓉

而且习以为常。就算粉身碎骨我也不后悔，又有谁能改变我的志向？

女媭之婵媛兮，申申其詈予。曰：鲧婞直以亡身兮，终然殀乎羽之野。汝何博謇而好修兮，纷独有此姱节？薋菉葹以盈室兮，判独离而不服。众不可户说兮，孰云察余之中情？世并举而好朋兮，夫何茕独而不予听。

女媭因为关心我而心痛啊，她总是反复地责怪我说：“鲧太刚直，不顾性命，以致在羽山遭受了杀身之祸。你为什么总是忠言直谏而又爱好修饰，一个人保持这样的节操？普通花草随处可见，你却与众不同，对它们视而不见。不可能对每个人说明你的想法啊，有谁能真正了解我们的内心呢？世人都在相互抬举，成群结伙，你为什么独自一人又偏偏不听我的劝说呢？”

依前圣以节中兮，喟凭心而历兹。济沅湘以南征兮，就重华而敶词。启《九辩》与《九歌》兮，夏康娱以自纵。不顾难以图后兮，五子用失乎家衖。羿淫游以佚畋兮，又好射夫封狐。固乱流其鲜终兮，浞又贪夫厥家。浇身被服强圉兮，纵欲而不忍。日康娱而自忘兮，厥首用夫颠陨。夏桀之常违兮，乃遂焉而逢殃。后辛之菹醢兮，殷宗用而不长。汤、禹俨而祗敬兮，周论道而莫差。

禹

举贤才而授能兮，循绳墨而不颇。皇天无私阿兮，览民德焉错辅。夫维圣哲以茂行兮，苟得用此下土。瞻前而顾后兮，相观民之计极。夫孰非义而可用兮？孰非善而可服？阽余身而危死兮，览余初其犹未悔。不量凿而正枘兮，固前修以菹醢。曾歔欷余郁邑兮，哀朕时之不当。揽茹蕙以掩涕兮，沾余襟之浪浪。

译文

依据着先圣的操守处世啊，遭受这样的厄运，令人悲叹不已。我渡过沅水和湘水，走向南方，去向虞舜陈述真情。夏启从天上得到了《九辩》与《九歌》，却拿它们来尽情地寻欢作乐，以致放纵堕落。不记挂先王的艰难为将来做打算，五位王公酿成内乱。后羿沉迷于游观而且爱好打猎，他特别喜欢在山野外射杀大狐狸。本来淫乱之徒就很少有好结果，他的相臣寒浞将他杀死，占有了他的妻子。寒浞的儿子寒浇仗着自己强壮有力，放纵自己不加以克制。他每日里欢乐得忘乎所以，终究失掉了他自己的脑袋。夏桀的行为悖于常理啊，因此遭遇了殃祸。纣王辛施行了将人剁成肉酱的酷刑啊，殷商政权因此不能长久。汤和禹庄重且对神敬畏啊，行仁政周全而没有差错。推举贤臣，任用能人啊，遵循法度而没有偏私。上天不会对谁特别关照啊，只是根据民心归向而施加辅助。只有圣明的人秉承他高尚的德

蕙草

行做事啊，才能够将天下拥有。回想历史，放眼将来啊，考察治理人民的方法。哪有因为不忠义而被任用的呢？哪有因为不美好而被奉成楷模的呢？我陷入危险的境地将要面临死亡啊，看看我当初的选择我不会后悔。不对凿孔进行测量就选择榫头啊，所以先贤才会经受被剁成肉酱的惨剧。我泣不成声，满心悲伤，哀叹自己是这样生不逢时。拔一把柔软的蕙草擦拭眼泪，热泪滚滚沾湿了我的衣襟。

原文

跪敷衽以陈辞兮，耿吾既得此中正。驷玉虬以椉鷖兮，溘埃风余上征。朝发轫于苍梧兮，夕余至乎县圃。欲少留此灵琐兮，日忽忽其将暮。吾令羲和弭节兮，望崦嵫而勿迫。路漫漫其修远兮，吾将上下而求索。饮余马于咸池兮，总余辔乎扶桑。折若木以拂日兮，聊逍遥以相羊。前望舒使先驱兮，后飞廉使奔属。鸾皇为余先戒兮，雷师告余以未具。吾令凤鸟飞腾兮，继之以日夜。飘风屯其相离兮，帅云霓而来御。纷总总其离合兮，斑陆离其上下。吾令帝阍开关兮，倚阊阖而望予。时暧暧其将罢兮，结幽兰而延伫。世溷浊而不分兮，好蔽美而嫉妒。

译文

我铺开衣襟跪着倾诉衷肠，获得了正道，心里一片光明。凤凰为车，白龙为马，我乘着飘忽的长风飞向天上。清晨从那南方的苍梧起程，傍晚到达昆仑山的县圃。我本想在那里停留片刻，无奈太阳下沉，暮色降临。我命令羲和慢慢前行，不要着急地驰向崦嵫山。前面的路程遥远而漫长，我要上天入地到处去探索。我让龙马在咸池痛快地饮水，把缰绳拴在扶桑树上。折几枝若木枝去遮挡骄阳，我暂且在这里休息徜徉。我派月神在前面引领方向，让风神在后面紧紧跟上。凤凰在前面为我警戒开道，雷神却告诉我御驾未备。我命令凤凰展翅，夜以继日地向九天翱翔。旋风越聚越多相互结合，率领着云彩过来迎接。云彩越来越多，它时聚时散，五光十色，上下飘浮荡漾。我叫守卫把天门打开，他却靠着天门向我张望。这时候日色已经逐渐昏暗，我绾结着幽兰在那里久久盘桓。这个世界总是一片浑浊，善恶不分，人们总爱嫉妒他人，把好人阻挡。

原文

朝吾将济于白水兮，登阆风而绁马。忽反顾以流涕兮，哀高丘之无女。溘吾游此春宫兮，折琼枝以继佩。及荣华之未落兮，相下女之可诒。吾令丰隆乘云兮，求宓妃之所在。解佩纕以结言兮，吾令蹇修以为理。纷总总其离合兮，忽纬繣其难迁。夕归次于穷石兮，朝濯发乎洧盘。保厥美以骄傲兮，日康娱以淫游。虽信美而无礼兮，来违弃而改求。览相观于四极兮，周流乎天余乃下。

译文

等到天明时我就要渡过白水，登上那阆风山顶系马驻足。我忽然回头眺望，泪水涟涟，哀叹这高山上竟没有神女。我飘然来到青帝所在的春宫游览，攀折了玉树枝条来增添我的配饰。趁着这缤纷的花草还没有凋零，我要去寻找美女并送花给她。我让雷神把云车驾起，去找寻宓妃居住的地方。我把佩带的香囊解下订立求爱誓言，拜托蹇修为我做媒。云霓纷纷聚合来去不定，很快就知道她性情乖违不肯答应。她晚上回穷石过夜，清早在洧盘洗发梳头。她仗着美貌心高气傲，整天都在外面寻欢作乐放荡不羁。她虽然面貌娇美却全无礼节，所以我要离开她，去别处再作寻求。我在天上观遍了四极八荒，绕天巡行后又回到人间。

原文

望瑶台之偃蹇兮，见有娀之佚女。吾令鸩为媒兮，鸩告余以不好。雄鸠之鸣逝兮，余犹恶其佻巧。心犹豫而狐疑兮，欲自适而不可。凤皇既受诒兮，恐高辛之先我。欲远集而无所止兮，聊浮游以逍遥。及少康之未家兮，留有虞之二姚。理弱而媒拙兮，恐导言之不固。世溷浊而嫉贤兮，好蔽美而称恶。闺中既以邃远兮，哲王又不寤。怀朕情而不发兮，余焉能忍与此终古？

译文

我望见了高大巍峨的瑶台，娀氏的美女住在上面。我吩咐鸩鸟去为我做媒，鸩鸟告诉我她的各种不好之处。雄鸠鸣叫着

鸠鸟

想要前去做媒，但我又讨厌它过于轻浮。我满腹怀疑踌躇不定，想要自己去又觉得不合礼法。凤凰虽然已经接受了信物准备去送给她，我又怕高辛氏早赶在了我的前面。想往远方去但又无处安居，我暂且到各处漫游逍遥快活。趁少康还没有到结婚的时候，有虞氏的两位阿娇尚未出嫁。但是媒人能力不够言行笨拙，恐怕无法传达心意使人信服。人间世道混乱污浊嫉妒贤能，总喜欢遮蔽美善而颂扬丑恶。佳丽的香闺深不可测又难于接近，贤明的君王又不肯醒悟。满腔的忠言真无处可诉，我怎么能够就这样忍耐下去以致遗憾终生呢？

原文

索藑茅以筳篿兮，命灵氛为余占之。曰：两美其必合兮，孰信修而慕之？思九州之博大兮，岂唯是其有女？曰：勉远逝而无狐疑兮，孰求美而释女？何所独无芳草兮，尔何怀乎故宇？世幽昧以昡曜兮，孰云察余之善恶？民好恶其不同兮，唯此党人其独异！户服艾以盈要兮，谓幽兰其不可佩。览察草木其犹未得兮，岂珵美之能当？苏粪壤以充帏兮，谓申椒其不芳。欲从灵氛之吉占兮，心犹豫而狐疑。

译文

我取来了灵草与竹枝，请求神灵为我占卜前程。他说郎才女貌两种美好的事物一定会结合在一起，真正的美人必然受人爱慕。想一想天下这样辽阔广大，难道只有这里才有美女佳人吗？他说赶快远走高飞别再犹豫，哪个爱美的人不会用心追求你呢？这世上哪里没有芳草鲜花，你为什么一定要固守着自己的家园？现在世道黑暗使人眼睛迷乱，有谁能辨别出你的邪恶与良善？人们的善恶本性从来就各不相同，只是少数结党营私之人恶贯满盈。家家户户都把艾草挂满腰间，却说幽香的兰草不能佩在身边。他们连香花恶草都分不出来，那又怎能正确地评判玉石的美质呢？他们将粪土填进自己的佩囊，反而说大椒毫无芳香。我打算听从神灵美好的卦辞，可心里却还犹豫彷徨。

原文

巫咸将夕降兮，怀椒糈而要之。百神翳其备降兮，九嶷缤其并迎。皇剡剡其扬灵兮，告余以吉故。曰：勉升降以上下兮，求矩矱之所同。汤禹严而求合兮，挚咎繇而能调。苟中情其好修兮，又何必用夫行媒？说操筑于傅岩兮，武丁用而不疑。吕望之鼓刀兮，遭周文而得举。宁戚之讴歌兮，齐桓闻以该辅。及年岁之未晏兮，时亦尤其未央。恐鹈鴂之先鸣兮，使夫百草为之不芳。

今晚巫咸就要从天上降临，我怀揣香粽前往迎候。天上诸神遮天蔽日纷纷降临，九嶷山上的众神也都前来迎接。他们灵光闪闪地显示着神灵，那巫咸又告诉我神灵吉卜的缘故。他说我应该升天入地不断求索，按照原则去寻求君臣间的同心协力。夏禹商汤都虔诚地选拔与己合德的贤臣，皋陶和伊尹因此能和他们协调。只要你内心真正崇尚修洁，又何必借助于那些使臣进行沟通呢。傅说曾经在傅岩那里做过泥木工，武丁重用他而毫不生疑。姜太公在朝歌操刀屠肉，遇上周文王才得以大展宏图。宁戚放牛时引吭高歌，齐桓公听了让他入朝辅助。趁现在还没有衰老，还没有失尽时机。只怕那鹈鴂叫得太早，使得百草从此黯淡了芳菲。

商汤

何琼佩之偃蹇兮，众薆然而蔽之。唯此党人之不谅兮，恐嫉妒而折之。时缤纷其变易兮，又何可以淹留。兰芷变而不芳兮，

荃蕙化而为茅。何昔日之草兮，今直为此萧艾也。岂其有他故兮，莫好修之害也。余以兰为可恃兮，羌无实而容长。委厥美以从俗兮，苟得列乎众芳。椒专佞以慢慆兮，榝又欲充夫佩帏。既干进而务入兮，又何芳之能祗。

为什么玉佩如此卓然尊贵，人们却要故意遮掩它的光辉。这些奸臣真是不足为信，我担心他们会出于嫉妒而摧毁玉佩。时世纷乱而且变幻莫测，我怎么能在这里久久流连呢。兰与芷都消尽了芬芳，荃与蕙都化为了草蔓。为什么过去那些香草，今日竟变得与恶草无异呢？难道会有别的原因可找吗？都只怪他们没有注意自身的修洁啊。我本来以为兰草可以依靠，谁知也是华而不实虚有其表。抛弃了自己的美质而随波逐流，苟且偷生地被列入芳草的行列。椒奸恶谗佞飞扬跋扈，榝也想钻进香囊里面。总是一门心思拼命钻营，又怎能对芳草的品格保持敬意呢？

固时俗之流从兮，又孰能无变化。览椒兰其若兹兮，又况揭车与江离。唯兹佩之可贵兮，委厥美而历兹。芳菲菲而难亏兮，芬至今犹未沬。和调度以自娱兮，聊浮游而求女。及余饰之方壮兮，周流观乎上下。

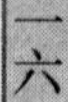

这些世俗之徒本就随波逐流，又有谁能在这恶劣的氛围中

坚守原则。香椒和兰草已是如此，更何况那揭车与江离呢。只有我这佩饰如此可贵，可是它的美质被人们遗弃以至落到如此境地。它芳香浓郁不能消散，直到如今还在散发着芳香。调节自己的心情寻找快乐吧，我姑且再四处游览去寻找理想的知己。趁着我还年富力强，要去天地四方再一一观访。

揭车

原文

灵氛既告余以吉占兮，历吉日乎吾将行。折琼枝以为羞兮，精琼爢以为粻。为余驾飞龙兮，杂瑶象以为车。何离心之可同兮，吾将远逝以自疏。邅吾道夫昆仑兮，路修远以周流。扬云霓之晻蔼兮，鸣玉鸾之啾啾。朝发轫于天津兮，夕余至乎西极。凤凰翼其承旂兮，高翱翔之翼翼。忽吾行此流沙兮，遵赤水而容与。麾蛟龙使梁津兮，诏西皇使涉予。路修远以多艰兮，腾众车使径侍。路不周以左转兮，指西海以为期。屯余车其千乘兮，齐玉轪而并驰。驾八龙之婉婉兮，载云旗之委蛇。抑志而弭节兮，神高驰之邈邈。

译文

神灵已把吉祥的卜辞告诉我，选定了好的时辰我要走向远

方。采摘琼树的嫩枝做我的美味，寻来美玉的细屑做我的点心。为我驾上飞腾的龙马，用珠玉象牙装饰我的乘舆。离心离德的人们哪能同心协力？我要离开故国漂泊他乡。调转车头向着昆仑的方向，踏上远路去四处巡游。高标着云霓的旗帜遮天蔽日，玉铃纷纷作响清亮悦耳。我清早从天河的渡口起身，晚间到达日落的西方。凤凰展翅纷飞承举着旌旗，高高地翱翔着，庄严整齐。我快步走到西极的流沙地带，沿着这赤水河边我徘徊不已。我麾使着蛟龙搭建浮桥，招呼西皇快把我渡过河去。道路既长远而又举步维艰，我只好叫所有的车在路旁等待。路过不周山再向左转，把西海作为相会的地点。我的车聚集着有一千多驾，使所有的碧玉车轮都并驾齐驱。驾着八匹龙马纵横飞驰，载着绘有云彩的旗帜迎风飞舞。我气定神闲缓缓向前，精神豪迈追求无止境。

原文

奏《九歌》而舞《韶》兮，聊假日以婾乐。陟升皇之赫戏兮，忽临睨夫旧乡。仆夫悲余马怀兮，蜷局顾而不行。

乱曰：已矣哉，国无人莫我知兮，又何怀乎故都？既莫足与为美政兮，吾将从彭咸之所居。

译文

演奏着夏启的《九歌》，舞着《九韶》，姑且地借着晨光给自己助兴。登上了光明浩大的皇天，忽然间又低头看见了眷恋的故乡。马夫伤感，我乘坐的马也悲从中来，低头回顾，徘徊不前。

尾声：算了吧！国内没有贤人，没有人理解我，我又何必怀恋故国呢？理想的政治既然不能实现，我将追随彭咸到他栖息的地方。

简析

《离骚》是屈原的代表作品，是一首极具浪漫主义色彩的政治抒情诗。作品文采绚烂，运用了大量超现实的创作手法和语言意象，把历史与神话，现实与想象完美地结合在一起，是古代积极浪漫主义诗歌的优秀代表。

《离骚》开篇首先介绍了作者自己的家世——帝高阳之苗裔，而他本人也是一表人才，才华横溢——扈江离与辟芷，纫秋兰以为佩。接着表明"路慢慢其修远兮，吾将上下而求索。"这是他出于对国家的责任感做出的无悔抉择，也是他以后面对艰难时世的精神动力。而"来吾道夫先路"一句更是掷地有声，表明了他甘愿为君王前后奔走，效力祖国的美好愿望。

道出心志后，作者紧接着把从古至今的事实进行了一系列的对比，正是由于楚怀王"灵修之数化""灵修之浩荡"，以致把整个国家弄到了"幽昧以险隘"的危险境地。作者举出了历史上一系列君主的成败得失，烘托出两个大相径庭的形象，使人们感叹不已。说到楚怀王，"不察余之中情兮，反信谗而齌怒”“黄昏以为期兮，羌中道而改路”，君王的昏庸和反复使作者空有一腔报国之志，却难以施展。

在全诗中，从开篇直到结尾都充满了作者的想象，从天上到地上，人物繁多，意象纷呈。表现出作者对美好孜孜不倦的追求，然而，在这些想象中，作者也不时对现实进行揭露，表达自已被流放而心有不甘的痛苦心情。除了想象以外，作者的“长太息以掩涕兮，哀民生之多艰”又带有很强的现实主义色彩，让人的心禁不住为之一振。“余心之所善兮，虽九死其犹未悔”“何方圜之能周”“伏清白以死直”等等表现了诗人坚守清白的节操，至死也不妥协的高贵精神。一句“鸷鸟不群”更是孤标傲世，表明了作者始终遵循正道，不愿和奸人们同流合污的鲜明态度。

《离骚》在行文过程中还大量运用比喻。如“杂申椒与菌桂，岂维纫夫蕙茝”列举植物作喻体，通过品性的对比，毫不客气地指出今主在治国方略上远不及先帝，以至于使先帝创立的基业遭受重创。“余既滋兰之九畹兮……哀众芳之芜秽”，以花草为喻体，将君子风度与小人嘴脸划分得泾渭分明，又使诗歌文字不落俗套。还有“朝饮木兰之坠露兮，夕餐秋菊之落英”，“饮露餐英”说明作者生活如此清苦，却坚决不改变自己正直的节操和对“美政”的向往，这不由得让人心生敬畏：好一个清白无私的爱国者！作者最后不得不以荷做衣裳，发出了“不吾知其亦已兮，苟余情其信芳”的呼声。世间如此昏暗，作者也只能借万物来表达自身的志向了。

九歌

《九歌》是屈原在原来楚国南部地区民间祀神歌曲的基础上，为朝廷举行大规模的祀典所创作的一套祭祀歌舞。

东皇太一

原文

吉日兮辰良，穆将愉兮上皇。抚长剑兮玉珥，璆锵鸣兮琳琅。瑶席兮玉瑱，盍将把兮琼芳。蕙肴蒸兮兰藉，奠桂酒兮椒浆。扬枹兮拊鼓，疏缓节兮安歌，陈竽瑟兮浩倡。灵偃蹇兮姣服，芳菲菲兮满堂。五音纷兮繁会，君欣欣兮乐康。

译文

吉祥的日子美好的时光，恭恭敬敬地取悦天帝。用手抚摸玉柄长剑，身上的玉佩叮当作响。华贵祭席上压着精美的玉器，神位面前摆好了成束的鲜花。蕙草裹着的肉放在兰叶上面，用桂酒和椒浆祭奠神灵。扬起鼓槌大声击鼓，拍节舒缓歌者安详，竽瑟一齐弹奏歌声悠扬、声势浩大。神巫穿着美丽的服饰舞姿翩翩，芳香浓烈飘满了殿堂。各种声调一起响起，天帝喜悦快乐无边。

东皇太一

简析

《星经》云：“太一星在天一南半度，天帝神，主十六神。”《庄子·天地篇》曰：“主之以太一。”成玄英注：“太者，广大之名。一以不二为称，言大道旷荡，无不制围，囊括万有，通而为一，故谓之太一也。”王逸注：“太一，星名，天之尊神。祠在楚东，以配东帝，故云东皇。”《汉书·郊祀志》曰：“天神贵者太一。”楚人把最尊贵的神通称为“皇”，在他们看来，“太一”是东方最尊贵的天神。

东皇太一身为天神，主宰着万物，但是没有确定的形象，无法做具体的描绘。所以本篇一直围绕着迎神、享神、乐神的设备，以及人们恭敬地给神上香，给神准备祭品，这些客观方面进行着墨，从而使人们的主观情感在其中得以体现。

云中君

原文

浴兰汤兮沐芳，华采衣兮若英。灵连蜷兮既留，烂昭昭兮未央。蹇将憺兮寿宫，与日月兮齐光。龙驾兮帝服，聊翱游兮周章。灵皇皇兮既降，猋远举兮云中。览冀州兮有余，横四海兮焉穷。思夫君兮太息，极劳心兮忡忡。

译文

主祭者以兰汤浴身，用香水洗发；身穿华丽的衣服，像鲜花那样宜人。灵巫回环降临使人流连，天空闪耀着无穷无尽的光明。云中君安居在寿宫里，那里灯火通明与日月同光。他驾着龙车，鞭策着老虎，在空中翱翔，四处游览。云中君光辉灿烂，从天而降，既而迅速飞起，驰入云霄。俯瞰大地绰绰有余，光照四海无穷无尽。无限思念云中君以至于放声长叹，每日都忧心不已神思不宁。

简析

本篇是一首祭祀云神的诗歌，云神是一位男性，被称为“云中君”，在神话中云神名曰丰隆，也称屏翳。在古人看来，云不但和雨的关系十分密切，而且云色变化和吉凶水旱丰荒也有着莫大的联系，具有很强的神秘色彩。本篇结合云的具体形象特点对云神进行了描写，创作出一个光辉灿烂的文学形象，反映了人们对云神的深厚情感和美好愿望。全诗用笔充满灵性，文采激情飞扬，正和云纵横四海的特点相互照应。

湘君

原文

君不行兮夷犹，蹇谁留兮中洲？美要眇兮宜修，沛吾乘兮桂舟。令沅湘兮无波，使江水兮安流！望夫君兮未来，吹参差兮谁思！驾飞龙兮北征，邅吾道兮洞庭。薜荔柏兮蕙绸，荪桡兮兰旌。望涔阳兮极浦，横大江兮扬灵。扬灵兮未极，女婵媛兮为余太息。横流涕兮潺湲，隐思君兮陫侧。桂棹兮兰枻，斲冰兮积雪。采薜荔兮水中，搴芙蓉兮木末。心不同兮媒劳，恩不甚兮轻绝！石濑兮浅浅，飞龙兮翩翩。交不忠兮怨长，期不信兮告余以不闲。鼂骋骛兮江皋，夕弭节兮北渚。鸟次兮屋上，水周兮堂下。捐余玦兮江中，遗余佩兮醴浦。采芳洲兮杜若，将以遗兮下女。时不可兮再得，聊逍遥兮容与。

你犹豫徘徊不肯赴约，究竟是为谁留在那水中沙滩？我仪态美好修饰有度，乘桂木舟在湍流中快速前行。我令沅湘之水不要兴风作浪，又让江水缓慢流动。我看了又看你还是没有来，只好吹响排箫，但谁能理解我的心思？驾着龙舟向北前行，改变路线取道洞庭湖。用薜荔作帘子，用蕙为帐，用荪草修饰船桨，用兰草点缀旌旗。举目远眺，涔阳就在远方的水滨，我划船横渡大江继续前行。我驱船前行还是看不见你，身边的侍女也悲伤不已，为我长长叹息。我眼泪纵横如同泉涌，痛苦地思念你，悲伤不止。以桂木为桨，用兰木作舷，劈波斩浪水花飞溅。就像到水中采摘薜荔，爬上树梢采摘荷花。两人心意不合，即使有人说合恩爱也难久长，恩爱不深双方就会轻易放弃！沙石间江水迅速流淌，我乘坐的龙舟也飞奔向前。两人不能真心相爱就会怨艾绵绵，约期相会不守信却借故没有闲暇！清晨我去江岸高地寻找你，傍晚一无所获才返回北州。只见鸟儿在屋顶上栖息，水流在堂前环绕。我把玉玦投到江水之中，把佩玉丢在醴水之滨。我在长满芳草的小洲上采集杜若，准备赠给你的侍女。良辰已逝，不可复得，还是暂且漫步排解忧愁吧！

简析

帝舜崩于苍梧，葬在九嶷山。他的两个妃子，也就是帝尧的女儿娥皇、女英，听说舜驾崩的噩耗以后，就去奔丧，并双双投湘江而死。帝舜死后，被天帝封为湘水之神，号湘君，二妃也被封为湘水女神，号湘夫人。在楚人眼里，他们是一对配偶神。本篇诗歌细致描写了湘君对湘夫人浓郁的思念，因等候了很长时间，仍不见湘夫人赴约而产生哀怨之情。《湘君》是祭祀湘水之神湘君的祭歌。在这篇作品中，作者参考了神话传说，再结合自己的生活理想，塑造了湘君的文学形象。

湘夫人

原文

帝子降兮北渚，目眇眇兮愁予。袅袅兮秋风，洞庭波兮木叶下。白薠兮骋望，与佳期兮夕张。鸟何萃兮苹中，罾何为兮木上。沅有芷兮澧有兰，思公子兮未敢言。荒忽兮远望，观流水兮潺湲。

译文

湘夫人降临到洞庭湖北岸的小洲上，远寻湘君，望眼欲穿仍不可见，所以愁绪不断。一阵阵的秋风轻轻吹拂，洞庭湖波涛涌起，树叶纷纷飘落。站在水草丛中放眼望去，为美好的约会时刻准备停当。但是鸟儿怎会聚集到浅水草上？渔网怎会挂在树梢的上面？沅水长有白芷澧水生有兰草，我心里思念你却不敢明说。只能神情恍惚地望着远方，看着流水缓慢地流动着。

原文

麋何食兮庭中？蛟何为兮水裔？朝驰余马兮江皋，夕济兮西澨。闻佳人兮召予，将腾驾兮偕逝。筑室兮水中，葺之兮荷盖。荪壁兮紫坛，播芳椒兮成堂。桂栋兮兰橑，辛夷楣兮药房。罔薜荔兮为帷，擗蕙櫋兮既张。白玉兮为镇，疏石兰兮为芳。芷葺兮荷屋，缭之兮杜衡。合百草兮实庭，建芳馨兮庑门。九嶷缤兮并迎，灵之来兮如云。捐余袂兮江中，遗余褋兮澧浦。搴汀洲兮杜若，将以遗兮远者。时不可兮骤得，聊逍遥兮容与！

译文

麋鹿为何到庭院吃草？蛟龙为何来到浅水滩上？清晨我在江岸纵马奔驰，傍晚摆渡到西边的水滨。一旦听到爱人召唤我的声音，我就飞快地奔到他身边。我们把房屋建在水中央，还用荷叶盖在房顶上。用荪做墙壁，用紫贝铺设院子，四壁涂饰芳椒作为厅堂。桂木做屋梁木兰做椽，辛夷做门楣白芷做卧室。用薜荔草编织成大帷幔，香惠草做成的隔扇也已经拉上。白玉用来压住睡床，石兰布列在床前做屏风。荷叶做房再用白芷盖上，杜衡缭绕在屋的四周。汇聚百草装满了庭院，集合芬芳在门旁廊下。九嶷仙子纷纷前来恭贺新居，众神也降临下来会聚在一堂。我把衣袖抛到江水中，将禅衣扔在醴水之滨。在水边汀洲之上采集杜若，准备送给来自远方的爱人。良辰美景真是难得，姑且散步排解忧愁吧。

简析

本篇是祭湘水女神的诗歌，和《湘君》是姊妹篇。一般认为，湘夫人是湘水的女性之神，是湘君的配偶。《湘夫人》全篇以湘夫人为线索，用她思念湘君的语调去写，描绘出那种驰神遥望，祈之不来，盼而不见的惆怅心情，却一直没有见到湘夫人，抒发了深深的惆怅和迷惘之情。

《湘夫人》的艺术特点体现在景物描写和心理描写的完美结合上。“嫋嫋兮秋风，洞庭波兮木叶下”一句想象丰富、缤纷多彩，既描绘出一幅秋风微吹、湖泊清泛，万木叶落的秋天图画，又把湘君苦苦等候湘夫人，却不得见的迷茫、落寞之情刻画得淋漓尽致。

《湘夫人》中丰富的想象和精彩的描写，成功地塑造了湘君和湘夫人这两个形象，抒发了作者热爱楚国大好河山的情怀，是浪漫主义诗作的杰出代表。

大司命

原文

广开兮天门，纷吾乘兮玄云。令飘风兮先驱，使涑雨兮洒尘。君回翔兮以下，踰空桑兮从女。纷总总兮九州，何寿夭兮在予！高飞兮安翔，乘清气兮御阴阳。吾与君兮齐速，导帝之兮九坑。灵衣兮被被，玉佩兮陆离。壹阴兮壹阳，众莫知兮余所为。折疏麻兮瑶华，将以遗兮离居。老冉冉兮既极，不寖近兮愈疏。乘龙兮辚辚，高驼兮冲天。结桂枝兮延伫，羌愈思兮愁人。愁人兮奈何，愿若今兮无亏。固人命兮有当，孰离合兮可为？

译文

打开天宫的大门，我要乘着黑云出发。让旋风在前面开路，让暴雨清洗路上的微尘。您从天上飘转着降下来，越过空桑山来到众巫之间。九州的居民人数众多，他们的寿命都由我来掌握！您在高空中从容翱翔，驾驭着清明之气，主宰着人的生死阴阳。我愿意虔诚的为您做向导，迎接您来到天帝创造的九州之地。我身上的玉衣随风飘动，腰间的玉佩光彩夺目。世间人们的生死存亡，没有人知道

都是我来掌握的。摘一把神麻白玉般的花朵，送给就要离去的神灵。我的人生已渐渐步入老年，如果再不亲近神灵就会日渐疏远。您驾着龙车隆隆行进，突然飞驰而起直入云天。我手拿编好的桂枝在原地久久伫立，越思念他就越愁绪满怀。愁绪满怀又能怎样，只要保持现状没有缺损就行了。人的生死本来就早有定数，悲欢离合又有谁能主宰？

简析

楚地人们喜欢祭祀鬼神，以为一定有神灵主宰着人的寿命的长短，所以奉祀大司命。有种说法认为大司命是星名，对此《史记·天官书》有相关记载："北魁戴匡六星，曰文昌宫：一曰上将，二曰次将，三曰贵相，四曰司命，"古人一般把大司命看作是掌握人生死的寿命之神。

本篇是祭大司命的祭歌。祭歌中所塑造的大司命的艺术形象，虽然是威严、神秘的象征，但人民仍对他寄予了热烈的感情。最后，作品以"人命有当""若今无亏"结束全篇，更可看出诗人对人生的意义和宇宙真理的深沉思考与积极探索。

少司命

原文

秋兰兮麋芜，罗生兮堂下。绿叶兮素华，芳菲菲兮袭予。夫人自有兮美子，荪何以兮愁苦！秋兰兮青青，绿叶兮紫茎。满堂兮美人，忽独与余兮目成。入不言兮出不辞，乘回风兮载

云旗。悲莫悲兮生别离，乐莫乐兮新相知。荷衣兮蕙带，儵而来兮忽而逝。夕宿兮帝郊，君谁须兮云之际？与女游兮九河，冲风至兮水扬波。与女沐兮咸池，晞女发兮阳之阿。望美人兮未来，临风怳兮浩歌。孔盖兮翠旍，登九天兮抚彗星。竦长剑兮拥幼艾，荪独宜兮为民正。

秋兰花和蘪芜芽，在厅堂下面分散生长。碧绿的叶子，还有洁白的花朵，香气四溢，扑面而来。世人都有自己的好儿女，你又何必忧愁担心！秋兰花如此繁茂，翠绿的叶子长在紫色的茎上。整个厅堂里有这么多美好之人，她们都突然对我目送真情。但是你进来出去都不作声，乘着疾风，张开云旗飘然远去。最悲伤的事莫过于活着的时候分开，最快乐的事莫过结交新的知己。身披荷衣腰系蕙带，突然来了却又飘忽而去。夜晚歇息在天宫的郊外，你伫立云霄在等谁呢？我很想和你在天池中遨游，无奈暴风雨来临，掀起巨浪。多想与你在天池里洗发，再到日出的地方晾干。盼着你却始终不见你来，只好临风唱起歌以排解忧愁。你将孔雀羽当车盖，翡翠羽当旌旗，登上天去安抚彗星。你手握长剑啊保护幼童，唯有你有资格管理百姓！

简析

少司命是主宰人间生育的“子嗣之神”。因为她是一位荷衣蕙带的美丽女神，所以其中一些章节也涉及了人神爱恋的情节。有了主管生命的神明大司命，诗人又创造出了专管子嗣和儿童命运的神明少司命。大司命是一位铁面无情的男神，少司命却是一位年轻美貌的女神，她是那样秀美，乘的车也绚丽多彩。在诗人的叙述中，少司命手挺长剑，怀抱幼童；其中蕴含着对神的礼赞和对生命的热爱。作品把生命同爱情结合在一起，体现了人民群众淳朴、高尚的生活理想。

东君

暾将出兮东方，照吾槛兮扶桑。抚余马兮安驱，夜皎皎兮既明。驾龙辀兮乘雷，载云旗兮委蛇。长太息兮将上，心低佪兮顾怀。羌声色兮娱人，观者憺兮忘归。

暖阳将从东方升起，来自神树扶桑的光芒照耀在我门前的栏杆上。我乘马驾车缓缓前进，长夜即将结束，马上就快天亮了。驾着我的龙车前进，龙车发出的声音如同雷响。云旗高高升起，随风飘荡。长叹一声，就要升起，却突然又迟疑徘徊，眷恋故乡。日出景象光辉灿烂使人愉悦，所有的观众都怡然自得流连忘返。

緪瑟兮交鼓，箫钟兮瑶簴。鸣篪兮吹竽，思灵保兮贤姱。翾飞兮翠曾，展诗兮会舞。应律兮合节，灵之来兮蔽日。青云

东君

衣兮白霓裳，举长矢兮射天狼。操余弧兮反沦降，援北斗兮酌桂浆。撰余辔兮高驼翔，杳冥冥兮以东行。

译文

绷紧琴弦，对敲乐鼓，将伴奏的鼓点擂响；撞击编钟，甚至震动了钟架！鸣奏横篪吹起笙竽，思念神灵，他既贤明又美好！身姿翩翩，如同翠鸟展翅一般，神人们同唱诗歌，一起跳舞。歌协音律，舞合节拍，众神们遮天蔽日纷纷前来！我以青云为衣，白虹为裳，举起神箭，射杀恶星天狼！手持我的木弓返身回西方，拿来北斗七星装满芳香的美酒桂浆。握紧手中的缰绳，向上高高飞翔。在无边的夜色里，我将再次奔向东方。

简析

本篇是楚人祭祀太阳神的颂歌。在自然界的万事万物中，人们时刻也离不开的便是普照大地的阳光。所以人们对日神的感激和赞颂是最为热烈而具体的。此篇祭日神的歌词，既表现了太阳神锄强扶弱的英雄气概，又描写了他留恋故居的缠绵之情，使太阳神有了人的情感、欲望乃至个性，他既是太阳本身的艺术化身，又是被人格化了的神的形象。篇末的“撰余辔兮高驼翔，杳冥冥兮以东行”是整首诗的点睛之笔，把一直前进的太阳神形象刻画得充实饱满。

河伯

原文

与女游兮九河，冲风起兮横波。乘水车兮荷盖，驾两龙兮骖螭。登昆仑兮四望，心飞扬兮浩荡。日将暮兮怅忘归，唯极浦兮寤怀。鱼鳞屋兮龙堂，紫贝阙兮珠宫，灵何为兮水中？乘白鼋兮逐文鱼，与女游兮河之渚，流澌纷兮将来下。子交手兮东行，送美人兮南浦。波滔滔兮来迎，鱼鳞鳞兮媵予。

译文

与您一起遍游九河，狂风掀起水流，生成巨浪。我们以水为车，圆荷为盖，两条神龙驾车，螭龙分别在车两旁。登上昆仑山极目远望，心绪随着壮阔的水势而飞扬。夕阳即将西下，我们乐不思归，思念着那遥远的水滨令我难以入睡。用鱼鳞盖房，龙鳞装饰厅堂，用珍珠做成宫殿，紫贝修饰宫门。神灵啊，你为何总停在水中？乘着白色大鳖追逐文鱼，我们一同在河中之洲游玩，春初冰块纷纷解冻，河水奔流向前。您拱手告别要向东漫步，我特意送您到南方水边。波浪滔滔前来相迎，鱼儿列队前来欢送。

简析

本篇是祭祀河伯的祭歌，但它与别的祭歌有所区别，本身没有涉及祭祀活动，从头到尾都在写与黄河之神相爱的故事。游九河，登昆仑，入水宫，游河渚，最后在南浦依依惜别，河伯还派波涛迎接，派鱼儿送别。人与神之间的感情如此深厚，写出了楚国人民对于黄河的热爱和赞颂，也展现了屈原的博大胸襟。歌中没有礼祀之词，而是着重写河伯与女神相恋的情节，大约是楚人淫祀的特色，以恋歌、情歌作为娱神的祭词。河伯原来是指黄河的水神，至战国时代人们把各水系的水神统称河伯。当时楚国的国境没有到达黄河地区，所祭的应该只是河神。据专家考证，本篇可能记叙了河伯与洛水女神之间相恋的故事。一是因为洛水处于黄河以南，和楚国的其他水系并不是很远；二是因为洛水女神恰好是宓妃。宓妃性情放荡，曾经与后羿相爱，故有后羿“射夫河伯”，“眇其左目”，河伯上告于天帝请求诛杀后羿的传说。

山鬼

原文

若有人兮山之阿，被薜荔兮带女萝。既含睇兮又宜笑，子慕予兮善窈窕。乘赤豹兮从文狸，辛夷车兮结桂旗。被石兰兮带杜衡，折芳馨兮遗所思。余处幽篁兮终不见天，路险难兮独后来。表独立兮山之上，云容容兮而在下。杳冥冥兮羌昼晦，东风飘兮神灵雨。留灵修兮憺忘归，岁既晏兮孰华予。采三秀兮于山间，石磊磊兮葛蔓蔓。怨公子兮怅忘归，君思我兮不得闲。山中人兮芳杜若，饮石泉兮荫松柏。君思我兮然疑作，雷填填兮雨冥冥，猿啾啾兮狖夜鸣。风飒飒兮木萧萧，思公子兮徒离忧。

译文

在山的拐弯处隐约有一个人影，身上披着薜荔，腰上系着松萝。我眉目含情，面容带着甜美的微笑，你爱慕我的姿态娴静美好。我乘着赤褐色的豹出行，后面还跟随着带有花纹的狸；辛夷做的车啊，桂枝捆成的旗。披挂着石兰做衣裳，还佩戴着芳香的杜衡。我要摘下那芳香的花朵，赠送给我思念的人。我住在那幽僻的竹林深处难见天日，征程艰险，所以我姗姗来迟。看不见思慕的人，只好伫立在山巅，云朵舒卷自如，在下面飘动。黑沉沉的天色，使明亮的白昼如同黑夜；东风急速吹过，雨神

也为我落雨。想挽留心爱的人使他乐而忘返，年华流逝，谁能再给我少女的容颜。我在山间采摘灵芝，怎奈何山石堆积藤蔓相连。怨恨思慕之人总是惆怅忘归，也许你思念我，只是没有空闲。我这山中人如杜若般芳香，渴了就饮山中泉水，累了就休憩于松柏树下。或许你也思念我，但我内心里却半信半疑。此时，雷声大作，伴着连绵阴雨；猿猱悲啼，夜间也不住地哀鸣。飒飒的寒风吹过，树叶纷纷飘落。我对公子万般思念，使自己徒然悲伤。

简析

山鬼就是人们所说的山神，因为没有被天帝正式册封在正神行列，所以被称为山鬼。诗歌实际上写的是一位山中女神的

杜衡

爱情故事，详细描述了这位美丽的山中女神的孤独凄凉之感，写了她迫不及待想和意中人相会的焦灼不安的心情，表达出了无限的愁思和哀怨。她从盼望到失望，从无限幸福的憧憬到落入悲伤的深渊，一切细节都与山神的特点毫无二致；同时这位山神的爱情遭遇同人间多情少女在爱情上的坎坷命运几乎相同，表达了世人的共同愿望和惆怅心情。屈原将山水之美人格化了，又将人生之美山水化了，《湘君》《湘夫人》《河伯》也都是这样的作品。这批作品都是屈原热爱人生，热爱生活与热爱自然山水相结合而写成的艺术佳品。

国殇

操吴戈兮被犀甲，车错毂兮短兵接。旌蔽日兮敌若云，矢交坠兮士争先。凌余阵兮躐余行，左骖殪兮右刃伤。霾两轮兮絷四马，援玉枹兮击鸣鼓。天时坠兮威灵怒，严杀尽兮弃原野。出不入兮往不反，平原忽兮路超远。带长剑兮挟秦弓，首身离兮心不惩。诚既勇兮又以武，终刚强兮不可凌。身既死兮神以灵，子魂魄兮为鬼雄。

手里握着吴戈，身上穿着犀皮甲，两军相遇，敌我战车交错，刀剑相接。旗帜遮天蔽日，敌人如同乌云一般，即使飞箭如雨，

我军战士仍奋勇争先。敌军冲击我军阵地，践踏我军队伍，左骖战马已阵亡，右骖也被刀剑所伤。埋住战车车轮，拴紧马腿，手拿玉槌敲打震天战鼓。天昏地暗，神灵大怒，勇士纷纷倒下尸横遍野。出征报国就没打算活着回来，平原辽阔苍茫，路途

交战

遥远漫长。身佩长剑，挟着秦弓，即使身首异处壮心仍然不变。战士们勇敢顽强富有战斗力，始终刚强不屈，不可侵犯。人身虽死但精神永存，你们的魂魄就是鬼中的英雄！

《国殇》也是一首祭歌，祭祀为楚国捐躯的将士。作者生动地描写了将士们为保卫国家而浴血奋战的场景和壮烈牺牲的感人场面，热情讴歌了他们的勇武精神和英雄气概，寄托了自己的哀思。在《国殇》中，诗人抛弃了香草美人的比兴用法，而是通篇直赋其事，形成了一种刚健质朴的风格，在《九歌》中特点鲜明，独树一帜。

礼魂

成礼兮会鼓，传芭兮代舞，姱女倡兮容与。春兰兮秋菊，长无绝兮终古。

祭礼圆满结束击鼓合奏共鸣，众人传递香草轮流起舞，美女领唱乐歌，仪态优美从容。春天用兰草祭祀，秋天祭以菊花，永远不会终止，一直流传下去。

简析

本篇是祭祀之后的送神曲，通用于前面十篇祭祀的所有神灵。由于祭祀的神中有正神也有人鬼，所以不称礼神而称礼魂。祭祀主要是为了祈求现实生活中的人们能更好地一代一代传承下去，所以写祭祀典礼无终无止，会一直传承下去，这表达了人们对魂灵的恭敬，突显了神对人的功德。本篇点明了人神之间的关系，突出了祭祀的普遍意义。

天问

《天问》是一篇奇文。它针对与自然、历史、社会有关的神话传说，一口气提出一百七十二个问题。这里面，有很多问题在当时是已经有了现存答案的，但诗人并不满足于此，而是提出严厉的追问，试图找到新的答案。

曰：遂古之初，谁传道之？上下未形，何由考之？冥昭瞢暗，谁能极之？冯翼唯像，何以识之？明明暗暗，唯时何为？阴阳三合，何本何化？

请问：上古初期的情况，是谁流传下来的？天地形成之前的情况，怎样才能考察清楚？当时昼夜不分模糊不清，谁又能清楚地认识这些？宇宙混沌一片，元气四处弥漫，凭什么将其辨识清楚呢？后来昼夜终于分明了，这样究竟原因何在呢？阴阳结合产生万物，以何为本源又是如何延续的呢？

原文

圜则九重，孰营度之？唯兹何功，孰初作之？斡维焉系？天极焉加？八柱何当？东南何亏？九天之际，安放安属？隅隈多有，谁知其数？

译文

天有九层那么深，是谁设计测量的呢？如此伟大的工程，最初又是谁去做的呢？天体因为绳索的维系绕着轴心转动，系在轴上的绳子具体位置在哪？天的顶部和边缘又在何处？支撑天体的八根柱子怎样安装？东南地面为何低下去一块？九天的边际和中央，又在什么地方，是如何连接起来的？天边有那么多角落，有谁知道确切数目呢？

天何所沓？十二焉分？日月安属？列星安陈？出自汤谷，次于蒙汜。自明及晦，所行几里？夜光何德，死则又育？厥利维何，而顾菟在腹？

天上日月在何处相会？黄道天体的十二区是怎样划分的？日月怎样牢挂在天空？众星怎样排列的这么有序呢？太阳早晨自汤谷出来，晚上在蒙水之滨休息。从天亮到天黑，太阳运行了多少里路呢？月光有何德能，竟能缺而复圆？月上的黑影是什么东西，莫非里面有一只玉兔？

原文

女岐无合，夫焉取九子？伯强何处？惠气安在？何阖而晦？何开而明？角宿未旦，曜灵安藏？

译文

女岐没有结婚，怎么会得到九子？风神伯强在什么地方？祥和之气从哪里来的呢？为什么天门关上天就黑？天门打开天就明？天门没开，天光未亮时，太阳藏在什么地方呢？

女歧九子

不任汩鸿，师何以尚之？佥曰何忧？何不课而行之？鸱龟曳衔，鲧何听焉？顺欲成功，帝何刑焉？永遏在羽山，夫何三年不施？伯禹愎鲧，夫何以变化？

鲧无力担当治止洪水的重任，众人为何要推举他？大家都说没有什么可担心的，为何不试试再任用他呢？鲧为何能让鸱和龟运走土石？按照鲧的方法治水将要取得成功，帝为何要对鲧施加惩罚？长期将他拘禁在羽山，为何那么多年不释放他？鲧的腹中生出大禹，为什么会有这样的变化呢？

原文

纂就前绪，遂成考功。何续初继业，而厥谋不同？洪泉极深，何以寘之？地方九则，何以坟之？河海应龙，何尽何历？鲧何所营？禹何所成？康回冯怒，墬何故以东南倾？

大禹继承父亲的治水重任，终于完成了父亲的事业。为什么子承父业，使用的谋略却不相同？洪水源头深不可测，禹怎样把它填平的呢？九州大地划为九份，禹用什么标准进行划分的呢？应龙的尾巴划过哪里？河海经过哪些地方注入大海的？伯鲧为什么治水不成功？大禹治水为什么能取得成功？共工怒撞不周山，大地何故向东南倾斜？

九州安错？川谷何洿？东流不溢，孰知其故？东西南北，其修孰多？南北顺椭，其衍几何？昆仑县圃，其尻安在？增城九重，其高几里？四方之门，其谁从焉？西北辟启，何气通焉？

九州怎样设置？河谷的水为何这样深？河水东流入海，大海却总是不满，谁知道原因在哪？地面的东西南北，究竟哪个方向更长些？南北狭长形似椭圆，究竟比东西长多少？昆仑山和县圃，它们的边际又在哪呢？县圃之上有九重增城，它到底有多高？昆仑山上四方都有门，有谁在那里进进出出？它的西北门是开着的，什么风从那里吹过？

日安不到，烛龙何照？羲和之未扬，若华何光？何所冬暖？何所夏寒？焉有石林？何兽能言？焉有虬龙，负熊以游？雄虺九首，儵忽焉在？何所不死？长人何守？

译文

日光有没有照射不到的地方？烛龙照耀了什么地方？太阳尚未升起时，若木花如何能照亮天地？什么地方冬天温暖？什么地方夏日严寒？哪里石头成林？何处野兽能讲话？哪里有虬龙，背负着黄熊四方游历？雄虺竟然有九头，来往迅疾是在何方呢？什么地方的人能长生不老？那里长命之人有何操守而使他们长寿？

靡蓱九衢，枲华安居？灵蛇吞象，厥大何如？黑水玄趾，三危安在？延年不死，寿何所止？鲮鱼何所？鬿堆焉处？羿焉彃日？乌焉解羽？

有九条分叉的浮萍和麻花又扎根在何处呢？一条蛇生吞一头大象，它的身体到底有多大？黑水、交趾、三危山又都在哪里？

烛龙

人们都想延年不死，活到何时才会终止？鲮鱼在何方？大雀又在何处？后羿为什么射下九日？太阳里的乌鸦又为何会死去？

禹之力献功，降省下土四方。焉得彼嵞山女，而通之于台桑？闵妃匹合，厥身是继，胡维嗜不同味，而快鼌饱？

大禹投身治水事业，四处视察民间灾情。他从哪里遇到涂山国之女，二人又怎样相爱并在台桑私会？彼此爱怜成了配偶，因此也就有了后代，为什么他们爱好不同，却会追求一时的欢快？

原文

启代益作后，卒然离蠥。何启唯忧，而能拘是达？皆归射鞫，而无害厥躬。何后益作革，而禹播降？启棘宾商，《九辩》《九歌》。何勤子屠母，而死分竟地？

译文

启想取代益作国君，突然遭到了麻烦。为何启遭受灾难，却能从拘禁中逃脱？益和启的军队交战，为什么启没有受伤？为何益的权力被夺去而禹的后代繁盛下去？启急切地祭祀上帝，得到了《九辩》和《九歌》。为何启这样贤德的儿子会害死了自己的母亲，使母亲的尸骨散落遍地？

帝降夷羿，革孽夏民。胡䠶夫河伯，而妻彼雒嫔？冯珧利决，封豨是䠶。何献蒸肉之膏，而后帝不若？浞娶纯狐，眩妻爰谋。何羿之䠶革，而交吞揆之？

天帝派后羿来到人间，就是让他除去夏民的灾难。为什么羿射瞎了河伯，又娶了他的妻子洛水女神？羿凭着自己的良弓和利箭，猎取大野猪。为何他为上帝献上肥美的祭肉，上帝却还是不满意？寒浞要娶羿的妻子纯狐，他们二人合谋对付羿。为什么羿可射穿七层兽皮，却遭人算计被人杀死？

原文

阻穷西征，岩何越焉？化为黄熊，巫何活焉？咸播秬黍，莆雚是营。何由并投，而鲧疾修盈？

译文

鲧沿着艰险的道路向西而行，他是怎样翻越崇山峻岭的？他的身体化成黄熊，神巫又是怎样使他复活的？鲧在地里都种上了黑黍，又铲除了荒芜的杂草。为什么他却和共工等人被一并放逐，难道他真的罪不可赦？

羿射河伯妻彼雒嫔

原文

白蜺婴茀，胡为此堂？安得夫良药，不能固臧？天式从横，阳离爰死。大鸟何鸣，夫焉丧厥体？

译文

云气缭绕着的白虹，为什么会在崔文子的堂上？王子乔从哪里得到长生不死的仙药，为什么不能好好地保存起来？阴阳消长本来就是自然规律，如果阳气离去人就会死亡。王子乔死后为何会变为大鸟并且发声鸣叫？他原来的身躯是怎样消亡的？

原文

蓱号起雨，何以兴之？撰体协胁，鹿何膺之？鼇戴山抃，何以安之？释舟陵行，何以迁之？

译文

雨神蓱翳发起号令就能下雨，雨又是怎样兴起来的？风神飞廉的性情柔顺，它如何响应雨神兴云作雨呢？海中的巨龟顶着神山四脚划动，凭什么使神山安稳不动？将船放在陆地上，如何能搬运它呢？

原文

唯浇在户，何求于嫂？何少康逐犬，而颠陨厥首？女歧缝裳，而馆同爰止，何颠易厥首，而亲以逢殆？

雨神、飞廉、巨龟

译文

寒浇来到嫂子的门口，有什么事要求她帮助呢？少康放出猎狗，为什么能一下砍下寒浇的人头？女歧为寒浇缝制衣裳，并与他同屋而宿，少康为何错误地砍下了女歧的头，是因为她与寒浇过分亲密而遭殃吗？

汤谋易旅，何以厚之？覆舟斟寻，何道取之？桀伐蒙山，何所得焉？妹嬉何肆，汤何殛焉？舜闵在家，父何以鳏？尧不姚告，二女何亲？

少康谋划整顿军队，他用什么方法增强军队的战斗力？寒浇能在水战中颠覆斟寻的战船，少康不知用何法战胜了他？夏桀兴兵讨伐蒙山，他从那里得到了什么？妹嬉并不是特别放荡，汤为什么还要惩罚她呢？舜在家有家室，为什么要称他鳏夫？尧不告知舜的父母，又怎么把两个女儿嫁与他成婚？

原文

厥萌在初，何所亿焉？璜台十成，谁所极焉？登立为帝，孰道尚之？女娲有体，孰制匠之？

译文

舜起初为民的时候，怎能预测未来会登基呢？高达十层的玉台，谁将登上呢？舜被拥立为帝，是谁引领他上台的呢？女娲的形体变化无穷，又是谁创造了她呢？

原文

舜服厥弟，终然为害。何肆犬豕，而厥身不危败？吴获迄古，南岳是止。孰期去斯，得两男子？

舜一味地顺从他的弟弟象，最终却酿成了祸患。象如此的肆意妄为，为什么却没有受到惩罚呢？吴人在江南一带立国，他们的国家长期稳定。谁料到会出现这种情况，难道就是因为出现了泰伯、仲雍这两位贤明的君主吗？

原文

缘鹄饰玉，后帝是飨。何承谋夏桀，终以灭丧？帝乃降观，下逢伊挚。何条放致罚，而黎服大说？

译文

伊尹用鸿鹄汤和玉器鼎进献商汤，因而得到了赏识。为什么他假意献计谋给夏桀，最终导致夏朝灭亡？商汤在四方巡视，遇见了伊尹。为什么他在鸣条战胜夏桀，将他放逐，却使得百姓非常喜悦？

原文

简狄在台，喾何宜？玄鸟致贻，女何喜？

译文

简狄住在高台上面，帝喾为什么要祭祀求福？燕子赠送礼物给简狄，她吞了为什么会怀孕？

原文

该秉季德，厥父是臧。胡终弊于有扈，牧夫牛羊？干协时舞，

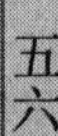

何以怀之？平胁曼肤，何以肥之？

亥秉承了父亲季的德行，为人如父亲般善良。为何最终被困在有易氏，在那里放牛牧羊？他在那里执盾而舞，为什么能引诱那里的姑娘？姑娘体态丰满，皮肤细腻，是什么造就了她的美丽？

原文

有扈牧竖，云何而逢？击床先出，其命何从？恒秉季德，焉得夫朴牛？何往营班禄，不但还来？

一个低贱的放牧小子，为什么正好在那里碰上有易氏的美女？有人要杀在床上的亥，但他已获知并及时逃走，他的性命是如何保全的？恒也秉承了父亲季的美德，他如何得到驾车的大牛？他前往有易氏追求爵禄，为什么目的没达到就回来了呢？

原文

昏微遵迹，有狄不宁。何繁鸟萃棘，负子肆情？眩弟并淫，危害厥兄。何变化以作诈，后嗣而逢长？

上甲微遵循父祖的遗业，致使有易氏人们不得安宁。他为

什么到了晚年荒淫无度，放纵情欲？他与淫乱的弟弟一起行荒淫之事，最终被弟弟所谋害。为何狡诈多端的人坏事做尽，其后代却能长盛不衰？

原文

成汤东巡，有莘爰极。何乞彼小臣，而吉妃是得？水滨之木，得彼小子。夫何恶之，媵有莘之妇？汤出重泉，夫何辠尤？不胜心伐帝，夫谁使挑之？

译文

商汤去东方巡视，到了有莘国就停下来。为何他想要得到小臣伊尹，却得到了美丽的姑娘？传说在水滨的树木里，有莘氏得到了降生的伊尹。有莘氏国君为何对他生厌，并把他作为陪嫁品送给商汤？汤被囚禁在重泉，后来终于出来，他究竟犯

有莘氏得伊尹

了什么罪过？汤满腔愤怒讨伐夏桀，究竟受了谁的挑唆？

会朝争盟，何践吾期？苍鸟群飞，孰使萃之？到击纣躬，叔旦不嘉。何亲揆发足，周之命以咨嗟？

诸侯一齐朝会并且宣誓，他们如何履行周武王定下的约期？将士像苍鹰那样勇猛搏击，是谁把他们聚集到一起？武王愤而砍断纣的尸体，周公看了并不赞同，为何他参与讨纣，为武王奠定周朝基业，却又叹息？

原文

授殷天下，其位安施？反成乃亡，其罪伊何？争遣伐器，何以行之？并驱击翼，何以将之？

译文

上帝把天下授予殷朝，帝位后来为什么发生了变动？先使其成功又要它灭亡，殷商究竟犯了什么罪过？诸侯们争着派出军队，是谁在带领这些军队？将士们并驾齐驱，攻击敌军两翼，是谁在统一指挥他们？

原文

昭后成游，南土爰底。厥利唯何，逢彼白雉？穆王巧梅？

夫何为周流？环理天下，夫何索求？妖夫曳衒，何号于市？周幽谁诛？焉得夫褒姒？

周昭王进行盛大的南巡，直达南方的楚国。他究竟是为了得到什么？难道只是为寻找白色的野鸡？周穆王善于骑马，为什么要周游天下？走遍了东西南北，他到底要索求什么东西？有妖人相携着在街上叫卖，他们到底在兜售什么？周幽王到底要讨伐谁？他又是怎样得到褒姒的？

原文

天命反侧，何罚何佑？齐桓九会，卒然身杀。

译文

天命真是反复难测，它究竟要惩罚谁，保佑谁呢？齐桓公安定周室，九次会盟诸侯，为何最终会那样死去？

原文

彼王纣之躬，孰使乱惑？何恶辅弼，谗谄是服？比干何逆，而抑沈之？雷开阿顺，而赐封之？何圣人之一德，卒其异方？梅伯受醢，箕子详狂。

译文

纣王那个暴君啊，是谁惑乱了他？为何厌恶忠于他的贤臣，反而喜欢那些奸臣？比干对他有何冒犯，竟然被压制不用？雷开对他如何奉承，竟受到丰厚赏赐？为什么圣人的德行相似，最终结局却相差很远？梅伯进谏被剁成肉酱，箕子最后被迫装疯卖傻。

稷维元子，帝何竺之？投之于冰上，鸟何燠之？何冯弓挟矢，殊能将之？既惊帝切激，何逢长之？

译文

后稷乃是帝喾的长子，他的父亲为什么那么憎恶他？他被丢弃在寒冰之上，鸟为何用羽翼保护他？他为何能挟弓持箭，天生就有统帅军队的才能？既然他的力量惊动了帝喾，为何他的后人依然昌盛不衰呢？

伯昌号衰，秉鞭作牧。何令彻彼岐社，命有殷国？迁藏就岐，何能依？殷有惑妇，何所讥？受赐兹醢，西伯上告。何亲就上帝罚，殷之命以不救？师望在肆，昌何识？鼓刀扬声，后何喜？

后稷

译文

西伯姬昌在乱世号令天下，成为统率诸侯的霸主。武王为什么放弃岐地的宗社，却能承受天命占有殷商的天下？周太公携带宝藏迁居岐地，百姓为何要跟从他？纣王身边有个迷人的宠妃妲己，大臣们还能进谏什么呢？纣王把西伯的儿子做成肉羹送给西伯，西伯向上天控诉纣王的罪行。纣王为何受到天帝的惩罚，而殷商从此难以改变灭亡的命运？姜太公在屠市上卖肉，西伯何以看出他的才能？姜太公操刀切肉，西伯昌听到为何满面欢喜？

武发杀殷，何所悒？载尸集战，何所急？伯林雉经，维其何故？何感天抑墬，夫谁畏惧？皇天集命，唯何戒之？受礼天下，又使至代之？

武王讨杀纣王，为何那样愤恨？用车载着文王的灵牌进行会战，为什么那样心急如焚？纣王自缢身死，是什么缘故？他为什么向上天呼告，难道有什么畏惧担心的？皇天赐天命给殷商时，是怎样告诫受命君主的？既然殷商受天命治理天下，为何又让周人取代它？

初汤臣挚，后兹承辅。何卒官汤，尊食宗绪？勋阖梦生，

少离散亡。何壮武厉，能流厥严？

当初伊尹只是汤的一个小臣，后来竟担起辅弼君王的重任。为何他最终能成为商的宰相，并在商的宗庙里享受祭祀？阖闾是吴王寿梦的后人，他在少年时就颠沛流离。为何壮年时反而勇武威猛，声威得以四处传播？

彭铿斟雉，帝何飨？受寿永多，夫何久长？

彭祖献上他烹调好了的野鸡汤，帝尧为何乐于享用？他的寿命那么长，为什么能获得这么高的寿数？

中央共牧，后何怒？蜂蛾微命，力何固？

为什么召、周二人共同执政，厉王为什么怒气冲冲？百姓身份极其微贱，他们的力量却为何如此强大？

彭祖

原文

惊女采薇，鹿何祐？北至回水，萃何喜？

译文

伯夷、叔齐采薇为食，受到了妇人的讥讽，上帝为何派神鹿护佑他们？他们北行到了首阳山，为什么会那么高兴？

原文

兄有噬犬，弟何欲？易之以百两，卒无禄。

译文

秦景公有一条猛犬，他的弟弟鍼为什么想要占有？鍼要用一百辆车去交换它，最终却连性命也丢了。

原文

薄暮雷电，归何忧？厥严不奉，帝何求？

译文

黄昏时电闪雷鸣，回去又有什么可担心的呢？国家的威严不保，祈求上帝又有什么用呢？

原文

伏匿穴处，爰何云？荆勋作师，夫何长？悟过改更，我又何言？

荆勋作师

我隐居在山洞里，面对眼前的情景又能说些什么呢？楚国不断对外发动战争，国家又岂能长治久安呢？假如君王能够悔过自新，我又何必再多说呢？

吴光争国，久余是胜。何环穿自闾社丘陵，爰出子文？吾告堵敖以不长。何试上自予，忠名弥彰？

吴王阖闾与我国打仗，多年来总是吴国取胜。子文的父母穿街绕巷到了山里，做出了私通淫乱的行为，为何竟生出子文

这样贤明的人？我看堵敖的君位不会太长，为什么成王杀死兄长自立国君，忠直之名反而更加显著昭彰？

本篇主要是根据神话和史料发出的种种疑问，前半篇对宇宙开辟的神话提出问题，而后半篇则针对历史兴衰提出质问。所提的问题涉及天地生成、历朝兴衰和神仙鬼怪等。对于现象和社会发展的怀疑，是屈原文学创作的出发点，既表现了他丰富的知识涵养，又体现了他的怀疑精神和求知精神。以尧舜为例，在《天问》中，屈原对他们的行为，也充满着深刻的怀疑。这就意味着，无论怎样的圣贤之人，都不能成为令人崇拜的绝对权威。屈原的独立人格力量超越了当时一般的思想家，因而他敢于正视社会压力，剖析社会弊端，超越被社会肯定的思想习惯和思维模式。这种怀疑精神和批判精神在中国历史上是极其少见的。

九章

汉初，淮南王刘安及其宾客辑屈原一生中不同时期、不同地域所作的九篇文章为一卷，总题目曰《九章》。《九章》的内容都与屈原的身世有关，直接反映了他的生活经历，具有强烈的政治色彩。

惜诵

惜诵以致愍兮，发愤以抒情。所作忠而言之兮，指苍天以为正。令五帝以枎中兮，戒六神与向服。俾山川以备御兮，命咎繇使听直。忠诚以事君兮，反离群而赘肬。忘儇媚以背众兮，待明君其知之。言与行其可迹兮，情与貌其不变。故相臣莫若君兮，所以证之不远。吾谊先君而后身兮，羌众人之所仇。专唯君而无他兮，又众兆之所雠。壹心而不豫兮，羌不可保也。疾亲君而无他兮，有招祸之道也。思君其莫我忠兮，忽忘身之贱贫。事君而不贰兮，迷不知宠之门。忠何罪以遇罚兮，亦非余心之所志。

以悼惜的心情陈述往事，借以表达忧愁，抒发愤懑表露真情。假如要说我的话不是出于忠心，那就手指苍天，请上苍为我作证。还要请五方天神前来做公平判断，让六宗之神出来证明我的清白。使山川之神前来做陪审，命法官咎繇判断是非曲直。竭尽忠心报效君王，反而遭到排挤成为累赘。不懂得谄媚以至于背离众人，盼望明君来体察我的忠心。我言行一致可以经得起考验，表里如一始终没有改变。对臣子了解最深的莫过于君主了，君主都是接近臣子求得验证的，而不必远求其他方法。我一直认为应先考虑君王再考虑自己，没想到却遭到众人的怨恨。一心为君王效劳绝无他念，却又遭到谗臣的仇视。我的心志专一没有丝毫犹豫，这样反而难以保全自己。急切地想亲近君王并没有其他想法，反而为自己招来了祸害。思念君王没有人比我更忠诚，甚至经常忘却自身的贫贱。服侍君王绝无二心，心智迷惑不懂得邀功之法。心怀忠诚反而要遭遇惩罚，这是我所意料不到的。

原文

行不群以巅越兮，又众兆之所咍。纷逢尤以离谤兮，謇不可释。情沉抑而不达兮，又蔽而莫之白。心郁邑余侘傺兮，又莫察余之中情。固烦言不可结诒兮，愿陈志而无路。退静默而莫余知兮，进号呼又莫吾闻。申侘傺之烦惑兮，中闷瞀之忳忳。昔余梦登天兮，魂中道而无杭。吾使厉神占之兮，曰有志极而无旁。终危独以离异兮，曰君可思而不可恃。故众口其铄金兮，初若是而逢殆。惩于羹者而吹齑兮，何不变此志也？欲释阶而登天兮，犹有曩之态也。众骇遽以离心兮，又何以为此伴也？同极而异路兮，又何以为此援也？晋申生之孝子兮，父信谗而不好。行婞直而不豫兮，鲧功用而不就。

译文

行为与众人不同使自己栽了跟头，又被那些小人恶意讥笑。

经常遭受责怪和诽谤，纵有百口也难以解释其中的缘由。内心压抑无法快意抒发情感，思想沉郁难以用语言澄清。我的心里犹豫深感不安，又有何人了解我心里的忧思？心里的烦恼无法用语言表达出来，想要陈述心志却找不到途径。退隐沉默更没人了解我啊，进而奔走呐喊又没人肯听。我内心疑惑不解烦躁不安，心中苦闷忧心忡忡。梦中曾经登上了九天之上，魂魄走到半道却又无路可去。我让厉神占卜吉凶，他说："你志向远大却无人襄助。""难道我注定要从此独处，远离君王吗？"他说："君王可以思慕但却靠不住，众人的坏话甚至可以熔化金子啊，当初你就是这样尽忠才会遭到祸患啊。被热汤烫过的人即使面对冷菜也要吹口气，为什么你不改变这种刚直的态度呢？想要舍弃阶梯从而登上九天，那你的态度还是和从前一样。众小人惊恐害怕，和你根本不一条心，你又怎么可以和他们成为同道呢？都想取得君王的信任但是道路不同，那又怎么获取他们的帮助呢？晋国申生是个多么孝顺的儿子，献公却听信谗言疏远了他。鲧的性情刚直却不和顺，所以他没有完成治水的功业。"

吾闻作忠以造怨兮，忽谓之过言。九折臂而成医兮，吾至今而知其信然。矰弋机而在上兮，罻罗张而在下。设张辟以娱君兮，愿侧身而无所。欲儃佪以干傺兮，恐重患而离尤。欲高飞而远集兮，君罔谓汝何之。欲横奔而失路兮，坚志而不忍。背膺牉以交痛兮，心郁结而纡轸。擣木兰以矫蕙兮，糳申椒以

愿隐其身

为粮。播江离与滋菊兮，愿春日以为糗芳。恐情质之不信兮，故重著以自明。矫兹媚以私处兮，愿曾思而远身。

译文

我曾听说忠直之人会招来怨恨，但当时认为这话言过其实，没往心里去。多次经受折臂之痛自然能成为好的医生，现在想想确实是这么回事。在这个世界，上面到处充满冷箭，下面布满了害人的罗网。众小人用尽一切手段博取君王欢心，想在一边避祸也找不到合适的地方。我徘徊驻足想要再次取得君王信任，又怕加重罪责祸患更深。想要远走高飞去别的地方，君王又会问我到哪里去？想要放荡不羁不守正道，自己又志向坚定不忍改变。我的后背前胸像裂开一样疼痛难忍，心中极度抑郁愁苦不堪。捣碎木兰再放上蕙芳，凿烂申椒作为食粮。播下江离栽上菊花，希望到了春天能把它们做成味美的食物。担心别人不信自己的真情，所以我反复陈述表明自身。固守这些美德而退隐独处，希望深思熟虑以后，自己能洁身自好远离污浊。

简析

在此篇里，屈原叙述了自己被疏远、打击的始末和对现实的看法，他反复吟咏为“众人之所仇”的孤独情怀。“惜诵以致愍兮，发愤以抒情”揭示了此篇的创作目的，最能代表其诗歌的创作风格与文学思想。这种“哀乐之情”在屈原的其他辞赋中也有所体现。

涉江

原文

余幼好此奇服兮，年既老而不衰。带长铗之陆离兮，冠切云之崔嵬。被明月兮佩宝璐。世溷浊而莫余知兮，吾方高驰而不顾。驾青虬兮骖白螭，吾与重华游兮瑶之圃。登昆仑兮食玉英，与天地兮同寿，与日月兮同光。哀南夷之莫吾知兮，旦余济乎江湘。乘鄂渚而反顾兮，欸秋冬之绪风。步余马兮山皋，邸余车兮方林。乘舲船余上沅兮，齐吴榜以击汰。船容与而不进兮，淹回水而凝滞。朝发枉陼兮，夕宿辰阳。苟余心其端直兮，虽僻远之何伤。入溆浦余儃佪兮，迷不知吾所如。深林杳以冥冥兮，猨狖之所居。

译文

我自幼就喜欢那些奇特的服饰，如今上了年纪喜爱之情仍然不减。腰间佩戴长长的宝剑，头上戴着高高的帽子。身上披挂着明月珍珠，腰间佩戴着美玉。世道混浊没有人了解我的真心，我要高飞驰骋，不再留恋尘世。车上驾着青龙，两边配有白龙，我要同重华一道去游览生产美玉的园圃。登上昆仑山啊品尝美玉一般的花朵，我要和天地一般万古长久，要和日月那样光华

驾青虬

万丈。心中悲叹南夷之人都不了解我，明早我就要渡过湘水和长江。登上鄂渚回头遥望，慨叹秋冬的寒风如此凄凉。让我的马在山边泽畔慢行，把我的车子停靠在林边。坐着船沿沅水上溯，船夫们一齐摇桨拍打波浪。船缓慢下来不能前行，在回旋的水流里徘徊不前。清早我从枉渚出发，晚上留宿在辰阳。只要我的心正直无私啊，就是被流放到偏僻的地方，又有什么可伤感的呢。进入溆浦我却迟疑不前，心里充满迷茫不知该前往何方。树林幽远而昏暗，这就是猿猴居住的地方。

原文

山峻高以蔽日兮，下幽晦以多雨。霰雪纷其无垠兮，云霏霏而承宇。哀吾生之无乐兮，幽独处乎山中。吾不能变心而从俗兮，固将愁苦而终穷。接舆髡首兮，桑扈臝行。忠不必用兮，贤不必以。伍子逢殃兮，比干菹醢。与前世而皆然兮，吾又何怨乎今之人！余将董道而不豫兮，固将重昏而终身！

伍子胥

乱曰：鸾鸟凤皇，日以远兮。燕雀乌鹊，巢堂坛兮。露申辛夷，死林薄兮。腥臊并御，芳不得薄兮。阴阳易位，时不当兮。怀信侘傺，忽乎吾将行兮！

译文

山岭高大险峻遮住了太阳，山下阴沉昏暗又阴雨绵绵。雪

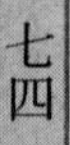

花纷纷落下无边无际，浓云密密麻麻布满天空。可叹我这一生缺少快乐，孤零零地住在山中。我不能改变操守去顺从世俗，理所当然会忧愁苦闷一生困苦。接舆装疯剪去头发，桑扈外出裸体而行。忠臣不一定受到重用，贤者不一定能发挥才干。伍子胥遭受灾祸，比干被剁成肉泥。整个前世都是如此，我又何必埋怨现在的君王呢！我要遵守正道毫不犹豫，宁肯处在黑暗之中终此一生。

尾声：鸾鸟和凤凰，一天天远去；燕雀和乌鹊竟然在庙堂上做窝安居。露申和辛夷枯死在林间。腥臭的东西都被使用，芳香的东西却被排斥得远远的。阴阳颠倒，我实在是生不逢时啊。我满怀着忠信却失意迷茫，只好飘然远行了。

简析

《涉江》为屈原自己渡江湘，入洞庭，过枉渚、辰阳而入溆浦的纪行诗，表达了作者在腐朽贵族势力迫害下的悲愤心情和坚持理想之决心。诗中叙写作者南渡长江，又溯沅水西上，独处深山的情景。其中一段风光描写最为人称道：入溆浦余儃佪兮，迷不知吾所如。深林杳以冥冥兮，猿狖之所居。山峻高以蔽日兮，下幽晦以多雨。霰雪纷其无垠兮，云霏霏而承宇。诗人抓住带有特征性的景物，高度概括地写出了深山密林嵚崟幽邃的景象。这一景象，又恰到好处地衬托出诗人寂寞而悲怆的心情。这种风光描写，成了后世山水诗的滥觞，屈原也因此被推为我国山水文学的鼻祖。

哀郢

原文

皇天之不纯命兮，何百姓之震愆？民离散而相失兮，方仲春而东迁。去故乡而就远兮，遵江夏以流亡。出国门而轸怀兮，甲之鼂吾以行。发郢都而去闾兮，荒忽其焉极？楫齐扬以容与兮，哀见君而不再得。望长楸而太息兮，涕淫淫其若霰。过夏首而西浮兮，顾龙门而不见。心婵媛而伤怀兮，眇不知其所蹠。顺风波以从流兮，焉洋洋而为客。淩阳侯之氾滥兮，忽翱翔之焉薄。

译文

天命真是变幻无常啊，为什么使宗亲贵戚们如此震动惊慌？人民妻离子散，家破人亡啊，在仲春二月迁往东方。离开家乡去那遥远的地方，沿着长江、夏水一路颠沛流离。走出郢都城门我悲痛难舍，在甲日的早上，我开始上路了。离开旧居，从郢都出发，我神思恍惚，不知道去什么地方。齐划船桨，船慢慢前行，我伤心以后再也见不到

怅然不知归

君王。望见故国高大的楸树我不住叹息，泪水涟涟就像雪粒一样。船经过夏浦又向西飘荡，回头看郢都东门已不见踪影。心里牵挂不舍而又无限忧伤，前途未明不知落脚在何方。顺风而行，随着流水漂泊吧，于是我流离失所，客居他乡。船儿行驶在波涛巨浪之上，像漫空飞翔的鸟儿不知停在何方。

原文

心絓结而不解兮，思蹇产而不释。将运舟而下浮兮，上洞庭而下江。去终古之所居兮，今逍遥而来东。羌灵魂之欲归兮，何须臾而忘反。背夏浦而西思兮，哀故都之日远。登大坟以远望兮，聊以舒吾忧心。哀州土之平乐兮，悲江介之遗风。当陵阳之焉至兮，森南渡之焉如？曾不知夏之为丘兮，孰两东门之可芜？心不怡之长久兮，忧与愁其相接。唯郢路之辽远兮，江与夏之不可涉。忽若不信兮，至今九年而不复。惨郁郁而不通兮，蹇侘傺而含戚。外承欢之汋约兮，谌荏弱而难持。忠湛湛而愿进兮，妒被离而障之。尧舜之抗行兮，瞭杳杳而薄天。众谗人之嫉妒兮，被以不慈之伪名。憎愠惀之修美兮，好夫人之慷慨。众踥蹀而日进兮，美超远而逾迈。

乱曰：曼余目以流观兮，冀壹反之何时？鸟飞反故乡兮，狐死必首丘。信非吾罪而弃逐兮，何日夜而忘之？

译文

我心乱如麻无法解脱，愁肠百结无法释怀。即将行船顺流而下，过了洞庭湖就进入长江。离开先人历来居住的土地，如今漂泊流落到东方。我的灵魂总想着回归故土，不曾有片刻忘记返回故乡。离开夏口思念西边的郢都，感伤故都日渐遥远。登上沙洲而举目远望，姑且舒缓一下我忧愁的心情。感叹楚地曾经的富饶和乐，哀伤江边的旧俗遗风。到达陵阳后该去向什么地方，大水茫茫就算南渡又能去哪儿？连宫殿变成了丘墟都不知道啊，又怎么知道郢都的两个东门是否已经荒芜？心里久久不能平静，忧愁那样连绵不断。回去郢都的路途多么遥远，长江和夏水难以穿过。时光飞快让人难以置信，离开郢都至今已有九年的时间。愁思郁积，心情不畅，困苦失意让人悲伤不已。有人逢迎楚王的欢心，表面上很美好，实际上软弱不堪难以任用。有人忠心耿耿渴望为国效力，却遭到嫉妒者的怨恨和阻挠。唐尧、虞舜品德多么高尚啊，光耀万丈直上云霄。那些谗人们偏要心怀嫉妒，给他强加“不慈”的恶名。楚王讨厌正直贤明的忠臣，却喜欢那些貌似慷慨的卑鄙小人。小人奔走钻营而日益得势，贤臣反被疏远，只好远远走开。

尾声：放眼四下观望，盼望何时能够返回郢都一趟。鸟儿飞得再远也要返回旧巢，狐狸死时头一定朝着故土巢穴的方向。我确实没有罪过，却遭到放逐，无论白天黑夜我都不会把故国遗忘！

简析

哀郢，就是哀悼沦陷的郢都。全诗作于顷襄王二十一年（公元前2 7 8年）秦将白起攻陷楚国都城以后。屈原身处流亡队伍中，亲眼看到了祖国和人民遭受的苦难，思考良久，百感交集，

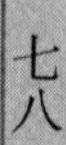

怀着极其悲痛的心情写下这首诗，悲叹郢都的陷落。

作者通过对自己流放历程的叙述，抒发了这种沉痛的感情。

诗歌从质问苍天开始，突兀而起，一下子将读者领入国都残破、人民罹难的悲惨景象里。

而后作者从郢都开始，由近及远，写出流亡过程中步步回首，时时挥泪的沉痛情感："望长楸而太息兮，涕淫淫其若霰。过夏首而西浮兮，顾龙门而不见。"诗人离郢都越来越远，国都那高大的乔木和矗立的城门都已在视线中渐渐消失了，悲伤的泪水不觉像雪珠一样纷纷落下来。

最后，"乱辞"写道："鸟飞反故乡兮，狐死必首丘。信非吾罪而弃逐兮，何日夜而忘之？"以动人心弦的怀念之情，用返回故乡、重振家邦的愿望结尾，既呼应了题目与开篇的内容，又给人回味无穷之感，使全诗达到完美和谐的境界。

抽思

原文

心郁郁之忧思兮，独永叹乎增伤。思蹇产之不释兮，曼遭夜之方长。悲秋风之动容兮，何回极之浮浮。数唯荪之多怒兮，伤余心之忧忧。愿摇起而横奔兮，览民尤以自镇。结微情以陈词兮，矫以遗夫美人。昔君与我诚言兮，曰黄昏以为期。羌中道而回畔兮，反既有此他志。憍吾以其美好兮，览余以其修姱。与余言而不信兮，盖为余而造怒。愿承间而自察兮，心震悼而不敢。悲夷犹而冀进兮，心怛伤之憺憺。

译文

愿远走他乡

心里充满忧愁思绪烦乱，只能独自叹息增加伤感。愁思解不开心情难以舒展，黑夜漫长无法入睡。萧瑟的秋风使草木凋零，竟使回旋的天极也静不下来。想起君王多次发怒，这使我感伤不已心思忧郁。有时我真想远走他乡，但看到百姓的苦难就放弃了。我用文辞表达心中的感情，面对君王表达心意。你从前和我约定，说好在黄昏时分相会；谁能料你半路上却反悔了，一转身就有了别的想法。你对我夸耀自己的美好，向我显示你的长处。你对我说的话全都不算数，为什么还总找机会对我发怒。想找个机会表白自己，心里又惊惧害怕不敢胡乱行动。可叹我哀伤犹豫盼能进言，却又心中悲痛不得安宁。

原文

兹历情以陈辞兮，荪详聋而不闻。固切人之不媚兮，众果以我为患。初吾所陈之耿著兮，岂至今其庸亡？何独乐斯之謇謇兮，愿荪美之可完。望三五以为像兮，指彭咸以为仪。夫何极而不至兮，故远闻而难亏。善不由外来兮，名不可以虚作。孰无施而有报兮，孰不实而有获？

我想把全部心事都告诉你，君王却假装耳聋无法听见。本来正直的人就不会谄媚，所以众小人才把我看成是眼中钉。当初我把话讲得很清楚，难道你今天全都忘记了吗？为什么我喜欢忠言直谏啊？是希望你把美德发扬光大。希望你以三皇五帝为榜样，将彭咸当作自己的楷模。做到这些，又有什么目标不能达到，从此将会美名不朽远播四方。善心不会自外产生啊，美好的名声不可以弄虚作假。谁能不付出就有回报，谁能不播种就有收获？

原文

少歌曰：与美人抽怨兮，并日夜而无正。㤭吾以其美好兮，敖朕辞而不听。倡曰：有鸟自南兮，来集汉北。好姱佳丽兮，牉独处此异域。悖茕独而不群兮，又无良媒在其侧。道卓远而日忘兮，愿自申而不得。望北山而流涕兮，临流水而太息。望孟夏之短夜兮，何晦明之若岁！唯郢路之辽远兮，魂一夕而九逝。曾不知路之曲直兮，南指月与列星。愿径逝而未得兮，魂识路之营营。何灵魂之信直兮，人之心不与吾心同！理弱而媒不通兮，尚不知余之从容。

乱曰：长濑湍流，泝江潭兮。狂顾南行，聊以娱心兮。轸石崴嵬，蹇吾愿兮。超回志度，行隐进兮。低佪夷犹，宿北姑兮。

烦冤瞀容，实沛徂兮。愁叹苦神，灵遥思兮。路远处幽，又无行媒兮。道思作颂，聊以自救兮。忧心不遂，斯言谁告兮。

唱道：我对君王表明心迹，夜以继日却不能得到评判。他始终夸耀自己的长处，傲慢地把我的忠言搁置一旁。又唱：有只鸟从南方飞来，栖息在汉北。看它是那么美丽动人啊，却独自流落异乡离群而居。既已孤身一人独自来往，又没有人在旁边引路。归程遥远，逐渐被人淡忘了，想要表白自己却没有机会。望着北山泪流满面，对着流水长声悲叹。初夏的夜晚本来很短，却为何感觉这样漫长，度夜如年！想到去往郢都的道路如此遥远，可是灵魂在一夜间却能多次往返。不知道路的曲直，只好依靠月亮与星星指认南去的方向。想直接去往郢都又不被接纳，只有灵魂能认得出来往的路途，为何灵魂是那样的直守信用呀，别人的心思和我很不相同！信使孱弱，又没人指引道路，谁又知道我的内心想法呢？

尾声：长长的浅滩上流水湍急，沿着大江逆流而上。急切回首南行的道路，暂且宽慰一下心灵的忧伤。南方道路怪石耸立，回家的道路非常艰难。迟疑踯躅，真是心中迷茫进退两难啊。徘徊犹豫，只得投宿到北姑这个地方。心情愁闷忧郁烦躁不安，一路奔走着实艰辛。我忧愁地叹息精神憔悴，心中又开始思念远方的故都。离郢都路途遥远，而且住地偏僻，又没有前来引路的人。只想表明自己的想法，就写了这篇作品，权当为自己消解忧愁吧。忧愁的心绪排解不开，这些话又能对谁去说？

简析

“结微情以陈词兮，矫以遗夫美人。”屈原在这里朝思暮想的这个“美人”可不是人们平时理解的“美女”，而是楚怀王。楚怀王二十五年，屈原被放逐汉北。秦楚联盟，与屈原的谋略相反，而奸人当时极力进谗言陷害他，他只得避于汉北，应该有不得已之情存在，所以本篇中也有欲归不得之意。

怀沙

原文

滔滔孟夏兮，草木莽莽。伤怀永哀兮，汩徂南土。眴兮杳杳，孔静幽默。郁结纡轸兮，离慜而长鞠。抚情效志兮，冤屈而自抑。刓方以为圜兮，常度未替。易初本迪兮，君子所鄙。章画志墨兮，前图未改。内厚质正兮，大人所盛。巧倕不斲兮，孰察其拨正。玄文处幽兮，矇瞍谓之不章。

译文

初夏时节，太阳高照，百草蓬勃生长。我愁绪满怀无限悲伤，匆匆忙忙地赶往南方。展望前途，景象昏暗幽深，四处万籁俱寂毫无声响。忧伤和痛苦令我纠结，遭受创伤又没有边际。扪心自问，考量自己的心志，虽受冤屈也要克制自己。要把方木削为圆木，正常的法度不可废弃。改变自己当初坚持的正道，又会受到君子的鄙夷。规矩绳墨应该遵守牢记，前人的法度不能随意更改。内心淳厚本质端正，这正是君子所提倡的。就算是巧匠倕，如果不用他的斧子砍削，又怎能知道曲直标准。黑色花纹放在幽暗的地方，瞎子也说它不漂亮。

离娄微睇兮，瞽以为无明。变白以为黑兮，倒上以为下。凤皇在笯兮，鸡鹜翔舞。同糅玉石兮，一概而相量。夫唯党人鄙固兮，羌不知余之所臧。任重载盛兮，陷滞而不济。怀瑾握瑜兮，穷不知所示。邑犬之群吠兮，吠所怪也。非俊疑杰兮，固庸态也。文质疏内兮，众不知余之异采。材朴委积兮，莫知余之所有。

离娄眯着眼看东西，盲人就以为他眼睛不好。把白的硬说成黑的，上下也被颠倒过来。凤凰被困在笼子里，鸡鸭却放肆地飞舞。美玉顽石杂糅在一起，一概用一个标准衡量，不加分别。结党营私之徒多么粗鄙顽固啊，全然不了解我的纯洁志向。我肩负着神圣的使命，却又陷入困境难以担当。尽管怀抱珠宝和美玉，无奈穷途末路不知向谁展示？村里的群狗大声吠叫，是因为自以为看到了

凤凰困笼

奇怪的东西。诽谤英雄，猜忌贤臣，本来就是庸人的常用伎俩。文质彬彬而本性木讷，俗人岂知我出众的文采。就像良木堆积起来一样，没有人知道我的潜力。

重仁袭义兮，谨厚以为丰。重华不可逻兮，孰知余之从容！古固有不并兮，岂知其何故？汤禹久远兮，邈而不可慕。惩连改忿兮，抑心而自强。离慜而不迁兮，愿志之有像。进路北次兮，日昧昧其将暮。舒忧娱哀兮，限之以大故。

乱曰：浩浩沅湘，分流汩兮。修路幽蔽，道远忽兮。怀质抱情，独无匹兮。伯乐既没，骥焉程兮。万民之生，各有所错兮。定心广志，余何畏惧兮？曾伤爰哀，永叹喟兮。世溷浊莫吾知，人心不可谓兮。知死不可让，愿勿爱兮。明告君子，吾将以为类兮。

我重视仁义，用谦谨淳厚不断完善自己。重华太远不可与他相遇，谁可明了我的言行举止。明君贤臣往往不能同世而生，如何能知晓这其中的原因呢。商汤和夏禹距离我们太久远了，远得使我们不能瞻仰他们。从今以后我不会再怨恨发怒，会克制自己的情绪，努力发奋自强。即使遭受祸患也不改心中的志向，只将圣贤作为榜样。向北行进暂且停歇，太阳黯淡夜晚将至。我要舒展心情排遣忧虑，人生即将走到尽头。

尾声：浩浩荡荡的沅江和湘江，一日千里奔流向前。漫长的道路阴暗多阻，前途辽远无边无际。我有美好的品质和情感，无人可与我相比。伯乐已死，还有谁能发现千里马。人既然已

经领受天命，每个人的命运就有了安置。我要安下心来开阔志向，还有什么可以畏惧的呢？满腹的惆怅和悲哀，叹息之声不可断绝。世道混乱没人理解我，人心叵测不易判断。我知道死是不可避免的，我也不会吝惜自己。明白地告诉前世的君子啊，我将以此作为榜样。

简析

《怀沙》是屈原的绝笔词。为了国家和民族的富强，屈原贡献了一生。但结果却是山河沦陷，理想破灭，他个人也处于贫病交加的状态，因此只好以死来追寻自己崇高的理想并以此来震撼楚国民心，给楚国腐朽贵族集团以沉重的一击，其精神为千秋万代树立了光辉的榜样。在做出最终的选择以后，诗人一方面再次申述自己不改其志，一方面以更为愤慨的语言指斥楚国政治的混乱，表现出对世俗庸众的极度蔑视。“邑犬之群吠兮，吠所怪也。非俊疑杰兮，固庸态也。”他甚至把众馋人对他的压迫，比作群犬乱吠。诗中最后说道：“知死不可让，愿勿爱兮。明告君子，吾将以为类兮。”“类”有今所谓“榜样”的意思。诗人希望世人能够从自己的殉国壮举中，看到为人的准则。

思美人

原文

思美人兮，擥涕而伫眙。媒绝路阻兮，言不可结而诒。蹇

道路阻隔

蹇之烦冤兮，陷滞而不发。申旦以舒中情兮，志沉菀而莫达。愿寄言于浮云兮，遇丰隆而不将。因归鸟而致辞兮，羌迅高而难当。高辛之灵盛兮，遭玄鸟而致诒。欲变节以从俗兮，媿易初而屈志。独历年而离愍兮，羌冯心犹未化。宁隐闵而寿考兮，何变易之可为！知前辙之不遂兮，未改此度。车既覆而马颠兮，蹇独怀此异路。勒骐骥而更驾兮，造父为我操之。迁逡次而勿驱兮，聊假日以须时。指嶓冢之西隈兮，与纁黄以为期。

我多么思念美人啊，擦干眼泪等你回心转意。现在没人说合，路途又多险阻，有话想说给君王听却言不成句。忠直谏言引来烦恼忧伤，无限的愁思郁结在心里。我想申明自己心里的真情，然而心情压抑无从上达。我想请浮云替我传话，遇到云神也不听我把话说完。想请归鸟替我捎信，但它高速飞行，转瞬即逝。古帝高辛氏德行多么完美啊，玄鸟也会帮他传送礼物。想要改变气节随波逐流，我又觉得改变初衷有愧于心。我多年以来一直蒙受祸患，满腔的愤慨之情一直未能化解。宁愿退隐一生穷困痛苦，又怎能轻易改变我的气节。明知前面的路上多有险阻，我也不更改自己的处世原则。车已翻覆马已摔倒，我还是坚持这条与众不同的道路。勒住骏马重新驾车，令赶车能手造父为我御车。让车慢慢前行不要着急，不妨假以时日等待时机。驾车向蟠冢以西的方向前行，约好黄昏时分在那里相会。

开春发岁兮，白日出之悠悠。吾将荡志而愉乐兮，遵江夏

以娱忧。擥大薄之芳茝兮，搴长洲之宿莽。惜吾不及古人兮，吾谁与玩此芳草？解萹薄与杂菜兮，备以为交佩。佩缤纷以缭转兮，遂萎绝而离异。吾且儃佪以娱忧兮，观南人之变态。窃快在中心兮，扬厥凭而不俟。芳与泽其杂糅兮，羌芳华自中出。纷郁郁其远蒸兮，满内而外扬。情与质信可保兮，羌居蔽而闻章。令薜荔以为理兮，惮举趾而缘木。因芙蓉而为媒兮，惮褰裳而濡足。登高吾不说兮，入下吾不能。固朕形之不服兮，然容与而狐疑。广遂前画兮，未改此度也。命则处幽，吾将罢兮，愿及白日之未暮也。独茕茕而南行兮，思彭咸之故也。

春天来临，新的一年开始了，太阳从东方冉冉升起。想要放松自己尽情娱乐，沿着江夏之水前行，排遣满腹忧思。采集了草木丛中的芳芷，又摘取了长洲的宿莽。只可惜我没能与古代贤人生在同样的时代，又能和谁同赏芳草呢？拔一些丛生的萹薄和杂菜，准备做成左右相交的佩饰。这些饰物缤纷繁盛绕满全身，最终却枯萎凋零，被弃在一旁。姑且徘徊慢走消解忧伤之心吧，静观一下南国人民的异态。心里暗自喜悦，要把忧闷扬弃不再等待。香花与野草混杂在一起，美花的芳香还是会散发出来。芳香向远处播，里里外外都充满了香气。如果本质能保持美好，即使身处闭塞之地也能美名远扬。想用薜荔作为介绍人，又怕像是抬着脚攀爬树木。想让芙蓉来当我的媒人，又怕提起裤子将双脚弄湿。向高处攀登我心里不痛快，向低处行走我又不愿意。我的容貌不适应当世，我满心犹豫狐疑徘徊

不前。我要完全按照从前的志向行事，自始至终也不会改变这种态度。命中注定我会身居偏僻之地，我将停止下来，愿抓紧剩余不多的时间有所作为。我形只影单地向南走，只想追随先贤彭咸的脚步。

简析

《思美人》和《抽思》的写作时间相差不远，两篇作品表达的思想感情一脉相承又有所区别，作者的矛盾心情贯穿全篇始末，但《抽思》的笔墨落在抒写愁思上，《思美人》的笔墨落在排遣愁思上，却又无法从思想上根除忧思。作者的情绪似乎有点沮丧，大呼："愿浮云为我捎信，云师却不肯讲情。托鸿鸟为我传书，鸿高飞而不应命。"变节从俗，他断然不肯苟同；明明知道正道已经阻塞，但他决不走歪门邪道。胸中的愤怒与日俱增。这一切是谁造成的呢？毫无疑问是他日思夜想的那位"美人"。

惜往日

原文

惜往日之曾信兮，受命诏以昭时。奉先功以照下兮，明法度之嫌疑。国富强而法立兮，属贞臣而日娭。秘密事之载心兮，虽过失犹弗治。心纯庬而不泄兮，遭谗人而嫉之。君含怒而待臣兮，不清澈其然否。蔽晦君之聪明兮，虚惑误又以欺。

痛惜啊，我以前受到君王的信任，传达君王的诏命以使政治清明。凭借先王的业绩昭示下民，给人们讲明国家制度中疑难的地方。国家富强法制确立以后，君王就可以把政务托付给忠直可靠的大臣，然后坐享太平。我勤于国家政事时时操心，虽有小的失误君王也不责怪我。心地仁厚不随便泄露国家机密，反而遭到小人的嫉妒。君王满含怒火责备臣下，不愿弄明白事情的是非曲直。奸人们的谗言蒙蔽了君王的视听，他们弄虚作假欺上瞒下。

原文

弗参验以考实兮，远迁臣而弗思。信谗谀之溷浊兮，盛气志而过之。何贞臣之无罪兮，被离谤而见尤。惭光景之诚信兮，身幽隐而备之。临沅湘之玄渊兮，遂自忍而沉流？卒没身而绝名兮，惜壅君之不昭。君无度而弗察兮，使芳草为薮幽。焉舒情而抽信兮，恬死亡而不聊。独障壅而蔽隐兮，使贞臣为无由。

译文

君王不考察情况弄清实情，不假思索地将我驱逐出朝廷。他听信阿谀奉承之人的谗言，满心怒气把所有过错加在我的身上。为什么忠臣无任何错误，反而遭受小人的诽谤并被君王指责。相比无处不照的阳光，我心生惭愧，即使身处幽闭之处也能感受到它的存在。来到湘江、沅江的深渊旁边，我将要忍受痛苦沉入江底？最终会死去而声名消失，只可惜君王被蒙蔽不能洞察真情。君王没有原则也不明察，致使芳草都被隐没在幽泽深处。到哪里去抒发感情诉说真心呢，我宁可安静死去也不愿苟且偷生。只是君王受到了奸佞之臣的蒙蔽，而使忠臣不能接近他。

临渊赴水

原文

闻百里之为虏兮，伊尹烹于庖厨。吕望屠于朝歌兮，宁戚歌而饭牛。不逢汤武与桓缪兮，世孰云而知之？吴信谗而弗味兮，子胥死而后忧。介子忠而立枯兮，文君寤而追求。封介山而为之禁兮，报大德之优游。思久故之亲身兮，因缟素而哭之。

译文

听说百里奚曾做过俘虏，伊尹曾在厨房里做菜。姜尚曾在朝歌当过屠夫，宁戚曾经一边唱歌一边喂牛。假如没有遇到商汤、周武王、齐桓公、秦穆公等贤君，世人有谁会知道他们的才干呢？吴王夫差听信谗言而不辨真假，伍子胥死后国家败亡。介子推一片忠心却抱着树被烧死，晋文公醒悟以后才寻访追求。赐给他介山作为封地并严禁上山打猎，用这种优待方法回报他的仁德。思念他是自己多年来的亲密部下，因此身穿白色丧服去哭吊他。

原文

或忠信而死节兮，或訑谩而不疑。弗省察而按实兮，听谗人之虚词。芳与泽其杂糅兮，孰申旦而别之？何芳草之早殀兮，微霜降而下戒。谅聪不明而蔽壅兮，使谗谀而日得。自前世之嫉贤兮，谓蕙若其不可佩。妒佳冶之芬芳兮，嫫母姣而自好。虽有西施之美容兮，谗妒入以自代。愿陈情以白行兮，得罪过之不意。情冤见之日明兮，如列宿之错置。乘骐骥而驰骋兮，无辔衔而自载；乘氾泭以下流兮，无舟楫而自备。背法度而心治兮，辟与此其无异。宁溘死而流亡兮，恐祸殃之有再。不毕辞而赴渊兮，惜壅君之不识。

译文

有的人忠实可靠却为节操而死，有的人欺诈虚妄却不受怀疑。不曾明察弄清实际情况，却听信谗人的不实之词。芳草与污垢混杂为一起，谁会日复一日地细心辨别呢？为何芳草总是过早死亡呢？降寒霜就是给予警示。因君王不加明察而受到蒙蔽，致使谗谀小人日益得势。古往今来都是佞人嫉贤妒能，说香草不可佩带在身上。嫉妒美人芳香袭人，丑妇嫫母卖弄着自以为有的姿色。纵然有西施那样的美丽容颜，小人也要进谗言将她排挤。我想说明真相，表白真情，不想却无故遭受罪过。冤情随着时间推移终会澄清，犹如天上星宿本来就排列有序。骑着骏马自由狂奔，却没有准备好勒马的缰绳。乘着竹筏而顺流远航，又没有船桨需要自备。不守法度仅凭自己的意图行事，就和上面的这两种情况没有区别。宁愿赶快死去顺水远去，只怕祸患再次降临。我没有倾诉完心声就走上深渊，可惜受蒙蔽的君王还是不明白。

本篇痛苦回忆往日的生活，追忆过去的遭遇。这首诗毫无疑问的是屈原的绝笔，篇末的“不毕辞而赴渊兮，惜壅君之不识”称得上是震怒之词，一面表示想要投水的意愿，一面把矛头直指楚怀王，连同前句“卒没身而绝名兮，惜壅君之不昭”，屈原用极犀利而又简省的文笔，给怀王画了个像，总结怀王的一生，做出了这样一个结论：楚国变成这样，屈原自身落到这般地步，百姓遭受亡国灭亲的奇耻大辱，都是因为怀王是个“壅君”，没有远见卓识，没有分辨忠奸和是非的能力。一切都晚了，一切都完了，还能说些什么呢？这首诗没有写完，屈原再也无法写下去了。他奔出土屋，冲下大堤，怀石投入汨罗江，遂了他多年来的“从彭咸之所居”的心愿。

橘颂

后皇嘉树，橘徕服兮。受命不迁，生南国兮。深固难徙，更壹志兮。绿叶素荣，纷其可喜兮。曾枝剡棘，圆果抟兮。青黄杂糅，文章烂兮。精色内白，类任道兮。纷缊宜修，姱而不丑兮。嗟尔幼志，有以异兮。独立不迁，岂不可喜兮？深固难徙，廓其无求兮。苏世独立，横而不流兮。闭心自慎，不终失过兮。

秉德无私，参天地兮。愿岁并谢，与长友兮。淑离不淫，梗其有理兮。年岁虽少，可师长兮。行比伯夷，置以为像兮。

橘树是生于天地间的佳树，一到南方就适应了当地的水土。你的良好品质坚贞不移，生长在南方的国度里。根深蒂固难以移植，那是因为你有专一的意志。绿叶与白花交相辉映，枝繁叶茂令人欢喜。橘树枝条层叠，棘刺非常锋利，圆润的果实饱满丰腴。绿叶和熟透的黄橘混杂在一起，色彩是何等绚烂啊。外观精美内心纯净，就像君子立德怀道那样。你芳香四溢修饰得体，婀娜多姿而又娇美无比。啊，你幼年的志向就与众不同。保持独立的美质永不改变，怎不使人满心欢喜啊。你根深蒂固不可迁移，你心胸宽广别无他求。你远离世俗又能清醒独立，敢于坚持自己而不随波逐流。不轻易外露情感时刻保持谨慎，自始至终从无过失。保持优秀德行并且大公无私，在精神境界上可与天地相比。真心愿和你同生共死，与你结成长久的知己。你容貌姣好却从不放荡，多么坚强而又理直气壮。你的年岁虽然不多，却可以作人们的良师。品行就像古代的伯夷，把你种在这里做我学习的榜样。

橘颂

简析

橘是荆楚地极具特色的特产。“颂”是称颂、赞美的意思。作品用拟人化的手法，细致描绘橘树具有灿烂夺目的外表和“深固难徙”的优秀品质，以表现自我过人的才华、高尚的品格和眷恋故土、热爱祖国的情怀。在描写过程中，诗人既不拘泥于作为象征物的橘树本身，又没有脱离橘树的基本特征，从而为后人创作咏物诗开辟了一条宽广的道路。

悲回风

原文

悲回风之摇蕙兮，心冤结而内伤。物有微而陨性兮，声有隐而先倡。夫何彭咸之造思兮，暨志介而不忘！万变其情岂可盖兮，孰虚伪之可长！鸟兽鸣以号群兮，草苴比而不芳。鱼葺鳞以自别兮，蛟龙隐其文章。故荼荠不同亩兮，兰茝幽而独芳。唯佳人之永都兮，更统世而自贶。眇远志之所及兮，怜浮云之相羊。介眇志之所惑兮，窃赋诗之所明。

译文

可怜旋风摇落了蕙草啊，我愁绪满怀内心悲伤。蕙草微小却也丧失了生命，风声隐匿无形却发出萧瑟之声。彭咸树立的思想多么伟大，他那坚定的节操令我难忘！情况的变化哪能掩盖我内心的真情啊，虚伪欺人的事物怎会长久存在！鸟兽鸣叫是为了结成群，香草枯草堆积在一起就会失去芬芳。鱼儿们修饰鳞片以显示自己的与众不同，蛟龙却将其光彩鲜明的龙鳞深深隐藏。所以苦菜和甜菜不可种在同一块田中，兰芷身处僻静的地方却散发芬芳。只有贤哲才可以永放光彩，经历几世几代却怡然自得。志存高远心如天高，却像天上的浮云一样来回飘动。我志向远大不被理解，只好赋诗表明内心的真情。

荠

原文

唯佳人之独怀兮，折若椒以自处。曾歔欷之嗟嗟兮，独隐伏而思虑。涕泣交而凄凄兮，思不眠以至曙。终长夜之曼曼兮，掩此哀而不去。寤从容以周流兮，聊逍遥以自恃。伤太息之愍怜兮，气於邑而不可止。纠思心以为纕兮，编愁苦以为膺。折若木以蔽光兮，随飘风之所仍。存髣髴而不见兮，心踊跃其若汤。抚佩衽以案志兮，超惘惘而遂行。岁曶曶其若颓兮，时亦冉冉而将至。

译文

美人有着独特的胸怀啊，摘取香草孤独而处。我曾经多次哭泣久久叹息，独居于荒僻的处所不住地思量。伤心的眼泪不停地流淌，忧思难解失眠到黎明。熬过漫无边际的夜晚，压抑心中的悲伤却无法缓解。醒来后我四处散步行走，姑且自我娱乐以宽慰我心。满心悲悯使我哀伤不已，胸中气息哽咽难以顺畅。我把这忧心织成佩带，把愁绪编成心衣。折一根神木枝条遮蔽晨光，随着疾风四处飘荡。周围的一切好像再也看不见了，内心却像沸水一般跳动。手摸玉佩衣襟抑制内心的激情，心中迷茫继续前行。岁月很快就过去了，我的一生慢慢地就要结束了。

原文

薠蘅槁而节离兮，芳以歇而不比。怜思心之不可惩兮，证此言之不可聊。宁逝死而流亡兮，不忍为此之常愁。孤子吟而抆泪兮，放子出而不还。孰能思而不隐兮，照彭咸之所闻。登石峦以远望兮，路眇眇之默默。入景响之无应兮，闻省想而不可得。愁郁郁之无快兮，居戚戚而不可解。心鞿羁而不开兮，气缭转而自缔。

译文

白薠和杜蘅干枯了，树叶也凋零了，花朵逐渐凋谢，不再像以前那样茂盛。可叹我的忧心不可改变，证明克制愁怨的那些话都是不可信的。宁可立刻死去灵魂飘远，也无法忍受这没完没了的忧虑。我独自一人擦着眼泪，像弃儿一样无家可归。谁能想到这些还不痛苦，真想了解彭咸为人称道的地方。登上山峦举目远眺，路途遥远而又悄无声息。进入到空旷寂静的地方，耳听、目看、心想都无法得见家国。情愁郁结心里毫无快乐，忧虑凄惨悲凉无法解脱。心思受到羁绊无法开解，气息缠绕而结成一团。

原文

穆眇眇之无垠兮，莽芒芒之无仪。声有隐而相感兮，物有纯而不可为。藐蔓蔓之不可量兮，缥绵绵之不可纡。愁悄悄之常悲兮，翩冥冥之不可娱。凌大波而流风兮，托彭咸之所居。上高岩之峭岸兮，处雌蜺之标颠。据青冥而摅虹兮，遂儵忽而扪天。吸湛露之浮源兮，漱凝霜之雰雰。依风穴以自息兮，忽倾寤以婵媛。冯昆仑以瞰雾兮，隐岷山以清江。惮涌湍之磕磕兮，听波声之汹汹。

译文

宇宙渺茫没有边际，天地广阔茫茫无边。就像有细微的声音相互感应，纯洁美好的事物却往往无法补救。愁绪漫长遥远无法测量，忧思缥缈绵长不可断绝。惆怅悄然而生令我悲戚，远走高飞也难以舒心。乘着波浪随风远去，到先贤彭咸住的地方去安身。我攀上高山上的悬崖峭壁，就像是处在彩虹的顶峰上面。我依据青天布置彩虹，可以很快触及苍天。我吮吸的甘露清凉无比，还含漱着飞落的凝霜。依靠风穴旁边姑且休息一下，可又忽然惊醒过来，感到情思缠绵。靠着昆仑山俯瞰云雾，依靠岷山眺望清澈的江水。奔流叩击岩石声音骇人，波涛气势汹汹震耳欲聋。

原文

纷容容之无经兮，罔芒芒之无纪。轧洋洋之无从兮，驰委移之焉止。漂翻翻其上下兮，翼遥遥其左右。氾潏潏其前后兮，伴张弛之信期。观炎气之相仍兮，窥烟液之所积。悲霜雪之俱下兮，听潮水之相击。借光景以往来兮，施黄棘之枉策。求介子之所存兮，见伯夷之放迹。心调度而弗去兮，刻著志之无适。

曰：吾怨往昔之所冀兮，悼来者之悐悐。浮江淮而入海兮，从子胥而自适。望大河之洲渚兮，悲申徒之抗迹。骤谏君而不听兮，重任石之何益。心絓结而不解兮，思蹇产而不释。

心里烦乱毫无条理，情思错杂难以理清。这恼人的愁绪到底

浪涛激荡

从何处来，弯曲流动在何处停止。心绪翻动上下沉浮，左右摆动。如同潮水汹涌湍急前后泛滥，依据特定的时间起起落落。我观看不断蒸发的水汽，慢慢地凝结成了水滴。悲叹霜雪一起下降，听见了潮水撞击的声响。我趁着时光美好四处漫游，用弯曲的黄荆马鞭驾马而行。寻求介子推所在的地方，探访伯夷首阳的遗迹。心里反复思量无法释怀，意志刻骨铭心令我决定不再离开。

尾声：我多么哀怨以前曾抱过的希望，悲叹未来心里忧惧万分。顺着江淮波涛直奔大海，追随伍子胥的脚步以求内心的安宁。遥望大河之中的沙洲，悲叹申徒狄高尚的事迹。反复给君王进言不见采用，抱石沉江又有何益。心思凝结不可解开，心绪不畅难以排解。

简析

这是一首愤世嫉俗的作品，也是一首绝佳的抒情诗。回风就是旋风，旧注指谗佞，现在研究看来不单指谗佞，大多情况下也指那个腐朽的社会及其最高的统治者。在《九章》的其他各篇中，作者大都采用抒情和叙事相结合的艺术手法，唯独这首《悲回风》，作者怀着极其沉痛的心情，反复抒发内心的情感，所谓“愤怒出诗人”，“发愤以抒情”，在这首诗中得到了具体充分的体现。

远游

此篇篇名取自『悲时俗之迫阨兮，愿轻举而远游』，描写了在天上神游，超离世俗的快乐。文中作者的想象奇幻朦胧，表达了其内心对纯真世界的向往与追求，开启了后世『游仙诗』的先河。

原文

悲时俗之迫阨兮，愿轻举而远游。质菲薄而无因兮，焉托乘而上浮。遭沉浊而污秽兮，独郁结其谁语！夜耿耿而不寐兮，魂茕茕而至曙。

译文

悲叹社会时俗使人陷入困境，我想要像仙人一样高飞远游。禀性鄙陋又无机缘，怎么会有人指引我去九天周游。遭逢充满污秽的风俗败坏之世，心中的郁结又能向谁去说！每天晚上心事重重难以入睡，一个人孤单寂寞直到天亮。

原文

唯天地之无穷兮，哀人生之长勤。往者余弗及兮，来者吾不闻。步徙倚而遥思兮，怊惝怳而乖怀。意荒忽而流荡兮，心愁悽而增悲。神倏忽而不反兮，形枯槁而独留。内唯省以端操兮，求正气之所由。漠虚静以恬愉兮，澹无为而自得。

译文

一想到天地的无穷无尽，就会悲叹人生充满艰辛。过去的人和事我赶不上，未来的我也不可能知晓。我徘徊不前而思绪遥远，惆怅失意而违背了当初的理想。精神恍惚感觉无所依托，心中愁闷，悲伤日益加深。我的灵魂快速离去不能回归，只剩下枯槁的肉身自己独处。反省自己以端正我的节操，寻求天地正气到底是因何而生。我清虚恬静自得其乐，淡泊名利而悠闲

自在。

原文

闻赤松之清尘兮，愿承风乎遗则。贵真人之休德兮，美往世之登仙。与化去而不见兮，名声著而日延。奇傅说之托辰星兮，羡韩众之得一。形穆穆以浸远兮，离人群而遁逸。因气变而遂曾举兮，忽神奔而鬼怪。时髣髴以遥见兮，精皎皎以往来。绝氛埃而淑尤兮，终不返其故都。免众患而不惧兮，世莫知其所如。

译文

听说赤松子修行到了清静无为的境界，我很愿秉承他的遗风法则。崇尚得道之人的美德，羡慕以前的人能够成仙。他们羽化升仙消失不见，名声却四处传播而流传久远。传说傅说死后能上天化为星辰，我羡慕韩众能够修成仙体。他们的身体寂静逐渐远去，离开喧嚣而避世隐居。凭借精气的变化而高飞上天，就像神鬼一般快速出没。有时仿佛可以远远看见，神灵闪耀在天上走来走去。超脱世俗到达神仙境界，从此不再返回故国。摆脱众人的迫害再也无所畏惧，世人都不知我要去何方。

赤松子

原文

恐天时之代序兮，耀灵晔而西征。微霜降而下沦兮，悼芳草之先零。聊仿佯而逍遥兮，永历年而无成。谁可与玩斯遗芳兮，晨向风而舒情。高阳邈以远兮，余将焉所程。

担心四季交叠，年月流逝，太阳闪耀着光芒渐渐西下。薄薄的秋霜也开始降临了，悲叹香草会最先凋零。我姑且在此盘桓散心吧，只可惜一年年过去却一事无成。谁能和我一起欣赏这残留的芳草，清晨迎着清风舒展情怀。古帝高阳离现在太久远了，我又将如何效法他呢？

原文

重曰：春秋忽其不淹兮，奚久留此故居？轩辕不可攀援兮，吾将从王乔而娱戏！餐六气而饮沆瀣兮，漱正阳而含朝霞。保神明之清澄兮，精气入而粗秽除。顺凯风以从游兮，至南巢而壹息。见王子而宿之兮，审壹气之和德。

又说：四季很快过去不会停留，又何必长时间住在故居？黄帝不可攀附难以求助，我要跟随王子乔游乐嬉戏。吸食天地六气而渴饮朝露，呼吸正阳之气口含朝霞的芬芳。保持精神心灵清新纯净，吸收精气排出浊气。我乘着南风去四方游玩，到了南巢停下休息。看见王子乔我上前作揖，向他请教升仙之道。

原文

曰：道可受兮，不可传；其小无内兮，其大无垠；无滑而魂兮，彼将自然；壹气孔神兮，于中夜存；虚以待之兮，无为之先；庶类以成兮，此德之门。

译文

王子乔说：道只可意会，不能言传；小到不能再分，又大到没有边际；不要搅乱你的精神，道就可以自然形成；一元之气非常神秘，在半夜寂静时分方可留存；请虚心谨慎地等它的来临，不要产生提前迎接的心愿；万物都是这样形成的，这就是得道的法门。

原文

闻至贵而遂徂兮，忽乎吾将行。仍羽人于丹丘兮，留不死之旧乡。朝濯发于汤谷兮，夕晞余身兮九阳。吸飞泉之微液兮，怀琬琰之华英。玉色頩以脕颜兮，精醇粹而始壮。质销铄以汋约兮，神要眇以淫放。嘉南州之炎德兮，丽桂树之冬荣。山萧条而无兽兮，野寂漠其无人。载营魄而登霞兮，掩浮云而上征。命天阍其开关兮，排阊阖而望予。召丰隆使先导兮，问大微之所居。集重阳入帝宫兮，造旬始而观清都。

译文

听了至理妙言就想前往探寻，我迫不及待地出发上路。跟随仙人到达他们居住的丹丘，停留在这长生不死的神仙的故乡。

早晨我在汤谷洗净头发，傍晚到九阳之中晒干全身。吸饮昆仑飞泉的泉水，怀抱美丽珠玉的精华。我的面如美玉光泽鲜明，精神纯净气息渐壮。凡胎脱尽变得体态轻盈，神思幽远而精神旺盛。南国气候温暖令人赞叹，桂树冬天也吐芬芳让人喜欢。山林萧条野兽罕见，原野寂静空无一人。载着魂魄踏上朝霞，乘着浮云向上飞升。我叫帝宫门神把天门打开，他推开大门看着我进来。我招呼丰隆来做我的向导，向他询问天庭太微星住的地方。升上九天进入帝宫，造访旬始星遍览天庭清都。

原文

朝发轫于太仪兮，夕始临乎于微闾。屯余车之万乘兮，纷溶与而并驰。驾八龙之婉婉兮，载云旗之逶蛇。建雄虹之采旄兮，五色杂而炫耀。服偃蹇以低昂兮，骖连蜷以骄骜。骑胶葛以杂乱兮，斑漫衍而方行。撰余辔而正策兮，吾将过乎句芒。历太皓以右转兮，前飞廉以启路。阳杲杲其未光兮，凌天地以径度。风伯为作先驱兮，氛埃辟而清凉。凤皇翼其

承旂兮，遇蓐收乎西皇。擥彗星以为旍兮，举斗柄以为麾。叛陆离其上下兮，游惊雾之流波。时暧曃其曭莽兮，召玄武而奔属。后文昌使掌行兮，选署众神以并毂。路漫漫其修远兮，徐弭节而高厉。左雨师使径侍兮，右雷公以为卫。欲度世以忘归兮，意恣睢以担挢。内欣欣而自美兮，聊媮娱以自乐。涉青云以泛滥游兮，忽临睨夫旧乡。仆夫怀余心悲兮，边马顾而不行。思旧故以想象兮，长太息而掩涕。氾容与而遐举兮，聊抑志而自弭。指炎神而直驰兮，吾将往乎南疑。

译文

早晨从天宫启程，傍晚抵达医巫闾山。万辆马车聚集在一起，众车缓慢而行并驾向前。驾车的八条龙迤逦而行，载着的云旗随风飘扬。竖起绘有雄虹的彩色大旗，旗子五彩缤纷光彩夺目。居中的马高大矫健俯仰自如，两边的马健壮而恣意纵横。车马相互交错杂乱无章，车队绵绵不绝并行向前。我抓紧缰绳握住马鞭，驾车就要经过东方木神句芒。经过太皓身旁再转向右边，有风伯飞廉在队列前边带路。明亮的太阳还没有放射光芒，超越天地径自向前。风伯做我车队的先驱，扫除尘埃迎来清凉。凤凰伸展彩翼承接云旗，在西帝那里遇到了神仙蓐收。摘下彗星作为旗帜，举着北斗的斗柄用来指挥。五光十色的旗子上下闪动，在云海波涛中自由流动。天色逐渐昏暗四周朦胧，我招呼玄武前来相伴。让文昌在后面掌管行程，部署众神并驾前驱。前方的道路漫长遥远，我驾着车马缓缓驶向云天。安排雨师在左边随侍，雷公在右边保驾护从。想超脱俗世乐而忘返，随心所欲高飞远去。我暗自高兴自认为美好，所以姑且尽情欢乐放松身心。飞越层云漫游纵横，忽然低头看到了我的故乡。车夫感怀我心悲伤啊，车驾两侧的马也回头眺望不肯向前。思念老朋友很想见到他们，我长长叹息泪如雨下。从容漫游去远方逍遥自在，不妨先抑制情感宽慰一下自己。追寻南方火神径直驱车奔驰，我将要到达九疑山。

原文

览方外之荒忽兮，沛罔象而自浮。祝融戒而还衡兮，腾告鸾鸟迎宓妃。张《咸池》奏《承云》兮，二女御《九韶》歌。使湘灵鼓瑟兮，令海若舞冯夷。玄螭虫象并出进兮，形蟉虯而逶蛇。雌蜺便娟以增挠兮，鸾鸟轩翥而翔飞。音乐博衍无终极兮，焉乃逝以徘徊。舒并节以驰骛兮，逴绝垠乎寒门。轶迅风于清源兮，从颛顼乎增冰。历玄冥以邪径兮，乘间维以反顾。召黔赢而见之兮，为余先乎平路。经营四荒兮，周流六漠。上至列缺兮，降望大壑。下峥嵘而无地兮，上寥廓而无天。视儵忽而无见兮，听惝怳而无闻。超无为以至清兮，与泰初而为邻。

译文

遥望世外渺茫无垠，我仿佛在浩瀚波涛里上下浮游。火神祝融告诫我掉转车头，我传令鸾鸟前去迎接宓妃。安排《咸池》之乐，弹起《承云》之曲，娥皇、女英奏起《九韶》之歌。让湘水之神弹奏瑟乐，叫海神与河神共同跳舞。黑龙与水怪都来欢乐，形体曲折婉转自如。彩虹轻盈美好层层环绕，青鸾神鸟高高飞翔纵情跳舞。音乐宏博缭绕不绝，于是我去远方徘徊探寻。放松缰绳任马驰骋，远到天边北极的苦寒之地。超越急风来到风的源头，跟随颛顼来到冰天雪地。通过水神前面的崎岖小路，在天地之间徘徊不已。召唤造化之神过来相见啊，叫他前去为我铺平道路。我驾车转遍四方之地，周游六合广阔的区域。向上直到高空闪电的空缺，向下俯瞰大海最深的地方。下面深远渺茫不见大地，上面空旷无际不见苍天。一切都转瞬即逝什么也看不见，周围空旷寂寞什么也听不清。远远胜过无为清静的境界，去和太初结伴为邻。

简析

自从东汉王逸《楚辞章句》将《远游》的作者确定为屈原以后，向来没有不同意见。可是近代以来的学术界，却有相当一部分人对此产生了怀疑。他们提出，《远游》中充满了浓厚的道家方士思想，宣扬的是道家超脱尘世的人生观，与屈原作品中一贯的积极入世的思想大相径庭。因此他们认为《远游》并非屈原所作，把它划入了伪作之列。细读全文，《远游》确实与屈赋其他篇章存在着明显的不同，但这种不同，是否就能作为辨别真伪的证据呢？其实，诗人在自己的政治理想破灭后决定高蹈远游以避世的思想，在《离骚》《九章》等作品中也可以看到蛛丝马迹，只是在《远游》中发挥得越发淋漓尽致罢了。我们细细研读诗人的全部作品，找出他远游思想的来源后，便自然会得出《远游》的作者非屈原莫属的结论。当然，从艺术的角度来看，《远游》的成就远远不及《离骚》等作品，可是它也有不可磨灭的价值，它是我们今天全面窥探“这一个”伟大爱国诗人灵魂奥秘的不可或缺的篇章。

卜居

"卜居"，即求神问卜居所之意，在本篇中是指通过占卜决定如何对待社会现实。

原文

屈原既放，三年不得复见。竭知尽忠，而蔽障于谗。心烦意乱，不知所从。乃往见太卜郑詹尹曰：“余有所疑，愿因先生决之。”詹尹乃端策拂龟，曰：“君将何以教之？”屈原曰：“吾宁悃悃款款朴以忠乎？将送往劳来斯无穷乎？宁诛锄草茅以力耕乎？将游大人以成名乎？宁正言不讳以危身乎？将从俗富贵以偷生乎？宁超然高举以保真乎？将哫訾栗斯，喔咿嚅儿以事妇人乎？宁廉洁正直以自清乎？将突梯滑稽，如脂如韦，以洁楹乎？宁昂昂若千里之驹乎？将泛泛若水中之凫乎，与波上下，偷以全吾躯乎？宁与骐骥亢轭乎？将随驽马之迹乎？宁与黄鹄比翼乎？将与鸡鹜争食乎？此孰吉孰凶？何去何从？世溷浊而不清，蝉翼为重，千钧为轻；黄钟毁弃，瓦釜雷鸣；谗人高张，贤士无名。吁嗟默默兮，谁知吾之廉贞！”詹尹乃释策而谢，曰：“夫尺有所短，寸有所长，物有所不足，智有所不明，数有所不逮，神有所不通。用君之心，行君之意，龟策诚不能知事。”

屈原已经被放逐，三年都没能够再见到楚王。屈原为国家竭尽才智，忠心耿耿，却因为谗言而行事受到阻挠。他心中烦闷，思绪混乱，不知道如何是好。于是前去拜访太卜郑詹尹，向他问道：“我有一些疑虑的事情，希望先生可以为我判断一下。”詹尹便将占卜用的蓍草整齐地摆好，拂净龟甲，说：“您想问什么事？”屈原说：“我应该诚恳勤勉，质朴而忠诚呢，还是迎来送往，无休止地应酬、周旋呢？我是应该锄草翻地，努力耕种，还是游走在权贵之间，以求获取功名？我应该不顾自身安危，直言不讳地进谏呢，还是随从世俗，追求富贵却无所作为地生活？我应该遗世独立，远离尘嚣，纯真地生活，还是阿谀奉承，强颜欢笑地去侍奉高贵的妇人？我应该清廉高洁、正直清白地做人，还是圆滑随俗，像油脂般滑腻、牛皮般柔软地邀宠求荣？我应该像日行千里的骏马那样志行高超，还是似水中的野鸭漂浮不定、随波逐流，以保全自身呢？我应该与骏马并驾齐驱，还是踏上劣马走过的道路？我应该与黄鹄比翼飞翔呢，还是去和鸡鸭夺食？这些事情哪个吉利，哪个凶险？哪些应该舍弃，哪些可以遵从？这世道浑浊不明，是非不清，薄薄的蝉翼被说得那样重，千钧之物却被看得那么轻；声音响亮的黄钟被毁坏抛弃，陶质的锅这般鄙俗的物品却被当作乐器敲得如雷轰鸣；奸谗小人官居高位，嚣张跋扈，贤能的人士默默无名，不被重视。哎，不想再说下去了，有谁知道我的廉洁忠贞！”詹尹于是放下蓍草，辞谢说：“一尺虽然长，但也有嫌它短的时候；一寸虽然短，却也有嫌它长的地方。万物都有它的不足之处，再有智慧的智者也会有不懂的道理。术数有推算不到的地方，神灵也有力不能

屈原见郑詹尹

及的事。您就遵循自己的心意，按照自己的心意去行动吧。您的这些问题，我实在是无法用龟甲和蓍草为您推算出来。”

全篇采用散文化的笔法进行叙述，借由占卜问卦的形式来表述作者崇高的人生志向与不愿和世俗同流合污的决心。文中所用的问答方式，因被视为后世辞赋杂文宾主问答体的滥觞而备受称颂。

文中，屈原一连提出十几个问题，向太卜郑詹尹卜问该如何选择处世方式。他虽然不断地提出问题，但实际上心中早有取舍。通过这些问话屈原向世人表达了他对黑暗现实的愤怒和抵抗，对真美善的坚持和对保持着正确人生态度的人所遭遇的困境的惋惜之情。全文最后，郑詹尹用“夫尺有所短，寸有所长，物有所不足，智有所不明”的回答开导，并安慰心中烦闷的屈原，告诉他做事应该遵循内心的声音，按照自己心中最真实的意愿去行动，这样便可以自然而然地寻找到解决方法和人生出路。郑詹尹的回答富有哲理，值得我们深入认真地进行思考。

渔父

本篇叙述了一个富有哲理的故事，从中可以集中看出屈原出淤泥而不染的崇高气节。

原文

屈原既放，游于江潭，行吟泽畔，颜色憔悴，形容枯槁。渔父见而问之曰：“子非三闾大夫与？何故至于斯？”屈原曰：“举世皆浊我独清，众人皆醉我独醒，是以见放。”渔父曰：“圣人不凝滞于物，而能与世推移。世人皆浊，何不淈其泥而扬其波？众人皆醉，何不餔其糟而歠其釃？何故深思高举，自令放为？”屈原曰：“吾闻之，新沐者必弹冠，新浴者必振衣。安能以身之察察，受物之汶汶者乎？宁赴湘流，葬于江鱼之腹中。安能以皓皓之白，而蒙世俗之尘埃乎？”渔父莞尔而笑，鼓枻而去。歌曰：“沧浪之水清兮，可以濯吾缨；沧浪之水浊兮，可以濯吾足。”遂去，不复与言。

译文

屈原被放逐之后，来到江边独自游荡。他沿河一边走路一边吟唱，面容憔悴，模样枯瘦。渔父看到屈原就问他：“您不就是三闾大夫吗？为什么会沦落到这种地步呢？”屈原说：“世上人人都肮脏只有我清白，个个都沉醉不醒唯独我头脑清醒，因此被君王放逐到此地。”渔父说：“圣人从来不被外物束缚住，而能根据世道变化采取行动。既然世上的人都肮脏不堪，您为什么不也搅浑泥水推波助澜呢？既然个个都沉醉不醒，您为什么不也跟着吃那酒糟喝那酒汁？为什么您偏要深思熟虑超脱众人，以至于被放逐呢？”屈原说：“我听说刚洗过头的人一定要弹去帽子上的灰尘，刚洗过澡的人一定要抖净衣服上的尘土。哪能让清白的身体去接触污浊的外物？我宁愿投入湘水之中，

葬身到江中群鱼的腹中。哪能让美好的东西去蒙受世俗尘埃的玷污呢？”渔父微微一笑，叩桨而去，放声歌唱道：“沧浪水清澈，可用来洗我的帽缨；沧浪水浑浊，可用来洗我的双足。”唱完就远去了，不再和屈原说话。

简析

全诗开始呈现在读者面前的，是这样一幅情景：茫茫旷野，滔滔江流，无边无际的苍穹下面，一个筋疲力尽的行人在踽踽独行。身经漫长的流放生涯，内心负荷着忧国忧民的巨大痛苦，这位内心正直的贵族，早已“颜色憔悴，形容枯槁”了。然而，即使来到这人迹罕至的江边，他也不停止吟唱——他要唱出自己的忠贞、不幸、愤怒和哀伤。此时此刻，屈原实在是需要一位知音来倾听他那字字血泪的心声啊！这时，诗篇中另一位人物——那超脱旷达的渔父，飘然走到屈原面前。

通过两者的问答，屈原表达出“宁赴湘流，葬于江鱼之腹中，安能以皓皓之白，而蒙世俗之尘埃乎”的坚强决心。面对这坚如磐石的想法，任何语言都没有用了。

渔父飘然而来，又倏然而逝，留下千古的感慨，让一代又一代读者去咀嚼品味。

九辩

《九辩》是宋玉所写的长篇抒情诗。九辩：本是一种古代反复回唱多遍的民间乐调，诗人运用这种乐调形式来抒怀，主要写他在政治上受到权贵的排挤而郁郁不得志的心情和穷困潦倒的生活，以及他不肯与世俗同流合污的思想感情。

原文

悲哉秋之为气也！萧瑟兮草木摇落而变衰，憭栗兮若在远行，登山临水兮送将归，泬寥兮天高而气清，寂寥兮收潦而水清，憯悽增欷兮薄寒之中人，怆怳忙悢兮，去故而就新，坎廪兮贫士失职而志不平，廓落兮羁旅而无友生。惆怅兮而私自怜。燕翩翩其辞归兮，蝉寂漠而无声。雁雍雍而南游兮，鹍鸡啁哳而悲鸣。独申旦而不寐兮，哀蟋蟀之宵征。时亹亹而过中兮，蹇淹留而无成。

译文

秋天的气氛真悲凉啊！草木在萧瑟的秋风中飘零凋落。心情凄凉万分就像远走他乡的人，又像登上高山对着流水送别友人。碧空万里，天高云淡空气清爽。寂静寥廓，秋天积水消退，江水清澈平静。秋风袭人使人感到寒冷，伤情倍增。内心惆怅悲愤，辞别故土，远走他乡。经历艰难险阻，被放逐的贫寒之士心中不平。形单影只，远在他乡没有亲朋好友。感到惆怅悲伤，只好独自哀怜。燕子告辞翩然飞回南方，秋蝉寂寞终日默不作声。大雁成群结队，鸣叫着向南飞去，鹍鸡叫声悲凉，声声不断。我夜不能寐，独自到天明，可叹蟋蟀在夜间不住哀鸣。时光转眼流逝，如今已过中年，我还停在他乡一事无成。

原文

悲忧穷戚兮独处廓，有美一人兮心不绎。去乡离家兮徕远客，超逍遥兮今焉薄？专思君兮不可化，君不知兮可奈何！蓄怨兮积思，心烦憺兮忘食事。愿一见兮道余意，君之心兮与余异。车既驾兮朅而归，不得见兮心伤悲。倚结軨兮长太息，涕潺湲兮下沾轼。忼慨绝兮不得，中瞀乱兮迷惑。私自怜兮何极，心怦怦兮谅直。

译文

悲伤忧愤独处空旷境地，有个美人心里痛苦不已。背井离乡客居远方，到处游荡不知去向何方？一心思念君主毫不动摇，君王毫不知情，让我无可奈何！怨恨忧愁终日在心里蓄积，心情烦躁常常忘却饮食。想见一回君王陈述真情，可君王的心与我不同。驾好车马前去，却又无功而返，见不到君王内心伤悲。靠着车窗长长叹息，眼泪流下，浸湿了车轼。悲愤得想与君王决绝又做不到，心里烦乱丛生愁思难解。独自哀怜自己，何时才能解脱。忠心耿耿，坚定不移。

原文

皇天平分四时兮，窃独悲此凛秋。白露既下百草兮，奄离披此梧楸。去白日之昭昭兮，袭长夜之悠悠。离芳蔼之方壮兮，余萎约而悲愁。秋既先戒以白露兮，冬又申之以严霜。收恢台之孟夏兮，然欿傺而沇臧。叶菸邑而无色兮，枝烦挐而交横；颜淫溢而将罢兮，柯彷佛而萎黄；萷椮之可哀兮，形销铄而瘀伤。唯其纷糅而将落兮，恨其失时而无当。揽騑辔而下节兮，聊逍遥以相佯。岁忽忽而遒尽兮，恐余寿之弗将。悼余生之不时兮，逢此世之俇攘。澹容与而独倚兮，蟋蟀鸣此西堂。心怵惕而震荡兮，何所忧之多方！仰明月而太息兮，步列星而极明。

译文

上天把一年分为四季，我只悲叹凛凛寒秋。白露降临侵袭百草，时间不长梧楸就凋零了。灿烂太阳慢慢消散，继而进入漫漫长夜。告别了壮年的繁盛美好，衰弱困顿令人悲伤。秋天到来必先用白露示警，寒冬降临又警示以层层严霜。收起盛夏的繁茂景象，万物生机都在深

冬隐藏起来。树叶枯萎，失去动人的光泽，树干纷乱纵横，交错无章。树叶黯淡就要凋零，树干也已经干枯萎黄。树梢光秃令人悲哀，树身备受摧残遍体鳞伤。想到枝叶就要纷纷飘落，哀叹错过了美好时节。收起缰绳放下马鞭，姑且在此地徘徊徜徉。时光荏苒很快就会过去，我的寿命恐怕也快终结了。悲叹自己生不逢时，遭遇时势纷乱的世道。淡泊闲散高傲独立，只听蟋蟀在西堂哀叫。内心惊惧心神不定，为何百感交集，忧愁万分！仰望明月放声长叹，星夜下独步行走直到天明。

原文

窃悲夫蕙华之曾敷兮，纷旖旎乎都房。何曾华之无实兮，从风雨而飞飏。以为君独服此蕙兮，羌无以异于众芳。闵奇思之不通兮，将去君而高翔。心闵怜之惨凄兮，愿一见而有明。重无怨而生离兮，中结轸而增伤。岂不郁陶而思君兮？君之门以九重。猛犬狺狺而迎吠兮，关梁闭而不通。皇天淫溢而秋霖兮，后土何时而得漧！块独守此无泽兮，仰浮云而永叹。

译文

悲叹层叠开放的蕙花，枝繁叶茂长在宫殿华屋之中。为什么开了花却没有结果，花瓣随着风雨四处飘零。我还以为君王只喜欢佩带蕙花，岂知蕙花在他眼中也和众花一样。好的谋略不被采纳，我要离开君王去别的地方。心里常常感到忧愁悲伤，只想见了君王面陈实情。一想到自己无辜被放逐，心中痛苦郁结更加悲伤。怎能不愁思郁结，思念君王？无奈宫廷幽深，更有九重大门。还有狂犬迎面吠叫，宫门紧闭，桥梁封锁，闭塞不通。天上秋雨绵绵，土地什么时候才能干！独自一人空守荒芜沼泽，仰望浮云不住叹息。

何时俗之工巧兮，背绳墨而改错！却骐骥而不乘兮，策驽骀而取路。当世岂无骐骥兮，诚莫之能善御。见执辔者非其人兮，故驹跳而远去。凫雁皆唼夫梁藻兮，凤愈飘翔而高举。圜凿而方枘兮，吾固知其钼铻而难入。众鸟皆有所登栖兮，凤独遑遑而无所集。愿衔枚而无言兮，尝被君之渥洽。太公九十乃显荣兮，诚未遇其匹合。谓骐骥兮安归？谓凤皇兮安栖？变古易俗兮世衰，今之相者兮举肥。骐骥伏匿而不见兮，凤皇高飞而不下。鸟兽犹知怀德兮，何云贤士之不处？骥不骤进而求服兮，凤亦不贪餧而妄食。君弃远而不察兮，虽愿忠其焉得？欲寂漠而绝端兮，窃不敢忘初之厚德。独悲愁其伤人兮，冯郁郁其何极！

为何世俗之人善于投机取巧，没有规矩偏离正道！有千里马不去骑，却偏要乘着劣马上路。难道现在没有好马吗，其实是没有善于驾驭好马的车夫。好马遇到不合适的车夫，便会扬蹄飞奔而去。野鸭和大雁吞食粟米水藻，凤凰则飘然地飞在高空。圆孔碰到方形木柄，我早知两者相抵触难以插入。所有的鸟都有栖息之地，凤凰却没有地方安身。我本想闭嘴不再言语，却又难忘君王曾经的厚恩。姜太公九十岁方显尊荣，实在是以前

难遇圣主。骏马的归宿在什么地方？凤凰又栖息在何处？人心不古啊世道衰落，如今的相马人只看马是否肥硕。骏马都隐藏起来不让别人看见，凤凰飞到天上不肯再下来。鸟兽尚且知道感恩图报，为什么贤士纷纷离开仕途？骏马不会为了受重用而去驾车，凤凰不会贪求饲养而乱吃东西。君王不加明察远离贤士，贤士虽想效忠君王却怎能如愿？本想默默切断对君王的思念，却不敢忘记往日的君恩。暗自悲愁确实伤人啊，满腔悲愤要郁结到什么时候呢！

原文

霜露惨凄而交下兮，心尚幸其弗济。霰雪雰糅其增加兮，乃知遭命之将至。愿徼幸而有待兮，泊莽莽与野草同死。愿自往而径游兮，路壅绝而不通。欲循道而平驱兮，又未知其所从。然中路而迷惑兮，自压桉而学诵。性愚陋以褊浅兮，信未达乎从容。窃美申包胥之气盛兮，恐时世之不固。何时俗之工巧兮？灭规矩而改凿。独耿介而不随兮，愿慕先圣之遗教。处浊世而显荣兮，非余心之所乐。与其无义而有名兮，宁处穷而守高。

食不偷而为饱兮，衣不苟而为温。窃慕诗人之遗风兮，愿托志乎素餐。蹇充倔而无端兮，泊莽莽而无垠。无衣裘以御冬兮，恐溘死不得见乎阳春。

霜露交加凄惨万分，心里依然希望他们的奸计不能得逞。雪珠雪花混在一起越下越大，才知道灾难即将到来。心存侥幸继续等待，却最终和野草一起枯死。希望一直前行，不想道路断绝不可通行。想遵循正道稳步前进，却又不知应该去什么地方。走到半道就迷惑不前，只好自己克制情感作诗朗诵。生性愚昧才疏学浅，实在不能达到从容吟诵的境界。我暗自赞叹申包胥的高尚气节，又怕现在的世道和以前不同。为什么现在的人们善于投机取巧，偏要毁弃规矩篡改法度？我独自耿介而不随波逐流，愿以前代圣贤为榜样。身处浊世而得到富贵荣耀，并不是我内心想要的东西。与其毫无道义而又徒有虚名，情愿独处在这贫穷之地坚守节操。不能为吃饱去苟且求食，也不能为穿暖苟且索衣。心里思慕古代诗人的遗风，只愿吃粗茶淡饭以磨砺气节。道路阻塞无路可走，就像茫茫荒野没有边际一样。没有棉衣抵御寒冬，恐怕会突然死去不能见来年的春光。

靓杪秋之遥夜兮，心缭悷而有哀。春秋逴逴而日高兮，然惆怅而自悲。四时递来而卒岁兮，阴阳不可与俪偕。白日晼晚其将入兮，明月销铄而减毁。岁忽忽而遒尽兮，老冉冉而愈弛。

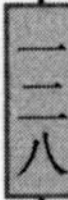

独怅

心摇悦而日幸兮，然怊怅而无冀。中憯恻之凄怆兮，长太息而增欷。年洋洋以日往兮，老嵺廓而无处。事亹亹而觊进兮，蹇淹留而踌躇。

深秋的长夜充满寂寞，心里缠绕着无尽悲哀。一年一年过去，不觉年事已高，令人悲伤倍感惆怅。四季交替，一年很快就会过去，夏冬不可能同时存在。太阳就要慢慢地落山了，圆圆的明月也会缺损隐逸。岁月如梭一年将尽，自己渐渐衰老精神大不如前。心意摇摆不定，还存有侥幸心理，然而最后总是惆怅失意，愁绪倍增。心头哀痛凄惨，不禁长声叹息不住悲泣。岁月一天天地流逝，老来倍感空虚无处安身。勤于国事我还想追求进取，然而总是踏步不前心生彷徨。

原文

何泛滥之浮云兮，猋壅蔽此明月！忠昭昭而愿见兮，然霒曀而莫达。愿皓日之显行兮，云蒙蒙而蔽之。窃不自料而愿忠兮，或黕点而污之。尧舜之抗行兮，瞭冥冥而薄天。何险巇之嫉妒兮，被以不慈之伪名？彼日月之照明兮，尚黯黮而有瑕。何况一国之事兮，亦多端而胶加。

为何乌云总是密布天空，快速飘动遮住了明月！忠心耿耿愿奉献一切，然而云蔽雾障难以达成所愿。希望太阳能够在天空显耀运行，重重的乌云却遮住了它。不顾自身安危只想效忠君王，有人却用污言秽语玷污我的清白。尧舜的德行多么高盛，光辉耀眼直入云霄。为何奸险的小人如此嫉妒啊，以致使他们背上不慈的罪名？日月之光交相照明，尚且有时出现黑影斑点。何况一个国家的政务，头绪纷繁，难以理清。

被荷裯之晏晏兮，然潢洋而不可带。既骄美而伐武兮，负左右之耿介。憎愠怆之修美兮，好夫人之慷慨。众踥蹀而日进兮，美超远而逾迈。农夫辍耕而容与兮，恐田野之芜秽。事绵绵而多私兮，窃悼后之危败。世雷同而炫曜兮，何毁誉之昧昧！今修饰而窥镜兮，后尚可以窜藏。愿寄言夫流星兮，羌倏忽而难当。卒壅蔽此浮云兮，下暗漠而无光。

披上轻柔鲜艳的荷叶衣服，可是过于宽大不能系腰带。君王自己夸耀美德和武功，依赖那些貌似忠勇的大臣。不善表达的忠臣贤士遭到嫌恶，夸夸其谈的小人却备受宠爱。小人竞相钻营得到高升，正人君子刚正不阿却被日渐疏远。农夫放弃耕作闲在家中，恐怕田地就要荒芜。君王常常处理充满私欲的琐碎小事，国家必定会危亡衰败。世人随声附和相互夸耀，毁誉不分胡乱评判！现在修饰仪容照照镜子，今后还可以逃过危难。想让天上流星把话带给君王，可它转瞬即逝难以追上。乌云已经遮住了天空，天空暗淡不见光亮。

原文

尧舜皆有所举任兮，故高枕而自适。谅无怨于天下兮，心焉取此怵惕？乘骐骥之浏浏兮，驭安用夫强策？谅城郭之不足恃兮，虽重介之何益？邅翼翼而无终兮，忳惽惽而愁约。生天地之若过兮，功不成而无效。愿沉滞而不见兮，尚欲布名乎天下。然潢洋而不遇兮，直怐愗而自苦。莽洋洋而无极兮，忽翱翔之焉薄？国有骥而不知乘兮，焉皇皇而更索？宁戚讴于车下兮，桓公闻而知之。无伯乐之善相兮，今谁使乎誉之？罔流涕以聊虑兮，唯著意而得之。纷忳忳之愿忠兮，妒被离而障之。愿赐不肖之躯而别离兮，放游志乎云中。乘精气之抟抟兮，骛诸神之湛湛。骖白霓之习习兮，历群灵之丰丰。左朱雀之茇茇兮，右苍龙之躍躍。属雷师之阗阗兮，通飞廉之衙衙。前轻辌之锵锵兮，后辎乘之从从。载云旗之委蛇兮，扈屯骑之容容。计专专之不可化兮，愿遂推而为臧。赖皇天之厚德兮，还及君之无恙。

译文

尧舜都善于选拔任用贤才，所以可以高枕无忧安逸自如。自信没有招怨于世人，那心里又何来恐惧？骑着骏马到处游离，驭手何必用坚实的马鞭驱使它？城郭不足凭依，就算甲胄再厚重又有何用？谨慎前行是看不到前途的，忧愁烦闷穷困潦倒。人生如同白驹过隙一样，到现在仍然功业未成。希望隐居在家中无所表现，又想要在天下间声名远播。人世茫茫很难遇到贤君，只是愚钝笨拙自讨苦吃。大海茫茫无边无际，到处飞翔却无处停留？国内有骏马却不知道乘坐，为什么急着去别处求索？

宁戚在牛车下放歌，桓公听到就知道他是人才。没有善于相马的伯乐，现在谁又能识得骏马呢？惆怅流泪暂且暗自思量，用心探访才能寻得贤士。只想一心一意效忠君王，却被形形色色的小人进谗阻止。请让我这无能之辈离开吧，我要放任神情，遨游太空以寄兴。乘上日月阴阳的精气，追逐群神驰往深邃的天空。驾起白虹高高飞翔，遍览闪耀的繁星。朱雀在左边翩翩飞翔，苍龙在右边蜿蜒前行。雷师在后面大声擂鼓，风神在前面开道前进。前头有卧车铃声作响，后头有辎重车辆紧紧跟随。车轮上的云旗首尾绵延，众多的车马前呼后拥。我心志专一不可改变，只希望推广开去，成为善举。仰仗着皇天的深厚恩德，来保佑君王永远平安。

简析

开篇文字全方位、多角度地展现了秋天廓落悲凉的凄清惨淡和万物萧条的景象。文中所描绘的摇落之草木、气清之天空、收潦之清水、辞归之燕、无声之蝉、南游之雁、悲鸣之鸡、宵征之蟋蟀等等，无不带有浓重的伤感之情。而且在这萧瑟苍凉的秋日景象里，还有一位行走在薄寒之中的孤独游子，因失志而忧愤不已的潦倒贫士！真是秋景与悲情相互交融、哀物与悴人相互混同，构成了一个深宏清丽、意蕴无穷的艺术境界。

宋玉作《九辩》，是在他失志而离开国都以后，独自流浪在他乡的时候。诗中抒写了他"羁旅而无友生""悲忧穷戚兮独处廓"的痛苦，表达了他"纷纯纯之愿忠兮，妒被离而鄣之"的愤慨，反映了他对黑暗现实的憎恶以及对人民疾苦、国家命运的关注，展示了他"与其无义而有名兮，宁穷处而守高"的品格，这些与屈原精神都是相通的。诗中大量袭用或化用屈原《离骚》的词句，并且直接复述其语义和模仿其语气，表明他对屈原诗歌艺术的自觉师法。

招魂

古丧礼中的“复”即是本篇所说的“招魂”，招魂一般是在将死者的尸体安置好之后进行的。招魂者携带死者的衣物登上屋顶，面向北方高呼死者的名字，以此将客死他乡的迷途亡魂招回。

朕幼清以廉洁兮，身服义而未沬。主此盛德兮，牵于俗而芜秽。上无所考此盛德兮，长离殃而愁苦。帝告巫阳曰：“有人在下，我欲辅之。魂魄离散，汝筮予之！”巫阳对曰：“掌梦。上帝其难从。”“若必筮予之，恐后之谢，不能复用巫阳焉。”

译文

我自幼便清高廉洁啊，亲身履行道义，做事从来没有昏暗不明。我秉持着这样美好的德行啊，却被世俗所牵制，被污浊混乱的环境所埋没。上天不能明察我这种美好的德行，使我长期遭受灾祸而忧虑痛苦。天帝告诉巫阳说：“人间有个杰出的人才，我想要祐助他。他的魂魄就要散去了，你用筮卜的方式使他还魂吧！”巫阳回答道：“这件事由解梦官负责，我没有办法执行天帝你的命令。”“你必须筮卜为他还魂，晚了魂魄就要消散了，那时巫阳你再用法术也无济于事了。”

魂魄离散

原文

乃下招曰：魂兮归来！去君之恒干，何为四方些？舍君之乐处，而离彼不祥些！魂兮归来！东方不可以托些。长人千仞，唯魂是索些。十日代出，流金铄石些。彼皆习之，魂往必释些。归来兮！不可以托些。魂兮归来！南方不可以止些。雕题黑齿，得人肉以祀，以其骨为醢些。蝮蛇蓁蓁，封狐千里些。雄虺九首，往来儵忽，吞人以益其心些。归来兮！不可以久淫些。

译文

巫阳于是下到人间招魂说：灵魂啊，回来吧！你离开躯体到四方去游荡是为了什么？你舍弃你的乐土，反而去遭受那些凶险！灵魂啊，回来吧！东方不是你能够寄托的地方。那里的巨人族身高千仞，专门索取魂灵啊。十个太阳交替升起，即使是金属石块也都会被熔化啊。那里的东西对此已习以为常，但是灵魂到了那里却必然会消散。回来吧！你不能寄托在那里。灵魂啊，回来吧！你不能够在南方停留啊。南方蛮夷国度的土著们在额头上描画花纹，把牙齿染黑，他们用人肉来进行祭祀，用人骨来剁酱。那里到处都是

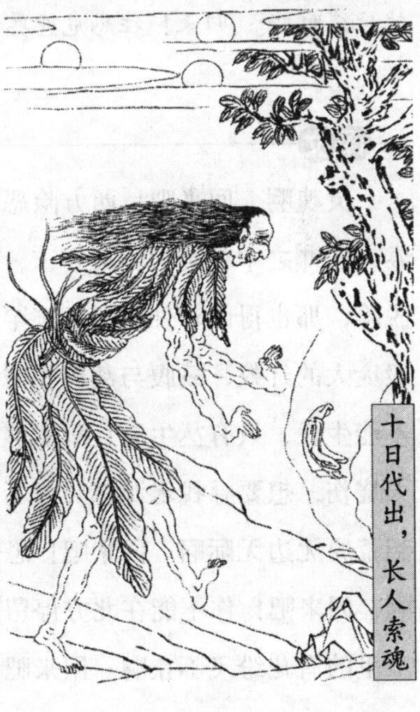
十日代出，长人索魂

成群的蝮蛇，千里之内巨狐驰骋啊。巨大的蛇长有九个脑袋，它来去如眨眼般迅速，靠吃人来补益身心。回来吧！不要长时间逗留啊。

魂兮归来！西方之害，流沙千里些。旋入雷渊，爢散而不可止些。幸而得脱，其外旷宇些。赤蚁若象，玄蜂若壶些。五谷不生，藂菅是食些。其土烂人，求水无所得些。彷徉无所倚，广大无所极些。归来兮！恐自遗贼些。魂兮归来！北方不可以止些。增冰峨峨，飞雪千里些。归来兮！不可以久些。魂兮归来！君无上天些。虎豹九关，啄害下人些；一夫九首，拔木九千些。豺狼从目，往来侁侁些；悬人以娭，投之深渊些。致命于帝，然后得瞑些。归来！往恐危身些。

灵魂啊，回来吧！西方险恶，那里的流沙方圆千里啊。你卷入雷渊之中就会被碾成粉末，一刻也没法停留。你就是侥幸脱险，那也得面对外面那人迹罕至的荒野啊。那里有如大象一般庞大的红蚁，鼓腹与葫芦相仿的土蜂啊。一切谷物在那里都不能生长，只有丛生的菅草能够作为食物啊。那里的地温会将人烧伤，想要寻找水源都寻找不到啊。彷徨游荡没有依靠，广阔荒原无边无际啊。回来吧！恐怕你自己会招来祸患啊！灵魂啊，回来吧！你不能在北方停留啊！北方有高耸的冰山，弥漫千里的雪花纷飞不止啊。回来吧！不要在北方再耽搁了啊。灵魂啊，回来吧！不要登到天上去啊！天上有虎豹把守九座关口，吞噬下界的来人啊。那里有长着九个脑袋的怪物，它一下就能拔掉九千棵树木啊。豺狼倒竖着眼睛，成群结队地往来不停歇啊；它们把人悬挂起来戏弄取乐，然后便投到深渊里去啊。它们向天帝复命完毕，之后才会小睡一会儿啊。回来吧！去了恐怕会危害自身啊！

原文

魂兮归来！君无下此幽都些。土伯九约，其角觺觺些。敦脄血拇，逐人駓駓些。参目虎首，其身若牛些。此皆甘人，归来！恐自遗灾些。魂兮归来！入修门些。工祝招君，背行先些。秦篝齐缕，郑绵络些。招具该备，永啸呼些。魂兮归来！反故居些。

译文

灵魂啊，回来吧！不要下到阴曹地府去啊。土地神剑戟森森，长着锐利的头角啊。有厚实的脊背，血淋淋的指爪，追着人快速地奔跑啊。他那老虎一样的头上有三只眼，身体就像牛一样啊。这些东西都将人当作美味来食用。回来吧！再不回来恐怕要

参目虎首

自受其害啊！灵魂啊，回来吧！快进入郢都的城门啊。巫祝在召唤你，他背向前方，倒退而行，来为你当导引啊。秦地的竹笼，齐地的丝线，郑国丝絮编缀的灵幡啊，招魂的器具样样齐备，长久地呼唤叫喊啊。灵魂啊，回来吧！回到你的故居啊！

原文

天地四方，多贼奸些。像设君室，静闲安些。高堂邃宇，槛层轩些。层台累榭，临高山些。网户朱缀，刻方连些。冬有突厦，夏室寒些。川谷径复，流潺湲些。光风转蕙，氾崇兰些。

译文

天地之间，四方之内，蕴藏着许多的危害与险恶啊。你的遗像摆放在内室，如此的宁静、闲适、安详啊。高大的堂室，深邃的房屋，轩廊上围绕着层层栏杆。层层高台，重重楼榭，面对着高山而建啊。漆成红色的镂花大门，刻有重叠相连的方形图案啊。冬天深邃高大的堂屋多么温暖，夏天的内室多么清凉宜人啊。山谷中溪流回环往复，发出动听的声音。晴朗的日子里，蕙草在风的吹动下闪闪发光，一丛丛的兰花轻轻摇动啊。

原文

经堂入奥，朱尘筵些。砥室翠翘，挂曲琼些。翡翠珠被，烂齐光些。蒻阿拂壁，罗帱张些。纂组绮缟，结琦璜些。室中之观，多珍怪些。兰膏明烛，华容备些。二八侍宿，射递代些。九侯淑女，多迅众些。盛鬋不同制，实满宫些。容态好比，顺弥代些。弱颜固植，謇其有意些。姱容修态，絚洞房些。蛾眉曼睩，目騰光些。靡颜腻理，遗视矊些。离榭修幕，侍君之闲些。

经由厅堂进入屋子深处，里面有隔尘的红色竹席啊。翠鸟的羽毛装饰着平整的屋室，墙上挂着悬挂衣物的玉钩啊。翡翠珠宝镶嵌在衾被上，一齐散发着灿烂夺目的光辉啊。壁上铺着蒲席和细缯，绮罗的帐子就挂置在其间啊。各色丝带缀结着美玉、圆璧，束在帷帐上啊。内室中的陈设，多是奇珍异宝啊。兰草油脂做成的蜡烛，将富丽堂皇的景象映照得通彻明亮。妙龄女子服侍起宿，每晚轮值更换啊。她们如同九侯献送的美女，多不胜数啊。她们的鬓发浓密美丽，发型制式各不相同，人数多得将宫室都充满啊。她们的容貌仪态美丽端庄，和顺可人天下无双啊。她们虽然外表柔弱娇媚，但是内心却坚贞不渝，流露出缠绵的情意啊。姣好的面容，美丽的姿态，将整个房屋充满啊。细长而美丽的眉宇下明眸转动，秋波流光闪动在顾盼之间啊。皮肤光滑、肌理细腻，目光久久凝视着远方啊。在离宫别馆那修长的大幕里，有美人服侍你度过悠闲的时光啊。

翡帷翠帐，饰高堂些。红壁沙版，玄玉梁些。仰观刻桷，画龙蛇些。坐堂伏槛，临曲池些。芙蓉始发，杂芰荷些。紫茎屏风，文缘波些。文异豹饰，侍陂陁些。轩辌既低，步骑罗些。兰薄户树，琼木篱些。魂兮归来！何远为些？

凭栏临曲池

译文

翡翠羽毛做成的帷帐，装饰在高大的厅堂上啊。红泥粉刷墙壁，丹砂涂饰隔版，屋梁上有黑色的美玉来镶嵌啊。抬头看那刻花的椽子，绘着腾空的飞龙与盘曲的长蛇啊。坐在堂前倚靠着凭栏，目下正是弯弯曲曲的小池啊。池中的荷花才开始绽放，一些菱角夹杂在荷花之中。紫茎的水葵随风摇摆，它的纹理随着水波上下摇曳啊。侍从们穿着绘有奇异花纹的豹皮服饰，在山坡水岸高低不平处候立啊。轻便的轩车、卧车均已停好，步行与骑乘的随从排列在车辆两旁啊。丛生的兰花种植在门外，株株玉树围成篱障啊。灵魂啊，回来吧！为什么你要去那么远的地方啊？

原文

室家遂宗，食多方些。稻粢穱麦，挐黄粱些。大苦咸酸，辛甘行些。肥牛之腱，臑若芳些。和酸若苦，陈吴羹些。胹鳖炮羔，有柘浆些。鹄酸臇凫，煎鸿鸧些。露鸡臛蠵，厉而不爽些。粔籹蜜饵，有餦餭些。瑶浆蜜勺，实羽觞些。挫糟冻饮，酎清凉些。华酌既陈，有琼浆些。归来反故室，敬而无妨些。

译文

闾里宗族聚集到一起，饮食丰盛、种类多样啊。大米、小米和早熟的麦子，掺杂着香美的黄粱啊。苦、咸、酸，加以甜、辣两种味道调和组成啊。肥牛的蹄筋，炖得熟烂，香味扑鼻啊。调和好酸味和苦味，摆上吴地风味的羹汤啊。烹煮甲鱼，烧烤羊羔，浇上新鲜的甘蔗糖浆啊。用酸的调料烹制天鹅，用少量的汁水烹制野鸭，用滚油煎炸大雁和鸽鹄啊。熏烤全鸡，焖煮龟羹，味道浓烈而不伤脾胃啊。油炸馓子，蜂蜜糕饼，还要加上一些麦芽糖啊。琼浆玉液与蜜制甜酒，将雕刻着羽纹的酒杯注满啊。从酒糟中榨出清澈的美酒再冰冻，饮起来甘醇清心又凉爽啊。华美的酒杯已经摆好，纯浓佳酿盛在里面啊。你快归来吧，回到以前居住的地方，众人恭敬地对待你毫无违碍啊。

原文

肴羞未通，女乐罗些。陈钟按鼓，造新歌些。《涉江》《采菱》，发《扬荷》些。美人既醉，朱颜酡些。娭光眇视，目曾波些。被文服纤，丽而不奇些。长发曼鬋，艳陆离些。二八齐容，起郑舞些。衽若交竿，抚案下些。竽瑟狂会，搷鸣鼓些。宫庭震惊，发《激楚》些。吴歈蔡讴，奏大吕些。士女杂坐，乱而不分些。放陈组缨，班其相纷些。郑卫妖玩，来杂陈些。《激楚》之结，独秀先些。

译文

丰盛的美味还未上齐，歌女舞乐便又列队登场啊。撞起编钟击起鼓，把新制的歌曲演奏起来啊。唱完《涉江》唱《采菱》，更有《扬荷》一曲歌声扬啊。美人饮酒已经微醉，面色更加红润啊。俏皮的目光悄悄偷看，眼波频送眉目传情啊。身上穿着绣有斑斓花纹的绢素，艳丽华贵、美观大方。长长的黑发，光亮而下垂的鬓发，艳妆浓抹散发光彩。十六名舞者妆容一致分列两厢，跳起郑舞翩翩上场啊。舞动的衣襟飞起犹如竹竿相交，循依着节奏徐缓前行啊。吹竽鼓瑟的人气势猛烈地合奏，鼓面被击打得铿铿作响啊。殿堂庭院的人瞠目惊骇，只因演奏《激楚》的声音高亢啊。吴国歌曲、蔡地歌谣和声共唱，弹奏大吕这一宏大的调式啊。男女纷杂交错混坐在一起，打破礼节不分彼此啊。解开丝带，将帽缨放在一旁，排列纷乱无法分辨啊。郑、卫两地艳丽的珍玩，纷至沓来排列堂上啊。《激楚》舞姬特异的发髻，奇特秀美独领风骚啊。

原文

菎蔽象棋，有六簙些。分曹并进，遒相迫些。成枭而牟，呼五白些。晋制犀比，费白日些。铿钟摇簴，揳梓瑟些。娱酒不废，沉日夜些。兰膏明烛，华镫错些。结撰至思，兰芳假些。人有所极，同心赋些。酎饮尽欢，乐先故些。魂兮归来！反故居些。

译文

竹制的菎蔽和象牙棋子，还有博弈的六簙啊。两两对局、齐头并进，双方交手紧紧相逼啊。骁棋相争、势均力敌，呼叫五白求胜心急啊。晋地的犀角赌具聚集一处，耗尽白日光阴毫不在意啊。锵锵敲钟钟架摇摆，梓木琴瑟弹奏起来啊。饮酒娱乐不肯停歇，夜以继日沉溺其中啊。兰草油脂做成的明亮蜡烛，错镂花纹的华丽灯具啊。构思写作穷思竭虑，以兰花芳馨借喻斯人啊。众人竭尽才智，同心协力颂扬赞美啊。酣饮美酒尽情欢乐，令先辈祖先也享受欢乐啊。灵魂啊，回来吧！回到你的故居啊。

博弈

原文

乱曰：献岁发春兮，汩吾南征。菉苹齐叶兮白芷生。路贯庐江兮左长薄。倚沼畦瀛兮遥望博。青骊结驷兮齐千乘，悬火延起兮玄颜烝。步及骤处兮诱骋先，抑骛若通兮引车右还。与王趋梦兮课后先。君王亲发兮惮青兕，朱明承夜兮时不可以淹。皋兰被径兮斯路渐。湛湛江水兮上有枫，目极千里兮伤春心。魂兮归来哀江南！

译文

尾声：新的一年开始，春天到来啊，我匆匆忙忙向南方奔去。王刍、青苹的叶子刚刚长齐啊，白芷正在蓬勃地生长。途中路过庐江啊，左岸上是高大浓密的树林。站立在水池与田界之间啊，对着广袤无边的楚地远远眺望。黑色骏马以驷驾连接啊，千乘

君王亲发兮惮青兕

马车一齐进发，高举的火把光焰四射，蒸腾的火光在黑色的天空中升起。有的徐行，有的追逐，有的奔路，有的停止，作引导的人们一马当先，或进或止顺畅自如啊，引车向右掉转而还。我与先王在云梦追逐狩猎啊，比较着猎物的多少与狩猎的表现。君王亲自射发一箭，将贞祥的青兕杀死。黎明接替黑夜到来，时光从不稍作停歇。水边的兰草将小路掩盖啊，这条路被遮没得已不可寻。平稳深广的江水啊，岸上有一片枫树林，纵目望去千里无垠啊，满目的春色使人低落伤感。魂魄啊，归来吧！为如今的江南楚地而哀伤慨叹！

简析

梁启超称《招魂》“实全部《楚辞》中最酣恣、最深刻之作”，本篇采用招魂形式写成的招魂词，不但具有浓烈的文学色彩，还表现出了典型的楚地民间风俗。屈原在本篇中所采用的体式极具独创性，与楚辞的其他篇章具有很大的不同。作者在此篇中借用楚地民间歌谣的形式来抒发自身的情感，堪称独具一格。

本篇分为引言、正文、尾声三个部分，既清晰分明又一气呵成。在文中屈原将东、西、南、北、天、地的艰难危险和楚国故园里的起居、饮食、歌舞、游乐的惬意美好进行了对比，把他对前者的诅咒和对后者的赞美完美地融合在一起，使其形成了强烈的对比艺术张力。作者将自身的思想感情有机地融入篇中大段的巫师叫魂内容中，浑然一体，具有很强的感染力。结尾部分，作者又将自己对被招魂者的同情进行了升华，向世人表达出了他对国家民族前景的深切忧虑。屈原借用古代巫术招魂仪式的形式进行叙事，为世人呈现了一种极为独特的叙事艺术风格，其结构体式和用词特色对后来的汉赋产生了非常大的影响。

大招

本篇为招魂词，与《招魂》结构相似，但句式更为整齐，接近于《诗经》的四言句式，语言略显古板。

原文

青春受谢，白日昭只。春气奋发，万物遽只。冥凌浃行，魂无逃只。魂魄归来！无远遥只。

译文

冬去春来，阳光多么灿烂啊。春的气息迅猛而不可阻止，万物蓬勃生长。幽冥之神遍历天地，魂魄无路可逃。魂魄啊，回来吧，不要远远离开！

原文

魂乎归来！无东无西，无南无北只。东有大海，溺水浟浟只。螭龙并流，上下悠悠只。雾雨淫淫，白皓胶只。魂乎无东！汤谷寂寥只。魂乎无南！南有炎火千里，蝮蛇蜒只。山林险隘，虎豹蜿只。鰅鳙短狐，王虺骞只。魂乎无南！蜮伤躬只。魂乎无西！西方流沙，漭洋洋只。豕首纵目，被发鬤只。长爪踞牙，诶笑狂只。魂乎无西！多害伤只。魂乎无北！北有寒山，逴龙赩只。代水不可涉，深不可测只。天白颢颢，寒凝凝只。魂乎无往！盈北极只。

译文

魂啊，归来吧！不要去向东西，不要去向南北。东面有大海，水深流急。螭龙随着水流前行，上下游动。烟雾雨水连绵不停，白茫茫的天地没有边际。魂魄啊，不要向东去！日出之地的汤谷悄无声息。魂魄啊，不要向南去！南面有千里的火焰，巨大的蝮蛇在那里来回爬动。山林险峻狭隘崎岖，虎豹横行盘踞。又有怪鱼蜗鳙和短狐群聚，大蛇不时昂起头。魂魄啊，不要向南去！鬼蜮会伤害你的身体。魂魄啊，不要向西去！西方有流沙，渺茫看不到边际。那里的怪物长着猪头，眼睛竖长，披头散发，乱糟糟的。长长的爪子，锋利的牙齿像锯一样，

螭龙并流

发出癫狂的狞笑。魂魄啊，不要向西去！那里害人的东西太多了。魂魄啊，不要向北去！北方有寒冷的山岭，赤色的烛龙就在那里。又有代水无法渡过，它的水深得无法测量。天空与白雪映照，寒气冻结了大地。魂魄啊，不要去啊！整个北极都被冰雪覆盖。

原文

魂魄归来！闲以静只。自恣荆楚，安以定只。逞志究欲，心意安只。穷身永乐，年寿延只。魂乎归来！乐不可言只。

译文

魂魄啊，回来吧，这里闲静安适。在楚国大地上自在游乐，

多么安定啊。这里称心如意，心情多么安适畅快啊。在这里会终身快乐，延年益寿。魂魄啊，回来吧！这里的欢乐难以言喻。

原文

五谷六仞,设菰粱只。鼎臑盈望,和致芳只。内鸧鸽鹄,味豺羹只。魂乎归来！恣所尝只。鲜蠵甘鸡，和楚酪只。醢豚苦狗，脍苴蓴只。吴酸蒿蒌，不沾薄只。魂兮归来！恣所择只。炙鸹烝凫，煔鹑陈只。煎鰿臛雀，遽爽存只。魂乎归来！丽以先只。四酎并孰，不歰嗌只。清馨冻飮，不歠役只。吴醴白蘗，和楚沥只。魂乎归来！不遽惕只。

译文

这里有堆积如山的粮食，还摆着菰米饭。大鼎里装满了煮熟的食物，滋味调和使它散发芳香。肥美的鸧、鸽子、天鹅，用豺肉调和做成汤。魂魄啊，回来吧！任你品尝各种食物。新鲜的大龟和可口的肥鸡炖在一起，再加点楚地的乳酪。用乳猪做成肉酱，胆汁浸渍狗肉，再切点蘘荷加在里面。吴人腌制的蒿菜蒌芽，咸淡正好。魂魄啊，回来吧！随你心意来选吧。烤鸹鸟，蒸野鸭，煮了鹌鹑来摆开啊。煎鲫鱼，煮雀肉，味道鲜美，极其爽口。魂魄啊，回来吧！众多美味已经摆放好了。这里已经酿造好了四缸美酒，喝起来不会刺激喉咙。气味清冽芳香，冰镇后再饮最为合适，这种酒下人们没福享用。吴地的甜米酒，是用白酒曲酿造的，再加上楚国的清酒。魂魄啊，回来吧！不要心存戒惧啊。

原文

代秦郑卫，鸣竽张只。伏戏《驾辩》，楚《劳商》只。讴和《扬阿》，赵箫倡只。魂乎归来！定空桑只。二八接舞，投诗赋只。叩钟调磬，娱人乱只。四上竞气，极声变只。魂乎归来！听歌撰只。朱唇皓齿，嫭以姱只。比德好闲，习以都只。丰肉微骨，调以娱只。魂乎归来！安以舒只。嫮目宜笑，蛾眉曼只。容则秀雅，稚朱颜只。魂乎归来！静以安只。姱修滂浩，丽以佳只。曾颊倚耳，曲眉规只。滂心绰态，姣丽施只。小腰秀颈，若鲜卑只。魂乎归来！思怨移只。易中利心，以动作只。粉白黛黑，施芳泽只。长袂拂面，善留客只。魂乎归来！以娱昔只。青色直眉，美目媔只。靥辅奇牙，宜笑嗎只。丰肉微骨，体便娟只。魂乎归来！恣所便只。

译文

这里有代、秦、郑、卫的音乐，吹奏竽管，音乐响起。有伏羲氏的《驾辩》，还有楚地《劳商》。一齐唱《扬阿》这支歌，由赵地箫乐来领唱。魂魄啊，回来吧！为空桑之瑟调弦定音。十六个佳人分为两列轮流起舞，配合着诗赋的节拍。敲起钟，调好磬，演奏到歌曲末章，人们欢乐无比。四章音乐竞相弹奏，乐声变化无穷。魂魄啊，回来吧！听听这曲中的含义吧。美人们唇红齿白，容貌俊美，世间难得。才德不分上下，仪态美好娴静，熟习礼节且又秀丽高雅。肌肤丰满，骨相纤秀，性情和顺，让人快乐。魂魄啊，回来吧！你会感到快乐舒心。她们有含着笑意的漂亮眼睛，细长如蚕的眉毛。她们秀丽娴雅仪容举止，有着娇嫩的红润脸庞啊！魂魄啊，回来吧！你的心情宁静安逸。她们容貌美丽，性情柔顺，可以说是绝世之美啊。面颊丰满，两耳标致，仿佛圆规画成的弯弯的眉毛。她们感情丰富，身姿绰约，姣好美丽显现无遗。腰身细小，脖颈秀美，就像束着鲜卑带子一样。魂魄啊，回来吧！你会忘记那幽怨的情思。佳人们心思聪慧，动作优美柔顺。她们用脂粉涂面，用画黛描眉，再擦上一些香膏。长长的袖子半遮着面孔，善于招待客人，令人流连忘返。魂魄啊，回来吧！晚上在这里纵情娱乐。黑而直的眉毛连在一起，漂亮的眼睛脉脉含情。腮上有酒窝，牙齿细小美好，嫣然一笑，妩媚动人。身形丰满，骨质纤巧，体态姣好步履轻盈。魂魄啊，回来吧！一切随你挑选，定会让你满意。

原文

夏屋广大，沙堂秀只。南房小坛，观绝霤只。曲屋步壛，

夏屋

宜扰畜只。腾驾步游，猎春囿只。琼毂错衡，英华假只。茝兰桂树，郁弥路只。魂乎归来！恣志虑只。孔雀盈园，畜鸾皇只。鹍鸿群晨，杂鹙鸧只。鸿鹄代游，曼鹔鷞只。魂乎归来！凤凰翔只。

译文

这里的房屋宽敞高大，丹砂装饰的殿堂甚是壮美。朝南的屋子，小巧的庭院，楼观屋檐下布置着承水沟槽。阁道回环曲折，走廊绵长，适合驯养鸟兽。驾驶车马外出漫游，春天在园林中狩猎。金玉装饰着狩猎车辆，华美无比大放异彩。茝草、兰草和桂树，在路边长得满处都是。魂魄啊，回来吧！任随你尽情游玩吧。满园都是孔雀，还蓄养着鸾鸟凤凰。鹍鸡和鸿雁在清晨争着鸣叫，叫声中还混杂着秃鹙的声音。鸿鹄在池中往来嬉戏，还有群飞的鹔鷞连绵不绝。魂魄啊，回来吧！神鸟凤凰正在飞翔。

原文

曼泽怡面，血气盛只。永宜厥身，保寿命只。室家盈廷，爵禄盛只。魂乎归来！居室定只。接径千里，出若云只。三圭重侯，听类神只。察笃夭隐，孤寡存只。魂乎归来！正始昆只。田邑千畛，人阜昌只。美冒众流，德泽章只。先威后文，善美明只。魂乎归来！赏罚当只。名声若日，照四海只。德誉配天，万民理只。北至幽陵，南交阯只。西薄羊肠，东穷海只。魂乎归来！尚贤士只。发政献行，禁苛暴只。举杰压陛，诛讥罢只。直赢在位，近禹麾只。豪杰执政，流泽施只。魂乎归来！国家为只。雄雄赫赫，天德明只。三公穆穆，登降堂只。诸侯毕极，立九卿只。昭质既设，大侯张只。执弓挟矢，揖辞让只。魂乎来归！尚三王只。

译文

肌肤润泽，面色愉悦，身体强壮，气血旺盛。身心永远康健，保证寿命长久。家族成员布满朝廷，官爵俸禄都很丰盛。魂魄啊，回来吧！住所已经定好了。道路四通八达，纵横千里，出行跟随护卫的侍从如云一般。君王赖以辅弼的朝廷大员，审查事理明察秋毫。察知了解夭折儿童的家属与处境困窘者的情况，对孤儿寡妇安抚慰问啊。魂魄啊，回来吧！回来施行仁政，分清先后顺序。楚国的田地宽广道路畅通，人口众多，聚居在各处。在百姓中推广美政教化，德政恩泽彰明显著。先施严政，后行仁政，美善之举光明正大。魂魄啊，回来吧！楚国赏罚分明。名声如同太阳一般，光辉灿烂，远播四海。功德、荣誉可与天媲美，天下百姓都得到治理。北达幽陵，南到交趾。西临羊肠山，东抵大海。魂魄啊，回来吧！楚国尊崇贤德之人。君王向下发布政令，百官向上呈递治状，苛刻的暴政被禁绝。任用能人智士为朝廷效力，罢免那些昏庸无能之辈。任用正直之人，君主要亲近他们，使其听从自己的指挥。才华出众的人执掌政权，恩泽在民间遍及。魂魄啊，回来吧！国家得到了很好的治理。楚国现在声威雄壮，德行清明堪与苍天匹配。三公平和恭敬地出入朝堂。诸侯都前来致敬，设立九卿职位。箭靶中心已经画好，大布靶也已经挂上。拿着弓，持着箭，诸侯们拱手行礼互相谦让。魂魄啊，回来吧！这里崇尚三王的德行啊。

简析

对于此文的作者历来很难下定论。有人说是屈原，有人说是景差，还有人以为是贾谊或者刘安。本书认为这是西汉文士模仿《招魂》所写的作品。此篇以正反两个方面对招魂的意旨进行分说，各有轻重，进而层次转换，意绪井然。文中正说楚地之乐，所谓称其善，则以天下之美而加之；反说四方险恶恐怖，所谓言其罪，则以天下之恶而归之。这种夸张的艺术表现原则，更加鲜明地体现了正反两面相对照的结果，更加增强了招魂的说服力量。这种夸张的修饰手法对于本文所讲述的主要对象非常合适，起到了强化主题和渲染艺术气氛的作用。其次，文中显现出汉赋铺陈排比，穷物尽相的特征。历数东西南北四方险恶，对于列举起居、饮食、音声、舞容、游观等方面进行了精心描绘。本文的描述方式细密周到，表达风格也落落大方，用于招徕亡灵的主题，能起到增强说服力量的效果。基于以上种种特点，我们认定此篇为西汉人创作。

惜誓

王夫之《楚辞通释》认为，惜誓者，惜屈子之誓死，而不知变计也。

原文

惜余年老而日衰兮，岁忽忽而不反。登苍天而高举兮，历众山而日远。观江河之纡曲兮，离四海之沾濡。攀北极而一息兮，吸沆瀣以充虚。飞朱鸟使先驱兮，驾太一之象舆。苍龙蚴虬于左骖兮，白虎骋而为右騑。建日月以为盖兮，载玉女于后车。驰骛于杳冥之中兮，休息虖昆仑之墟。乐穷极而不厌兮，愿从容乎神明。涉丹水而驼骋兮，右大夏之遗风。黄鹄之一举兮，知山川之纡曲。再举兮，睹天地之圆方。临中国之众人兮，讬回飙乎尚羊。乃至少原之野兮，赤松、王乔皆在旁。二子拥瑟而调均兮，余因称乎清、商。澹然而自乐兮，吸众气而翱翔。念我长生而久仙兮，不如反余之故乡。

译文

可叹我年岁已老渐渐衰弱啊，时光匆匆永去不返。飞上苍天举目四望，遍历众山离故乡日渐遥远。目睹长江黄河曲折流淌，遭遇四海风浪而弄湿衣裳。攀上北极星稍事休息，呼吸清和之气用来充饥。朱雀在前面飞翔做我的向导，驾驭太一神的象车去游玩。左边有青龙蜿蜒而行，右边有白虎迅速奔驰。日月光辉就是我的车盖，美丽的玉女坐在我的后车上。在虚灵杳冥的境界中纵横驰奔，在巍峨的昆仑山岗休息一下。尽情游乐没有厌倦，想随神明一起从容观赏。渡过赤水我继续奔驰，感受大夏国遗留下来的风俗。黄鹄用足气力展翅一飞，看见了世间的山山水水。它再一飞而起，看清了天圆地方的形状。俯瞰中原地区的人民大众，借旋风之力继续飞翔。到达仙人居住的少原，看见赤松子、王子乔都在身边。他二人抱着瑟调谐琴弦，我对《清》《商》二曲赞赏不已。我的心神自在快乐，吸取自然之气自由翱翔。我虽然长生不死，得道成仙，但还是觉得返回久别的故乡更好。

原文

黄鹄后时而寄处兮，鸱枭群而制之。神龙失水而陆居兮，为蝼蚁之所裁。夫黄鹄神龙犹如此兮，况贤者之逢乱世哉！寿冉冉而日衰兮，固儃回而不息。俗流从而不止兮，众枉聚而矫直。或偷合而苟进兮，或隐居而深藏，若称量之不审兮，同权概而就衡。或推移而苟容兮，或直言之谔谔。伤诚是之不察兮，并纫茅丝以为索。方世俗之幽昏兮，眩白黑之美恶。放山渊之龟玉兮，相与贵乎砾石。梅伯数谏而致醢兮，来、革顺志而用国。悲仁人之尽节兮，反为小人之所贼。比干忠谏而剖心兮，箕子被发而佯狂。水背流而源竭兮。木去根而不长。非重躯以虑难兮，惜伤身之无功。

译文

黄鹄依恋故土不会早去他处寻求寄托，却被成群的鸱枭所制裁。神龙离开大海居于陆地，受到蝼蚁蚍蜉的欺侮。黄鹄与神龙的处境都是这样，更不要说遭逢乱世的贤人！年纪渐增生命日衰，时光仍如转蓬一般永不停止。俗人随波逐流不知道停在哪里，邪恶蜂拥而起想要将忠直之士改变。有人迎合世俗得以苟且进取，有人隐身山中深藏不出。悲叹称量事物却不明察，才能高下难以权衡。有人承顺君意苟合取悦，有人直言进谏绝

箕子佯装癫狂
箕子

不苟合。可叹君王毫不体察这种忠诚，竟把茅草与丝线放在一起搓绳。当今君臣昏聩糊涂，黑白不分善恶不辨。抛弃山中美玉和渊中神龟，反而看重瓦砾与小石。梅伯多次进谏被剁成肉酱，来、革曲意奉承却受到重用。可怜仁人志士保留节操，反被奸诈小人设计陷害。比干尽忠劝谏惨遭剖心，箕子披头散发假装疯狂。水脱离源头就会枯竭，树木离开树根就不能生长。不是吝惜身体而对赴难有所顾虑，而是哀惜投身报国却未能成功。

原文

已矣哉！独不见夫鸾凤之高翔兮，乃集大皇之野。循四极而回周兮，见盛德而后下。彼圣人之神德兮，远浊世而自藏。使麒麟可得羁而系兮，又何以异乎犬羊！

译文

算了吧！难道看不见鸾鸟凰凰在空中翱翔，成群地聚集在天界之上。它们循环四方周游观望，看见大德之人才会临降。那些拥有非凡德行的圣人，远离浊世隐遁自藏。假如麒麟也能被羁绊束缚，那它和犬羊又有什么区别！

简析

王逸为此篇解题说：“惜者，哀也。誓者，信也，约也。言哀惜怀王，与己信约，而复背之也。……盖刺怀王有始而无终也。”（《楚辞章句第十一》）屈原原本受到楚怀王的信任，正在他为楚国尽忠进献谋略的时候，楚怀王疏远、放逐了他。面对这种突然的打击，屈原很难接受，本文作者旨在摹写屈原遭遇楚怀王失信后的复杂心情。屈原原本受到楚怀王的信任，所以当他被楚怀王流放的时候，感到忧愁愤怒，他恨奸臣进献谗言，哀叹楚怀王的昏庸不明。想要为国尽忠，专心致志地追求自己的理想抱负，但是国内小人当道，君王不辨忠奸，他看透了世间的黑暗与浑浊，于是托志于玄冥，在四方神游。发现这世上还有令人感到惬意的事情，诸神的导引，精灵的效力，天国的洁净，仙人的逍遥，可是这些美好的东西，勾起他对故国的怀恋和对昏暗政治的忧患，使他想要回到楚国去。但时事不如人意，面对混乱的社会环境，屈原愤怒却又无可奈何。本文的作者对于屈原这种情绪的把握，十分符合实际情况。

招隐士

王夫之《楚辞通释》认为："其可以类附《离骚》之后者，以音节局度，浏亮昂激，绍'楚辞'之余韵，非他词赋之比。"

原文

桂树丛生兮山之幽，偃蹇连蜷兮枝相缭。山气宠嵷兮石嵯峨，溪谷崭岩兮水曾波。猿狖群啸兮虎豹嗥，攀援桂枝兮聊淹留。王孙游兮不归，春草生兮萋萋。岁暮兮不自聊，蟪蛄鸣兮啾啾。

译文

桂树在那深山幽谷里丛生，桂枝缠绕树干纠结弯曲。云雾弥漫在山间啊岩石巍峨，岩下溪谷陡峭，急流涌起层层水波。成群的猿长啸啊虎豹吼叫，它们攀在桂树枝上休息。王孙在山里游玩，乐而忘归，春草生长茂盛盖满原野。年事已高内心空虚不已，蟪蛄也聚集到一起啾啾鸣叫。

原文

块兮轧，山曲岪，心淹留兮恫慌忽。罔兮沕，憭兮栗，虎豹穴，丛薄深林兮人上栗。嵚岑碕礒兮，碅磳磈硊。树轮相纠兮，林木茷骫。青莎杂树兮，薠草靃靡。白鹿麏麚兮，或腾或倚。状貌崟崟兮峨峨，凄凄兮漇漇。猕猴兮熊罴，慕类兮以悲。攀援桂枝兮聊淹留。虎豹斗兮熊罴咆，禽兽骇兮亡其曹。王孙兮归来，山中兮不可以久留！

译文

那山谷盘旋云雾覆盖，想留下来却让人心惊肉跳。行经虎豹的窟穴提心吊胆，还有那深山老林让人不寒而栗。奇形怪状突兀险峻的是山石，还有树枝扭结茂密幽深的山林，那里杂草丛生，掩盖了行人的小路。山里的鹿、獐子有的腾跃追逐，有的相倚亲近。白鹿头角高耸，身上的毛色泽光润。那猕猴、熊罴来往深山密林，因为思慕同类而声声悲鸣，攀援挂枝安身其间。你看那争斗的虎豹，咆哮的熊罴，禽兽都吓得四下逃散。快回来吧，王孙！山中危险，不能够长久停留！

王逸《楚辞章句》认为此篇文章是闵怀屈原的作品，但是屈原并不是隐士，将屈原比喻成为隐士也不甚合适，所以这种说法不能成立。清王夫之《楚辞通释》认为此篇文章是“为淮南王招致山谷潜伏之士”之作，但是，文章中并没有泛指那些“隐士”，而是有着特定的指代对象，所以这种说法也不能够成立。近人马茂元等用《史记·淮南衡山列传》中所记述的淮南王刘安的生平事迹来对这篇作品进行了考量，结果发现很是吻合。

武帝初年，刘安凭借高帝亲孙、武帝诸父的身份以及本身的见识才学，得到了武帝的亲近。当时，因武帝未立太子，所以诸王皆对帝位有所觊觎，宗室间产生了及其剧烈的矛盾。刘安得到武帝的亲近，时常在长安出入，对于继承帝位有很强的欲望，所以结交大臣，设立耳目，一时间成为矛盾的中心，引起众人的警觉，成为大家的攻击目标。因此，马氏等人认为，此篇当是作为他臣下兼宾客的小山之徒，在他利令智昏、盲目乐观之际，向他进的一服清醒剂，以他所喜好的“楚辞”文学形式，用象征的文学手段向他点明现实险恶，应当极早虎口抽身，是只有当事者才能明了意旨的讽谏之作（马茂元《楚辞选》）。马氏等人的这个见解，较为合乎情理。

这篇作品，拟“骚”不限于表象，句式多变。音调和谐美丽，讲求表现技巧，十分灵动。此篇可以说是汉人拟作“楚辞”中的一篇富于创造性和艺术性的精致之作，这样的作品实在少见，所以它的艺术成就就更显得光彩照人。

七谏

《七谏》共有七篇短诗，作者东方朔。王逸认为："古者，人臣三谏不从，退而待放。屈原与楚同姓，无相去之义，故加为七谏。"

初放

原文

平生于国兮，长于原野。言语讷譅兮，又无强辅。浅智褊能兮，闻见又寡。数言便事兮，见怨门下。王不察其长利兮，卒见弃乎原野。伏念思过兮，无可改者。群众成朋兮，上浸以惑。巧佞在前兮，贤者灭息。尧舜圣已没兮，孰为忠直？高山崔巍兮，流水汤汤。死日将至兮，与麋鹿同坑。块兮鞠，当道宿。举世皆然兮，余将谁告？斥逐鸿鹄兮，近习鸱枭。斩伐橘柚兮，列树苦桃。便娟之修竹兮，寄生乎江潭。上葳蕤而防露兮，下泠泠而来风。孰知其不合兮，若竹柏之异心。往者不可及兮，来者不可待。悠悠苍天兮，莫我振理。窃怨君之不寤兮，吾独死而后已。

译文

我屈原从小就在国都生活，现在却长期居住在原野。我口齿笨拙不善言辞，又没有得力的朋友辅助我。才智浅陋能力微薄，并且孤陋寡闻没什么长处。屡次向上进言对天下有利的话，不想却惹怒君王的手下亲信。君王也不明察那些话的对错，最终听信谗言将我流放。我暗自反思自己有何过错，却没发现有要改正的地方。群小们聚在一起结成朋党，君王越来越受他们蛊惑。佞臣略施小计就去到君王身边，贤臣有话却没机会说。尧舜似的君王早已逝去，忠贞正直的人该为谁效力？崇山峻岭永远高高耸立，流水浩荡奔波东流不息。人显衰老死期将至，只能身

处荒野与禽兽为伴。孤独无助在街上露宿，无奈世道竟如此污浊，我又该向谁倾述苦衷？他们驱逐出鸿雁天鹅，却亲近保护那些恶禽鸱枭。他们砍掉甜甜的桔柚，成列种植苦桃这种树木。那些婀娜多姿的美竹，只能独处于江边的潭畔。它上面有茂密的枝叶御寒，下面有阵阵清风不时吹出。谁又知道我与君王不合，二人不同心恰似竹子与柏树。逝去的贤王我已经赶不上了，又不能看到未来的明主。高远的苍天啊，你为何不替我申诉冤屈。我怨恨君王一直没有醒悟，唯有独守忠信一死而已。

简析

《七谏》为汉朝东方朔所作，由七篇短诗组成。《初放》是其中的第一篇，主要写屈原在被流放以后对楚国黑暗政治的抨击，表现了他情愿孤独赴死，也要坚守理想情操的高尚精神。

本诗采用代言体，因此和屈原其他作品比起来没有太多的独创性，例如四句一转的章法，香草美人的比兴等都是借鉴屈原的创作手法。然而，本诗也有一些自己的写作特点。从手法上说，它大体上是以“叙事——议论——抒情”的顺序展开的，但三者又往往是不易分辨的。从创作基调来看，大体遵循“平静——激烈——深沉”的顺序，总体说来，全诗的格调是悲怆炽烈的。还有，作品的句法比较灵活，例如其中的“块兮鞠”两句，引用三字句形式，使诗歌在节奏上奇巧精妙而又富于变化。

沈江

唯往古之得失兮，览私微之所伤。尧舜圣而慈仁兮，后世称而弗忘。齐桓失于专任兮，夷吾忠而名彰。晋献惑于孋姬兮，申生孝而被殃。偃王行其仁义兮，荆文寤而徐亡。纣暴虐以失位兮，周得佐乎吕望。修往古以行恩兮，封比干之丘垄。贤俊慕而自附兮，日浸淫而合同。明法令而修理兮，兰芷幽而有芳。

我思考以往历史的兴衰，审查国君亲信佞臣的祸害。尧舜圣明而又宽爱仁义，后人称颂他们永不忘怀。齐桓公后来专用小人而失去国家权力，管仲的忠直名声却更加彰显。晋献公被宠妃骊姬的美色迷惑，申生孝顺却被馋害。徐偃王施行仁义不储军队，楚文王明白以后使得徐国灭亡。殷纣王因残暴肆虐失去天下，周武王因为有吕望辅佐而得到天下。武王效法古人的做法，施行恩德，对比干之墓进行封赐并大加表彰。贤人英才仰慕纷纷前来投奔，人才日益增多天下统一有望。法令严明且治国策略得当，兰芷在暗处也能散发芳香。

芷

原文

苦众人之妒予兮，箕子寤而佯狂。不顾地以贪名兮，心怫郁而内伤。联蕙芷以为佩兮，过鲍肆而失香。正臣端其操行兮，反离谤而见攘。世俗更而变化兮，伯夷饿于首阳。独廉洁而不容兮，叔齐久而逾明。浮云陈而蔽晦兮，使日月乎无光。忠臣贞而欲谏兮，谗谀毁而在旁。秋草荣其将实兮，微霜下而夜降。商风肃而害生兮，百草育而不长。众并谐以妒贤兮，孤圣特而易伤。怀计谋而不见用兮，岩穴处而隐藏。成巧臻而不卒兮，子胥死而不葬。世从俗而变化兮，随风靡而成行。信直退而毁败兮，虚伪进而得当。追悔过之无及兮，岂尽忠而有功。废制度而不用兮，务行私而去公。终不变而死节兮，惜年齿之未央。将方舟而下流兮，冀幸君之发蒙。痛忠言之逆耳兮，恨申子之沈江。愿悉心之所闻兮，遭值君之不聪。不开寤而难道兮，不别横之与纵。听奸臣之浮说兮，绝国家之久长。灭规矩而不用兮，背绳墨之正方。离忧患而乃寤兮，若纵火于秋蓬。业失之而不救兮，尚何论乎祸凶。彼离叛而朋党兮，独行之士其何望！日渐染而不自知兮，秋毫微哉而变容。众轻积而折轴兮，原咎杂而累重。赴湘沅之流澌兮，恐逐波而复东。怀沙砾而自沈兮，不忍见君之蔽壅。

译文

苦恼众小人对我无比嫉妒，想学箕子那样披发装疯。不顾念家乡却贪求名声，我胸中忧闷内心悲伤。编织芳香的蕙芷做成佩带，经过鲍鱼集市它就失去了芬芳。正直臣子端正操守品行，却受到小人毁谤而被流放。社会和时代一直在发展变化，伯夷叔齐甘愿守节饿死在首阳山。他们的独行廉洁不被世人理解，可历史越久他们名声也越响。层层乌云聚集起来遮住日月，使其失去灿烂光芒。忠臣正直坚贞想要劝谏，奸臣却在君前进谗诽谤。秋天百草的花都要结果，夜间寒冷霜露悄然降临。猛烈的西风摧残着万物，吹得百草披靡无法生长。群小勾结起来陷害忠良，贤能之人愈加孤独容易受伤。我怀有良策而不被君王任用，只能栖身于山岩洞穴。子胥成功以后受到无尽谗毁，最后被逼而死，尸体不得安葬。世人随外物变化随波逐流，像草那样顺风披靡整齐成行。诚信正直的人身退名毁，虚伪谗佞的人却被任用得以显名。危难时追悔已经来不及，这时尽忠怎会被认为有功。他们对国家制度弃而不用，专门追求私利不惜损公。我独守节操至死不变，可惜我年纪尚轻不愿死去。我要乘方舟顺流而下，期望君王觉悟不再糊涂。因为忠言逆耳被放逐使人伤痛，子胥被杀沉入江底令人哀伤。愿把全部真情告诉君王，却赶上君王视听混淆。君王不觉悟难以向他表白，他糊里糊涂地不辨真假。听信奸臣们的轻浮言论，使得国家难以长治久安。放弃先王的法度拒不施行，背离正确原则的指引方向。只有遭到危难才能醒悟，犹如大火烧到秋蒿草上不可挽救。君王已经失道不可救药，还谈论什么国家的祸福吉凶。谗佞小人早已结成朋党，忠直之士对国家还有什么指望！世界日日变化竟不知道，秋毫虽小却时时改变面貌。轻的东西载得过多车轴也会被压断，大错都是小错不断累加所致。我要投进湘江沉水，就怕随波逐流又要向东。还是怀抱石头沉入江底，不忍再看见君王昏庸失察。

简析

这篇作品的表现手法有这样几个显著特点。首先是对比，具体表现在三个方面，即历史与现实、忠臣与奸佞、明主与昏君的对比。这种对比来源于作者对现实社会矛盾的深切关注，表现了诗人爱憎分明的情感态度，揭示了诗人身处激烈的社会冲突，以致无法实现抱负的悲剧命运。

其次是比喻，作者恰到好处地使用象征性比喻，鲜明地表达了诗人的审美理想，这是楚辞的一大明显特征，《沈江》很好地继承了这一特征。

再次是在抒情、议论的主体结构中加以叙述。诸如“将方舟而下流兮”，从而造成文章的波澜之势，使得诗歌内容层层递进，又使全诗与流放诗人的现实生活节奏完美和谐地统一起来。

最后，全辞邻韵相押，东江合韵，使得节奏舒缓。读者在朗读中，似乎可以体会到诗人赴死前激情渐趋平静的心态。

怨世

世沉淖而难论兮，俗岭峨而嵾嵯。清泠泠而歼灭兮，溷湛湛而日多，枭鸮既以成群兮，玄鹤弭翼而屏移。蓬艾亲入御于床笫兮，马兰踸踔而日加。弃捐药芷与杜衡兮，余奈世之不知芳何。何周道之平易兮，然芜秽而险戏。高阳无故而委尘兮，唐虞点灼而毁议。谁使正其真是兮，虽有八师而不可为。

世道污浊混乱无法评说，世人对事情的赞誉和贬损差别太

大。洁白纯净的东西已经消失，与日俱增的却是肮脏龌龊之物。猫头鹰早已成群结队，玄鹤收起两翅被迫退后。蒿艾受人喜爱被铺在床上，恶草马兰长势繁茂日渐增多。他们抛弃白芷和杜衡，怎奈世人不知香草为何物。周朝的道路多么平直啊！现已荒芜破败险象环生。古帝高阳无故蒙受诬陷，尧舜圣明也遭到谗言诋毁。谁能评说他们谁是谁非呢？就是有八个贤人也很难做到。

皇天保其高兮，后土持其久。服清白以逍遥兮，偏与乎玄英异色。西施媞媞而不得见兮，嫫母勃屑而日侍。桂蠹不知所淹留兮，蓼虫不知徙乎葵菜。处涽涽之浊世兮，今安所达乎吾志。意有所载而远逝兮，固非众人之所识。骥踌躇于弊辇兮，遇孙阳而得代。吕望穷困而不聊生兮，遭周文而舒志。宁戚饭牛而商歌兮，桓公闻而弗置。路室女之方桑兮，孔子过之以自侍。

老天永远高高在上，大地深厚永固时间已久。我的行为清白逍遥自在，就是不喜欢污浊的黑色。西施虽然美丽却遭人排挤，嫫母丑陋却得以亲近受宠。桂树蠹虫不知满足到处迁移，蓼虫只吃苦菜不知甜菜何味。我处于昏乱污浊的世上，如何能实现我的理想。胸怀大志就要远去，本来就不是群小所能明白的。骏马拉着破车徘徊不前，遇到伯乐破车才被换掉。吕望在穷困时无以为生，碰到文王方可大展雄才。宁戚喂牛时唱着悲伤的歌，齐桓公听到就待他为贵宾。旅舍的姑娘正在采桑，孔子尊敬地

路过她的身旁。

原文

吾独乖剌而无当兮，心悼怵而耄思。思比干之恲恲兮，哀子胥之慎事。悲楚人之和氏兮，献宝玉以为石。遇厉武之不察兮，羌两足以毕斫。小人之居势兮，视忠正之何若。改前圣之法度兮，喜嗫嚅而妄作。亲谗谀而疏贤圣兮，讼谓闾娵为丑恶。愉近习而蔽远兮，孰知察其黑白。卒不得效其心容兮，安眇眇而无所归薄。专精爽以自明兮，晦冥冥而壅蔽。年既已过太半兮，然埳轲而留滞。欲高飞而远集兮，恐离罔而灭败。独冤抑而无极兮，伤精神而寿夭。皇天既不纯命兮，余生终无所依。愿自沈于江流兮，绝横流而径逝。宁为江海之泥涂兮，安能久见此浊世。

译文

我独与世俗违背不被人理解，心烦意乱倍感怆然。追思比干为臣忠心耿耿却被杀，哀痛子胥侍君谨慎可靠而遇害。楚人卞和的遭遇令人伤痛，贡献宝玉却被认做是石块。厉王武王不加明察，致使卞和两脚被砍身受戕害。小人们得势后身居显位，忠贞的人却受到如此迫害。他们篡改前世圣贤的法度，喜欢阴谋诡计胡作妄为。君王亲近小人疏远贤臣，

愿为江流

竟把美女闾娵诬为丑陋之人。君王宠爱亲信排斥良臣，谁能分辨他们是黑是白。我始终不可替国君分忧，前途渺茫不知归宿在何方？我忠心不二光明磊落，世道黑暗国君遭受蒙蔽。我现已年过半百，却一直不得志无法前进。我想飞往高处远离故土，又怕受到处罚身败名裂。我被冤枉压抑没有尽头，摧残着我的精神又削减寿命。既然老天这样反复不定，我的一生始终无所凭依。宁愿沉身于江水之中，自绝于流水漂往远处。宁愿化作江海中的泥沙，岂可长久活在这恶浊的世上。

简析

这首诗是《七谏》的第三首诗，从全诗的写作背景和意旨来看，《怨世》和《沈江》大体相同。从形式上看，《怨世》仍用代言体叙事抒情。从内容上看，它主要写屈原决心怀石沉江以前对楚王昏聩和世道黑暗的批判及怨恨，所以题曰《怨世》。全诗从世俗的污浊入手，继而表明屈原坚守节操，一心为国的忠直态度；然后笔锋一转，提到他所遭遇的不幸，以致最终痛下决心怀石投江。充分表现了屈原对奸人当道的怨恨以及决心投江前的痛苦心情。

怨思

原文

贤士穷而隐处兮，廉方正而不容。子胥谏而靡躯兮，比干忠而剖心。子推自割而饲君兮，德日忘而怨深。行明白而曰黑兮，荆棘聚而成林。江离弃于穷巷兮，蒺藜蔓乎东厢。贤者蔽而不见兮，谗谀进而相朋。枭鸮并进而俱鸣兮，凤皇飞而高翔。愿一往而径逝兮，道壅绝而不通。

译文

贤良的人遭受穷苦身处困境，廉洁正直却不被世人所容。子胥劝谏君王却被逼死，比干忠心为国却惨遭剖心。子推割下腿肉喂养君王，恩德慢慢被忘而怨恨加深。举止清白却被诬蔑为黑，荆棘不停聚集早已成林。香草江离被弃于穷街僻巷，刺丛恶草却长在华丽殿堂。贤臣被冷落难以见到君主，奸恶小人进入朝廷结为朋党。猫头鹰成群飞来一齐鸣叫，凤凰只得离去飞向高处。想看一眼君王我就远去，无奈道路阻绝难以通行。

江离

简析

这首诗在《七谏》组诗中是最短的一首。全篇的意旨集于一个“怨”字上。但这里的“怨”不是抱怨个人身世，而是对朝廷政治和国家前途的忧虑和怨愤。读者可以从中看出屈原的性格、形象中存有批判和反抗的一面，而这恰是屈原性格、形象中最有价值的一面。当然，这也表现了东方朔本人对国家前途命运的深切关注。

自悲

原文

居愁勤其谁告兮，独永思而忧悲。内自省而不惭兮，操愈坚而不衰。隐三年而无决兮，岁忽忽其若颓。怜余身不足以卒意兮，冀一见而复归。哀人事之不幸兮，属天命而委之咸池。身被疾而不间兮，心沸热其若汤。冰炭不可以相并兮，吾固知乎命之不长。哀独苦死之无乐兮，惜予年之未央。悲不反余之所居兮，恨离予之故乡。鸟兽惊而失群兮，犹高飞而哀鸣。狐死必首丘兮，夫人孰能不反其真情。故人疏而日忘兮，新人近而俞好。莫能行于杳冥兮，孰能施于无报。

译文

身居山泽的愁苦对谁去说，独自深思心里忧愁悲伤。内心省察自己问心无愧，我的操守坚韧毫不动摇。我被放逐三年毫无音信，时光很快过去如同流水。可怜我的理想始终不能实现，希望返回故乡再见君王。哀叹我的际遇总是不幸，只好归于天命且把天神依靠。我患有疾病不见好转，心中焦急恰似煮沸的热汤。冰和炭不可以放在一起，早就知道自己的寿命不长。孤苦而死毫无快乐令人悲哀，痛惜我年纪尚轻就要死去。不能返回我的故居让我生悲，离开了我的故乡使我心生怨恨。鸟兽受惊就会离群失散，还会高高飞翔哀声鸣叫。狐狸临死头必会朝着洞穴，人死期将至谁不思念家乡。旧人被疏远了逐渐遗忘，新人受到宠幸越来越好。谁能默不作声去做好事，谁能施舍别人不求回报。

原文

苦众人之皆然兮，乘回风而远游。凌恒山其若陋兮，聊愉娱以忘忧。悲虚言之无实兮，苦众口之铄金。过故乡而一顾兮，泣歔欷而沾衿。厌白玉以为面兮，怀琬琰以为心。邪气入而感内兮，施玉色而外淫。何青云之流澜兮，微霜降之蒙蒙。徐风至而徘徊兮，疾风过之汤汤。闻南藩乐而欲往兮，至会稽而且止。见韩众而宿之兮，问天道之所在。借浮云以送予兮，载雌霓而为旌。驾青龙以驰骛兮，班衍衍之冥冥。忽容容其安之兮，超慌忽其焉如。苦众人之难信兮，愿离群而远举。登峦山而远望兮，好桂树之冬荣。观天火之炎炀兮，听大壑之波声。引八维以自道兮，含沆瀣以长生。居不乐以时思兮，食草木之秋实。饮菌若之朝露兮，构桂木而为室。杂橘柚以为囿兮，列新夷与椒桢。鶌鹤孤而夜号兮，哀居者之诚贞。

众人都追名逐利令人苦恼，我只好乘着旋风远游四方。登临恒山发现它过于渺小，我姑且在这里娱乐以忘记忧愁。假话

无真凭实据真是可悲，金子也会因为众人的谗言而熔化。经过故乡我回望一眼，悲伤的眼泪就沾湿衣裳。我的行为像白玉一样纯洁，我的内心宛如美玉一般秀丽。邪恶俗气想侵入内部，玉的本色不变外部发光。天上乌云为何翻来覆去，微弱的霜正在蒙蒙降临。微风吹来令我盘桓游荡，阵阵疾风吹过十分猛烈。听说南方欢乐我想前往，到了会稽山停下暂且休息。看见仙人韩众住在那里，我就请教他天道在什么地方。凭借着浮云我去远方漫游，把彩虹当作旗帜置于车上。驾着青龙车向前驰骋，乘着车迅疾奔往远方。青龙快速飞奔不知去向何处，前途迷茫不知前往何方。众人难以信任让我痛苦，宁愿离开他们奔赴远方。登上山冈向远处眺望，惊喜地看到桂树冬天开花。看到天降火灾炽热异常，俯听大海涛声汹涌回荡。我掌控八维而指引自己，吮吸夜半水气以延长寿命。住处不快乐我时常忧愁，还要食用草木秋天结的果实。我喝清晨凝聚在菌若上的露水，用桂木来筑造我的居室。我在园圃里种植橘子和柚子，还栽培辛夷花椒女贞子。鹍鸡白鹤在夜间孤单悲鸣，伤痛隐居的人诚信正直。

简析

屈原创作的《离骚》《九章》等作品，从不同的角度和侧面，完美塑造了诗人的自我形象。透过这些诗篇，读者看到的屈原是一个悲剧性的巨人形象，是一个充满矛盾痛苦的多面人。作者的思想、人格、情感在诗中得到了充分体现，并且引起了读者的广泛共鸣。屈原的作品是自足的，是完美的，是屈原完整的自我形象系统。阅读过些作品，后人可以了解诗人的诸多重要方面，如生平、思想、人格和情感等。

但是，要全面认识和了解一个作家，不但要看作家的自我表现，还要了解别人对他的认识和评价。《自悲》一篇就是以代言体的形式来表现东方朔对屈原的认识的作品，它再现了屈原形象的重要一面，重点描写了屈原被放逐时的矛盾心情，使得本诗产生了两个方面的意义：其一，屈原的形象得到进一步完善；其二，本诗再现或模仿屈原的诗篇，并不是消极被动的，而是加入了东方朔的再创造，渗透了他本人的情感。作者借助屈原的形象，极尽艺术而又恰到好处地表现了作者的思想、情感和个性，《自悲》一诗的真正价值正在于此。

哀命

原文

哀时命之不合兮，伤楚国之多忧。内怀情之洁白兮，遭乱世而离尤。恶耿介之直行兮，世混浊而不知。何君臣之相失兮，上沅湘而分离。测汨罗之湘水兮，知时固而不反。伤离散之交乱兮，遂侧身而既远。处玄舍之幽门兮，穴岩石而窟伏。从水蛟而为徒兮，与神龙乎休息。何山石之崭岩兮，灵魂屈而偃蹇。含素水而蒙深兮，日眇眇而既远。哀形体之离解兮，神罔两而无舍。唯椒兰之不反兮，魂迷惑而不知路。愿无过之设行兮，虽灭没之自乐。痛楚国之流亡兮，哀灵修之过到。固时俗之混浊兮，志瞀迷而不知路。念私门之正匠兮，遥涉江而远去。念女媭之婵媛兮，涕泣流乎于悒。我决死而不生兮，虽重追吾何及。戏疾濑之素水兮，望高山之蹇产。哀高丘之赤岸兮，遂没身而不反。

译文

我生不逢时令人悲哀，楚国充满忧患让人伤痛。我内心的情感纯洁清白，遇到混乱世道蒙受祸患。他们仇恨忠心耿直的品行，社会黑暗使人们不知善恶美丑。为何明君贤臣要失之交臂啊，我逆沅湘两江而上离君而去。我将沉身于汨罗湘水之中，早就知道社会丑恶不再回来。伤心人民流离失所君臣相怨失和，心中恐惧不安继而远去。我深藏在幽暗的居室里面，隐居于岩石洞穴之中。我和水中蛟龙共同生活，和神龙一起休息活动。高山多么巍峨险峻啊！我的灵魂受屈寸步难行。我饮用无尽的洁净泉水，一天天远远地离开君王。身体筋疲力尽令人悲哀，灵魂陷入迷乱不知前往何方。想到子椒子兰不准我回去，我的灵魂迷惑不知路径。我宁愿终无过错坚持节操，纵然身败名裂我也无怨无悔。痛惜楚国已处于危亡边缘，这是国君的过失让人哀伤。世道本来就是这样混乱污浊，我不知道出路心中茫然。想到群臣都出于私心治国，我愿意渡过长江走向远方。想到女媭对我贴心爱护，不禁泪流不止叹息悲伤。我决心一死不再偷生，虽然再三追怀我仍然这样。我在急流清水之中嬉戏，仰望那险峻崎岖的高山。哀叹高丘也有危险的地方，我愿投身江水不再返回。

简析

本诗题目取自于全篇首句“哀时命之不合”，即感伤自己生不逢时的命运。但这里的“生不逢时”，和一般意义上怀才不遇的个人命运悲剧不尽相同，它有着更为深广的内容和意义。

换句话说，诗歌写屈原在遭受流放的漂泊途中，一方面有感于个人高洁品质与污浊时代间的矛盾冲突，另一方面又感到自身现实处境和国家前途命运都处于险境，进而抒发郁结在心中的忧愤之辞。所以，“哀命”是哀叹自己的个人命运和楚国的前途命运，而且二者在艺术和思想上达到了完美结合。它的基调与精神和屈原本人的《九章》一类作品如出一辙。

谬谏

原文

怨灵修之浩荡兮，夫何执操之不固。悲太山之为隍兮，孰

太山为隍

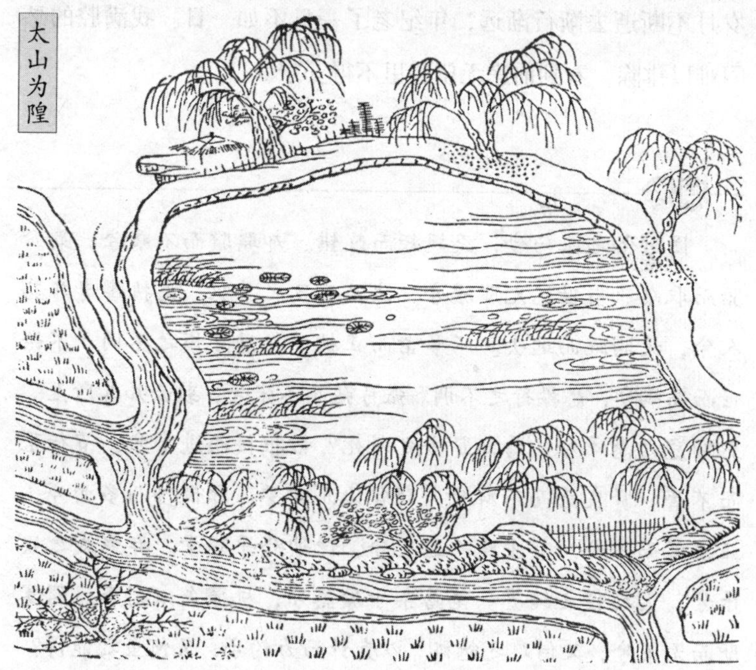

江河之可涸！愿承闲而效志兮，恐犯忌而干讳。卒抚情以寂寞兮，然怊怅而自悲。玉与石其同匮兮，贯鱼眼与珠玑。驽骏杂而不分兮，服罢牛而骖骥。年滔滔而自远兮。寿冉冉而愈衰。心悇憛而烦冤兮，蹇超摇而无冀。

君王昏庸糊涂使人生怨，他的意志为何总是不坚定。悲叹大山将变为池塘，哪一条江河会干涸枯竭！我想趁着君王有时间进谏忠言，又怕犯忌讳而得罪君王。终于压抑感情甘受寂寞，但是心中懊恼感到悲伤。美玉和石块被放到一起，鱼眼宝珠混同贯穿起来。劣马骏马混杂不加分别，老牛驾车骏马在旁边跟随。岁月不断逝去渐行渐远，年纪老了一日不如一日。我满腔的愁闷难以排除，看到前途无望心里不得安宁。

原文

固时俗之工巧兮，灭规矩而改错。却骐骥而不乘兮，策驽骀而取路。当世岂无骐骥兮，诚无王良之善驭。见执辔者非其人兮，故驹跳而远去。不量凿而正枘兮，恐矩矱之不同。不论世而高举兮，恐操行之不调。弧弓弛而不张兮，孰云知其所至。无倾危之患难兮，焉知贤士之所死？俗推佞而进富兮，节行张而不著。贤良蔽而不群兮，朋曹比而党誉。邪说饰而多曲兮，正法弧而不公。直士隐而避匿兮，谗谀登乎明堂。弃彭咸之娱乐兮，灭巧倕之绳墨。菎蕗杂于黀蒸兮，机蓬矢以射革。驾蹇驴而无策兮，又何路之能极。以直针而为钓兮，又何鱼之能得？

伯牙之绝弦兮，无钟子期而听之。和抱璞而泣血兮，安得良工而剖之。

本来世俗之人就善于取巧，放弃法度又把良策修改。闲置骏马而不用来乘驾，赶着劣马上路缓缓向前。现在难道会没有骏马，只不过是没有王良那样的驾车好手。骏马看见赶车的不是好手，就蹦跳着远远离开。不测量凿孔就削好木柄，恐怕尺寸不会合适。不了解世俗就推崇美德，恐怕品行节操难容于众人。松弛的强弓还没有张开，谁能说出它有多大力量。国家没有出现危险祸患，怎能知道贤士会为国捐躯。世俗推崇奸佞盛赞富有，良好品行就很难推广发扬。好人受到排挤孤立无援，谗佞结党营私弹冠相庆。装饰歪门邪道终非正道，违背正确法度就是不公。忠直之士都已隐居避世，谗佞之徒却挤进朝堂。抛弃彭咸廉正的行为，废除巧倕的绳墨。竹子麻稭混在一起制作蜡烛，拉强弓用草箭去射皮革。驾驭跛脚毛驴却没有鞭子，哪一条路能走到终点呢？用直针当作鱼钩，又岂能钓到什么大鱼？伯牙之所以弃绝琴弦，是因为失去了知音钟子期的应和。卞和怀抱玉璞痛哭流血，怎能得到良匠琢出美玉。

同音者相和兮，同类者相似。飞鸟号其群兮，鹿鸣求其友。

故叩宫而宫应兮，弹角而角动。虎啸而谷风至兮，龙举而景云往。音声之相和兮，言物类之相感。夫方圆之异形兮，势不可以相错。列子隐身而穷处兮，世莫可以寄托。众鸟皆有行列兮，凤独翔翔而无所薄。经浊世而不得志兮，愿侧身岩穴而自讬。欲阖口而无言兮，尝被君之厚德。独便悁而怀毒兮，愁郁郁之焉极。念三年之积思兮，愿壹见而陈词。不及君而骋说兮，世孰可为明之。身寖疾而日愁兮，情沉抑而不扬。众人莫可与论道兮，悲精神之不通。

相同的音调可以相互应和，同类的事物都很相似。飞鸟鸣叫是在召朋唤友，麋鹿啼鸣是在寻求伴侣。所以叩击大宫调少宫声相应，弹奏大角调少角音齐鸣。猛虎在山谷咆哮大风剧至，神龙飞升上天彩云尾随而来。对立的声音能够彼此协调，说明同类事物都在相互感应。方与圆的形状不同，势必不能错杂在一处。列子隐居在穷困之地，是因为不能在俗世安身立命。天上众鸟都成队而飞，只有凤凰孤身飞翔没有依靠。我身处于浊世很不得志，宁愿隐居岩洞作为托身之地。想忘掉国事闭口不言，但又曾受过君王的厚德。我暗自忧愁而心中怨恨，无限的愁情何时能了结。想念君王三年忧思郁积，希望再见君王向他表白忠心。我没有遇到贤君尽情直言，世道黑暗又该向谁去倾诉。我身患疾病终日忧愁烦闷，感情压抑难以表达真情。众人都不能和我谈论道理，悲叹君王始终不理解我。

云随龙行

简析

洪兴祖在《楚辞补注》中指出：“《汉书·朔传》亦郁邑于不登用，故因名此章为《谬谏》，若云谬语，因托屈原以讽汉主也。”也就是说，《谬谏》一文在描述屈原进谏不得而被流放遭遇的同时，也渗入了作者自己渴望进谏武帝的希望和见武帝不得而抑郁失志的哀伤，尽管是模仿之作，但是和其他六章相比，此篇更显得感情沉重，语意婉转。

哀时命

王逸《序》说："《哀时命》者，严夫子之所作也。"严夫子，便是庄忌。《汉书·邹阳传》中有其事迹的简略介绍。

原文

哀时命之不及古人兮，夫何予生之不遘时！往者不可扳援兮，来者不可与期。志憾恨而不逞兮，抒中情而属诗。夜炯炯而不寐兮，怀隐忧而历兹。心郁郁而无告兮，众孰可与深谋？欿愁悴而委惰兮，老冉冉而逮之。

译文

哀叹自己没有赶上古代贤王啊，为什么唯独我生不逢时。以前的圣哲无法睹其风采啊，后代的圣君更不可期望。只恨远大志向不能实现啊，姑且抒发情怀缀以成诗。夜里双眼大睁难以入睡啊，常年我都暗自发愁。我心中的忧郁难以排解，又没有人可以倾诉，世人虽多，但有谁可以和我商量心中大事？心中愁苦又憔悴不堪，因而精神沮丧神色倦怠，岁月如梭，不觉间便步入老年。

难寐

原文

居处愁以隐约兮，志沉抑而不扬。道壅塞而不通兮，江河广而无梁。愿至昆仑之悬圃兮，采钟山之玉英。揽瑶木之橝枝兮，望阆风之板桐。弱水汩其为难兮，路中断而不通。势不能凌波以径度兮，又无羽翼而高翔。然隐悯而不达兮，独徙倚而彷徉。怅惝罔以永思兮，心纡轸而增伤。倚踌躇以淹留兮，日饥馑而绝粮。廓抱景而独倚兮，超永思乎故乡。廓落寂而无友兮，谁可与玩此遗芳！白日晼晼其将入兮，哀余寿之弗将。车既弊而马罢兮，蹇邅徊而不能行。身既不容于浊世兮，不知进退之宜当。冠崔嵬而切云兮，剑淋离而从横。衣摄叶以储与兮，左袪挂于榑桑。右衽拂于不周兮，六合不足以肆行。上同凿枘于伏戏兮，下台矩矱于虞唐。愿尊节而式高兮，志犹卑夫禹汤。虽知困其不改操兮，终不以邪而枉害方。世并举而好朋兮，一斗斛而相量。众比周以肩迫兮，贤者远而隐藏。

译文

在山林居住而困窘愁苦，精神压抑，再也不能向君王明志。通往京师的道路堵塞不通，河水广阔，却没有直达对岸的桥梁。期望到昆仑的悬圃游赏，再去钟山采集美玉花朵。采折瑶木橝树的枝条，远望阆风、板桐两座山峰。流水湍急的弱水挡在前面，去向仙山的道路中断不通。我不能踏着波涛直接过去，又没有双翅展翅飞翔。心中的愁苦难以表达，只好孤独地彷徨游荡。心有痛苦以致忧思难已，心灵受创更加重了忧伤。我踌躇不前，逗留深山，但每天饥饿，已断了粮食。一人面对山景无人陪伴，心中时时怀念可爱的故乡。四周辽阔寂静没有相伴的朋友，谁能与我共赏眼前芬芳的鲜花。夕阳正在向西渐渐落下，我的寿命大概也不能久长。驾乘的车已破败，马已疲倦，我原地徜徉不能继续前行。浊世无法容纳我，我又不知如何恰当地进退。崔嵬高耸的帽子像是要冲入云霄，长长的宝剑佩在腰间豪情四射。穿着宽袍大袖的衣服难以舒展，左袖挂在太阳升起的扶桑之上。右襟又拂于大荒不周山的山顶，天地六合不够让我纵横徜徉。我的德行向上可以和伏羲同声相应，向下可以协助尧、舜成就政治理想。我将伏羲、尧、舜当作最高准则，但是志向还远不及夏禹和商汤。明知这样会穷困却也不改操守，怎样都不能让邪恶世道损害正直忠良的人。群小喜欢互相吹捧而结为朋党，他们以贪鄙之心度量他人。群小亲密结合并肩而行，贤良的人只得退而隐藏。

为凤皇作鹑笼兮，虽翕翅其不容。灵皇其不寤知兮，焉陈词而效忠？俗嫉妒而蔽贤兮，孰知余之从容？愿舒志而抽冯兮，庸讵知其吉凶？璋珪杂于甑窐兮，陇廉与孟娵同宫。举世以为恒俗兮，固将愁苦而终穷。幽独转而不寐兮，唯烦懑而盈胸。魂眇眇而驰骋兮，心烦冤之忡忡。志欿憾而不憺兮，路幽昧而甚难。块独守此曲隅兮，然欿切而永叹。愁修夜而宛转兮，气涫沸其若波。握剞劂而不用兮，操规榘而无所施。骋骐骥于中庭兮，焉能极夫远道？置猿狖于櫺栏兮，夫何以责其捷巧？驷跛鳖而上山兮，吾固知其不能升。释管晏而任臧获兮，何权衡之能称？菎蕗杂于黀蒸兮，机蓬矢以射革。负檐荷以丈尺兮，欲伸腰而不可得。外迫胁于机臂兮，上牵联于矰弋。肩倾侧而不容兮，固陿腹而不得息。

译文

让凤凰栖息在装鹌鹑的笼子里，它就算将翅膀收起也难以被装下。直到今日，君王都没有觉醒，我如何向他进言为国效忠。小人嫉妒心重，严重阻挡了贤人进取之路，谁能理解我的一言一行？我愿意舒展志向消除愤怨，哪里顾得上前途是吉是凶？宝玉和瓦砾混杂在一起，丑妇和美女同住一室。世间庸俗之辈认为这都是常理，所以我将愁苦而终身困窘。我独自思索，夜不能寐，心里烦躁愤懑满胸忧郁。灵魂独自去四处飘游，心里烦冤莫解而忧心忡忡。总是不得志心中烦乱，虽然很想远行可前方危险重重。我孑然一身住在深山角落，心中悲痛万分只有放声长叹。长夜漫漫不能入睡令我心烦，满心愤懑犹如波浪翻滚。就像拿着刻刀却不能使用，又如拿着规矩无处描画。只让骏马在庭园奔驰，又如何能完成遥远的路途？将猿猴关在圈栏里，哪能苛责它们不够轻捷灵巧？乘坐跛脚的鳖鱼上山，早就知道难以做到。放弃管仲、晏子而任用顺从的奴仆，哪能权衡事理治理国家？菎蕗与麻丛混在一起制作蜡烛，蓬蒿之箭岂能射穿犀革之盾。背负肩挑在低矮的地方前行，就算想伸伸腰也难以遂心。强弓硬弩威胁着我，上面又和短矢连接在一起。我想斜肩倾背也容不下啊，何况腰背弯曲难以喘息。

魂魄飘游

原文

务光自投于深渊兮，不获世之尘垢。孰魁摧之可久兮，愿退身而穷处。凿山楹而为室兮，下被衣于水渚。雾露濛濛其晨降兮，云依斐而承宇。虹霓纷其朝霞兮，夕淫淫而淋雨。怊茫茫而无归兮，怅远望此旷野。下垂钓于谿谷兮，上要求于仙者。与赤松而结友兮，比王侨而为耦。使枭杨先导兮，白虎为之前后。浮云雾而入冥兮，骑白鹿而容与。

务光自沉于深渊之中，终于能不被世俗污垢所侵蚀。谁又能长期经得起奸邪的诋毁，只好在山林穷处隐居起来。我开凿山岩作为我的居室，到下边水边的沙渚披衣洗浴。清晨雾气弥漫白露如霜，层层浮云整天萦绕于我的屋子。早晨天上朝霞满天彩虹耀目，到傍晚忽又下起倾盆大雨。忽觉人世茫茫没有归处，心里失意只能远望无边旷野。闲极无事下去溪边钓鱼，又登上山顶想和仙人结伴同游。于是，我和赤松子结为好友，又和王侨并肩同行。指令山神枭杨在前面开路，白虎在前后负责护卫。乘驾着云雾进入了缥缈世界，骑上白鹿从容不迫逍遥自在。

原文

魂眐眐以寄独兮，汩徂往而不归。处卓卓而日远兮，志浩荡而伤怀。鸾凤翔于苍云兮，故矰缴而不能加。蛟龙潜于旋渊兮，身不挂于罔罗。知贪饵而近死兮，不如下游乎清波。宁幽隐以远祸兮，孰侵辱之可为？子胥死而成义兮，屈原沉于汨罗。虽体解其不变兮，岂忠信之可化？志怦怦而内直兮，履绳墨而不颇。执权衡而无私兮，称轻重而不差。

我的灵魂孤独地行走着，快速前行而永不回归。离仙人的住所一日比一日高远，我心志逐渐模糊而无比伤怀。看那鸾凤翱翔于青云之中，人间射出的箭矢也不能触及他们！又看那蛟龙潜伏于九旋深渊，不会落入渔人撒下的网罗。它们深知贪吃香饵就会招来祸患，倒不如向下游到河底的清波。我也宁肯隐身以远避灾祸，谁再能对我恣意侮辱？伍子胥尽忠而死是为了仁义，屈原与祖国共存亡自沉于汨罗江底。他的躯体可以消亡但节操不变，忠信的人又岂会改变志向？我的为人忠信内心正直，遵循正直之道不敢稍有偏颇。我评量任何事情都不存有私心，处理一切问题也总是分毫不差。

摡尘垢之枉攘兮，除秽累而反真。形体白而质素兮，中皎洁而淑清。时厌饫而不用兮，且隐伏而远身。聊窜端而匿迹兮，嘆寂默而无声。独便悁而烦毒兮，焉发愤而抒情。时暧暧其将罢兮，遂闷叹而无名。伯夷死于首阳兮，卒夭隐而不荣。太公不遇文王兮，身至死而不得逞。怀瑶象而佩琼兮，愿陈列而无正。生天地之若过兮，忽烂漫而无成。邪气袭余之形体兮，疾憯怛而萌生。愿一见阳春之白日兮，恐不终乎永年。

去掉灰尘污垢结束混乱状态，消除朝廷的污秽累赘就能返璞归真。我形体洁白而本质朴素，心地磊落光明品性善良。君王对我生厌不加重用，只好隐伏山林远离朝政。姑且窜伏自藏而销声匿迹，强忍着寂寞而默不作声。独自忧愁而烦闷难消，怎能发泄愤怨而表明忠直之心？时间已晚我也疲惫不堪，心里烦闷慨叹没有获得传世美名。伯夷守节饿死于首阳山，到头来过早死去而不显荣。吕望如果没有遇着文王，他的政治理想终生也不会实现。我身怀美玉并佩有琼带，愿意将美德贡献而君王不能明察。我生于天地间就像过眼烟云，风一吹来就烟消云散。我感到邪恶之气正在侵袭我的身体，忧伤烦闷使得疾病在体内暗暗滋生。我只希望能再看一次阳春丽日，可病体缠身恐怕难以度完天赐的寿命！

《哀时命》的作者严忌本姓庄，为避明帝刘庄的名讳，因而改为姓严。会稽吴（今江苏省吴县）人，一称由拳（今浙江省嘉兴）人，为人好辞赋。景帝不好辞赋，因此作者无法得志，遂去往吴地，与邹阳、枚乘同为吴王濞门客。《汉志》中著录其辞赋二十四篇，如今多已亡佚，仅存《哀时命》一篇。鲁迅先生在《汉文学史纲要》中指出："汉兴，高祖亦不乐儒术"，"高祖崩，儒者亦不见用"，"及至孝景，不任儒。"（《汉宫之建声》）而且，景帝还"不好词赋"。（《藩国之文术》）从此我们可以得知，汉初时期的儒者和辞赋家因为景帝的不好辞赋，都有种“生之不遘时”，“志憾恨而不逞”的感觉。严忌的《哀时命》，是哀叹自己等人的生不逢时，难以得志，并非“哀屈原”。其中的抒情主人公“予”，正是那个历史时代受到压抑和疏远的正直知识分子的代表，是作者人生体会的概括。

九怀

王逸《楚辞章句》说："怀者，思也。言屈原虽见放逐，犹思念其君，忧国倾危而不能忘也。"

匡机

原文

极运兮不中，来将屈兮困穷。余深愍兮惨怛，愿一列兮无从。乘日月兮上征，顾游心兮鄗丰，弥览兮九隅，彷徨兮兰宫。芷闾兮药房，奋摇兮众芳。菌阁兮蕙楼，观道兮从横。宝金兮委积，美玉兮盈堂。桂水兮潺湲，扬流兮洋洋。蓍蔡兮踊跃，孔鹤兮回翔。抚槛兮远望，念君兮不忘。怫郁兮莫陈，永怀兮内伤。

译文

尽忠劝谏君王却不被采用，如今委屈自己遭受困穷。我心忧伤无限悲痛，想要表白忠心却无所适从。愿乘日月飞上天空，心中却顾念着丰都镐京。在天上遍览九州的各个地方，流连在种植香草的兰宫。这里有香芷屋和白芷房，百花芳香沁人心田。薰草阁子蕙草楼，览察道路向八方纵横。黄金宝石堆积成山，美丽玉器布满厅堂。桂花香水潺潺流动，流水波浪浩浩荡荡。神龟欢乐地游来游去，孔雀仙鹤自由地飞翔。登上高楼凭栏远眺，思念君王怎能忘记？满腔

蕙

忧愤没有倾诉的地方，长期的思念使得内心悲伤！

简析

王褒的《九怀》由九个篇目构成，这些作品都是政抬抒情诗，具有强烈的政治性和浓重的抒情性，与《离骚》大体相同。在表现方式上，也多像《离骚》那样采用幻想、夸张的艺术手法。《九怀》语言流畅，形象生动，篇章结构跌宕有致。

《匡机》是《九怀》中的首篇。全诗结构可划分为三个层次，前四句为第一层，写诗人对君王表达忠心，怎奈无人引荐，诗人心生痛苦。从第五句“乘日月兮上征”至“孔鹤兮回翔”为第二层，写诗人陷入极度苦闷中，要去远方远游，并试图找到法度修明、群贤毕至的理想境界。诗中提到“众芳奋摇”“宝金委积”“美玉盈堂”“蓍蔡踊跃”“孔鹤回翔”，这里的芳草、金玉、龟鹤都是比喻忠直贤臣和德才兼备的人才，这是从《离骚》“昔三后之纯粹兮，固众芳之所在”化用出来的。在这样美好的境界中，群贤毕至，人人心情畅快，精神焕发。“踊跃”、“回翔”形容人们欢乐心情和自由自在的神态，这与离开国都前的忧闷环境形成了鲜明对比。最后四句为第三层，写诗人望见故国，心中又产生了思念国君之情，顿时感到自己忧愁满腹，不知对谁诉说。这首诗的主旨不能简单地理解为表达诗人对君王的思念，其中也渗透着诗人对国家前途和人民命运的极度关切，这不仅是《匡机》一篇的基调，也是全部《九怀》诗篇的基调。

通路

天门兮地户，孰由兮贤者？无正兮混厕，怀德兮何睹？假寐兮愍斯，谁可与兮寤语？痛凤兮远逝，畜鸩兮近处。鲸鲟兮幽潜，从虾兮游陼。乘虬兮登阳，载象兮上行。朝发兮葱岭，夕至兮明光。北饮兮飞泉，南采兮芝英。宣游兮列宿，顺极兮彷徉。红采兮骍衣，翠缥兮为裳。舒佩兮綝纚，竦余剑兮干将。腾蛇兮后从，飞駏兮步旁。微观兮玄圃，览察兮瑶光。启匮兮探策，悲命兮相当。纫蕙兮永辞，将离兮所思。浮云兮容与，道余兮何之。远望兮仟眠，闻雷兮阗阗。阴忧兮感余，惆怅兮自怜。

天和地有很多门户，哪个是贤人走的路？世间是非不分鱼龙混杂，我的品德高尚谁能看出来？和衣而睡心中充满忧伤，谁能和我朝夕相处？我哀叹凤凰已远远离去，家养的小鸟却日见亲附。鲸和鲟鱼潜藏于深水底部，小鱼小虾却在洲渚嬉戏。我乘着飞龙登上云天，骑着神象上九天游览。早晨我从西方的葱岭出发，傍晚来到东方的丹峦山冈。我到北方饮用飞泉解渴，到南方采集

感慨

灵芝花朵。遍历了二十八宿群星，周绕北极我四处游荡。用艳丽的彩虹制作上衣，裁下青色的云彩做成下裳。舒缓衣带玉佩叮当作响，提着干将宝剑向远方眺望。腾蛇在我身后紧跟，奋飞的駏驉在我身旁相随。暗暗观看天帝玄圃，仔细观察北斗瑶光。打开匣子取出占卜用的蓍草，命运悲惨正合占卜结果。连接起蕙草做最后诀别，将要远离亲人与故乡。乘着白云远远飘去，不知将带我去往何方。遥望故土何其昏暗，只听见雷声轰轰作响。满心忧虑使我感伤，怅然若失孤独悲伤！

简析

《通路》在《九怀》中篇幅最长，从题目名称可以看出，全诗的主要内容是寻找出路。整首诗共三十六行，可分为以下三部分：

前十句为第一部分，着重描写贤能之人在黑暗世道难以找到出路的悲惨境遇。作者一开始就提出“天门兮地户，孰由兮贤者？”意思是说在天地六合之内，贤德之人无所适从，不知路在何处，只因当今朝廷谗佞之人身居要位，忠直之人很难一展抱负，只能是暗自愤慨。

第二部分从“乘虬兮登阳”至“览察兮瑶光”共十六句，主要是写作者在恶浊俗世中由于不得志转而畅游太空的情景。在这一部分，作者对天界风景进行了详尽的描写。在仙界中可以畅行无阻，这和凡事无路可走形成鲜明对比。

最后十句是全诗的第三部分。在这部分中，作者的笔触又从天庭转向现实环境，再次描写环境的险恶，提出人生命运难以把握的悲哀。作者看到故乡浓云密布，依然是毫无希望，没有出路，只能自己一个人暗自伤心。

整首诗事物描写对比鲜明具体，使读者读起来有身临其境之感，更能体会作者欲求路而不得的极其无奈的心情。同时全诗感情抒发得真切诚挚，读来悱恻动人。

危俊

原文

林不容兮鸣蜩，余何留兮中州？陶嘉月兮总驾，搴玉英兮自修。结荣茝兮逶逝，将去烝兮远游。径岱土兮魏阙，历九曲兮牵牛。聊假日兮相佯，遗光耀兮周流。望太一兮淹息，纡余辔兮自休。晞白日兮皎皎，弥远路兮悠悠。顾列孛兮缥缥，观幽云兮陈浮。钜宝迁兮砏磤，雉咸雊兮相求。泱莽莽兮究志，惧吾心兮帱帱。步余马兮飞柱，览可与兮匹俦。卒莫有兮纤介，永余思兮怞怞。

入山

译文

鸣叫的蝉不能在林中栖息，我为何要在中原停留。到吉日愉快地把车聚到一起，采摘花朵装饰自己。草茝系好书信我要离开，离开国都去远方游览。我直接去巍峨雄伟的泰山，经历九天去访问牵牛。暂且趁这美好时光徜徉游荡，灿烂的阳光照遍了四周。仰望太一尊神滞留不行，放松我的马勒停下休息一下。清晨升起明媚的太阳，道路非常遥远不见尽头。回头望见彗星轻轻飞去，山中云气弥漫着随风飘动。太岁星正在移动隆隆震响，野鸡声声鸣叫寻求配偶。四周空旷辽阔无边无际，恐怕自己心中又生愁怨。我乘坐的马在飞柱山下行走，我观察谁能成为我的配偶。众人奸佞取巧不够理想，陷入沉思我心无比忧愁。

简析

《危俊》是《九怀》中的第三篇。这首诗主要是用寻找配偶来比喻寻求了解自己志向，在政治上和自己志同道合的人。这种写法和屈原《离骚》求宓妃、寻佚女的表现手法特别相似，表现了诗人对理想坚定不移的追求。

这首诗可以分为三层：第一层为前六句，写诗人在恶劣的环境中难以安身，就选择吉日，整好行装，修饰好自己，用香草系好送给情人的书信，将要离开君王，外出远游并且寻求配偶。从“径岱土兮魏阙”至“雉咸雊兮相求”为第二层。这一层主要写想象远游的情节，诗人乘车骑马，经过巍峨的泰山，飞向九天遨游，访问牵牛，望太一，追彗星，历钜宝等。可在浩瀚无限的天际，什么人也没有，只听见野鸡的声声鸣叫。最后六句是第三层，写诗人观照茫茫宇宙，产生了求偶不得的忧闷心情。

这是一首政治抒情诗，表达了作者追求真理的政治感情。在本诗中，作者借鉴了《离骚》的表现手法，巧妙地运用比喻，使这种政治感情与丰富想象结合在一起，把幽独的抒怀与幻想的描写交织在一起，表现了一个苦闷的灵魂追求真理，在政治上寻找知己的强烈愿望。但是这首诗想象展开得不够充分，求偶的主题也不够鲜明，艺术感染力稍逊《匡机》一筹。

昭世

原文

世溷兮冥昏，违君兮归真。乘龙兮偃蹇，高回翔兮上臻。袭英衣兮缇缯，披华裳兮芳芬。登羊角兮扶舆，浮云漠兮自娱。握神精兮雍容，与神人兮相胥。流星坠兮成雨，进瞵盼兮上丘墟，览旧邦兮滃郁，余安能兮久居。志怀逝兮心懰慄，纡余辔兮踌躇。闻素女兮微歌，听王后兮吹竽。魂凄怆兮感哀，肠回回兮盘纡。抚余佩兮缤纷，高太息兮自怜。使祝融兮先行，令昭明兮开门。驰六蛟兮上征，竦余驾兮入冥。历九州兮索合，谁可与兮终生。忽反顾兮西囿，睹轸丘兮崎倾。横垂涕兮泫流，悲余后兮失灵。

译文

社会污浊腐败政治黑暗，我要离开君王返璞归真。驾驭着

品读经典

灵活高傲的神龙，高高回旋翱翔飞升上天。穿上五彩缤纷的鲜艳上衣，披着散发芳香的华丽下裳。乘着旋风缓慢盘旋而上，驾着云彩渡过银河欢快歌唱。我振奋精神从容不迫，还和仙人们互帮互助。天上的流星陨落就像下雨，左顾右盼我到了荒墟上面。忽然看见故乡云雾迷蒙，我怎么能长期住在这里。想要远走他乡心里悲伤，放松我的马勒犹豫不定。轻风传来素女动听的歌声，我还听见伏妃悠扬的竽声。我的灵魂怆然倍感哀伤，心中躁乱牵动丝丝愁肠。抚摩身上叮当作响的玉佩，我深深长叹自怜自伤。扭转车头派祝融前去开路，还让炎神去打开天门。驾着六条蛟龙向上奔腾，驱车前往遥远的地方。我游遍了九州寻找伴侣，谁可与我终生一起甘苦与共。突然我回头向西囿眺望，望见山陵高峻崎岖峥嵘。思念故乡使我泪流满面，悲叹我的君王昏庸糊涂。

简析

这首诗以屈原思想的矛盾为中心，采用迂回曲折、首尾照应的笔法，揭示了屈原内心激烈的思想矛盾和斗争。作者通过不断的行为心理分析，把屈原那种刚正不阿、不肯随乎流俗的凛然正气和对家国的深情眷怀体现得淋漓尽致，收到了感人至深的艺术效果。

本诗在风格上显得沉郁而豪放，当描写屈原乘龙飞天之时，大有“天风浪浪，海山苍苍”（司空图《诗品》）的雄壮气势。作者展开丰富的想象，运用了大量的神话传说，还使用了“袭英衣兮缇䌷，披华裳兮芬芳”“流星坠兮成雨”等大量色彩绚丽的词句，成功地渲染了屈原追求精神解脱的强烈感情。这使得诗歌豪迈奔放，纵横自如，大有万马奔腾之势。当描写屈原思念家乡的时候，又低回婉转，一往情深，恰似一泓深水看似平静，水底却翻卷着永不平息的波涛。这两种风格的统一，恰恰反映了屈原矛盾心理的统一，艺术与思想协调一致，达到了较为完美的程度。

尊嘉

原文

季春兮阳阳，列草兮成行。余悲兮兰生，委积兮从横。江离兮遗捐，辛夷兮挤臧。伊思兮往古，亦多兮遭殃。伍胥兮浮江，屈子兮沉湘。运余兮念兹，心内兮怀伤。望淮兮沛沛，滨流兮则逝。榜舫兮下流，东注兮礚礚。蛟龙兮导引，文鱼兮上濑。抽蒲兮陈坐，援芙蕖兮为盖。水跃兮余旌，继以兮微蔡。云旗兮电骛，倏忽兮容裔。河伯兮开门，迎余兮欢欣。顾念兮旧都，怀恨兮艰难。窃哀兮浮萍，泛淫兮无根。

译文

阳春三月天气风和日丽，群芳斗艳争芳排列成行。兰草暗自凋落我心悲哀，茎叶交错重叠花瓣受伤。香草江离被丢弃在山林里，香草辛夷遭到排挤退而隐藏。我想到古代的贤人俊才，也多是命运不佳遭受横祸。子胥尽忠遇害遗尸江河，屈原遭受排挤自沉湘江。联想到自己当前的遭遇，内心悲痛难诉肝肠寸断。我望着淮水波涛汹涌，来到河畔就想顺流而去。坐着小船顺水前往远方，河水东流入海浪涛翻滚。蛟龙在前游玩为我引路，文鱼助我迎着急流前行。用蒲草做成席子铺在船中，采集荷花做成船篷盖在船上。波浪翻滚水珠溅上船上的旗子，船中香草的旁边水花四溅。云旗飘摇风驰电掣般前行，小船迅速飞驰起伏跳跃。河伯打开了他的府第大门，欢欣雀跃地迎接我的到来。

这时候我忽然怀念故国，感到前途艰难心中生怨。可怜我就像水上的浮萍一样，到处漂泊没有自己的归处。

这是《九怀》中的第五首诗。在遣词用意上，本诗与《离骚》的后半部分大体一致，主要表现诗人眷恋家国的思想感情。

这首诗共三十句，可以分为三层。前十二句为第一层，描写诗人所处的环境恶劣，社会混浊，人才受到排挤和压抑。诗人又联想到自古以来贤能总是遭受迫害，心中不免愁苦忧闷。中间十四句，即“望淮兮沛沛”至“迎余兮欢欣”为第二层，主要描写诗人在水中神游的快乐情景：乘着香蒲为席，荷花为盖的小船游玩，船边水花开放，船上云旗招展，船前蛟龙引导，文鱼相助，经过一番乘风破浪，船儿来到河伯府第，受到河伯的欢迎。最后四句为第三层，诗人忽然“顾念兮旧都”，又黯然神伤起来，感慨前途还是毫无希望，一片渺茫，自己就像无根的浮萍一样四处飘荡。

在这首诗中，感情变化的起伏不定，心灵世界的复杂细腻，都被作者刻画得真实感人。

蓄英

秋风兮萧萧，舒芳兮振条。微霜兮眇眇，病殀兮鸣蜩。玄

鸟兮辞归，飞翔兮灵丘。望谿兮滃郁，熊罴兮呴嗥。唐虞兮不存，何故兮久留？临渊兮汪洋，顾林兮忽荒。修余兮袿衣，骑霓兮南上。乘云兮回回，亹亹兮自强。将息兮兰皋，失志兮悠悠。蒶蕴兮霉黧，思君兮无聊。身去兮意存，怆恨兮怀愁。

译文

秋风阵阵吹来发出萧萧的声响，树木花草在秋风中飘摇。微霜轻轻降临寒冷渐生，飞蝉蜷起翅膀停止鸣叫。燕子就要返回温暖的南方，它在神山上空飞翔盘旋。我看见山谷里白云弥漫，听到山林里熊罴在大声吼叫。现今世上已经没有尧舜，为何要在这里久久停留？仰望大川流水没有边际，回看山林树木时隐

玄鸟辞归

时现。我整理好自己的衣裳，骑上彩虹飞往南方。乘着那彩云快速飞驰，勤勉不倦发奋自强。我要在兰草的水边休息，考虑欠缺使我深思难忘。我的忧思郁结满面病容，我思念着君王无比愁闷。远离国君却还情意缠绵，满胸忧愁内心悲切。

简析

善用铺陈手法写景，利用景物来表现人物的思想感情，是楚辞的艺术特点之一。在这首诗中，诗人很好地运用了这一手法，将屈原对楚国政治黑暗、人民横遭摧残的愤慨，以及对君王和国家的深深怀念，寓于形象生动的景物描写之中。本诗情感表达得深沉含蓄，错落有致，读来真切感人。

本篇句式整齐，如果去掉“兮”字，就是典型的四言诗，很明显是效法《九章》的创作方法。全诗读来节奏和谐，朗朗上口，顺畅自然。本篇多处使用叠字，如“萧萧”“眇眇”“回回”“悠悠”等，使诗歌的音韵富有美感，也使得全诗的感情忧愤而又缠绵，笔调也显得苍凉雄奇、悱恻感人。

思忠

登九灵兮游神，静女歌兮微晨。悲皇丘兮积葛，众体错兮交纷。贞枝抑兮枯槁，枉车登兮庆云。感余志兮惨慄，心怆怆兮自怜。驾玄螭兮北征，向吾路兮葱岭。连五宿兮建旄，扬氛

气兮为旌。历广漠兮驰骛，览中国兮冥冥。玄武步兮水母，与吾期兮南荣。登华盖兮乘阳，聊逍遥兮播光。抽库娄兮酌醴，援瓟瓜兮接粮。毕休息兮远逝，发玉轫兮西行。唯时俗兮疾正，弗可久兮此方。寤辟摽兮永思，心怫郁兮内伤。

译文

我要登上九天畅怀神情，天明时传来了神女歌声。悲叹大山上的许多葛草，茎叶错综生长纷繁茂盛。笔直的枝条受到欺压以致枯萎，弯曲的装满车反而显得珍贵。想到这些我无限悲伤，心里充满忧愁独自怜惜。乘坐着玄螭向北飞奔，我的道路朝向西北葱岭。连接五个星宿作为我的旗帜，大雾就像旗帜一样随车前行。纵马飞奔经过广袤的沙漠，看见中原上空昏暗未明。天龟和水神都赶来相送，与我约定以后在南方相会。我登上北斗升到天上，暂且自由自在传播光芒。提起库娄群星斟满美酒，捧着天官四星接取食粮。休息以后我要远远离去，驱车前行奔往西方。想到世俗之人嫉恨忠良，我不能总是留在这个地方。我日夜抚胸考虑良久，忧愤郁积使我身体受伤。

简析

这是《九怀》中第七首诗。主要表达了诗人不被君王理解、不被他人接受的怨恨心情。

全诗可分为三层：前八句为第一层，用葛草的不同遭遇比喻人才的不同遭遇，表达了作者对混浊世俗社会中人才被压抑受埋没的愤慨之情，进而联想到作者自身的不幸遭遇。中间十四句，即“驾玄螭兮北征”至“发玉轫兮西行”为第二层，这部分描写诗人去国远游，北征西行，上天下地的情景。这一层充分采用想象手法，再加上虚构的运用，使作者的内心世界得到深刻的表达，读者可以从中体会出诗人反抗黑暗的叛逆精神。最后四句为第三层，抒发了诗人对黑暗现实环境的愤慨和内心的伤痛。

陶壅

原文

览杳杳兮世唯，余惆怅兮何归。伤时俗兮溷乱，将奋翼兮高飞。驾八龙兮连蜷，建虹旌兮威夷。观中宇兮浩浩，纷翼翼兮上跻。浮溺水兮舒光，淹低佪兮京沶。屯余车兮索友，睹皇公兮问师。道莫贵兮归真，羡余术兮可夷。吾乃逝兮南娭，道幽路兮九疑。越炎火兮万里，过万首兮嶷嶷。济江海兮蝉蜕，绝北梁兮永辞。浮云郁兮昼昏，霾土忽兮塺塺。息阳城兮广夏，衰色罔兮中怠。意晓阳兮燎寤，乃自诉兮在兹。思尧舜兮袭兴，幸咎繇兮获谋。悲九州兮靡君，抚轼叹兮作诗。

译文

看世人的想法多么愚昧，心里惆怅无处可归。哀叹社会如

此黑暗混乱，我要振奋双翅远走高飞。驾着八龙飞翔着盘旋前行，树起彩虹大旗随风飘扬。看到天下这么宽广辽阔，振奋精神迅速向上飞去。渡过溺水河我精神焕发，暂且留在高洲游荡盘桓。停下车寻找伴侣，拜访天帝向他请教学习。他说道术的最高点是返璞归真，又称赞我的道术令人欢喜。我驱车前往南娭，经过阴暗崎岖的九嶷山路，又穿越万里炎热的地区，经过海中万千高峻的岛屿。渡过江海我就得以解脱，越过北面桥梁永远离去。乌云布满天空白日昏暗，大风上下翻卷尘土飞扬。憩息在阳城宽广的屋里，意志松懈精神疲惫。心中敞亮通晓事理，我还要在此用心省察自己。思念尧舜二圣相继繁盛，希望遇见皋陶得到指教。悲伤天下不见贤君，只好凭车作诗寄托忧思。

简析

这是《九怀》中的第八篇，题为《陶壅》。陶，就是忧思积聚的样子；壅，意思是壅塞不通。《孟子·万章》有云“郁陶思君兮”，由此可知，本诗题目是指屈子既疏，郁陶思君，冀幸君之一悟，然君门阻隔，无以上达，惆怅而独悲也。

本诗并非无病呻吟之作，作者颇能揣摩、感受屈子失去君国后的忧郁愁闷之情，并且很好地实现了角色再现，表达了屈子因时运不济而思致郁塞的苦闷心情。在艺术上，作者也能很好地借鉴屈子的笔意，详细描写了高飞的缘起、经过和感受，这象征了主人公的政治理想与不屈精神；诗中热闹的画面，浪漫的情调，又反衬出无法排遣心中失意的愁苦之情。在句式上，作者善用整齐的五言句式，并且在每句第三个音节后面偶有语助词“兮”，前面三十音节为“一二”结构，第一个单音词往往是动词，可以促进思绪的变动和场面的转换，这种句式常见于《楚辞·九歌》。《九歌》中虽然也用第一个音节为动词的形式，但并不普遍，还是较多使用另一种楚辞五言句式，如《思美人》中的“登高吾不悦兮，入下吾不能”。通过比较，我们可以看到《陶壅》在很多方面继承、融合了屈赋句式，这表现在以下三个方面：一、句中（一般在第四字）使用语助词“兮”；二、诗句的第一个音节大多是动词；三、大都每两句一顿，四句成一节。这些特点使诗歌收到了很好的效果，表现出鲜明的节奏美和韵律美，而这种节奏、韵律又与主人公快速艰难的行程和复杂怅惘的心情完全符合。

株昭

原文

悲哉于嗟兮！心内切磋。款冬而生兮，凋彼叶柯。瓦砾进宝兮，捐弃随和。铅刀厉御兮，顿弃太阿。骥垂两耳兮，中坂蹉跎。蹇驴服驾兮，无用日多。修洁处幽兮，贵宠沙劘。凤皇不翔兮，

鹎鸮飞扬。乘虹骖蜺兮，载云变化。鹪鹏开路兮，后属青蛇。步骤桂林兮，超骧卷阿。丘陵翔舞兮，溪谷悲歌。神章灵篇兮，赴曲相和。余私娱兹兮，孰哉复加。还顾世俗兮，坏败罔罗。卷佩将逝兮，涕流滂沲。

可怜我的心情多么悲伤，满腔忧愤使我痛断愁肠。款冬在严冬成长开花，百草根茎却受到伤害。把瓦器、石头作为宝贝呈献，隋侯珠、和氏璧被弃到一旁。受到重用的是钝挫的铅刀，认为太阿剑不利无人肯用。千里马疲惫地垂下双耳，爬到半山腰失足摔倒。跛脚毛驴驾在车的中间，它能够拉车的时日不多。清白廉洁遭遇恶劣处境，权贵宠臣却得以亲近国君。凤凰不能自由飞翔，鹌鹑鸮雀却可到处乱飞。我要乘驾彩虹外出远游，车上载着彩云变化无穷。命令凤凰在前面引路，叫青蛇在后边紧紧跟随。向着桂林时快时慢地前行，马儿昂首越过险峻的小山。山丘欢乐起舞前来接待，溪谷之水潺潺流动慷慨悲歌。众神做出了美妙的诗篇，弹奏琴瑟五音相互调和。我默默地感到愉悦无比，世间何处会有这样的快乐。回头看看人间的世俗生活，仁义废弃致使整个社会混浊。我要收拾行装远远离开，但是思君念国流泪不止。

这是《九怀》中的第九篇，其名题为《株昭》。株为“诛”之借用，引申为责让之意。昭即明显、醒豁。株昭，即昭责，公开批评世道昏暗，是非颠倒，感叹“英俊沉下僚”的不公现象，

抒发了“世无知音”的感慨。

这首诗可分为三段。从开头至“凤皇不翔兮，鹑鸮飞扬”为第一段，以“悲哉于嗟兮”一声长叹开始全诗，直接抒发了“心内切磋”、愁肠百结的苦闷心情，为全篇开启了悲愤激切的基调。接着作者又列出了六对意象以作比较，揭示出楚国奸佞当权，忠臣被黜的黑暗现实，回答了自己痛苦的原因。从“乘虹骖蜺兮”至“孰哉复加”为第二段，写“我”离开俗世，远出游行，表现出自己对美好理想的不懈追求。最后四句为第三段，写“我”乐极生悲，从心旷神怡的极乐世界一下回到了残酷的人生，世俗的混浊又坚定了“将逝”的念头，但内心深处仍在思君念国，一想到要远远离开，就情不自禁地涕泪交加。回头再看全文起句的“悲哉”之叹，读者就能体会到“涕流滂沲”的层次区别：开头是因忠佞错位而心绪郁结，而结处是有出路不走，不走又无望的复杂心情，从而把矛盾、痛苦、悲伤的感情推向高潮。

乱曰

皇门开兮照下土，株秽除兮兰芷睹。四佞放兮后得禹，圣舜摄兮昭尧绪，孰能若兮愿为辅。

王门大开光照四方，驱除邪恶以使英俊满堂。放逐驩兜、苦工、三苗和鲧才能得到大禹，虞舜继任唐尧事业继续兴旺，哪个君王能像尧舜那样，我愿辅佐他。

简析

以上为《九怀》之“乱”。关于“乱”，王逸说过：“发理词后，

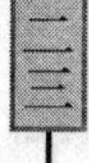

总撮其要”，即全诗的结语。从音乐角度来讲，应以曲终为乱，蒋骥有言:“繁音促节,交错纷乱”,意即全诗的高潮。虽然说“乱”是九篇意旨的总括，但本篇之“乱”是从《株昭》直接过渡而来，所以和《株昭》的题旨较为切近。

作者在主人公的理想世界里融进了自己的希望之光，姜亮夫先生认为该诗“乱”词的思想，是“古大臣辅弼之所同愿”，因而在理解上大可以发散思维，不可过于拘泥，“以为屈原之怀固可,以为作者探屈子之怀亦可,以为作者自怀亦无不可”(《楚辞通故》)。

九叹

王逸《楚辞章句》认为："叹者，伤也，息也。言屈原放在山泽，犹伤念君，叹息无已，所谓赞贤以辅志，骋词以曜德者也。"

逢纷

原文

伊伯庸之末胄兮，谅皇直之屈原。云余肇祖于高阳兮，唯楚怀之婵连。原生受命于贞节兮，鸿永路有嘉名。齐名字于天地兮，并光明于列星。吸精粹而吐氛浊兮，横邪世而不取容。行叩诚而不阿兮，遂见排而逢谗。后听虚而黜实兮，不吾理而顺情。肠愤悁而含怒兮，志迁蹇而左倾。心戃慌其不我与兮，躬速速其不吾亲。辞灵修而陨志兮，吟泽畔之江滨。椒桂罗以颠覆兮，有竭信而归诚。谗夫蔼蔼而漫著兮，曷其不舒予情。

译文

我是伯庸大人的后代，是拥有忠直美德的屈原。我的始祖是古帝高阳，楚怀王与我有族亲关系。我受阴阳正气的孕育而生，有美好的名字而前程远大。我的名和字与天地同在，德行光明与群星同样灿烂。吸天地灵气而吐出浊气，专横丑恶的人世容不下我。行为真诚刚直不阿，于是受到诋毁和排挤。君王听信假话贬黜忠臣，不

楚怀王

理睬我而顺从虚假之情。我心怀怒火义愤填膺，意志迁移犹豫不决。国君不信任使我精神恍惚，君王不亲近使我孤单冷清。我辞别君王惆怅失意，只好在江畔水滨吟诵诗篇。先贤如椒桂却遭受祸患，但仍竭尽忠诚而归于诚心。谗人众多表彰自己贬斥别人，为什么不让我倾诉衷情？

原文

始结言于庙堂兮，信中涂而叛之。怀兰蕙与衡芷兮，行中野而散之。声哀哀而怀高丘兮，心愁愁而思旧邦。愿承闲而自恃兮，径淫曀而道壅。颜霉黧以沮败兮，精越裂而衰耄。裳襜襜而含风兮，衣纳纳而掩露。赴江湘之湍流兮，顺波凑而下降。徐徘徊于山阿兮，飘风来之汹汹。驰余车兮玄石，步余马兮洞庭。平明发兮苍梧，夕投宿兮石城。芙蓉盖而菱华车兮，紫贝阙而玉堂。薜荔饰而陆离荐兮，鱼鳞衣而白霓裳。登逢龙而下陨兮，违故都之漫漫。思南郢之旧俗兮，肠一夕而九运。扬流波之潢潢兮，体溶溶而东回。心怊怅以永思兮，意晻晻而日颓。白露纷以涂涂兮，秋风浏以萧萧。身永流而不还兮，魂长逝而常愁。

译文

当初国君与我在宗庙作好约定，如今却听信谗言中途变卦。我怀中有各种各样的美丽香草，来到荒野只得抛弃它们。我怀念都城发出悲叹，思恋家乡满怀愁情。希望趁君闲暇能表白忠心，可前途暗淡道路阻塞。我面黄肌瘦形容枯槁，精神衰颓日渐衰老。冷风吹动我的下衣，寒露沾湿我的衣衫。在长江湘水的急流中

步马洞庭

前行，顺着波浪漂流向下而去。慢慢行走在山谷中间，迅猛的大风迎面吹来。我的车子向玄石山奔去，马儿徘徊在洞庭山下。黎明我从苍梧山出发，傍晚投宿在石城山。荷花般的车盖菱花装饰的车子，紫贝般的楼台还有白玉装饰的厅堂。用薜荔作装饰美玉作卧席，还有五彩鳞纹上衣和洁白的裙裳。登上逢龙山向下俯瞰，离开故国道路非常遥远。想起郢都的风土人情，一夜之间愁肠反复渴望回乡。扬起宽广激荡的水流，波涛翻滚把我送往东方。心中充满愁思顾虑重重，精神抑郁日渐颓唐。浓厚的白露纷纷降下，秋风吹来萧萧作响。我身随长流不再复返，灵魂久久离去而思念故乡。

原文

叹曰：譬彼流水，纷扬磕兮。波逢汹涌，濆滂沛兮。揄扬涤荡，漂流陨往，触崟石兮，龙邛脟圈，缭戾宛转，阻相薄兮。遭纷逢凶，蹇离尤兮。垂文扬采，遗将来兮。

多么可叹啊：你像流水波浪那样浪涛汹涌，浩浩荡荡，风扬水波，漂流向前，浪涛拍打着岩石。盘旋蜿蜒回转搏击险阻，水流盘旋不前终被挡住。就像遭遇纠纷，碰上灾难。只好留下诗篇，以期来日的明主。

简析

宣帝时，朝廷招选名儒俊才，刘向因为擅长辞赋而被选中，但他的辞赋现在仅剩下《九叹》一篇。

王逸在《楚辞章句》中说："追念屈原忠信之节，故作《九叹》。叹者，伤也，息也。言屈原放在山泽，犹伤念君，叹息无已。"《九叹》由九首短诗组成。这些作品虽然也是代言体，但作者能比较正确地理解和体会屈原的思想感情。作品中抒发屈原"不见容于君、不受知于世"的悲叹，表现出了为理想而坚持奋斗的执着精神，这和屈原的思想基本上是一致的。

《逢纷》为《九叹》的首篇，意即"生逢乱世"。这篇作品从思想内容到情绪基调都和屈原的作品大体相同。在描写手法上，虽不如屈原诗歌般具有鲜明的浪漫主义倾向和强烈的艺术感染力，但模仿得却很相似，主体风格也基本相同。

离世

原文

灵怀其不吾知兮，灵怀其不吾闻。就灵怀之皇祖兮，愬灵怀之鬼神。灵怀曾不吾与兮，即听夫人之谀辞。余辞上参于天坠兮，旁引之于四时。指日月使延照兮，抚招摇以质正。立师旷俾端词兮，命咎繇使并听。兆出名曰正则兮，卦发字曰灵均。余幼既有此鸿节兮，长愈固而弥纯。不从俗而诐行兮，直躬指而信志。不枉绳以追曲兮，屈情素以从事。端余行其如玉兮，述皇舆之踵迹。群阿容以晦光兮，皇舆覆以幽辟。舆中涂以回畔兮，驷马惊而横奔。执组者不能制兮，必折轭而摧辕。断镳衔以驰骛兮，暮去次而敢止。路荡荡其无人兮，遂不御乎千里。

译文

怀王不知道我廉洁奉公，也不体察我的一片忠心。我要向怀王的祖先申诉，要向怀王的鬼神求证。怀王的心不与我相合，又听信了佞臣的无耻谗言。我说的话天地可鉴，也能够从旁用四时求证。太阳月亮永远明白我的心，北斗七星也可为我作证。我用的词可请师旷检验，讲的话可让皋陶来倾听。炙龟求得我的名为正则，卜卦得到我的字是灵均。我小时候就有好的节操，长大以后更加纯正坚定。从不随波逐流胡作非为，我身正志坚而信心满怀。决不改变直行追求邪恶，也不压抑自己的志向阿谀奉承。端正我的行为使之纯洁如玉，遵循先王光辉的治国道路。群小阿谀奉承混淆君王视听，朝廷一片黑暗国家面临危难。就像车行至半路忽然回转，又如四马惊惧而四处乱奔。抓住缰绳的人驾驭不住，车轭就会折断车辕毁坏破损。马拉断衔口车马乱奔，傍晚路过旅舍谁敢喝止。道路空空荡荡不见一人，车马没有羁绊跑出千里路程。

原文

身衡陷而下沉兮，不可获而复登。不顾身之卑贱兮，惜皇舆之不兴。出国门而端指兮，冀一寤而锡还。哀仆夫之坎毒兮，屡离忧而逢患。九年之中不吾反兮，思彭咸之水游。惜师延之浮渚兮，赴汨罗之长流。遵江曲之逶移兮，触石碕而衡游。波澧澧而扬浇兮，顺长濑之浊流。淩黄沱而下低兮，思还流而复反。玄舆驰而并集兮，身容与而日远。棹舟杭以横沥兮，济湘流而南极。立江界而长吟兮，愁哀哀而累息。情慌忽以忘归兮，神浮游以高厉。心蛩蛩而怀顾兮，魂眷眷而独逝。

马儿陷入沼泽开始下沉，车马重新上路已无希望。我不再顾及自己身份卑贱，哀伤楚国的事业不复兴盛。我离开国都意志坚定，希望君王觉悟让我回来。可叹仆夫为我表示愤怒，多次受到陷害遭到祸端。流放九年还是不能回还，心里想起彭咸水里漫游。师延在濮水小洲浮游令人痛惜，我也将要奔赴汨罗江流水之中。沿着弯曲的长江蜿蜒前进，船儿触碰石岸掉头横走。浪涛澎湃波浪涌起，顺着滔滔江水驶入浊流。乘着长江急流顺流而下，心中想返回又掉转船头。驾着水车和船并肩而行，放任自行越走越远。拨正行船就要横渡长江，渡过湘水后前往南方。站在长江边上迎风高歌，叹息不已心里无限悲伤。我心里糊涂忘记返乡，精神四处漫游高高飞扬。心中常怀忧愁思念国君，魂魄留恋故都只身前去。

叹曰：余思旧邦，心依违兮。日暮黄昏，羌幽悲兮。去郢东迁，余谁慕兮。谗夫党旅，其以兹故兮。河水淫淫，情所愿兮。顾瞻郢路，终不返兮。

多让人悲叹：思念故乡心中犹豫不决，暮色苍茫只会让我

忧伤不止。离开郢都东去我思慕谁？谗人成群使我惨遭流放。河水潺潺东流我心向往，回望郢都道路终究没有回去。

简析

被人误解是非常痛苦的，古时候臣子不被君王理解是时有发生的事，要么贬谪，要么流放，甚至遭受杀身之祸。屈原高洁忠贞遭奸人陷害，被君王疏远，终致流放，他的遭遇是极具代表性的例子，所以在后世引起广泛而长久的共鸣。作者刘向也因弹劾宦官弘恭、石显被下狱，并被免为庶人，因此他对屈原的身世感触较深，所以创作《九叹》诗篇描写屈原以自况。

怨思

原文

唯郁郁之忧毒兮，志坎壈而不违。身憔悴而考旦兮，日黄昏而长悲。闵空宇之孤子兮，哀枯杨之冤雏。孤雌吟于高墉兮，鸣鸠栖于桑榆。玄猨失于潜林兮，独偏弃而远放。征夫劳于周行兮，处妇愤而长望。申诚信而罔违兮，情慸洁于纽帛。光明齐于日月兮，文采耀耀于玉石。伤压次而不发兮，思沉抑而不扬。芳懿懿而终败兮，名靡散而不彰。

译文

我心里郁闷忧愁怨恨，遭遇坎坷忠心却依旧不变。我身心

憔悴夜间辗转反侧，从清晨到黄昏不停伤悲。可怜独自待在空屋的孤儿，哀伤枯杨上的小鸟无依无靠。雌鸟失群在高墙上哀叫，斑鸠在桑树上悲声啼鸣。黑猿离开了茂密的树林，被抛弃到很远的地方。征夫在大道上前行不归，家中妻子心里愁怨翘首企盼。我多次申明不违背信义，感情就像束帛那样纯洁。我的美德可以和日月争辉，学问就像玉石一般闪亮。可惜心胸受到压抑难以舒展，思想受到抑制不能发扬。芬芳的鲜花终究会凋落，美名传得再远也会消散。

原文

背玉门以奔骛兮，蹇离尤而干诟。若龙逢之沉首兮，王子比干之逢醢。念社稷之几危兮，反为雠而见怨。思国家之离沮兮，躬获愆而结难。若青蝇之伪质兮，晋骊姬之反情。恐登阶之逢殆兮，故退伏于末庭。孽臣之号咷兮，本朝芜而不治。犯颜色而触谏兮，反蒙辜而被疑。菀蘼芜与菌若兮，渐藁本于洿渎。淹芳芷于腐井兮，弃鸡骇于筐簏。执棠溪以刜蓬兮，秉干将以割肉。筐泽泻以豹鞹兮，破荆和以继筑。时混浊犹未清兮，世殽乱犹未察。欲容与以竢时兮，惧年岁之既晏。顾屈节以从流兮，心巩巩而不夷。宁浮沉而驰骋兮，下江湘以邅回。

译文

离开君王我远走他乡，不愿遭受罪过自取侮辱。关龙逢劝谏夏桀却被杀害，王子比干规劝殷纣惨遭杀戮。我担心国家命运危机四伏，却因此与众人结仇受到怨恨。想到国家法度遭受破坏，自己却遭受罪责忧患难消。谗人就像青蝇一样善变，也像晋国骊姬那样颠倒黑白。我怕走近君王遭受灾祸，就远远隐退潜身隐藏。谗佞奸臣在朝廷上大放厥词，朝廷将要倾覆国运不长。我直言规劝却触怒君颜，反而蒙受罪过被君猜忌。蘼芜和杜若被掺和在一起，藁本却被浸泡在脏水沟里。芳香的白芷淹在臭水井中，宝贵的犀角被置于竹器中，用棠溪利剑割取野草，干将宝剑被用作切肉的刀具。五彩豹皮口袋盛满恶草，使用大杵舂破和氏宝玉。社会黑暗是非不分，人世陷入混乱好坏不明。我打算安逸自得等待时机，可是年纪衰老让我担心。想要改变操守随俗从流，心中忧惧很不畅快。宁愿去沅水浮游驰骋向前，到长江湘水徘徊嬉戏。

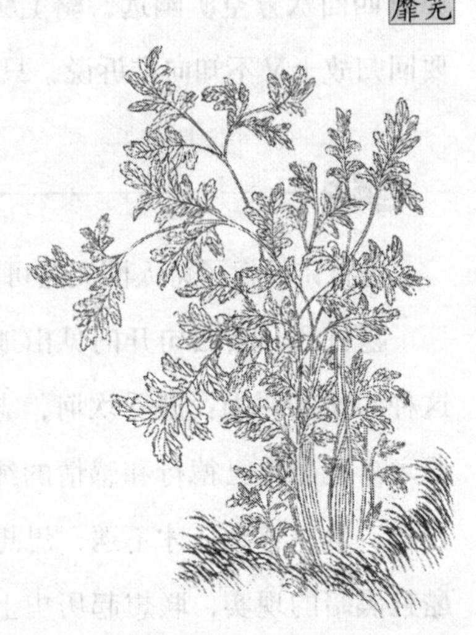

原文

叹曰：山中槛槛，余伤怀兮。征夫皇皇，其孰依兮。经营原野，杳冥冥兮。乘骐骋骥，舒吾情兮。归骸旧邦，莫谁语兮。长辞远逝，乘湘去兮。

译文

多可叹啊：山中车声回响让我悲伤，征夫无依无靠恐慌不已。

原野四面八方空旷幽远，骑上骏马驰骋心情舒畅。死后尸骨想要回归故土又不知向谁诉说，只能乘上湘水去远方漫游。

这首诗抒发了诗人因无路可走而产生的哀愁烦闷之情。

题目和开头四句开门见山地点明了哀怨痛苦的心情和产生这种心情的原因：遭受坎坷，志向无法实现。接着，作者借屈原之口说出自己德行和感情的纯洁刚直，然而外部环境容不下自己，所以感到怀才不遇，思想感情受到了极大压抑。面对严酷且黑暗的现实，联想起历史上刚直的大臣的遭遇，诗人不禁担心国家前途和百姓命运，而自己却受到谗臣诬陷，对眼前的问题无能为力，作者把屈原当时这种既愤怒又压抑的心情表现得淋漓尽致。后半部分，作者采用一系列比兴的手法，用各种香草比喻屈原，以众多恶草比喻群小，这种比喻手法在屈原诗篇中极其常见。诗篇末尾以流放中的屈原的口气写自己怀念故国而又不得回去，只好在原野中游荡，在湖水中漂流，让读者产生“此恨绵绵无绝期”的感觉。

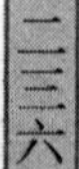

远逝

志隐隐而郁怫兮，愁独哀而冤结。肠纷纭以缭转兮，涕渐渐其若屑。情慨慨而长怀兮，信上皇而质正。合五岳与八灵兮，

讯九魁与六神。指列宿以白情兮，诉五帝以置词。北斗为我折中兮，太一为余听之。云服阴阳之正道兮，御后土之中和。佩苍龙之蚴虬兮，带隐虹之逶蛇。曳彗星之皓旰兮，抚朱爵与鵕䴊兮，游清灵之飒戾兮，服云衣之披披。杖玉华与朱旗兮，垂明月之玄珠。举霓旌之墆翳兮，建黄纁之总旄。躬纯粹而罔愆兮，承皇考之妙仪。

译文

我心中不舒畅愁绪满怀，暗自伤心与人结下仇怨。心乱如麻愁肠辗转，热泪潸然而下涕流不止。我常感慨叹息思考良久，想请上帝伸张正义为我作证。我请五岳八方之神前来相会，又向九星六宗之神询问请教。指着二十八宿表明真情，向五方之帝倾诉衷心。北斗为我调和没有偏颇，太乙为我听讼甄别善恶。群神劝我实行仁义之道，思想要像大地协调平和。行为要像苍龙能屈能伸，意志要像长虹神采飞扬。精神要像彗星光耀万丈，举动要像神鸟一飞上天。我游上凉爽的清灵之庭，身穿修长的彩色云衣。拿着美玉花带正红大旗，佩带的夜光珠光彩四射。举起彩虹旗帜遮天蔽日，挥起五彩缤纷的金黄大旗。行为丝毫没有过错，因为我继承了先父的美好举止。

原文

惜往事之不合兮，横汨罗而下沥。乘隆波而南渡兮，逐江湘之顺流。赴阳侯之潢洋兮，下石濑而登洲。陵魁堆以蔽视兮，云冥冥而闇前。山峻高以无垠兮，遂曾闳而迫身。雪雰雰而薄木兮，

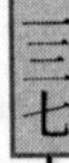

云霏霏而陨集。阜隘狭而幽险兮，石嵾嵯以翳日。悲故乡而发忿兮，去余邦之弥久。背龙门而入河兮，登大坟而望夏首。横舟航而济湘兮，耳聊啾而惝慌。波淫淫而周流兮，鸿溶溢而滔荡。路慢慢其无端兮，周容容而无识。引日月以指极兮，少须臾而释思。水波远以冥冥兮，眇不睹其东西。顺风波以南北兮，雾霄晦以纷纷。日杳杳以西颓兮，路长远而窘迫。欲酌醴以娱忧兮，蹇骚骚而不释。

译文

痛惜从前和君王政见不合，只得横渡汨罗江游水而去。乘着滔滔江水前往南方，追逐长江湘水翻滚的波浪。奔向烟波浩渺的波涛之乡，渡过急流险滩登上小洲。山陵高大遮住我的视线，乌云密布使我眼前昏暗。众山巍峨险峻连绵不断，高大山势压到我身边。大雪飘飘洒洒盖满树木，乌云翻卷盘旋聚集而下。山中悬崖峡谷幽深艰险，岩石奇形怪状挡住阳光。怀念故土心里全是怨恨，离开故土的日子已经很久。走出国都东门进入大河，我登上高坡去眺望夏水。掉转船头横渡湘江，我耳鸣心跳心中彷徨悲伤。湘

眺望夏水

水波浪翻滚环绕流动，流水奔腾汹涌浩荡不息。道路遥远漫长不见尽头，四周纷扰变动不可辨别。我按照日月星辰的指引方向，才稍微消除内心忧思。流水广阔无垠无限深远，浩渺辽阔不可辨别方向。随着狂风巨浪走南闯北，大雾茫茫江面晦暗朦胧。太阳遥远晦暗向西而落，路途漫长心里困窘忧伤。我想举起美酒借以浇愁，心里愁思无穷难以排解。

原文

叹曰：飘风蓬龙，埃坲坲兮。草木摇落，时槁悴兮。遭倾遇祸，不可救兮。长吟永欷，涕究究兮。舒情敶诗，冀以自免兮。颓流下陨，身日远兮。

译文

多么可叹啊：大风盘旋不息尘埃纷飞，旋风摇动草木枝叶凋零。遭遇倾危祸患无法挽救，只能长叹不息涕泪交流。舒展心中感情希求避祸，但随着流水而下不可回头。

简析

这首诗所写的还是屈原被楚王疏远，远放汨罗以后怀瑾握瑜、抑郁哀怨的悲惨遭遇。本诗多处用到叠字、双声、叠韵，造成一种时而低沉舒缓时而起伏跌宕的格调，能恰如其分地表达屈原哀怨的心情。全诗开始六句，用“隐隐”“渐渐”“慨慨”三个叠字，“水波远以冥冥兮”至“路长远而窘迫”六句，也有三个叠字：“冥冥”“纷纷”“杳杳”。全诗共有十个叠字，数量之多显而易见。叠字的巧妙之处在于发挥汉语的优点，多而不赘，使读者感受到一种清新独特的语言风格。这种语言不仅强化了内容的表达，读来也容易产生荡气回肠之感。

惜贤

原文

览屈氏之《离骚》兮，心哀哀而怫郁。声嗷嗷以寂寥兮，顾仆夫之憔悴。拨谄谀而匡邪兮，切溃溷之流俗。荡渨涹之奸咎兮，夷蠢蠢之混浊。怀芬香而挟蕙兮，佩江离之斐斐。握申椒与杜若兮，冠浮云之峨峨。登长陵而四望兮，览芷圃之蠡蠡。游兰皋与蕙林兮，睨玉石之嵾嵯。扬精华以眩耀兮，芳郁渥而纯美。结桂树之旖旎兮，纫荃蕙与辛夷。芳若兹而不御兮，捐林薄而菀死。

译文

读完了屈原的《离骚》，我满怀忧愤无限悲痛。对着寂寥的荒野大声呐喊，看见仆人非常憔悴。我要处置谗人纠正邪恶，洗掉世上的污泥浊水。要驱除卑劣的奸佞行径，还要除掉残暴的无礼行为。我怀抱的蕙草芳香怡人，佩带洁净的江蓠反复徘徊。我手拿清香的申椒杜若，

杜若

戴着浮云高冠多么高大。登上高大山岗四面眺望，看见香芷小树排列整齐。游遍兰花水滨和蕙草芳林，就如同看到各种形状的玉石。发扬精华像美玉一样光辉闪耀，香气浓郁纯洁美好。我把柔嫩的桂树枝条结在身上，再连接各种芬芳的香草。如此芬芳的香草不被利用，却被抛进丛林堆积腐烂。

原文

驱子侨之奔走兮，申徒狄之赴渊。若由夷之纯美兮，介子推之隐山。晋申生之离殃兮，荆和氏之泣血。吴申胥之抉眼兮，王子比干之横废。欲卑身而下体兮，心隐恻而不置。方圆殊而不合兮，钩绳用而异态。欲竢时于须臾兮，日阴曀其将暮。时迟迟其日进兮，年忽忽而日度。妄周容而入世兮，内距闭而不开。竢时风之清激兮，愈氛雾其如壓。进雄鸠之耿耿兮，谗介介而蔽之。默顺风以偃仰兮，尚由由而进之。心犷恨以冤结兮，情舛错以曼忧。搴薜荔于山野兮，采撚支于中洲。望高丘而叹涕兮，悲吸而长怀。孰契契而委栋兮，日晻晻而下颓。

译文

我要跟随子侨学道成仙，又仰慕申徒狄避世投河。要像许由伯夷那样清高纯洁，效仿介子推隐居深山。痛惜晋国申生遭受谗害，可怜楚国卞和血泪流淌。吴国子胥死后被挖去双眼，比干被纣王剖开胸膛。想要卑躬屈节同流合污，心中隐隐作痛不忍这样。方的和圆的规矩不同，曲钩直绳的用途大不一样。我想等一会儿美好的时光，被遮蔽的太阳却已迫近山峦。天时

望高丘叹涕

每日运转从容不迫，岁月每天流逝甚是匆忙。想要逢迎谄媚讨好于人，我的内心笨拙想法不通。盼望世风清廉鼓舞人心，雾气却像尘土一样越来越浓。想要进雄鸠般的小小信用，又要遭到谗人的挑拨离间。想沉默不语随波逐流，心里犹豫迟疑不愿这样。心中失意怨恨填胸，我的思绪错乱忧思绵长。我进入荒山野岭摘取薜荔，到小岛上采集撚支香草。远望楚国朝廷长叹流涕，思念许久我声声悲泣。谁能忧国忧民奉献自己，太阳渐渐昏暗慢慢下山。

叹曰：江湘油油，长流汩兮。挑揄扬汰，荡迅疾兮。忧心辗转，愁怫郁兮。冤结未舒，长隐忿兮。丁时逢殃，可奈何兮。劳心悁悁，涕滂沲兮。

多可叹啊！长江湘水向东滔滔流去，奔流不息卷起波浪浩荡迅速，夜不能寐心头无比烦闷，怨情郁结难消心里长怀愤恨，人生遭遇祸患无法改变，只能烦心忧愤涕泪交加。

简析

本篇题为“惜贤”，应该是感叹德才兼备之人遭受奸臣谗毁而不被君王任用的悲剧。

开始两句作者说看完《离骚》后心情忧闷、哀伤，从而自然引入了正题，代表屈原抒发情怀。

诗人首先直抒胸臆，表达了自己对奸佞小人的愤恨，以及要荡涤这些害人精的强烈愿望。接着采用比兴手法，赞颂贤德之人。诗人写屈原手里拿的、怀中抱的、身上佩戴装饰的以及所到之处的鲜花、香草，就是用自然界里美好的形象对社会上具有美好德行和卓越才干之人的象征表示。

从“驱子侨之奔走兮”以下，诗人列出了九个传说和历史人物，通过介绍这些人物的态度来讲述自己的政治理想，抒发满怀的郁闷和愤慨。作者仰慕王子乔、申徒狄的避世隐居，愿意学习许由、伯夷、介子推的高风亮节，同时又深切同情心怀忠直之心却被残害的申生、卞和、伍子胥、比干等人，这同情中也渗透着对那些昏君和小人的愤慨。

接下来，作者再次直抒胸臆：忠奸邪恶如冰炭一般难以相容，日月运转，不舍昼夜；邪恶势力越来越猖狂，自己又不想委曲求全，随波逐流，就算心怀忧国忧民的伟大理想和满腹经纶的优秀才干，也只能是空怀一腔热血望洋兴叹。

忧苦

原文

悲余心之悁悁兮，哀故邦之逢殃。辞九年而不复兮，独茕茕而南行。思余俗之流风兮，心纷错而不受。遵野莽以呼风兮，步从容于山廋。巡陆夷之曲衍兮，幽空虚以寂寞。倚石岩以流

涕兮，忧憔悴而无乐。登巑岏以长企兮，望南郢而闚之。山修远其辽辽兮，涂漫漫其无时。听玄鹤之晨鸣兮，于高冈之峨峨。独愤积而哀娱兮，翔江洲而安歌。三鸟飞以自南兮，览其志而欲北。愿寄言于三鸟兮，去飘疾而不可得。

译文

我心忧愁充满悲伤，痛惜祖国将要倾覆。与君辞别九年无法回去，孤单一人走向南方。想到楚国世俗的谄媚之风，我心绪混乱不忍承受。顺着山野信步迎风呼唤，在山弯里不慌不忙缓步前行。我在高山曲泽旁边游行，四周幽静空虚杳无声息。依靠着石岩悲痛流泪，内心憔悴没有快乐。登上险峻山峰久久站立，长久眺望郢都凝视故乡。离开故都的山路多么遥远，离开家乡的道路多么漫长。听见神鸟玄鹤在清晨鸣叫，看见它站在高峻山冈上面。孤独愤恨促使我苦中作乐，来到江中小洲尽情放歌。三只青鸟从南方飞来，发现它们想要飞向北方。想托付三鸟给我送信，可惜飞得太快我不能赶上。

山径徐行

原文

欲迁志而改操兮，心纷结其未离。外彷徨而游览兮，内恻隐而含哀。聊须臾以时忘兮，心渐渐其烦错。愿假簧以舒忧兮，志纡郁其难释。叹《离骚》以扬意兮，犹未殚于《九章》。长嘘吸以于悒兮，涕横集而成行。伤明珠之赴泥兮，鱼眼玑之坚藏，同驽骡于乘驵兮，杂班驳与阘茸。葛藟虆于桂树兮，鸱鸮集于木兰。偓促谈于廊庙兮，律魁放乎山间。恶虞氏之箫韶兮，好遗风之激楚。潜周鼎于江淮兮，爨土鬵于中宇。且人心之持旧兮，而不可保长。邅彼南道兮，征夫宵行。思念郢路兮，还顾睠睠。涕流交集兮，泣下涟涟。

译文

想要放弃志向改变操守，思绪烦乱一直郁结在心里。外表安逸自在徘徊游览，内心隐痛满怀悲伤。暂且稍稍追求眼前的快乐，心绪逐渐错乱烦闷难忍。希望借助乐器聊解心愁，怀中愁情萦绕终难释怀。吟诵《离骚》抒发情怀，却很难读完诗歌《九章》。我长声抽泣悲啼不止，涕泪纵横成行流下。珍珠被埋进泥里让人痛心，鱼眼被视为宝珠牢固保存。骡子和骏马被同等看待，杂色马和劣种马大受赞赏。恶草葛藤缠绕着桂树枝条，猫头鹰都群集在木兰花上。阴险的小人在朝廷高谈阔论，高大的贤士被放逐在山野深处。世人厌恶虞舜箫韶的乐章，喜欢凄楚激昂的流行乐曲。传国宝鼎沉进江淮之水，土锅却被架在殿堂之上。人心怀旧想要坚守诚信，可悲世风日下难以持久。我驾车转向南方，如同征夫昼夜在路上奔忙。我深深思念着通向郢都的道路，多次回头眺望心中神往。涕泣纵横，热泪流淌不止。

叹曰：登山长望，中心悲兮。菀彼青青，泣如颓兮。留思北顾，涕渐渐兮。折锐摧矜，凝泛滥兮。念我茕茕，魂谁求兮？仆夫慌悴，散若流兮。

多么可叹啊：登上高山远眺心中悲伤，看到草木茂盛眼泪直流。向北顾念郢都涕泣纵横，意志摧折不愿与俗世沉浮。孑然一身到底在寻求谁，我的仆人憔悴如流水般散去。

简析

本篇通过对屈原惨遭流放时形象和活动的描写，展现了他忧思绵绵、凄苦无尽的内心世界，抒发了对故国家乡的眷恋之情，蕴含感人肺腑的巨大力量。

本诗为了表达屈原的思想感情，没有静止地抒情，而是在特定的环境中描写人物，通过对这一系列行动的具体描写，使人物形象更为生动，人物感情更为鲜明真切。这样寓情于动，动中显情，收到了意想不到的艺术效果。屈原由于愁怨郁结，不能控制自己的感情，时而在旷野的草丛中奔走呐喊，迎风放歌，以发泄自己的强烈忧愤；时而漫步在山川之中和曲池之畔，以排解寂寞无聊的心情；时而倚靠在山岩旁边，涕泗交流，发泄自己悲苦欲绝的痛苦心情；时而登上峻峭的山崖，远远眺望心中眷恋的故乡，饱受思乡之苦；时而来到江中小岛，浅吟低唱，盘桓漫步观赏岛中景象；时而在路上纵马奔驰，一边向南前行，一边多次回望故国，表现了留恋不舍的情怀。通过对这些具体行动的铺叙性描写，一位遭受祸患的爱国者的忧苦形象，就在读者眼前呼之欲出了。他的感情时而激奋昂扬，时而低回压抑，表面上看变化无定。然而，那种对故国的深切眷念，恰似一条贯穿全篇始终的红线，不断从主人公肺腑中沛然涌出。这种火一般热烈的激情，在一系列行动中表现得格外真切。

愍命

原文

昔皇考之嘉志兮，喜登能而亮贤。情纯洁而罔薉兮，姿盛质而无愆。放佞人与谄谀兮，斥谗夫与便嬖。亲忠正之悃诚兮，招贞良与明智。心溶溶其不可量兮，情澹澹其若渊。回邪辟而不能入兮，诚愿藏而不可迁。逐下袟于后堂兮，迎宓妃于伊洛。剬谗贼于中廇兮，选吕管于榛薄。丛林之下无怨士兮，江河之畔无隐夫。三苗之徒以放逐兮，伊皋之伦以充庐。

译文

过去我先父志向美好，喜欢智勇之士表彰贤能。他性情纯洁而又毫无污秽，资质优美且行为没有过失。敢于远放巧佞谄

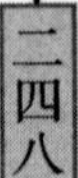

谀的小人，呵斥谗人和取宠的近臣。亲近诚恳的忠直之士，招揽洞察事理与品行端正的人。他心胸开阔不可度量，性情安逸如同深渊一样宁静。不会因邪僻的言行所动摇，保持此心永不改变。他把乱政的侍妾赶进后堂，把宓妃从洛水迎进后宫。把谗谀小人逐出朝堂，从民间提拔吕尚、管仲那样的大臣。使山野之中不再有怨恨之士，让江河之畔不再有隐居的贤人。三苗之徒统统被放逐，用伊尹、皋陶般贤明的人辅佐国君。

今反表以为里兮，颠裳以为衣。戚宋万于两楹兮，废周邵于遐夷。却骐骥以转运兮，腾驴骡以驰逐。蔡女黜而出帷兮，戎妇入而彩绣服。庆忌囚于阱室兮，陈不占战而赴围。破伯牙之号锺兮，挟人筝而弹纬。藏瑉石于金匮兮，捐赤瑾于中庭。韩信蒙于介胄兮，行夫将而攻城。莞芎弃于泽洲兮，瓟蠡蠹于筐簏。麒麟奔于九皋兮，熊罴群而逸囿。折芳枝与琼华兮，树枳棘与薪柴。掘荃蕙与射干兮，耘藜藿与蘘荷。惜今世其何殊兮，远近思而不同。或沉沦其无所达兮，或清激其无所通。哀余生之不当兮，独蒙毒而逢尤。虽謇謇以申志兮，君乖差而屏之。诚惜芳之菲菲兮，反以兹为腐也。怀椒聊之蔎蔎兮，乃逢纷以罹诟也。

如今世俗把衣服里外颠倒，把下裙倒过来当上衣穿。乱臣贼子宋万安处尊位，废弃周公邵公把他们流放。让千里马拉车

负重，却骑着蠢驴笨骡奔跑驰骋。蔡国美女被贬到账外，却纳进身穿彩绣衣裳的西戎丑妇。勇士庆忌被囚在陷阱中，派懦夫陈不占率领军队解围。打破俞伯牙珍贵的号锺琴，却拿凡人的小筝张弦弹弄。把次玉瑉石珍藏进金匣里，却把美玉赤瑾扔到庭中。韩信披上盔甲只当士兵，却派行伍小兵率军攻城。把莞芎抛弃在水泽里，却把小匏瓢藏入精细竹器。麒麟奔逃进入深远水泽，熊罴成群在君王苑囿奔跑。破坏芳香树木和如玉鲜花，却种植败草枯枝珍惜荆棘。挖掉了荃慧与射干，却培植上蘘荷与藿藜。痛惜世间的贤愚有何区别，思虑远近高下大有不同。有人沉沦世俗终生不得志，有人清白激奋却又不通事理。可怜我生不逢时，偏偏遇到责难蒙受祸患。纵然忠心耿耿表达心志，却不合君意被抛弃一边。自爱芳香四溢的服饰，君王反以为散发着恶臭。怀揣椒聊充满芳香，遭遇乱世受人谗害。

原文

叹曰：嘉皇既殁，终不返兮。山中幽险，郢路远兮。谗人𧩦𧩦，孰可愬兮。征夫罔极，谁可语兮。行吟累欷，声喟喟兮。怀忧含戚，何侘傺兮。

译文

多么可叹啊：英明君王已经逝世，我还是不能返回。山中幽暗险恶，郢都路途遥远。谗臣巧言弄权，可向谁倾诉。远行人前路无尽，又与谁说。边走边叹，悲声不断。心中无限失意，忧愁不断。

简析

《愍命》是《九叹》的第七篇。这篇以屈原的口吻哀叹自己生不逢时，命运多舛的遭遇，表达对前朝盛世的追思和对忠奸不分的黑暗政治的控诉。

诗的第一部分，借屈原之口回忆他父辈时代政通人和的繁荣局面。他的父亲有美好的志向和纯洁的品德，又受到贤君明主的信任，所以政治主张得以贯彻执行。这段描写渗透出一股对前朝盛世无限向往的感情。

中间一部分，作者又回到现实中来，写忠奸不分，贤愚倒置的黑暗现实。这一部分作者大量使用比兴手法，而且用作比喻的事物都是成对出现的。“表”与“里”，“裳”与“衣”，“宋万”与“周邵”，“骐骥”与“驴骡”等等。通过对这一长串对立的人和事的描写，极其鲜明地描绘出当时社会上真、善、美与假、恶、丑的颠倒。在这种状况下，就算有满腹治国良策和报国心胸，也只能受到排挤，蒙受祸端。这与前一部分所描写的贤能智士大展宏图的情景形成了鲜明对照。

结尾部分感叹美好的盛世已经消逝，一去不返，表达屈原因为不能重返郢都，匡扶社稷而产生的苦闷、彷徨之情。

思古

冥冥深林兮，树木郁郁。山参差以崭岩兮，阜杳杳以蔽日。悲余心之悁悁兮，目眇眇而遗泣。风骚屑以摇木兮，云吸吸以湫戾。悲余生之无欢兮，愁倥偬于山陆。旦徘徊于长阪兮，夕彷徨而独宿。发披披以鬤鬤兮，躬劬劳而瘏悴。魂俇俇而南行兮，泣沾襟而濡袂。心婵媛而无告兮，口噤闭而不言。违郢都之旧闾兮，回湘沅而远迁。念余邦之横陷兮，宗鬼神之无次。闵先嗣之中绝兮，心惶惑而自悲。聊浮游于山狭兮，步周流于江畔。临深水而长啸兮，且徜徉而泛观。

山林没有边际阴暗幽深，树木郁郁葱葱长势茂盛。高山参差错落山势峥嵘，峻岭遮天蔽日阴晴不定。可怜我的心中愁苦不堪，举目无亲使我涕泣交加。秋风萧萧轻轻吹动草木，白云翻卷浮动相随前行。悲叹我这一生没有欢乐，忧愁困顿久居荒山野岭。白天我在长坡徘徊漫游，夜晚孤零零住在山上。我头发散乱蓬松不堪，身心劳苦憔悴卧病在床。魂魄心神不定匆忙南行，涕泪不断流下沾湿衣裳。心中愁情牵绊无人可以倾诉，只能噤若寒蝉闭口不言。离开我在郢都的旧居，经过湘江沅水

愁侘傺于山陆

前往远方。顾念我的祖国遭受灾难，祖先无人祭祀使人伤悲。哀怜祖先事业由此断送，心中恐惧疑惑暗自悲伤。暂且到山峡里信步闲游，去长江边上四处游走。面临万丈深渊放声长啸，姑且到处盘桓观望。

原文

兴《离骚》之微文兮，冀灵修之一悟。还余车于南郢兮，复往轨于初古。道修远其难迁兮，伤余心之不能已。背三五之典刑兮，绝《洪范》之辟纪。播规榘以背度兮，错权衡而任意。操绳墨而放弃兮，倾容幸而侍侧。甘棠枯于丰草兮，藜棘树于中庭。西施斥于北宫兮，仳倠倚于弥楹。乌获戚而骖乘兮，燕公操于马圉。蒯聩登于清府兮，咎繇弃而在野。盖见兹以永叹兮，欲登阶而狐疑。乘白水而高骛兮，因徙弛而长词。

译文

创作《离骚》隐约讽喻文章，希望君王能够很快醒悟。让我的马车返回郢都，遵循先王的遗迹不改志向。郢路遥远我很难回来，我情不自禁暗自心伤。君王违背三皇五帝常法，废弃《洪范》五行准则纲纪。扔掉圆规直尺抛弃法度，丢弃称物权衡随意估量。认真执法却遭受放逐，小人侧头安身亲近君王。棠梨枝叶枯萎野草茂盛，庭院中央却种满蒺藜荆棘。美女西施被斥留在冷宫，丑妇仳倠受宠侍奉君王。力士乌获成为贴身侍卫，贤臣燕公执鞭在马房操劳。蒯聩叛逆无道却能进入宗庙，皋陶贤明圣智却被放逐荒野。是非如此颠倒我放声长叹，想要进言规劝却惊慌犹豫。还是乘着白水远远离去，趁此退身远离君王。

叹曰：徜徉垆阪，沼水深兮。容与汉渚，涕淫淫兮。钟牙已死，谁为声兮？纤阿不御，焉舒情兮？曾哀凄欷，心离离兮。还顾高丘，泣如洒兮。

多么可叹啊：徜徉在池水幽深的黑黄山上，徘徊在汉水边上涕泪交加。子期伯牙已死谁弹佳音，纤阿不驭如何发挥力量。无限哀伤凄凉悲痛欲绝，回望楚国朝廷挥泪哀伤。

简析

本篇采用倒叙的方法，先写屈原在放逐后孤苦无依，不能表达心声的惨痛心情，然后回顾了遭受流放的经过和朝中是非颠倒的情形，咏古伤今，借此表达了作者因知音消逝而产生的满腔悲愤和孤独之感，读来凄楚感人。

本诗在描写方面，情景交融，极具特色。作者通过对环境、人物的细致描写，渲染、烘托出屈原的孤独和哀愁之情。不仅如此，本诗对比喻这一艺术手法的运用也比较成功，含蓄而又生动地再现了屈原对朝廷黑白不分的腐败政治的愤慨和忧虑。诗中还多次使用叠字，且较为集中，例如“冥冥”“郁郁”“杳杳”“眇眇”“吸吸”等等，及联绵词，如“参差”，“倥偬”“徘徊”等。这样，不仅使诗意表达得反复低回，抑扬不尽，而且使诗歌呈现出了音乐美和修辞美，读来流畅自然，回味无穷。

远游

悲余性之不可改兮，屡惩艾而不迻。服觉皓以殊俗兮，貌揭揭以巍巍。譬若王侨之乘云兮，载赤霄而凌太清。欲与天地参寿兮，与日月而比荣。登昆仑而北首兮，悉灵圉而来谒。选鬼神于太阴兮，登阊阖于玄阙。回朕车俾西引兮，褰虹旗于玉门。驰六龙于三危兮，朝西灵于九滨。结余轸于西山兮，横飞谷以南征。绝都广以直指兮，历祝融于朱冥。枉玉衡于炎火兮，委两馆于咸唐。贯颂濛以东揭兮，维六龙于扶桑。

悲叹我的本性难以改变，屡次汲取教训还是坚定不移。服饰华美艳丽与世俗不同，形象高大立于天地之间。我像仙人王侨那样腾云驾雾，乘着红色云气飞上太空。我想和天地寿命一样长久，和太阳月亮那样光辉闪耀。登上昆仑山朝北而坐，天上仙人都前来拜望。我从太阴气中选取鬼神，和我登上天门进入殿堂。扭转车马方向奔往西方，举起虹旗直上玉门山顶。乘驾六龙在三危山顶奔驰，召集西方之神到九曲水滨。旋转我的车子行向西山，横渡飞泉山谷向南驱进。穿过都广山野一直前进，经过朱冥见到祝融海神。回转玉车穿越炎火，我两次曲意在咸池停留。贯穿鸿蒙之气离开向东，六条飞龙盘旋于扶桑树上。

原文

周流览于四海兮，志升降以高驰。征九神于回极兮，建虹采以招指。驾鸾凤以上游兮，从玄鹤与鷦明。孔鸟飞而送迎兮，腾群鹤于瑶光。排帝宫与罗囿兮，升县圃以眩灭。结琼枝以杂

仙人来望

佩兮，立长庚以继日。凌惊雷以轶骇电兮，缀鬼谷于北辰。鞭风伯使先驱兮，囚灵玄于虞渊。溯高风以低佪兮，览周流于朔方。就颛顼而陈词兮，考玄冥于空桑。旋车逝于崇山兮，奏虞舜于苍梧。济杨舟于会稽兮，就申胥于五湖。见南郢之流风兮，殒余躬于沅湘。望旧邦之黯黮兮，时混浊其犹未央。怀兰茝之芬芳兮，妒被离而折之。张绛帷以襜襜兮，风邑邑而蔽之。日暾暾其西舍兮，阳焱焱而复顾。聊假日以须臾兮，何骚骚而自故。

我要周游各地纵览天下，并想从上到下奔走各方。号召九天之神在天中相会，高举彩虹旗帜指挥四方。乘着鸾鸟凤凰向上巡游，率领玄鹤鷞明紧随身后。孔雀飞舞着迎送，仙鹤成队腾飞经过瑶光。推开天帝宫殿进入天苑，登上仙山眼前一片明亮。系结美玉枝条杂带玉佩，升起长庚明星替换太阳。乘坐滚滚惊雷追赶闪电，还把百鬼拴在北极星上。我又鞭策风伯在前方开路，并把玄帝囚禁在神虞渊上。迎着高天大风徘徊游玩，观察各地遍历北方各处。我向圣帝颛顼倾吐痛苦，前来空桑考察玄冥的神灵。然后旋过车头奔向崇山，来到苍梧山旁向虞舜进言。乘上杨木轻舟前往会稽，在五湖之上请教伍子胥。看见楚国郢都的鄙陋风俗，只能投身沉入沅水湘江。望见故国山河昏暗未明，人世混乱污浊让人失望。怀抱散发芳香的兰花茝草，众人嫉妒摧折以致四散分离。陈设鲜艳美好的深红幕布，阻挡细微柔弱的轻风。太阳炽盛明亮在西方落下，阳光炎热势盛还想返回上面。姑且趁此时光游玩片刻，心中忧愁如故始终难忘怀。

原文

叹曰：譬彼蛟龙，乘云浮兮。汎淫澒溶，纷若雾兮。潺湲轇轕，雷动电发，驱高举兮。升虚凌冥，沛浊浮清，入帝宫兮。摇翘奋羽，驰风骋雨，游无穷兮。

译文

多么可叹啊：我就像乘云的蛟龙，在被雾迷蒙的层层浓云里游走。蛟龙卷曲纵横像水一样流动，驾着雷电迅速飞上高空。蛟龙登上遥远无际的天界，丢弃污浊浮清气进入天宫。蛟龙摇头摆尾展开两翼，驱使风雨游览无穷太空。

简析

本诗通过展示奇特壮丽的神话境界来反衬楚国的黑暗现实，表现出屈原忧国忧民的情怀，这是本诗最大的艺术特色。此外，在结构和语言方面，这首诗也有自己的长处。

本诗结构严谨，既层次分明，又浑然天成。全诗从天上写到人间，从古代写到当代，空间时间跨度很大，层次间不使用过渡文字，全部依靠文意自然衔接起来。本诗从“余性之不改”开始，用王侨乘云自喻，进而转入“登昆仑而北首兮”的游仙境界，水到渠成。写完游仙以后，又写“溯高风阻低佪兮，览周流于朔方”，从仙界转而写到人间的北方，一切都显得顺理成章。描述人间时从北写到南，由东写到西，最后写楚国，“见南郢之流风兮，殒余躬于沅湘”，更是天衣无缝，使全诗成为浑然天成的整体。

本诗在使用语言时，能根据不同的内容选择不同的语言形式，这一点尤为可贵。比如写游仙时，作者主要用一个动词加两个名词的句式（如“驰六龙于三危兮”、“朝西灵于九滨”），其中一个名词又是地名，读来激越畅快，铿锵有力，用快速的节奏，向读者呈现了一个又一个的仙境，令人目不暇接。写楚国时，就换用一个名词加上动词、副词和形容词的句式，并且多用叠字、双声、叠韵，使语气变得纡缓低沉，很自然地表现出楚国的黑暗现实和屈原的愁怨之情。语言随内容的起伏而变化，可见作者驾驭语言的功底之深。

九思

本文为王逸所作。他在《序》中说：“逸与屈原，同土共国，悼伤之情，与凡有异。窃慕向褒之风，作颂一篇，号曰《九思》，以裨其辞。未有解说，故聊叙训谊焉。”

逢尤

悲兮愁，哀兮忧。天生我兮当闇时，被诼谮兮虚获尤。心烦愦兮意无聊，严载驾兮出戏游。周八极兮历九州，求轩辕兮索重华。世既卓兮远眇眇，握佩玖兮中路躇。羡咎繇兮建典谟，懿风后兮受瑞图。愍余命兮遭六极，委玉质兮于泥涂。遽傽遑兮驱林泽，步屏营兮行丘阿。车轨折兮马虺颓，惷怅立兮涕滂沲。思丁文兮圣明哲，哀平差兮迷谬愚。吕傅举兮殷周兴，忌嚭专兮郢吴虚。仰长叹兮气噎结，悒殟绝兮咶复苏。虎兕争兮于廷中，豺狼斗兮我之隅。云雾会兮日冥晦，飘风起兮扬尘埃。走鬯罔兮乍东西，欲窜伏兮其焉如？念灵闺兮隩重深，愿竭节兮隔无由。望旧邦兮路逶随，忧心悄兮志勤劬。魂茕茕兮不遑寐，目眽眽兮寤终朝。

我的心里悲哀忧愁，天生就遭遇黑暗世道，受人诬陷无故受到罪责。心中烦乱情绪愁苦，赶紧驾着车马去远方游览。游遍八方之地和天下九州，寻求圣明的黄帝、大舜。距离前圣时代已经很远，手握玉佩在途中徘徊忧心。羡慕皋陶建立的制度谋略，仰慕接受瑞图的风后。可怜我的命运充满灾难，品质美好却被弃在污浊路途。心里恐慌前往山林水泽，惶惶失措走进山峦深处。我的车辕折断马也病倒，我怅然呆立着眼泪直流。想见到圣哲明智的文王，哀叹平王夫差糊涂荒谬。任用傅说吕望殷周兴盛，无忌伯嚭专权使楚吴成为废墟。仰天长叹我气闷填胸，忧郁愤怒害得我死去活来。猛虎犀牛还在厅堂争斗，豺狼还在我的身边吵闹。云雾聚集太阳暗淡无光，大风盘旋灰尘扬满天地。我因触犯谗人四处奔逃，想要藏身还能到什么地方？想到国王宫殿幽深难进，愿意竭尽忠诚却被无故阻挡。

看见故国的道路曲折漫长，心中虽忧愁凄惨志向却不改。灵魂孤独不堪难以入睡，漫漫长夜无法闭目安歇。

简析

《九思》是王逸代表屈原抒发忧愤之情的作品。他自己说："逸与屈原，同土同国，悼伤之情，与凡有异。窃慕向褒之风，作颂一篇。号曰《九思》，以裨其辞。"虽为代言体诗，但也准确地把握了屈原被逐后的思想感情，体现了作者对屈原的深切崇敬。

《逢尤》是《九思》的首篇。全篇抒发屈原遭受"诼谮"后的悲愤情感和对国家前途的深切忧虑，表现屈原虽被流放却仍然心系楚国命运的高尚情操。

总的说来，这首诗的主旨是表达对楚国命运的关注和忧虑。

这里有怨、有忧、有愤慨、有谴责，但无论如何，都是出于对国家的深厚的热爱。诗中赞颂圣明君主，意在希望怀王醒悟，效法古代先贤。诗中也抒发了对楚怀王的“怨愤”，饱含着个人不受重用、难以建功立业的苦闷和忧愁之情，但这些都和国家前途命运紧密相连，应该是值得肯定的。

这首诗的表现手法，具有《楚辞》作品的一般特点，此外还有两点应该注意：一是诗中感情线索的跌宕起伏。诗中先写不遇明君反遭谗害和流放的忧愤，既而抒发国君失察致使奸邪当道的愤慨，再表达对国家的忠诚，这个过程迂回曲折，把“国不用我我忧国，君不爱我我爱君”的感情抒的地极为真切。二是对比手法的灵活运用。诗中先以自己的遭遇和皋陶、风后进行对比，以突出自己的悲惨遭遇；接着又以“圣明”的文王等明君与“迷谬愚”的平王和夫差对比，突出说明楚王用人失误酿成了严重后果。这些都有助于表现屈原复杂波动的感情，加强了作品的艺术感染力。

怨上

原文

令尹兮謷謷，群司兮譨譨。哀哉兮淈淈，上下兮同流。菽藟兮蔓衍，芳繭兮挫枯。朱紫兮杂乱，曾莫兮别诸。倚此兮岩穴，永思兮窈悠。嗟怀兮眩惑，用志兮不昭。将丧兮玉斗，遗失兮钮枢。我心兮煎熬，唯是兮用忧。进恶兮仇旬，复顾兮彭务。拟斯兮二踪，未知兮所投。谣吟兮中野，上察兮璇玑。大火兮西睨，摄提兮运低。

雷霆兮硠礚，雹霰兮霏霏。奔电兮光晃，凉风兮怆悽。鸟兽兮惊骇，相从兮宿栖。鸳鸯兮噰噰，狐狸兮徾徾。哀吾兮介特，独处兮罔依。蝼蛄兮鸣东，蟊蠽兮号西。蛓缘兮我裳，蠋入兮我怀。虫豸兮夹余，惆怅兮自悲。伫立兮忉怛，心结缗兮折摧。

译文

楚国令尹品行不端，文武百官纷纷进谗。国家混乱真可悲，君君臣臣都一般。荒草野藤已布满，香花芳草都朽烂。紫色红色已经杂乱，无人能分辨。孤苦独处隐深山，思君念国路途远。哀叹怀王眼不明，坚守忠义身难显。楚国尽丧栋梁材，君王痛失能与贤。我心伤痛似熬煎，想到这里忧满怀。心中厌恶九旬饮，思念彭咸与务光。踏着两人踪迹行，前途未卜心不明。盘桓荒野独歌咏，举头仰望北斗星。向西斜视流火下，不寐愁看摄提行。惊雷阵阵隆隆响，冰雹大雪纷纷降。风驰电掣光耀眼，秋风袭来心悲凉。飞禽走兽都受惊，相跟相随到处藏。鸳鸯双双相和鸣，狐狸对对相依傍。可怜自己身孤单，独处无靠心忧伤。但见蝼蛄在东鸣，还有小蝉鸣西墙。毛虫爬上

雷雨大风

我衣裳，蠋虫爬进我怀里。成群小虫夹攻我，惆怅失意自悲伤。无穷悲痛久久立，忧愁郁结心沮丧。

《怨上》是《九思》的第二篇。如果说《逢尤》主要是怨君不明的话，那么这首诗主要目的是表达对朝廷奸臣当道的怨愤。

全诗的感情基调既愁怨又悲凉，充满着忧国忧民的情怀。在创作方法上，全诗大量引用楚地风物比喻忠贞和谗佞，既符合楚辞“书楚语、作楚声、纪楚地、名楚物”的特点，又具有特定的象征意义。而诗中对自然现象的描绘，多次采用排比、铺叙、互文的手法，在楚辞作品中也较为常见。

诗中还采用烘托手法来增强全诗气氛，而且能和主人公情感的变化紧密呼应，既很好地塑造了人物形象，又成功地抒发了主人公的情绪和感受。

疾世

周徘徊兮汉渚，求水神兮灵女。嗟此国兮无良，媒女诎兮涟谈。鸲雀列兮哗讙，鸲鹆鸣兮聒余。抱昭华兮宝璋，欲衒鬻兮莫取。言旋迈兮北徂，叫我友兮配耦。日阴曀兮未光，阒睄窕兮靡睹。纷载驱兮高驰，将谘询兮皇羲。遵河皋兮周流，路变

易兮时乖。沥沧海兮东游，沐盥浴兮天池。访太昊兮道要，云靡贵兮仁义。志欣乐兮反征，就周文兮邠岐。秉玉英兮结誓，日欲暮兮心悲。唯天禄兮不再，背我信兮自违。踰陇堆兮渡漠，过桂车兮合黎。赴崑山兮䮾騄，从邛遨兮栖迟。吮玉液兮止渴，啮芝华兮疗饥。居嵺廓兮尠畴，远梁昌兮几迷。望江汉兮濩渃，心紧𦄏兮伤怀。时昢昢兮且旦，尘莫莫兮未晞。忧不暇兮寝食，吒增叹兮如雷。

译文

我在汉水边上周游徘徊，想去追求汉水神女。楚国已无贤良令人悲叹，媒人言辞拙劣言语混乱。小雀成群结队叫声喧哗，八哥叽叽喳喳叫声聒耳。我怀抱着昭华与璋两块美玉，想要卖出却无一人问价。只好独身一人出游北方，召唤我的朋友共同前往。太阳无光天空晦暗不明，四处昏暗幽深方向难辨。杂乱中乘着车马奔驰而去，要向古帝伏羲求教询问。沿着黄河岸边四处寻找，道路早已变化时代背离。越过茫茫沧海向东游行，我还在天池里沐浴梳洗。向东方天帝访问天道要领，他

孑然一身

告诉我仁义最为宝贵。心中欣喜转车向西行驶，我来到邠岐请教周文王。我拿玉花和文王结下誓约，日薄西山心中感到悲戚。天赐福禄的机会不可再得，背离忠信就是自我背叛。越过陇堆山再横穿大漠，路过西方桂车又到合黎。奔赴昆仑仙山得到骏马，跟从邛兽虚遨游休憩。我吸收琼蕊精气止渴，又食用灵芝花朵充饥。身居空山野林孤身一人，我的处境穷困进退两难。望着浩渺无边的长江汉水，思乡之情使人失意伤心。太阳刚刚升起天边微明，四周浓雾弥漫还未离散。心中愁思使我废寝忘食，我吼声如雷浩然叹息。

简析

《疾世》一诗，名曰“疾”，实际上“悲”的意味很浓，和《九思》的总基调非常一致，它展现了屈原性格中悲天悯人的一面，这和儒家诗教“怨而不怒”“温柔敦厚”是相符的；而屈原性格中还有另外一面，就是对世俗奸佞小人的极度愤慨，不惜以死抗争黑暗势力的精神，但是王逸却没有表现这一面。

从这篇作品里，我们可以看到，东汉时期儒家思想已经呈现出日益僵化的趋势，艺术逐渐沦落于政治说教的宣传工具，屈原所创立的楚骚美学风范，遭到狭隘的艺术功利主义的侵蚀甚至是批判，这说明汉儒已经遗弃了先秦儒家思想中的积极因素。在这种思潮的影响下，王逸将汉儒所推崇和赞赏的“儒”的光环罩在屈原头上，因而他的作品被汉儒所承袭，并且合法化，烙上了鲜明的时代烙印。

悯上

哀世兮睩睩，谗谗兮嗌喔。众多兮阿媚，委靡兮成俗。贪枉兮党比，贞良兮茕独。鹄窜兮枳棘，鹈集兮帷幄。蘮蒘兮青葱，槀本兮萎落。睹斯兮伪惑，心为兮隔错。逡巡兮圃薮，率被兮畛陌。川谷兮渊渊，山阜兮峉峉。丛林兮崟崟，株榛兮岳岳。霜雪兮漼溰，冰冻兮洛泽。东西兮南北，罔所兮归薄。庇阴兮枯树，匍匐兮岩石。踡跼兮寒局数，独处兮志不申。年齿尽兮命迫促，魁垒挤摧兮常困辱。含忧强老兮愁不乐，须发苎悴兮颥鬓白，思灵泽兮一膏沐。怀兰英兮把琼若，待天明兮立踯躅。云蒙蒙兮电倏烁，孤雌惊兮鸣呴呴。思怫郁兮肝切剥，忿悁悒兮孰诉告。

世俗待人畏惧谨慎很是悲哀，背地说坏话当面奉承。大多数人喜欢阿谀逢迎，巧言令色取媚风气盛行。群小贪婪邪恶结党营私，忠良贤人守正却茕茕独立。天鹅只好躲进草丛荆棘，水鸟鹈鹕却在帐幕群居。恶草生长得郁郁葱葱，香草槀本凋零枝叶枯萎。目睹这些欺诈惑乱现状，使人感到丢失了纯真本性。我在园圃丛林不停徘徊，沿着田间小路缓缓前行。眼前山川河谷深不见底，崇山峻岭不断蜿蜒起伏。丛林满山遍野生长茂盛，各种树木丛生密密麻麻。寒霜降临风雪四处飞扬，冰封水泽冻结湖泊池塘。我走遍了东西南北各个地方，却都没有我的栖身之地。无奈在枯树下暂时休息，在山岩洞中居住隐藏。我蜷缩

树下暂歇

在瑟瑟寒风里，独处荒野理想难以实现。年纪渐渐老去寿命苦短，命运坎坷常常穷困遭受耻辱。内心担忧年老遭受愁苦，须发蓬乱面色憔悴两鬓霜白，希望天赐给我沐浴的脂膏。怀抱兰花手握香草，等待着天明内心踟蹰。天上乌云密布雷鸣电闪，孤独的鸟儿喳喳惊叫。我心里愤懑肝肠欲断，一腔孤愤忧郁向谁倾诉。

简析

这是一篇代屈原抒发郁闷之情的作品，表现了屈原对奸人当道，忠良归隐的黑暗现实的无情揭露，同时也抒发了生逢乱世、怀才不遇的伤感情绪。

本诗交替运用直抒胸臆与象征譬喻的创作手法，借以表现屈原矛盾复杂的心理活动，他的愤懑、哀怨、忧伤和憧憬，都在作品中得到了描写和刻画，特别是象征手法的运用最为明显。王逸在其《离骚章句·序》中精彩地概括了《离骚》的创作手法，其云："《离骚》之文，依《诗》取兴，引类譬喻，故善写香草以配忠贞；恶禽臭物，以比谗佞，灵修美人，以媲于君；宓妃佚女，以譬贤臣；虬龙鸾风，以讬君子；飘风云霓，以为小人。"王逸非常推崇楚骚美学风范，所以把《离骚》的象征譬喻手法自觉地运用在《九思》的创作上，摆脱了汉代言体诗单调板滞的弊端。《悯上》一诗，起伏错落，隐显有度，既处理好了虚实关系和情景关系，又比较深刻地表现了屈原的心理状态。

遭厄

原文

悼屈子兮遭厄，沈玉躬兮湘汨。何楚国兮难化，迄于今兮不易。士莫志兮羔裘，竞佞谀兮谗阅。指正义兮为曲，訿玉璧兮为石。殇雕游兮华屋，鵕鸡栖兮柴蔟。起奋迅兮奔走，违群小兮謑询。载青云兮上升，适昭明兮所处。蹑天衢兮长驱，踵九阳兮戏荡。越云汉兮南济，秣余马兮河鼓。云霓纷兮晻翳，参辰回兮颠倒。逢流星兮问路，顾我指兮从左。径娵觜兮直驰，御者迷兮失轨。遂踢达兮邪造，与日月兮殊道。志阏绝兮安如，哀所求兮不耦。攀天阶兮下视，见鄢郢兮旧宇。意逍遥兮欲归，众秽盛兮沓沓。思哽饐兮诘诎，涕流澜兮如雨。

译文

悼念屈原遭遇祸患，终将清白身躯投入汨罗江。楚国政治腐败难以改变，时至今日仍然毫无改进。众人都争着追求荣华富贵，竞相进谗以争媚取宠。指着正道说是邪曲，谗毁玉璧以为是陋石。鹘雕在华丽屋子里飞翔遨游，锦鸡只好栖居于柴禾上面。赶紧奋起快速向外奔走，远离群小的辱骂谗害。乘坐青云飞上悠悠苍天，前往太阳光明的处所。踏上天街飞奔驰骋，到日出之地快意遨游。渡过银河就可以南渡，喂饱我的马来到牵牛星旁。云霞纷纷密布遮蔽太阳，参星辰星回转以致颠倒方向。我遇见流星向它问路，回头看并指着左走方向。取道娵觜快速向前直奔，车夫走出轨道迷失方向。于是驾车乱走驶出正

跳江

道，与日月大道完全背离。心志受阻不知走向何方，哀叹用心追求而不能如愿。攀登天阶下视人间，看见我在国都里的故居。心中逍遥自由想要归去，楚国到处是污秽前途无望。情哽咽而心中郁结，涕泪如同下雨一般流淌下来。

简析

《九思》都是在模仿屈原作品进行创作。这一篇隐括《离骚》，代人立意，虽然情致平缓，不似屈原作品那般真切，却也情思幽曲，清新自然，值得一读。

悼乱

原文

嗟嗟兮悲夫，殽乱兮纷挐。茅丝兮同综，冠屦兮共绚。督万兮侍宴，周邵兮负刍。白龙兮见射，灵龟兮执拘。仲尼兮困厄，邹衍兮幽囚。伊余兮念兹，奔遁兮隐居。将升兮高山，上有兮猴猿。欲入兮深谷，下有兮虺蛇。左见兮鸣鵙，右睹兮呼枭。惶悸兮失气，踊跃兮距跳。便旋兮中原，仰天兮增叹。菅蒯兮野莽，雚苇兮仟眠。鹿蹊兮躖躖，貒貉兮蟫蟫。鹯鹞兮轩轩，鹑鹌兮甄甄。哀我兮寡独，靡有兮齐伦。意欲兮沈吟，迫日兮黄昏。玄鹤兮高飞，曾逝兮青冥。鸧鹒兮喈喈，山鹊兮嘤嘤。鸿鸬兮振翅，归雁兮于征。吾志兮觉悟，怀我兮圣京。垂屣兮将起，跓竢兮硕明。

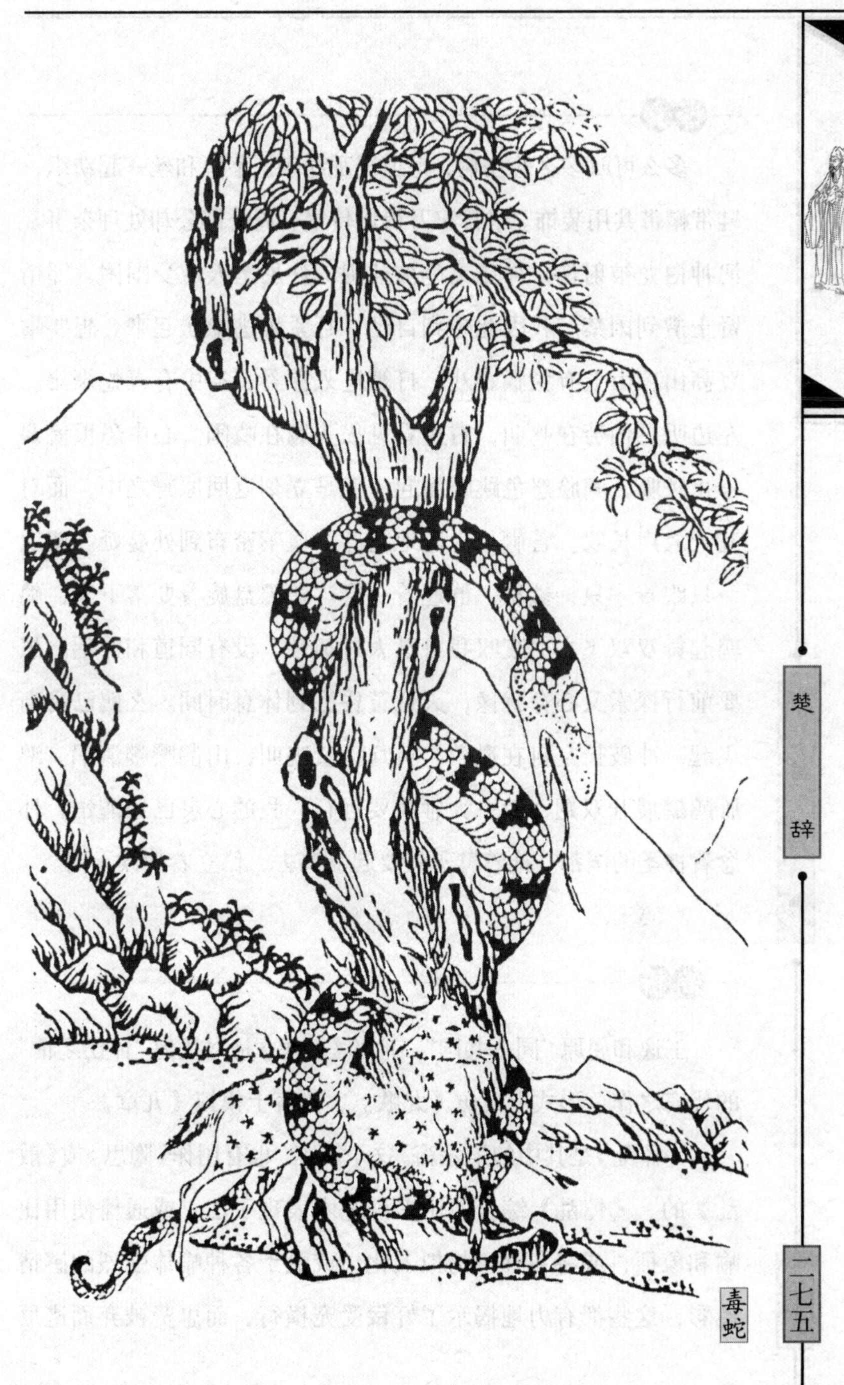

毒蛇

译文

多么可叹多么悲伤啊，世道混乱纷杂。茅草和丝一起纺织，鞋带帽带共用装饰。华督宋万得以侍宴，周公邵公却处理杂事。河神白龙被射伤，祥瑞灵龟被捕捉。仲尼圣人遭受围困，邹衍贤士遭到囚禁。我因此想到自己，赶紧奔逃隐居起来。想要攀登高山，山上有猿猴嬉戏。打算进入深谷，谷中有毒蛇聚集。左边听见伯劳在鸣叫，右边看见猫头鹰在喧闹。心中恐惧就要停止呼吸，满脸怒色跳跃而起。于是立刻返回原野之中，面对苍天放声长叹。菅蒯丛生遍地苍莽，藋苇密布到处蔓延。麋鹿一只跟着一只，貒貉一群连着一群。鹞鹰盘旋着要落下来，鹤鹑起舞双双飞去。哀叹我自己太过孤独，没有同道和伴侣。想要前行探索又心存犹豫，天近黄昏已到休息时间。玄鹤已高高飞起，冲破长空自在遨游。黄莺喳喳鸣叫，山鹊嘤嘤清唱。鸿雁鸬鹚展开双翅，归去大雁就要远行。我的心灵已经醒悟，怀念着神圣的国都。拖着鞋子就要起身离去，伫立着静候天明。

简析

王逸和屈原“同土共国”，他的《九思》是寄托他“悼伤之情”的代言之作，形式上模仿《九歌》，内容上模拟《九章》。

《悼乱》是其中的第六篇。这个篇名，也有用作《隐思》或《散乱》的。《悼乱》综合使用多种艺术表现手法，或通篇使用比喻和象征，或将各种事物拟人化，或赋予各种喻体强烈的感情色彩，这些都有力地揭示了奸佞受宠横行，而忠贤被弃而遭厄的政治悲剧，表达了社会政治混乱不堪的主题思想。

伤时

原文

唯昊天兮昭灵，阳气发兮清明。风习习兮和暖，百草萌兮华荣。堇荼茂兮扶疏，蘅芷雕兮莹嫇。愍贞良兮遇害，将夭折兮碎糜。时混混兮浇馔，哀当世兮莫知。览往昔兮俊彦，亦诎辱兮系累。管束缚兮桎梏，百贸易兮傳卖。遭桓缪兮识举，才德用兮列施。且从容兮自慰，玩琴书兮游戏。迫中国兮窄陋，吾欲之兮九夷。超五岭兮嵯峨，观浮石兮崔嵬。陟丹山兮炎野，屯余车兮黄支。就祝融兮稽疑，嘉己行兮无为。乃回朅兮北逝，遇神嬿兮宴娭。欲静居兮自娱，心愁感兮不能。放余辔兮策驷，忽飙腾兮浮云。蹠飞杭兮越海，从安期兮蓬莱。缘天梯兮北上，登太一兮玉台。使素女兮鼓簧，乘戈和兮讴谣。声噭诮兮清和，音晏衍兮要婬。咸欣欣兮酣乐，余眷眷兮独悲。顾章华兮太息，志恋恋兮依依。

译文

唯有夏天才光明神圣，阳气勃发景象清明。习习微风吹来温暖宜人，香草蓬勃生长花儿欣欣向荣。旱芹苦菜枝叶繁茂枝条舒展，明净杜衡芷若衰败凋谢。哀怜忠贞善良遭受陷害，都将过早死亡身如碎糠。世俗混乱不堪如同汤饭，今世无人知我

轻歌燕舞

使我悲伤。看到前世圣贤才智优秀，反而受到冤枉遭到困囚。管仲曾经被脚镣手铐束缚，百里奚被用来交换货物。有幸遇到齐桓公秦穆公的赏识任用，他们的才能得以充分施展。我将要逍遥远游聊以自慰，赏玩琴瑟诗书到处游览。看到中原境内局迫狭窄，就打算奔向九夷之地。我飞过巍峨峻峭的五岭，看到高高耸立的东海浮石。又登上南方丹山炎野之地，在黄支国我把车马召集起来。走近赤帝祝融考证问题，我的“无为”言行受他赞许。于是转身离去奔往北方，遇到北方神嫣摆宴游戏。我想安静居住自得其乐，但又不能这样心生愁绪。放开我的马勒纵马前行，忽然暴风横飞乌云卷起。乘上飞快航船横渡大海，跟从安期生到蓬莱山。攀缘天梯向北而上，登上太一玉台拜见天帝。邀请仙女为我吹奏笙竽，乘戈引吭高歌配合仙乐。歌声圆润流畅清脆和谐，异腔怪调的乐曲伴着婆娑的舞姿。大家兴高采烈纵情歌舞，我顾念家乡独自悲伤。回头看到章华长长叹息，心中留恋不舍念着祖国。

《九思》这一组诗的主题集中在一个“伤”字上，但在每一篇里，侧重点又各有区别。《伤时》篇的主题非常明确，即“伤悼时事”。作为代言体，此诗写出了屈原忧愁心情和坎坷历程，突出表现了伟大诗人执着的忧国忧民情怀。表现手法多种多样，生动形象的比喻，强烈鲜明的对比，丰富绚丽的想象，跌宕起伏的情绪描写，都给读者留下了深刻的印象。

哀岁

原文

旻天兮清凉，玄气兮高郎。北风兮潦洌，草木兮苍唐。蛜蚗兮噍噍，蝍蛆兮穰穰。岁忽忽兮唯暮，余感时兮凄怆。伤俗兮泥浊，矇蔽兮不章。宝彼兮沙砾，捐此兮夜光。椒瑛兮湼污，葈耳兮充房。摄衣兮缓带，操我兮墨阳。升车兮命仆，将驰兮四荒。下堂兮见虿，出门兮触蜂。巷有兮蚰蜒，邑多兮螳螂。睹斯兮嫉贼，心为兮切伤。俯念兮子胥，仰怜兮比干。投剑兮脱冕，龙屈兮蜿蟤。潜藏兮山泽，匍匐兮丛攒。窥见兮溪涧，流水兮沄沄。鼋鼍兮欣欣，鳣鲇兮延延。群行兮上下，骈罗兮列陈。自恨兮无友，特处兮茕茕。冬夜兮陶陶，雨雪兮冥冥。神光兮颎颎，鬼火兮荧荧。修德兮困控，愁不聊兮遑生。忧纡兮郁郁，恶所兮写情。

译文

清秋时节天高气爽，万里气清天空晴朗。凛冽寒风忽然吹起，百花草木开始凋黄。小蝉蟪蛄不住鸣叫，蜈蚣小虫就要变换样貌。时光荏苒年岁将尽，感慨变迁心中悲伤。哀伤世俗如此混浊，太阳无光昏暗不明。把沙石瓦器当作宝贝，却将夜光明珠丢在一旁。香椒美石全被玷污，恶草葈耳堆满房屋。整理衣服配好宽带，墨阳宝剑持在手中。登上马车命令仆从前行，就要驱马奔向四方。走下堂屋见到毒虿，走出门来遭遇马蜂。小巷里面出现蚰蜒，村邑之中多有螳螂。看见这些害人之虫，心里感到极度悲伤。低头思念忠臣子胥，抬首又想起比干。扔下宝剑摘

恨无友

下帽子，神龙蜷曲不再伸张。隐居荒山清水泽中，丛集林中隐藏起来。看见山中小溪缓缓流，溪水潺潺流转不停。水中鼋鼍多么高兴，黄鳝鲇鱼显得很长。上上下下都将随行，对对双双欢畅游玩。怨恨自己没有朋友，孑然一身悲惨凄凉。冬日之夜多么漫长，天色昏暗雪花飞扬。荒野神光大放光彩，山中鬼火闪闪发光。培养品行无人举荐，愁苦不乐虚度时光。忧思难解心情沉闷，怎样表达心中思想。

简析

王逸非常了解屈赋“依诗取兴，引类譬喻”的创作特点，本诗“善鸟香草，以配忠贞；恶禽臭物，以比谗佞”的手法，运用得相当娴熟，并且在描写过程中形成了鲜明的对比。《伤时》比较侧重于人事的对比，并且选取以前和现在的角度加以展开；《哀岁》对于历史人物，都是一笔带过，重点介绍的还是物与物和人与物的对比。物有好多种，如植物、动物、宝物等，动物中还有水栖陆栖之分。然而诗歌的深层喻意还是人与人的对比。

物与物的对比，如“沙砾”对“夜光”，“椒瑛”对“菒耳”，这些形象都是相互对立的。美丑的对立隐喻的是俗世黑白颠倒的现状。“蚙”“蜂”等一组恶虫，虽然没出现相应的对立物，但是很容易看出用恶虫比喻小人的用意，“贤人不遇”的比喻也就不难看出了。关键是诗中有比喻的环境，不写出喻体而喻义很容易就显现出来了。关于水族类的描写，看上去是物和人的对比，其实有两层深意：一是动物之自在和人类之不自在的对比，欢乐与孤独的对比；另一层则回到传统的比兴观念中，即把“鼋鼍”视为恶虫，以其悠然自得对比出忠良贤达的不幸遭遇。

本诗主旨即是通过写出门所见事物，表达出无尽的感慨。到处有恶虫，举世皆小人，无论大街小巷，还是水泽山林，没有一个清静的去处。只此两境，就足以充分表达诗人的失落之情，所以，读者很容易想象出他举步维艰的困境和走投无路的痛苦。

守志

陟玉峦兮逍遥，览高冈兮峣峣。桂树列兮纷敷，吐紫华兮布条。实孔鸾兮所居，今其集兮唯鸮。乌鹊惊兮哑哑，余顾瞻兮怊怊。彼日月兮闇昧，障覆天兮祲气。伊我后兮不聪，焉陈诚兮效忠。摅羽翮兮超俗，游陶遨兮养神。乘六蛟兮蜿蝉，遂驰骋兮升云。扬彗光兮为旗，乘电策兮为鞭。朝晨发兮鄢郢，食时至兮增泉。绕曲阿兮北次，造我车兮南端。谒玄黄兮纳贽，崇忠贞兮弥坚。历九宫兮遍观，睹秘藏兮宝珍。就传说兮骑龙，与织女兮合婚。举天毕兮掩邪，彀天弧兮射奸。随真人兮翱翔，食元气兮长存。望太微兮穆穆，睨三阶兮炳分。相辅政兮成化，建烈业兮垂勋。目瞥瞥兮西没，道遐迥兮阻叹。志蓄积兮未通，怅敞罔兮自怜。

我登上昆仑山安然游赏，看到高大山冈巍峨雄伟。桂树排列纷披杂乱，枝叶茂盛紫花朵朵绽放。这里适合孔雀凤凰居住，现在却被鸮鸟强行占用。乌鸦喜鹊受惊哑哑直叫，我回望故乡心中失意迷惘。那里云雾朦胧日月晦暗，邪气遮蔽天空氛围不祥。可惜我的君王受到蒙蔽，怎能把我的忠心向他倾诉。我要

观九宫

展开双翅超脱俗世，养精蓄锐逍遥自在四处游荡。乘驾六条蛟龙蜿蜒前行，于是驰骋奔腾直上云霄。挥舞彗星光芒作为旗帜，抓住奔驰闪电当作马鞭。清晨我从郢都出发前行，中午吃饭时间赶到增泉。我绕过曲阿在北方歇息，又驾着我的车驰往南方。我去谒见天帝呈献礼物，崇尚忠贞志向坚定不移。游历天上九宫到处观赏，看见了很多贵重珍宝。走近傅说辰宿跨上飞龙，还与织女星把婚姻缔结。我举起天毕星攻击邪恶，拉满天孤星射向奸佞。我自由翱翔紧随仙人，吮吸天上元气与天长存。望见太微星座庄严和顺，看到太微三阶分明显著。我还辅佐天帝布施教化，树立显赫功业永传功勋。快速看看天庭向西而下，道路艰难漫长令人悲叹。受到压抑我思想难以通达，心中失意惆怅独自悲伤。

简析

这是《九思》的最后一篇。《逢尤》《怨上》《疾世》《悯上》《遭厄》，到《悼乱》《伤时》《哀岁》，作者主要抒写了屈原的不幸遭遇，其中包含着他对君王的劝谏和期待，对朝政的关切和失望。《守志》篇的主旨主要是表明心迹，坚守高尚的理想。以此作为组诗的结局，把抒情的旋律推向了高潮，形成了全诗的精彩乐章。

《守志》的主题可以看作是《九思》的主题，全诗感情爱恨交加，反映了理想和现实的矛盾，流露出了进退两难的困窘。诗人爱国忧民，希望君王起用贤能，使自己有所作为。然而无奈君王昏庸，奸佞当权，诗人既不愿随波逐流，又不甘沉沦归

隐，只好在天国中寻找寄托，可还是忘不了自己的故土。所以，他只能在希望和失望中忍受煎熬。这反映了古代中国文人士大夫的普遍遭遇和典型心态，文人作诗咏怀常常以这种矛盾作为主题。

乱曰

原文

天庭明兮云霓藏，三光朗兮镜万方。斥蜥蜴兮进龟龙，策谋从兮翼机衡。配稷契兮恢唐功，嗟英俊兮未为双。

译文

天庭光明则虹霓隐藏，日月星辰朗照八方。进献龟龙阻止蜥蜴之流，保护玉衡璇玑听取谋略。和稷契一起恢复尧舜功业，可叹英雄才俊不被知遇。

简析

《乱曰》作为组诗尾声，不仅是《守志》的结尾，也是对《九思》组诗的总结。这短短几句，表现得还是一种矛盾冲突：建功立业的理想和怀才不遇的现状，《九思》的主要内容也是如此。由理想到现状，由天庭到尘世，从有为到无为，从乐观到悲观，正是《乱曰》的情绪走向。因而，悲愤的色彩愈加浓厚。

《九思》作品丰富了楚辞的内容，在艺术上有不少成功之处。

一是比兴手法的成功运用，王逸再现了屈赋“引类譬谕”的抒情方式，读来深切感人。二是对比手法的运用，这使抒情主题进一步强化，收到了极强的艺术效果。三是贯穿全篇始末丰富的瑰丽想象。从中可见屈赋作品的影响之深。在代屈原抒写忧愤这一点上，《九思》的确比较出色，王逸也从中充分展示了自己的创作才华。

但是，《九思》终究是仿作，在思想深度和艺术造诣上明显逊于屈原作品，特别是表现手法单调，篇章之间稍显雷同，这都是不必讳言的事实。

吊屈原

屈原（公元前340年—前278年），名平，字原，战国末期楚国丹阳（今湖北秭归）人，中国最伟大的浪漫主义诗人之一。

原文

谊为长沙王太傅，既以谪去，意不自得。及渡湘水，为赋以吊屈原。屈原，楚贤臣也。被谗放逐，作《离骚》赋。其终篇曰："已矣哉！国无人兮，莫我知也。"遂自投汨罗而死。谊追伤之，因自喻。其辞曰：

译文

我贾谊被任命为长沙王太傅，如今已经因为这次贬谪而离开京城，心中感到万分失意。等到我横渡湘水的时候，便写了一篇悼念屈原的诗赋。屈原，是楚国的贤臣。他因为受到小人的诬陷而被放逐，因此写了一篇名为《离骚》的赋。在《离骚》的结尾处，屈原说道："就这样算了吧！这个国家已经没有正直的人了，没有一个人能够了解我的本心。"于是，屈原跳进汨罗江以身殉国了。我贾谊追念伤悼这件事情，并借此而自喻。文章写道：

原文

恭承嘉惠兮，俟罪长沙。侧闻屈原兮，自沉汨罗。造讬湘流兮，敬吊先生。遭世罔极兮，乃陨厥身。呜呼哀哉，逢时不祥！鸾凤伏窜兮，鸱枭翱翔。阘茸尊显兮，谗谀得志；贤圣逆曳兮，方正倒植。世谓随夷为溷兮，谓跖跻为廉；莫邪为钝兮，铅刀为铦。吁嗟默默，生之无故兮，斡弃周鼎，宝康瓠兮。腾驾罢牛，骖蹇驴兮；骥垂两耳，服盐车兮；章甫荐履，渐不可久兮；嗟苦先生，独离此咎兮。

译文

我恭敬地接受这份美好的恩惠啊，惴惴不安地去长沙任职。我听说了屈原的故事啊，他自尽于汨罗江中。到了湘江我将情感寄托于这篇文章啊，以此来祭悼屈原先生。你遇到了是非不分的君主啊，为此赔上了自己的性命。哎呀，你没有生在好的时代啊。鸾鸟与凤凰在隐伏逃窜啊，鸱枭那样的恶鸟却在高空翱翔。陋鄙无能的人拥有尊贵显耀的地位啊，惯于诋毁和谄媚的人都志得意满；贤明高尚的人被倒拽着无法立足啊，品性刚毅正直的人本应处高位却屈居低位。世上的人认为卞随、伯夷为人恶浊不堪啊，觉得盗跖、庄跻才可以称为廉洁；认为莫邪为钝剑啊，觉得铅刀才锋利。叹息满腔抱负无法施展啊，屈原无故遭遇了这样的灾祸。这就像是将周鼎抛弃，而把瓦盆视为珍宝啊。用疲惫不堪的牛来驾车，将跛足的驴驾在车前两侧啊。骏马低垂着两耳，被安排去拉盐车啊。帽子用来垫鞋，这种是非贵贱颠倒的行为是无法长久的。感叹先生您的痛苦，竟然遭遇了这样的灾祸啊。

原文

讯曰：已矣！国其莫我知兮，独壹郁其谁语？凤漂漂其高逝兮，固自引而远去。袭九渊之神龙兮，沕深潜以自珍；偭蟂獭以隐处兮，夫岂从虾与蛭螾？所贵圣人之神德兮，远浊世而自藏。使骐骥可得系而羁兮，岂云异夫犬羊！般纷纷其离此尤兮，亦夫子之故也。历九州而相其君兮，何必怀此都也？凤凰翔九千仞兮，览德辉而下之。见细德之险征兮，遥曾击而去之。

彼寻常之污渎兮，岂能容夫吞舟之巨鱼！横江湖之鳣鲸兮，固将制于蝼蚁。

译文

所以说：算了！国家里没有了解我的人啊，我独自一个人抑郁烦闷，有谁能够听我倾诉呢？凤凰飘然飞向高空翱翔啊，我原本就想要独自远走高飞。效仿九重深渊中的神龙啊，深深地潜藏起来以作自我保护；背离蟂獭而隐居去啊，怎么能跟虾和水蛭一道呢？我认为最珍贵的圣人的高尚品德啊，是远离这污浊尘世的地方自己隐居起来。假如千里马能够被拴绑和束缚啊，那么它与狗羊又有什么不同呢！在杂乱无章的世界上遭遇这样的罪，是您自己的原因啊。游遍大江南北去寻找赏识您的君主啊，为什么要执着地留在郢都呢？凤凰翱翔在九千仞高的天空中啊，看到散发出高尚品德光辉的地方才会降落下来。看到鄙贱的德行引发出危险征兆，便会腾空远去。那样平常的小水沟啊，怎么能承载得了可以吞下舟船的大鱼呢？在江湖里横行遨游的鳣鲸啊，出水之后也只能受制于微小的蝼蚁。

简析

司马迁的《史记》将屈原、贾谊合并在“屈原贾谊列传”中，可见其二人是有相通的地方的。

《吊屈原》是贾谊出任长沙王太傅时途径湘水所作，表达了自己和屈原一样逢时不祥的情感。全篇分为两个部分，前半部分述说屈原自投汨罗江的原因，后半部分则写作者的自我解

脱之情。作者在作品中一针见血地指出，正是因为楚国的黑暗社会以及楚国国君近小人远贤臣的行为，导致了屈原的自沉以及楚国的破灭。同时，作者借助屈原的悲剧命运来表达自己的悲剧命运，贾谊才学高深且有远大抱负，但终因权贵谗言，导致自己被放逐出朝廷，去担任长沙王的太傅。因此，贾谊在途经湘水时感怀自己与屈原的相似命运，而写下了这样的作品。刘熙载《艺概·赋概》中写道：“读屈、贾辞，不问而知其为志士仁人之作。太史公之合传，陶渊明之合赞，非徒以其遇，殆以其心。”

贾谊吊屈原

经典品读

楚辞·汉赋

下

【战国】屈原等／主编

孔庆东

吉林文史出版社

图书在版编目（CIP）数据

楚辞·汉赋. 全2册 / (战国) 屈原等著. -- 长春 : 吉林文史出版社, 2018.1
ISBN 978-7-5472-4688-7

Ⅰ. ①楚… Ⅱ. ①屈… Ⅲ. ①古典诗歌－诗集－中国－战国时代②汉赋－选集 Ⅳ. ①I222.3②I222.4

中国版本图书馆CIP数据核字(2017)第316979号

CHUCI HANFU
楚辞·汉赋

著　　者	（战国）屈原等
主　　编	孔庆东
总 策 划	马泳水
责任编辑	吴　枫　孙佳琪
装帧设计	中易汇海
开　　本	880mm × 1230mm　1/32
印　　张	19　　字数：400千字
版　　次	2018年9月第1版
印　　次	2021年1月第2次印刷

出　　版	吉林文史出版社
地　　址	长春市人民大街4646号　邮编130021
印　　刷	北京欣睿虹彩印刷有限公司

ISBN 978-7-5472-4688-7　　定　价：68.80元（全二册）

序

古人说："刚日读经，柔日读史。"本来说的是什么时间读什么书，从侧面看来，我们的前辈多么勤奋，每日读书，并不留空闲。

在一个号召"全民阅读"的时代，如何阅读，阅读什么，成为新常态下的新课题。数千年来的文化传统和我们祖先的经验告诉我们，那就是阅读经典图书。这套《品读经典》丛书，其旨趣、其志向，大概就是"打通"这样一个目标。

我也经常说，只有阅读经典著作，建立了平衡的知识结构，才能做到"风吹不昏，沙打不迷"。

一日不读书，心源如废井。

在我看来，读书应该是日常生活的组成部分，就像呼吸空气那样。

我在北大附属实验学校的一次报告会上曾经谈过，要读书，读好书，也只有那些有独创思想的著作才能称为"书"，才可能成为经典。

经典书，也就是我们常说的"真正的书"，它应具有独特性、原创性、思想性。独特性就是与众不同，是自己独立思考的东西；原创性就是"我手写我心"；思想性就是必须加入自己个体的思考。

另外，经典书均为文史哲范围，因为这些书属于上层书，其思想辐射至其他专业。今天我们有几百个专业，它们并不是在一个平面上展开的。

我们要每天读点儿书，滋润自己的心灵。读书不是立竿见影之事，不能立马改变生活，它是个慢功夫。几天不读好像没什么，其实你已经落后了，而当你水平提高了又不容易下去。

对于个人来讲，我们把学到的知识用到实践当中，用到一点儿就足够我们享用一辈子了。表里不一对于国家来说是毁国家前途，对于个人来说是毁自己前途。很多人总是发明新道理，但是我觉得旧道理够用。

知道了之后再实践了，这才是真正的读书人。

古人言："读万卷书，行万里路。"

"读万卷书"是前提，"行万里路"是实践，把知识实际地运用。孔子讲的"忠、恕、仁"这几个概念，你能把它实践好就很不错了，懂了这些道理你读书就很快乐。有了这种精神状态之后，你就会持一个乐观的心态。读书最后还是为了自己，使自己成为一个乐观快活的人，让自己活在这个世界上特别有劲。

我们既要"行万里路"，也要"读万卷书"，更要读好书，读经典书。

著名学者汤一介先生说，一本好的经典，"可以启迪人们的思考，同时也告诉我们应该重视经典"，面对先贤的智慧，面对我们两千余年来的诸子百家、孔孟老庄，"我们必须谦虚，向经典学习"，这就是"品读经典"丛书出版的意义。

前 言

赋作为一种文体，最早出现于战国末期，源于荀子所做的名篇——《赋》。汉赋则是汉代文人所做的赋，其风格深受楚辞的影响。

因为汉朝国富民强，经济实力雄厚，使得汉赋的发展有了丰富的物质作为基础；而且汉朝的统治者十分喜欢赋，他们为赋提供了极大的发展空间，使得文人墨客争相以能写出优秀的赋文为荣，所以，在汉朝的400多年中，赋便成为士人们最主要的写作文体样式。

从篇幅上来说，汉赋有大赋和小赋之分。大赋篇幅较长，气势恢宏，辞藻华丽；小赋篇幅较短，抒情咏物，清新脱俗。

从结构上来说，汉赋一般分为序、正文、乱或讯三个部分。“乱”或者“讯”为赋的结尾。

从内容上来说，汉赋一般可以分为五种类型：描写宫殿城市、描写帝王游猎的盛大景象、描述旅途的经历、讨论草木与野兽和抒发个人情感。

从写作手法上来说，汉赋多采用丰富华丽的辞藻来描述盛大恢宏的场景，展现国家的强盛和统治者的德行，但偶尔也会在结尾处略带几笔讽刺之语。

本书选取了最具代表性的汉赋精华，在体例上，最大限度地保持赋原有的风采；在形式上，采取原文与译文对照排列的方式，便于读者对文言原文的理解。在译文方面，本书力求直译，不妄加改动、随意增减，语言生动畅达，便于读者更清晰地理解原文。

——《品读经典》编委会

目 录

西汉

西汉，一个赋的黄金时代。汉初兴，汉赋沿承着楚辞的遗风在文艺的史志上翻开了崭新的一页，后又随着汉王朝的兴盛而大放异彩，完美地实现了从骚体赋到散体大赋的过渡。西汉后期，国运衰微，赋也逐渐沦为奇辞僻藻的罗列体。

贾谊（前200—前168），洛阳（今河南洛阳）人，西汉著名政论家和文学家。贾谊十八岁便显露出过人的才华，因此受到河南郡守吴公的推荐步入仕途。二十余岁时，他被文帝召为博士，随后不到一年的时间里，他就被破格升为太中大夫。二十三岁时，贾谊因被其他朝臣嫉妒陷害，被贬为长沙王的太傅。后来，贾谊又被召回长安，成为梁怀王太傅。梁怀王坠马身亡后，贾谊内心深感歉疚，三十三岁便忧伤而死。他的著作主要以散文和辞赋为主。散文中著名的篇目有《过秦论》《论积贮疏》《陈政事疏》；辞赋方面则以《吊屈原赋》《鵩鸟赋》最为著名。

吊屈原赋

原文

谊为长沙王太傅，既以谪去，意不自得。及渡湘水，为赋以吊屈原。屈原，楚贤臣也。被谗放逐，作《离骚》赋。其终篇曰："已矣哉！国无人兮，莫我知也。"遂自投汨罗而死。谊追伤之，因自喻。

我贾谊被任命为长沙王太傅，如今已经因为这次贬谪而离开京城，心中感到万分失意。等到我横渡湘水的时候，便写了一篇悼念屈原的诗赋。屈原，是楚国的贤臣。他因为受到小人的诬陷而被放逐，因此写了一篇名为《离骚》的赋。在《离骚》的结尾处，屈原说道："就这样算了吧！这个国家已经没有正直的人了，没有一个人能够了解我的本心。”于是，屈原跳进汨罗江以身殉国了。我贾谊追念伤悼这件事情，并借此而自喻。

原文

其辞曰：恭承嘉惠兮，俟罪长沙。侧闻屈原兮，自沉汨罗。造讬湘流兮，敬吊先生。遭世罔极兮，乃陨厥身。呜呼哀哉，逢时不祥！鸾凤伏窜蹿兮，鸱枭翱翔。阘茸尊显兮，谗谀得志；贤圣逆曳兮，方正倒植。世谓随夷为溷兮，谓跖蹻为廉；镆铘为钝兮，铅刀为铦。吁嗟默默，生之无故兮，斡弃周鼎，宝康瓠兮。腾驾罢牛，骖蹇驴兮；骥垂两耳，服盐车兮；章甫荐履，渐不可久兮；嗟苦先生，独离此咎兮。

贾谊吊屈原

译文

文章写道：我恭敬地奉诏，正在长沙等待皇帝降罪。我听说了屈原的故事啊，他自沉于汨罗江中。到了湘江我将情感寄托于这篇文章啊，以此来祭悼屈原先生。你遇到了是非不分的君主啊，为此赔上了自己的性命。真是可哀叹啊，逢上了这个不祥的时代！鸾鸟与凤凰在隐伏逃窜啊，鸱枭那样的恶鸟却在高空翱翔。陋鄙无能的人拥有尊贵显耀的地位啊，惯于诋毁和谄媚的人都志得意满；贤明高尚的人被倒拽着无法立足啊，品性刚毅正直的人本应处高位却屈居低位。世上的人认为卞随、伯夷为人恶浊不堪啊，觉得盗跖、庄跻才可以称为廉洁；认为莫邪为钝剑啊，觉得铅刀才锋利。叹息满腔抱负无法施展啊，屈原无故遭遇了这样的灾祸。这就像是将周鼎抛弃，而把瓦盆视为珍宝啊。用疲惫不堪的牛来驾车，将跛足的驴驾在车前两侧啊。骏马低垂着两耳，被安排去拉盐车啊。帽子用来垫鞋，这种是非贵贱颠倒的行为是无法长久的。感叹先生您的痛苦，竟然遭遇了这样的灾祸啊。

原文

讯曰：已矣！国其莫我知兮，独壹郁其谁语？凤漂漂其高逝兮，固自引而远去。袭九渊之神龙兮，沕深潜以自珍；偭蟂獭以隐处兮，夫岂从虾与蛭螾？所贵圣人之神德兮，远浊世而自藏。使骐骥可得系而羁兮，岂云异夫犬羊！般纷纷其离此尤兮，亦夫子之故也。历九州而相其君兮，何必怀此都也？凤凰翔九千仞兮，览德辉而下之。见细德之险征兮，遥曾击而去之。彼寻常之汙渎兮，岂能容夫吞舟之巨鱼！横江湖之鳣鲸兮，固将制于蝼蚁。

译文

所以说：算了吧！整个国中没有了解我的人啊，我独自一个人抑郁烦闷，有谁能够听我倾诉呢？凤凰飘然飞向高空翱翔啊，我原本就想要独自远走高飞。效仿九重深渊中的神龙啊，深深地潜藏起来以作自我保护；离开蟂獭而隐居去啊，怎么能跟虾和水蛭一道呢？我所看重的是圣人的高尚品德，远离这污浊尘世的地方自己隐居起来。假如千里马能够被拴绑和束缚啊，那么它与狗羊又有什么不同呢！在这纷乱的世上遭遇这样的罪，也有先生自己的原因啊。游遍大江南北去寻找赏识您的君主啊，为什么要执着地留在郢都呢？凤凰翱翔在九千仞高的天空中啊，看到散发出高尚品德光辉的地方才会降落下来。看到鄙贱的德行引发出危险征兆，便会腾空远去。那样平常的小水沟啊，怎么能承载得了可以吞下舟船的大鱼呢？在江湖里横行遨游的鳣鱼、鲸鱼啊，出水之后也只能受制于微小的蝼蚁。

鹏鸟赋

原文

单阏之岁兮，四月孟夏。庚子日斜兮，鹏集予舍。止于坐隅兮，貌甚闲暇。异物来萃兮，私怪其故。发书占之兮，谶言其度，曰："野鸟入室兮，主人将去。"请问于鹏兮："予去何之？吉乎告我，凶言其灾。淹速之度兮，语予其期。"鹏乃叹息，举首奋翼；口不能言，请对以臆。

译文

丁卯（汉文帝六年）那年啊，农历四月的初夏。庚子日太阳西斜啊，有鹏鸟聚集在我的住所。它们停落在我的座席的一角，看起来非常从容闲适。怪异的东西汇聚在这里啊，我暗自惊疑这其中的缘故。翻开书卜算一下吉凶啊，卦象预言这一切自有它的定数，卦辞说："野鸟飞进你的屋内啊，预示着主人即将离去。"我恭敬地请教鹏鸟："我离开这之后，将要去到哪里？要是吉祥的话请告诉我，若是凶险的话就请说明这个灾祸。我的寿命还有多久啊，你一定要告诉我这个日期。"鹏鸟听罢只是叹息，仰头扑打着翅膀；它无法开口说话，我便用猜测之语作为回答。

原文

万物变化兮，固无休息。斡流而迁兮，或推而还。形气转续兮，变化而嬗。沕穆无穷兮，胡可胜言！祸兮福所倚，福兮祸所伏；忧喜聚门兮，吉凶同域。彼吴强大兮，夫差以败；越栖会稽兮，勾践霸世。斯游遂成兮，卒被五刑；傅说胥靡兮，乃相武丁。夫祸之与福兮，何异纠纆？命不可说兮，孰知其极？水激则旱兮，矢激则远；万物回薄兮，振荡相转。云蒸雨降兮，纠错相纷。大钧播物兮，坱圠无垠。天不可预虑兮，道不可预谋；迟速有命兮，焉识其时？

译文

世间万物的变化啊，原本就是不停歇的。它运转变化啊，向前推移又回旋往复。有形与无形的物质相互转化接替啊，它们的变化就像是蝉蜕皮一样。宇宙间的真理精微深远啊，怎么能用语言来说透彻呢！福祉依靠在灾祸身旁，灾祸潜藏在福祉中央；忧愁与欢喜聚集在同一个家门啊，吉祥与凶险聚在相同的地方。那吴国是多么强大啊，夫差却因此而失败；越王勾践困守在会稽时是多么狼狈啊，他却从此开始称霸。李斯因为善于游说而功成名就啊，最后却被腰斩处死；傅说当初是个奴隶

啊，最后却官至丞相辅佐武丁。所以说灾祸和福祉啊，像是互相纠缠在一起的绳索；命运没有办法来解说，无人能够预测最终的结局！水流受到压迫便会迅猛湍急，箭矢受到压迫则会飞得高远；万物反复激荡啊，相互影响着变化周转。云雾蒸腾带来降雨啊，事物变幻错综复杂。大自然就像是用陶钧来造物，茫然没有边际。天理不能事先想到啊，道的规律不能事先谋划；寿命的长短自有命定啊，我如何能知道它的期限。

且夫天地为炉兮，造化为工；阴阳为炭兮，万物为铜。合散消息兮，安有常则？千变万化兮，未始有极！忽然为人兮，何足控抟？化为异物兮，又何足患？小智自私兮，贱彼贵我；达人大观兮，物无不可。贪夫殉财兮，烈士殉名。夸者死权兮，品庶每生。怵迫之徒兮，或趋西东；大人不曲兮，意变齐同。愚士系俗兮，窘若囚拘；至人遗物兮，独与道俱。众人惑惑兮，好恶积亿；真人恬漠兮，独与道息。释智遗形兮，超然自丧；寥廓忽荒兮，与道翱翔。乘流则逝兮，得坻则止；纵躯委命兮，不私与己。其生兮若浮，其死兮若休；澹乎若深渊止之静，泛乎若不系之舟。不以生故自宝兮，养空而浮；德人无累，知命不忧。细故蒂芥，何足以疑？

况且天地本来就是一个大熔炉，自然界的创造演化就是能工巧匠；阴与阳就是炭火啊，世间万物便是那熔炼着的铜块。万物聚散生灭啊，哪有长久不变的规则？千般改变万种造化啊，从来没有穷尽的时候！偶然间成为人啊，哪里值得把持

天地之道

不放？就算是转化成为异物啊，又哪里值得忧患连连？目光短浅的人自私自利啊，看轻别人看重自我；知命通达的人眼光远大啊，没有不能接受的东西。贪图钱财的人为金钱殉葬啊，志向高远的人为名舍命。追求权势的人死于权势啊，百姓苟且贪生。为利益所诱迫的人啊，东奔西走地追求；道德高尚的人不肯屈就世俗啊，万物变化一视同仁。愚蠢的人被世俗所牵累啊，生活窘困如被刑拘；道德完善的人摒弃一切外物啊，只有道与他们同在。世人思绪混乱啊，好恶都堆积在心中；得道的人淡泊尘世啊，只与道一同止息。放弃智虑，丢却身形啊，超脱于外物如同忘记自己；辽阔宽广看不真切啊，与道一同翱翔。人生就像随着水波流逝啊，遇到小洲便顺势停歇；放弃自

泛舟江上

己的执着听从命运的安排啊，不要将身躯视为私有。人生啊就像是浮萍，死亡啊就像是停下休息；恬静如同深渊的平静，漂浮像是没有束缚的小舟。不受生活的拖累啊，放空心性随世沉浮；有德之人不为世俗所累，通晓生死就没有什么可以忧虑。那些琐碎的事情就像是草芥一般，哪里值得你去为它疑虑！

旱云赋

原文

唯昊天之大旱兮，失精和之正理。遥望白云之蓬勃兮，滃澹澹而妄止。运清浊之澒洞兮，正重沓而并起。嵬隆崇以崔巍兮，时仿佛而有似。屈卷轮而中天兮，象虎惊与龙骇。相搏据而俱兴兮，妄倚俪而时有。遂积聚而给沓兮，相纷薄而慷慨。若飞翔之从横兮，扬波怒而澎濞。正帷布而雷动兮，相击冲而碎破。或窈窕而四塞兮，诚若雨而不坠。

译文

夏天的大旱啊，使阴阳失去了正常的法则。远远看着蓬勃的白云啊，它们兴起动荡不停歇。清浊纷乱的云气绵延弥漫，重叠着一同兴起。它们像高峻的山峰耸立而起，过些时候又变得若有似无。它们像在天空中滚动的曲轮，如虎惊似龙骇。它们结聚相依一同兴起，时不时又互相依傍在一起。它们因为聚积而互相重叠啊，迫散开来使得天空开阔。它们像是纵横飞翔的鸟，像是怒吼的澎湃波涛。它们像是帷布，拉开便雷声滚动，云朵彼此冲撞着相继破碎。它们美好的身姿充斥四野，如同不会坠落的雨水。

原文

阴阳分而不相得兮，更唯贪邪而狼戾。终风解而霰散兮，陵迟而堵溃。或深潜而闭藏兮，争离而并逝。廓荡荡其若涤兮，日照照而无秽。隆盛暑而无聊兮，煎砂石而烂渭。汤风至而含热兮，群生闷满而愁愦。畎亩枯槁而失泽兮，壤石相聚而为害。农夫垂拱而无聊兮，释其锄耨而下泪。忧疆畔之遇害兮，痛皇天之靡惠。惜稚稼之旱夭兮，离天灾而不遂。

深潜而闭藏

阴阳被分开不得相聚啊，更加贪邪狠戾。最终风停云散，云山摧毁、云墙坍塌。它们或深藏隐蔽起来，或争相离散一并消失。广阔的天空像是经过了洗涤，明亮的日光没有污浊。正值盛夏而没有依赖，日光煎烤着沙石、灼烧着渭河。风吹来饱含着热气，众人心生烦闷而忧愁昏乱。田里的庄稼枯槁而没有水分滋养，壤石堆积成了灾害。农夫束手无策，放下锄头而流泪。他们对田地受到的灾害感到担忧啊，痛恨皇天不施恩惠。可怜幼小的庄稼因干旱而早夭，遭遇了天灾而不能顺利生长。

怀怨心而不能已兮，窃托咎于在位。独不闻唐虞之积烈兮，与三代之风气。时俗殊而不还兮，恐功夫而坏败。何操行之不得兮，政治失中而违节。阴气辟而留滞兮，厌暴至而沉没。嗟乎！惜旱大剧，何辜于天无恩泽。忍兮啬夫，何寡德矣！既已生之，不与福矣！来何暴也！去何躁也！孳孳望之，其可悼也！憭兮栗兮，以郁怫兮。念思白云，肠如结兮。终怨不雨，甚不仁兮。布而不下，甚不信兮。白云何怨，奈何人兮！

译文

心中怀着怨气不能自已啊，暗自归罪于掌权的人。难道没有听说过尧舜的功业，还有夏、商、周三代的风气。那时的习俗已经断绝无法再现啊，就怕功业太久而破坏衰败。为什么那些操行无法得到啊，政治失去中正而违背礼节。阴气邪僻而又留滞啊，强暴地到来而又沉没。唉呀！痛惜干旱太猛烈，在哪里对不起上天以至于得不到恩泽。没有容忍之心的官员，何等缺少德行！既然让百姓在世间生存，却不给他们幸福！来的时候何等地猛烈！去的时候何等暴躁！百姓殷勤地盼望着他们实施恩行，却只能哀悼啊！凄凉啊寒冷啊，让人心情不畅。想念着白云，愁肠郁结。只能抱怨天不降雨，太不仁慈啊。云朵密布却不降雨，太不守信用啊。然而天上的白云有什么该怨的，对人又能怎么办啊！

枚乘（？—前140），字叔，秦建治时古淮阴（今江苏淮阴）人，西汉辞赋家。七国叛乱时，枚乘因前后两次上谏吴王而声名显赫。在文学方面，他擅长辞赋，《汉书·艺文志》即著录有“枚乘赋九篇”。

七发

原文

楚太子有疾，而吴客往问之，曰：“伏闻太子玉体不安，亦少间乎？”太子曰：“惫！谨谢客。”客因称曰：“今时天下安宁，四宇和平，太子方富于年，意者久耽安乐，日夜无极；邪气袭逆，中若节辖。纷屯澹淡，嘘唏烦酲。惕惕怵怵，卧不得瞑。虚中重听，恶闻人声，精神越渫，百病咸生。聪明眩曜，悦怒不平。久执不废，大命乃倾。太子岂有是乎？”太子曰：“谨谢客。赖君之力，时时有之，然未至于是也。”客曰：“今夫贵人之子，必宫居而闺处，内有保母，外有傅父，欲交无所。饮食则温淳甘膬，腥醲肥厚。衣裳则杂遝曼煖，燂烁热暑。虽有金石之坚，犹将销铄而挺解也，况其在筋骨之间乎哉？故曰：纵耳目之欲，恣支体之安者，伤血脉之和。且夫出舆入辇，命曰蹷痿之机；洞房清宫，命曰寒热之媒；皓齿蛾眉，命曰伐性之斧；甘脆肥脓，命曰腐肠之药。今太子肤色靡曼，四支委随，筋骨挺解，血脉淫濯，手足堕窳；越女侍前，齐姬奉后；往来游宴，纵恣于曲房隐间之中。此甘餐毒药，戏猛兽之爪牙也。所以来者至深远，淹滞永久而不废，虽令扁鹊治内，巫咸治外，尚何及哉！今如太子之病者，独宜世之君子，博见强识，承间语事，变度易意，常无离侧，以为羽翼。淹沉之乐，浩唐之心，遁佚之志，其奚由至哉！”

楚太子有疾

译文

楚国的太子患了病，一位吴国来的客人前去向他表示问候，说道："听说太子现在身体欠佳，病好些了吗？"太子说："我觉得疲惫乏力！谢谢你的问候。"吴国客人因此趁机进言道："如今天下安宁，四方和顺太平，太子您也正值年轻力强。我猜想您是长期沉溺于安乐之中，白天黑夜不懂节制，致使邪气入侵身体，在体内郁结不畅。因此您心神杂乱无章，烦闷叹息，神志不清如同醉酒。平日心慌意乱，惴惴不安，无法安歇。中气虚弱，难辨声音，对人声厌烦，精神涣散迷离，形如百病丛生。听不清视不明，情绪喜怒失常。此种状况若是长久不能改善，便有性命之忧。太子是否符合这种情况呢？"太子说："谢谢你的好意。我依赖着国君的力量，享受着荣华富贵，虽然时常会有这样的病症出现，但是并没有达到你所说的这种程度。"吴国客人说："如今的那些富贵家族的子弟，必定是住在深宫内院之中的，在内他们有宫女来照料日常生活，在外他们有师父来负责他们的教育辅导，就是想交个朋友都没有办法。他们吃的是香美可口的肥肉，喝的是味道浓厚的烈酒；穿的是轻柔细软、厚实温暖的衣裳，身上热得如同在夏天一样。如此一来，便是那坚硬的金石，恐怕都得溶解消散，更何况是将这些东西加载在由筋骨组成的身体上啊！因此说，耳目上放纵欲望，肢体上恣意安乐，便会使血脉的畅达受到损害。况且，出也坐车入也坐车，便会给肌肉的麻痹萎缩提供机会；常常待在深邃清凉的宫室，便会给寒热之病的发生提供媒介；娇媚动人的美人，便是戕害生命的利斧；甘甜酥脆的美味与滑腻的肥肉，便是致使肠子腐烂的毒药。如今太子您的皮肤过于细嫩，四肢萎弱不灵活，筋骨疏松，血脉阻塞，手脚软弱无力；越国的美女在前服侍着，齐国的佳人在后侍奉着；

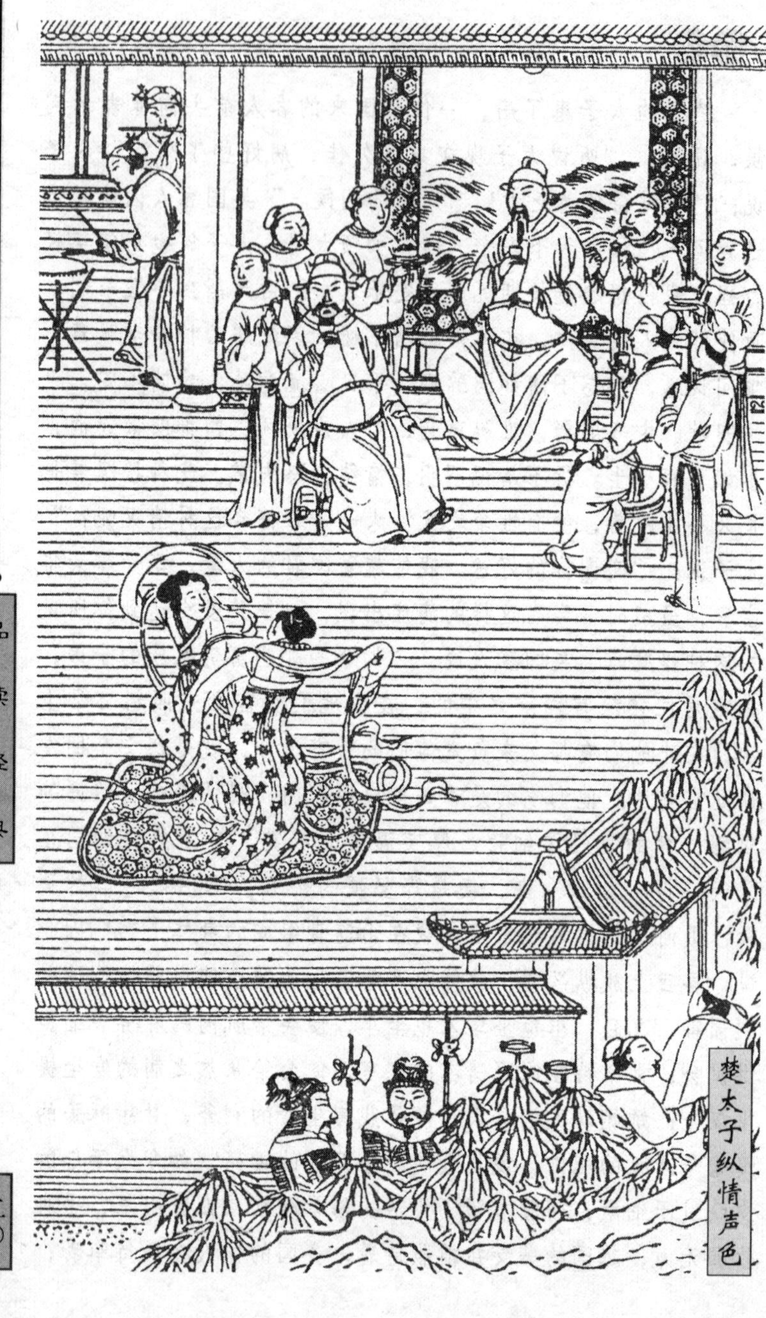

楚太子纵情声色

穿梭于宴会吃喝玩乐，在隐蔽的幽室中恣意纵情。这就等于享用着毒药，玩弄着猛兽利爪啊。这样的生活由来已久，若是再不改变，任它长久地维持下去，那么即使您身体内部的疾病是由扁鹊来医治，祈祷祝福让巫咸来进行，也不会来得及啊！如今像太子您这样的病人，只能依靠世上的君子，帮助您增长见闻、拓展学识，把握适当的机会来为您讲述这宫墙外的一些事情，帮助您改变如今的生活习惯与情趣志向，您应该让他们时常陪伴在您的身旁辅佐您，成为您的羽翼。这样，沉溺于享乐的行为，恣意妄为的心思，放荡不羁的志向，还能从哪里产生呢！”

原文

太子曰：“诺。病已，请事此言。”

客曰：“今太子之病，可无药石针刺灸疗而已，可以要言妙道说而去也。不欲闻之乎？”

太子曰：“仆愿闻之。”

客曰：“龙门之桐，高百尺而无枝；中郁结之轮菌，根扶疏以分离。上有千仞之峰，下临百丈之溪；湍流遡波，又澹淡之。其根半死半生。冬则烈风漂霰，飞雪之所激也；夏则雷霆霹雳之所感也。朝则鹂黄鳱鴠鸣焉；暮则羁雌迷鸟宿焉。独鹄晨号乎其上，鹍鸡哀鸣翔乎其下。于是背秋涉冬，使琴挚斫斩以为琴，野茧之丝以为弦，孤子之钩以为隐，九寡之珥以为约。使师堂操《畅》，伯子牙为之歌。歌曰：麦秀蕲兮雉朝飞，向虚壑兮背槁槐，依绝区兮临回溪。飞鸟闻之，翕翼而不能去；野兽闻之，垂耳而不能行；蚑蟜蝼蚁闻之，拄喙而不能前。此亦天下之至悲也。太子能强起听之乎？”

太子曰：“仆病，未能也。”

译文

太子说："好吧。我的病好了之后，一定按照你的话去做。"

吴国客人说："如今太子您的疾病，想要治好的话，药品、石针、针灸等办法都可以不用，而只要听从中肯的话语、精妙的道理便可以消除疾患，您不想听听吗？"

太子说："我愿意听这样的话。"

吴国客人说："龙门山上有高达百尺、没有枝条的桐树。桐树的树干上有盘曲的纹理积结，它的树根向四周伸展，分散地长在土壤中。它的上方是千仞高的山峰，下面是百丈深的溪涧。湍急的水流逆向冲击着它，不停地在水中起伏摇荡。桐树的根一半死一半生。冬天它要忍受寒风、冰雹、飞雪的击打，夏天它要承受震雷的撼动。早上黄鹂、鳱鴠站在它身上鸣叫，傍晚失偶的雌鸟、迷途的归禽在它的身上栖息。清晨孤独的黄鹄在它上面啼叫，鹍鸡在它下面哀鸣着飞翔。它这样经过秋天，度过冬天，一年又一年。它让琴挚将它砍伐制成琴，野生的茧丝为它做弦，孤儿衣服上的带钩为它做装饰，拥有九个孩子的寡妇的耳环是它的琴徽。师堂用它来弹奏《畅》曲，伯子牙来为它演唱。歌词中说：麦子抽穗开花的时候啊，早上有野鸡在空中飞翔，野鸡飞向空谷啊，从枯槁的槐树上离去，它盘桓在悬崖断壁的地方，下临迂回曲折的小溪。飞鸟听到这歌声，便收敛翅膀不再飞离；野兽听到这歌声，便垂下双耳不再行走；蚑蟜、蝼蛄、蚂蚁听到这歌声，便张开嘴巴，不再前进。这歌声是天下间最为悲伤的歌声了。太子您能努力起身去听一听吗？"

太子说："我生病了，没有办法起身去听啊。"

客曰："犓牛之腴，菜以笋蒲；肥狗之和，冒以山肤。楚苗之食，安胡之饭，抟之不解，一啜而散。于是使伊尹煎熬，易牙调和。熊蹯之臑，芍药之酱，薄耆之炙，鲜鲤之鲙，秋黄之苏，白露之茹；兰英之酒，酌以涤口。山梁之餐，豢豹之胎。小饭大歠，如汤沃雪。此亦天下之至美也，太子能强起尝之乎？"

太子曰："仆病，未能也。"

译文

吴国客人说："将小牛腹下的肥肉煮熟，配上竹笋和香蒲来做菜。把肥嫩的狗肉调制成羹汤，再在上面覆盖上石耳菜。楚国苗山的稻米，配上菰米，捏成不会散开的一团，一吸便在口中融化。于是让伊尹来煎熬食物，让易牙来调和味道。煮熟的熊掌，以五味做酱。将脊肉切成薄片拿去烧烤，将鲤鱼细切制成鱼片。秋天叶子变黄时采摘来的紫苏，被露水滋润过的蔬菜。味道香浓的兰花酒，小酌一口用来清口。将野鸡做成美味，饲养的豹子的胎盘用做菜肴。饭要少吃汤要多喝，如同沸水浇注在雪上。这是天下最美味的食物了，太子您能努力起身去品尝一下吗？"

太子说："我生病了，没有办法起身去品尝啊。"

原文

客曰："钟岱之牡，齿至之车；前似飞鸟，后类距虚。穱麦服处，躁中烦外；羁坚辔，附易路。于是伯乐相其前后，王良、造父为之御，秦缺、楼季为之右。此两人者，马佚能止之，车覆能起之。于是使射千镒之重，争千里之逐。此亦天下之至骏也，太子能强起乘之乎？”

太子曰：“仆病，未能也。”

译文

吴国客人说：“钟、岱这些地区出产的雄马，正到了适宜驾车的年龄；跑在前头的那匹像飞鸟，跑在后面的那匹像距虚。它们是用早熟的麦子喂养的，看起来内心和外表都很烦躁，总想要奔跑。将坚固的辔头套在它的头上，让它奔跑在平坦的路上。伯乐前前后后观察这匹良驹，王良和造父前来当御手，秦缺和楼季做车右。秦缺、楼季这两个人，能制服受惊的马，能扶起翻倒的马车。因此，这样的马参加比赛时可以押下千镒的赌注，可以追逐奔跑日行千里。这可以算是全天下最好的骏马了。太子您能努力起身去骑它吗？”

太子说：“我生病了，没有办法起身去骑啊。”

原文

客曰：“既登景夷之台，南望荆山，北望汝海，左江右湖，其乐无有。于是使博辩之士，原本山川，极命草木；比物属事，离辞连类。浮游览观，乃下置酒于虞怀之宫，连廊四注；台城层构，纷纭玄绿；辇道邪交，黄池纡曲。溷章白鹭，孔鸟鶤鹄，鹓雏、䴔鶄，翠鬣紫缨。螭龙、德牧，邕邕群鸣。阳鱼腾跃，奋翼振鳞。漃漻薵蓼，蔓草芳苓。女桑河柳，素叶紫茎。苗松豫章，条上造天。梧桐并闾，极望成林。众芳芬郁，乱于五风。从容猗靡，消息阴阳。列坐纵酒，荡乐娱心。

景夷台之景

景春佐酒，杜连理音。滋味杂陈，肴糅错该。练色娱目，流声悦耳。于是乃发《激楚》之结风，扬郑卫之皓乐。使先施、徵舒、阳文、段干、吴娃、闾娵、傅予之徒，杂裾垂髾，目窕心与；揄流波，杂杜若，蒙清尘，被兰泽，嬿服而御。此亦天下之靡丽皓侈广博之乐也。太子能强起游乎？”

太子曰：“仆病，未能也。”

吴国客人说：“登上景夷台之后，向南观望荆山，向北观望汝水，长江在景夷台的左边，洞庭湖在景夷台的右边，这种乐趣是别的地方所没有的。这个时候，让善于辩论的博学之人，陈述山川的本原，将草木的名称全部叫出，将事物分门别类地排列比较，并用文辞清楚地表达出来。在此地漫游观赏之后，便到虞怀宫设一席酒宴。虞怀宫有四面相通的回廊，层叠构建的城台，景象缤纷，色彩浓绿。通车的大道纵横交错，水池婉转曲折。溷章、白鹭、孔鸟、鶤鹄、鹓雏和䴔䴖，头顶的羽毛呈翠绿色，脖颈的羽毛呈姹紫色。雌龙、德牧鸟，群鸟和鸣。鱼从水中腾跃而出，竖起鱼鳍，将鳞片振动。清澈的河水，长着葕蔘与芳香的苓草。柔嫩的桑树、河柳，树叶发白，枝条则呈现紫色。苗山的松树、豫章，枝条高耸犹如直达天际。梧桐、棕榈，用眼极力地望去，已然成林。草木花香浓郁，在风中融合。枝条随风飘动，叶面反复翻动。依次坐下尽情地饮酒，放开身心纵情欢乐。让春景做那劝酒人，让杜连前来奏乐。这些滋味错杂地融合在一起，食物丰富齐备。精心挑选的美女令人赏心悦目，优美的歌声悦耳动听。于是将《激楚》那急促的音调唱起，把郑、卫的美妙乐曲弹奏。让西施、徵舒、阳文、段干、吴娃、闾娵、傅予这样的美貌男女，衣衫混杂，发髻散乱，眼波迷离，情意暗许；他们舀水沐浴，水中夹杂的杜若使他们散发出阵阵芳香，身上好像披了一层薄雾，他们脸上涂抹着被兰草浸润过的油脂，然后穿着艳丽的衣服前来侍奉。这种宴乐是天下最奢华靡丽、广博盛大的了。太子您能努力起身去享受吗？”

太子说：“我生病了，没有办法去享受啊。”

客曰：“将为太子驯骐骥之马，驾飞軨之舆，乘牡骏之乘。右夏服之劲箭，左乌号之雕弓。游涉乎云林，周驰乎兰泽，弭节乎江浔。掩青蘋，游清风，陶阳气，荡春心。逐狡兽，集轻禽。于是极犬马之才，困野兽之足，穷相御之智巧，恐虎豹，慴鸷鸟。逐马鸣镳，鱼跨麋角。履游麕兔，蹈践麖鹿，汗流沫坠，冤伏陵窘。无创而死者，固足充后乘矣。此校猎之至壮也，太子能强起游乎？”

太子曰：“仆病，未能也。”然阳气见于眉宇之间，侵淫而上，几满大宅。

吴国客人说：“我将要为太子您驯服千里马，驾起轻车，让您乘坐雄性骏马拉的车子。夏后氏箭袋里的劲箭放在您的右边，雕有花纹的良弓放在您的左边。漫步在云梦泽的丛林中，环绕奔驰在长满兰草的沼泽地上，按马漫步徐行于江边。车轮碾压了青蘋，我们在清风中漫步。这春天的气息使人陶醉，将一颗春心洗涤。追猎那狡猾的野兽，放群箭射向飞鸟。于是犬马的才能得到了完全的发挥，野兽被围困，无处可逃；看马和

游猎之盛

驾车的人的智慧与技巧悉数使出，虎豹为之恐惧，鸷鸟因此慑服。奔跑追逐的骏马戴着嚼子嘶鸣，如鱼腾跃，似鹿角逐。麢兔和麋鹿被践踏在马蹄之下，猎物四处逃窜，以致汗水流落，口沫滴溅，惊恐委屈地伏在地上。没有受伤却因恐惧而死的猎物多到可以塞满所有随从的车子。这种打猎的景象是最壮观的了，太子能努力起身去游猎吗？”

太子说：“我生病了，没有办法去游猎。”然而此时一股阳气在太子的眉宇之间显现，这股气逐渐展开，几乎将整个面部充满。

客见太子有悦色，遂推而进之曰：“冥火薄天，兵车雷运。旍旗偃蹇，羽毛肃纷。驰骋角逐，慕味争先。徼墨广博，观望之有圻。纯粹全牺，献之公门。”

太子曰：“善！愿复闻之。”

吴国客人见到太子面露喜悦的神色，于是便更进一步说道：“黑夜中火把的光亮迫近天空，兵车像滚雷一样发出震耳的响声。高举的旌旗上，装饰着整齐而色彩纷纭的鸟兽羽毛。奔驰的车马往来追逐，为了获得野味，人人奋勇争先。为了拦截野兽而被焚烧过的田野宽广辽阔，远远地观望依稀可以看到它的边缘。那毛色纯净一致，躯体保持完整的猎物，将被进献于诸侯。”

太子说：“讲得好！我想听你再说一些。”

兵车图

原文

客曰："未既。于是榛林深泽，烟云闇莫，兕虎并作。毅武孔猛，袒裼身薄。白刃硙硙，矛戟交错。收获掌功，赏赐金帛。掩蘋肆若，为牧人席。旨酒佳肴，羞炰脍炙，以御宾客。涌觞并起，动心惊耳。诚不必悔，决绝以诺；贞信之色，形于金石。高歌陈唱，万岁无斁。此真太子之所喜也，能强起而游乎？"

太子曰："仆甚愿从，直恐为诸大夫累耳。"然而有起色矣。

吴国客人说："我并没有说完。在那丛林与深泽间，蒸腾的烟云遮天蔽日，犀牛、老虎一同出没。打猎的人孔武有力、勇猛非常，他们袒胸露背，赤膊上阵。锋利的刀刃泛着白光，矛戟纵横交错。狩猎完毕，以猎获的野物数量计算功劳，将金银和布帛作为赏赐下发出去。青蘋被压平，杜若被铺开，那是牧人要摆设宴席。浓烈的美酒，美味的佳肴，烹煮的美味鱼片与烤肉炙，是款待嘉宾贵客的美食。众人一同将酒杯斟满，起身来祝酒，宾客们的高谈阔论听起来是那样动听。诚实直言绝不后悔，说出的承诺定要执行。坚定诚实的神色，就像金石一样坚固。人们放声高歌，多久都不会厌倦。这样的情景是太子您最喜爱的，您能努力起身去游玩吗？"

太子说："我非常愿意和大家同去，只是担心自己会成为大家的累赘。"然而，太子已有好转的样子了。

猎虎行赏

客曰："将以八月之望，与诸侯远方交游兄弟，并往观涛乎广陵之曲江。至则未见涛之形也，徒观水力之所到，则恤然足以骇矣。观其所驾轶者，所擢拔者，所扬汩者，所温汾者，所涤汔者，虽有心略辞给，固未能缕形其所由然也。怳兮忽兮，聊兮栗兮，混汩汩兮，忽兮慌兮，俶兮傥兮，浩瀇瀁兮，慌旷旷兮。秉意乎南山，通望乎东海；虹洞兮苍天，极虑乎崖涘。流揽无穷。归神日母。汩乘流而下降兮，或不知其所止。或纷纭其流折兮，忽缪往而不来。临朱汜而远逝兮，中虚烦而益怠。莫离散而发曙兮，内存心而自持。于是澡概胸中，洒练五藏，澹澉手足，颒濯发齿。揄弃恬怠，输写淟浊，分决狐疑，发皇耳目。当是之时，虽有淹病滞疾，犹将伸伛起躄，发瞽披聋而观望之也。况直眇小烦懑，酲酞病酒之徒哉！故曰：'发蒙解惑，不足以言也。'"

太子曰："善！然则涛何气哉？"

吴国客人说："八月十五日，我们与诸侯以及从远方而来的兄弟朋友们，一同前去广陵观看曲江的波涛。刚到那里时我们还没有看到波涛涨起的迹象，只看到水流全力涌来的样子，便已让人万分惊恐了。当你看到波涛凌驾飞跃的样子，浪头高起的样子，波涛激荡的样子，水流聚结回旋的样子，波浪相互冲击的样子，就算是足智多谋、言辞敏捷的人，也没有办法将波涛形成的这种壮景详尽极致地描绘出来。恍恍惚惚，看不真切啊；战战兢兢，心存恐惧啊；波涛滚滚啊，急速流逝。迷茫慌乱啊，波涛奔流不羁；那浩瀚的水势啊，宽广无涯。从南山

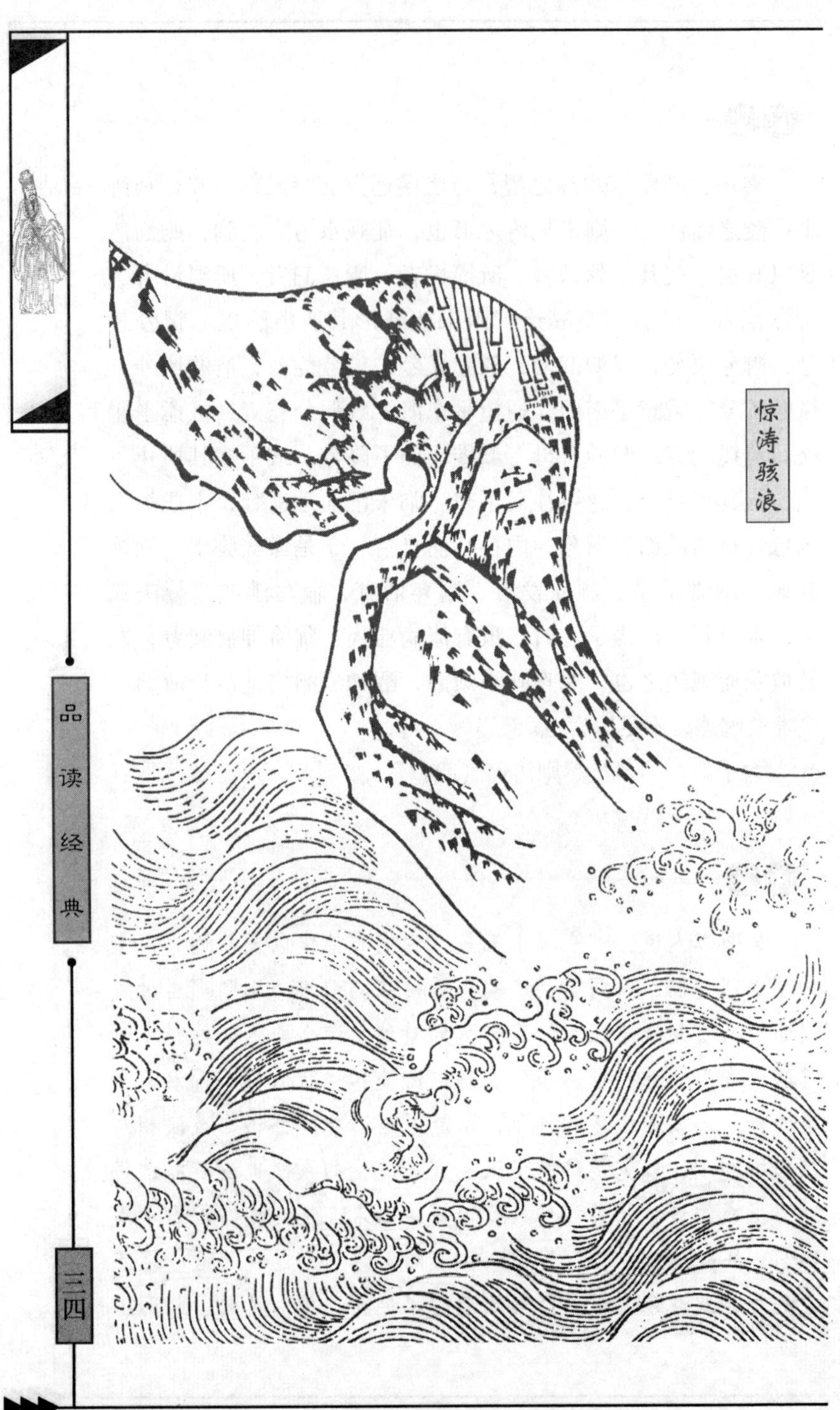

惊涛骇浪

之下一直远望到东海，汹涌的江涛绵延弥漫，水天相接，使人难以想象哪里是江水的尽头。周流观览无尽的江水，将心神归向到日出的地方。湍急的江涛随着汩汩的水流流向下游啊，没有人知道它将会在哪里停歇。有时波涛纷乱而曲折地流着啊，忽然又纠缠在一起向前流去再不复返。浪涛来到南方的水边又流向远处啊，使人心中烦闷而变得更加疲倦。看完涛水之后，整晚心烦意乱啊，直到天明心情才渐渐恢复平静安稳。经过这次观涛，心胸受到涤荡，五脏得到清洗，手足变得更加干净，头发也变得洁净光亮了。安逸懒散的情绪被抛弃，肮脏的污垢得到清除。疑惑不清的事情被分辨决断，耳朵、眼睛开始通透明亮。在这种情形之下，就是患有顽症的、久病不起的人，都会将驼着的背伸直，将瘸了的双腿抬起。瞎子可以睁开双眼，聋子可以张开耳朵，一同来见证这波澜壮阔的江涛，何况是那些心中略有烦闷、因肥肉烈酒伤食的人呢！所以说：“启发蒙昧、解除疑惑，不值得拿来说。’”

太子说：“好啊。那么这江涛到底是一种什么样的景象呢？”

原文

客曰：“不记也。然闻于师曰，似神而非者三：疾雷闻百里；江水逆流，海水上潮；山出内云，日夜不止。衍溢漂疾，波涌而涛起。其始起也，洪淋淋焉，若白鹭之下翔。其少进也，浩浩溰溰，如素车白马帷盖之张。其波涌而云乱，扰扰焉如三军之腾装。其旁作而奔起也，飘飘焉如轻车之勒兵。六驾蛟龙，附从太白，纯驰浩蜺，前后络绎。颙颙卬卬，椐椐彊彊，莘莘将将。壁垒重坚，沓杂似军行。訇隐匈磕，轧盘涌裔，原不可当。观其两傍，则滂渤怫郁，闇漠感突，上击下律。有似勇壮之卒，突怒而无畏；蹈壁冲津，穷曲随隈，踰岸出追，遇者死，当者坏。初发乎或围之津涯，荄轸谷分。回翔青篾，衔枚檀桓。弭节伍子之山，通厉骨母之场。凌赤岸，篲扶桑，横奔似雷行。诚奋厥武，如振如怒。沌沌浑浑，状如奔马。混混庉庉，声如雷鼓。发怒庢沓，清升踰跇，侯波奋振，合战于藉藉之口。鸟不及飞，鱼不及回，兽不及走。纷纷翼翼，波涌云乱。荡取南山，背击北岸，覆亏丘陵，平夷西畔。险险戏戏，崩亏陂池，决胜乃罢。汩潺湲，披扬流洒，横暴之极，鱼鳖失势，颠倒偃侧，沋沋湲湲，蒲伏连延。神物怪疑，不可胜言。直使人踣焉，洄闇凄怆焉。此天下怪异诡观也。太子能强起观之乎？”

太子曰：“仆病，未能也。”

译文

吴国客人说：“这个没有典籍记载。但是我从我的老师那里听说过，江涛似神又不似神的地方共有三点：第一点是涛声像疾雷，百里之外都能听到；第二点是江水倒流，海水向上涨潮；第三点是山谷涌出云气，日夜都不间断。平满的江水，湍急非常，波涛汹涌。江涛开始兴起的时候，山中洪水倾泻，仿佛白鹭向下飞翔一般。过了一小会之后，水势开始变得浩荡，白茫茫一片，就像是白马驾着的素车的车盖帷幔。波涛汹涌而来，乱云在空中翻滚，那纷乱的样子犹如军队在整理行装。涛头掀腾并起，腾起的样子好似轻车上的将军在指挥军队。六条蛟龙驾着车，在河神的后面跟随，就像是一条白色霓虹在奔跑，连绵不断。汹涌的波涛，浪头高大，波涛前后追逐，互相激荡。这就像是壁垒和坚固的防御，纷乱嘈杂又好像军队行进。波涛撞击轰鸣，没有边际，力量不可阻挡。观察涛水的两

六龙驾车

旁，则是水势汹涌不平，灰蒙蒙一片，不停冲击，一会儿向上击打，一会儿向下冲击，如同勇猛壮硕的士兵，不畏艰险，奋勇前进。涛水踏着岸壁，冲击渡口，流湾注曲，漫出堤岸。遇到它的要死亡，挡住它的将被毁坏。波涛从或围之津的水边出发，碰到山陇开始回转，遇到川谷便分流。它在青篾打转，经过檀桓时像战马衔枚般驱驰急进。它从伍子山缓缓流过，远行到胥母的战场。它凌驾于赤岸，扫向日出的地方，似雷行横冲直撞。它展现着自己的威武，像是在示威，又像是在发怒。水势相随，如万马奔腾。浪声轰鸣，如擂鼓震天。水势受阻而沸涌，清波掀起而升腾，大的波浪奋力震荡，在岌岌的隘口交战。鸟儿赶不及飞翔，鱼儿来不及回游，兽类来不及奔走。波涛纷乱飞腾，涌动如乱云翻滚，浪涛荡击向南山，马上又背冲向北岸，将丘陵毁坏，把西岸削平。这倾斜危险的样子，使池塘崩坏，好像不得胜利绝不罢休。流水澎湃，浪花飞扬。波涛横暴到了极点，鱼鳖也不能自保，它们上下颠倒腹背翻覆，一个挨一个伏在地上。水中的神物各显怪疑，没有办法多加详述，使人惊吓跌倒，惊骇失智，魂魄飞散。这种奇观是天底下最为罕见怪异的了，太子您能努力起身去观赏吗？”

太子说：“我生着病，没有办法去观赏。”

客曰：“将为太子奏方术之士有资略者，若庄周、魏牟、杨朱、墨翟、便蜎、詹何之伦，使之论天下之精微，理万物之是非。孔、老览观，孟子持筹而算之，万不失一。此亦天下要言妙道也，太子岂欲闻之乎？”

于是太子据几而起，曰：“涣乎若一听圣人辩士之言。”涊然汗出，霍然病已。

译文

吴国客人说："那么我将为太子您推荐会道术并且富有资望智略的人，他们就像是庄周、魏牟、杨朱、墨翟、便蜎、詹何那样的人物。让他们讨论天下道理的精深微妙，梳理世间万物的是非曲直。请孔子、老子前来审阅鉴定，请孟子前来筹划算计，这样便可万无一失了。这是天下学说中最切中精妙的道理啊，太子难道不想听听吗？"

于是太子扶着几案站起来，说道："你的话使我豁然开朗，就像是一瞬间听到了圣人辩士的学说。"太子身上被汗水浸透，忽然之间病已经痊愈了。

圣人之言

司马相如（前179—前118），字长卿，西汉蜀郡（今四川省南充）人，为汉赋四大家之一。司马相如年少时喜好读书击剑，汉景帝时，官任武骑常侍。汉景帝不好辞赋，司马相如感叹知音难遇，因此称病免官，前往梁国。在那里，司马相如结识了梁孝王的文学侍从邹阳、枚乘等人，写下了《子虚赋》。梁孝王去世后，司马相如准备回到蜀郡。返蜀的途中，司马相如路过临邛，在那里他结识了商人卓王孙的女儿卓文君。卓文君丧夫寡居，对音乐十分着迷，她对司马相如的才华十分仰慕。司马相如每每以琴会意，两人很快便情投意合。他们在一个深夜私奔，一同回到了蜀郡。婚后两人生活清贫，于是司马相如便与卓文君重返临邛，以卖酒为生。二人的故事因此成为一段佳话，成了后世文学、艺术创作的良好素材。汉武帝即位之后，对司马相如的《子虚赋》颇为欣赏，因此便召见司马相如。司马相如又写《上林赋》献于武帝，武帝大喜，拜他为郎。后司马相如又被拜为中郎将，奉命出使西南，为沟通汉朝与西南少数民族的关系做出了重要贡献。在文学方面，司马相如著有《喻巴蜀檄》《难蜀父老》等文，时人有“千金难买相如赋”之说，由此可见他辞赋上的卓越成就。

长门赋

原文

夫何一佳人兮，步逍遥以自虞。魂逾佚而不反兮，形枯槁而独居。言我朝往而暮来兮，饮食乐而忘人。心慊移而不省故兮，交得意而相亲。

佳人

译文

唉，一个美人啊，在那里徐步徘徊着，暗自思虑。那失了魂魄的样子啊，形容憔悴又孑然一身。你曾对我许下朝往而暮来的承诺，如今你却饮宴同乐新欢犹增，早将我遗忘。你绝情变心不再顾念旧人，只想着与新识的如意之人相亲相爱。

原文

伊予志之慢愚兮，怀贞悫之懽心。愿赐问而自进兮，得尚君之玉音。奉虚言而望诚兮，期城南之离宫。修薄具而自设兮，君曾不肯乎幸临。廓独潜而专精兮，天漂漂而疾风。登兰台而遥望兮，神怳怳而外淫。浮云郁而四塞兮，天窈窈而昼阴。雷殷殷而响起兮，声象君之车音。飘风回而起闺兮，举帷幄之襜襜。桂树交而相纷兮，芳酷烈之訚訚。孔雀集而相存兮，玄猨啸而长吟。翡翠胁翼而来萃兮，鸾凤翔而北南。心凭噫而不舒兮，邪气壮而攻中。

译文

我的想法是多么蠢钝和愚笨，只怀着忠贞不贰的心意，谨慎地想讨得你的欢心。希望你能让我陈述自己的心情，等候你的回音。明明知道那些都是假话，但是我仍然把它们当作是真情实意，期待着与你在城南长门相会。我每天都要置办少量的菜肴，但是你却不曾来过。走廊里空寂无人，我孤独地潜居在这里，专一、虔诚地等待着你，却只有大风在空中疾速吹过。我登上兰台遥望着你啊，神思不定像要飞散而去。四方浮云密布，天空幽暗，白日转阴。雷声殷殷响起，好似你车子经过的声音。风儿回旋着吹向卧室，使得帷幕在空中摇动飘荡。桂树枝叶互相交错，散发出阵阵浓郁的香气。孔雀聚集在一起相互依偎，黑猿发出长长的哀鸣。翡翠鸟收拢翅膀相聚一处，鸾鸟与凤凰从北向南飞入树林。心中愤懑抑郁不得舒缓啊，忧恨之气攻入心中。

原文

下兰台而周览兮，步从容于深宫。正殿块以造天兮，郁并起而穹崇。间徙倚于东厢兮，观夫靡靡而无穷。挤玉户以撼金铺兮，声噌吰而似钟音。刻木兰以为榱兮，饰文杏以为梁。罗丰茸之游树兮，离楼梧而相撑。施瑰木之欂栌兮，委参差以槺梁。时仿佛以物类兮，象积石之将将。五色炫以相曜兮，烂耀耀而成光。致错石之瓴甓兮，象瑇瑁之文章。张罗绮之幔帷兮，垂楚组之连纲。

独步深宫

译文

走下兰台四下环顾啊，深宫之内我迈着沉重的步伐。正殿独自耸立啊，雄伟得像要直抵天宫，其他的宫殿密集地并立高耸着。偶尔我会漫步至东厢啊，看着那无数富丽堂皇的殿宇，心中却更感凄凉。推开殿门，摇动门环敲击那金属的底座啊，声音好似洪钟一般响亮。木兰雕刻的屋椽啊，文杏装饰的房梁。紧密排列的游柱啊，互相交错而支撑的斜柱。奇珍木料做成的斗拱啊，高高低低地排列着，屋宇空阔无比。时时觉得这些建筑似乎可用他物来比拟，它们就像是积石山那样高大雄壮。各种颜色明亮地照耀啊，灿烂炫目，异彩纷呈。错杂的石块被细密地铺成地砖啊，那图案就像玳瑁背上的美丽花纹。悬挂的罗绮帷幔啊上面，总是垂着那有文采的绶带。

原文

抚柱楣以从容兮，览曲台之央央。白鹤嗷以哀号兮，孤雌跱于枯杨。日黄昏而望绝兮，怅独托于空堂。悬明月以自照兮，徂清夜于洞房。援雅琴以变调兮，奏愁思之不可长。案流徵以却转兮，声幼妙而复扬。贯历览其中操兮，意慷慨而自卬。左右悲而垂泪兮，涕流离而从横。舒息悒而增欷兮，蹝履起而彷徨。揄长袂以自翳兮，数昔日之諐殃。无面目之可显兮，遂颓思而就床。抟芬若以为枕兮，席荃兰而茝香。

译文

我抚摸着梁柱休息啊，望着那宽广的曲台殿。白鹤悲鸣哀嚎啊，失偶的雌鸟停落在枯杨上。每日望到黄昏都望不见你的身影，一腔的怅惘只有托付于空堂。悬挂的明月珠独自照耀着

抚琴图

房间，就这样在幽房中度过清静的夜晚。拿来瑶琴弹奏，琴声却哀伤地变了调，我的愁思已没有办法再增加。弹奏的变调，悲凉凄婉啊，转弹流徽，声音又重新高亢。依次观察经由曲调表现出来的内心情感啊，我的情绪悲叹而激昂。身边的人感到悲伤而落泪啊，泪水纵横交织在脸上。舒一口叹息来排解忧郁啊，却更添哽咽，只好拖着鞋起身四处徘徊。举起衣袖将自己遮蔽啊，心里反思着曾经的过失。没有脸面去面对他人啊，于是放弃思虑回房就寝。以香草填充枕头啊，以荃兰和茝香为席。

忽寝寐而梦想兮，魄若君之在旁。惕寤觉而无见兮，魂迋迋若有亡。众鸡鸣而愁予兮，起视月之精光。观众星之行列兮，毕昴出于东方。望中庭之蔼蔼兮，若季秋之降霜。夜慢慢其若岁兮，怀郁郁其不可再更。澹偃蹇而待曙兮，荒亭亭而复明。妾人窃自悲兮，究年岁而不敢忘。

忽然睡着了，在梦中见到了你啊，那种感觉好像你就在我的身边。从梦中惊醒，身边看不到你的身影啊，我精神恍惚，若有所失。晨起的鸡鸣使我忧愁啊，我起来凝视明净的月光。观察星辰的排列啊，我看到毕昴星已出现在东方。望着庭中暗淡的景象啊，就像深秋降霜一般阴冷。长夜漫漫仿佛一年的时光啊，我心中的郁闷已无法再忍受。我心里不安地等待着曙光啊，远处东方的天空将亮。我暗中独自感伤啊，终生不敢将你忘怀。

子虚赋

原文

楚使子虚使于齐，王悉发车骑与使者出田。田罢，子虚过姹乌有先生，亡是公存焉。坐定，乌有先生问曰："今日田，乐乎？"子虚曰："乐。""获多乎？"曰："少。""然则何乐？"对曰："仆乐齐王之欲夸仆以车骑之众，而仆对以云梦之事也。"曰："可得闻乎？"子虚曰："可。王驾车千乘，选徒万骑，田于海滨，列卒满泽，罘罔弥山。掩菟辚鹿，射麋脚麟、骛于盐浦，割鲜染轮。射中获多，矜而自功。顾谓仆曰：'楚亦有平原广泽，游猎之地，饶乐若此者乎？楚王之猎孰与寡人？'仆下车对曰：'臣，楚国之鄙人也，幸得宿卫十有余年。时从出游，游于后园，览于有无，然犹未能遍睹也，又焉足以言其外泽者乎？'齐王曰：'虽然，略以子之所闻见而言之。'

译文

楚王派遣子虚到齐国出任使节，齐王将自己境内的所有士卒与车马都调集起来与子虚一同外出打猎。打猎结束后，子虚去乌有先生那里夸耀当天打猎的事情，正巧碰到亡是公也在那里做客。大家就座之后，乌有先生向子虚问道："你今天去打猎，高兴吗？"子虚说："高兴啊。""那么你收获的猎物多吗？"子虚答道："很少。""那么你高兴什么呢？"子虚答道："我高兴的事情是，齐王想要对我夸耀自己的兵马众多，却被我用楚王在云梦泽打猎的盛况给应对过去了。"乌有先生说："能让我们听听这件事吗？"子虚说："可以。齐王派遣上千辆兵车，选拔上万名士卒，到东海之滨狩猎。士卒将洼地站满，捕兽的罗网撒满山野，野兔被兽网捕捉，鹿被车轮碾过，麋鹿被射倒在地，麒麟被捉住小腿。纵马在海边的盐滩驰骋，车轮被宰杀的野兽鲜血染红。射中的猎物很多，齐王把自己的功绩一通夸耀。他转过头对我说：'楚国也有平原广泽可以用于游猎，但是能像这样使人获得丰富的乐趣吗？楚王的狩猎能力，和我相比谁更强？'我走下车对齐王说道：'我，只是一个来自楚国的、没有什么见识的人。因为幸运，我才能在楚宫值夜警卫十几年，并能够时常伴随楚王外出游猎，游猎的地点在王宫的后园，虽然我能够将周围的景色一览无余，但是却还没有办法将后园一一遍览，尽收眼底，又怎么能够说出云梦泽的盛况呢？'齐王说：'情况虽然是这样，但是你就将你所听闻的事情，大致向我描述一下吧！'

原文

仆对曰：'唯唯。臣闻楚有七泽，尝见其一，未睹其余也。臣之所见，盖特其小小者耳，名曰云梦。云梦者，方九百里，其中有山焉。其山则盘纡茀郁，隆崇律崪，岑崟参差，日月蔽亏，交错纠纷，上干青云；罢池陂陁，下属江河。其土则丹青赭垩，雌黄白坿，锡碧金银；众色炫耀，照烂龙鳞。其石则赤玉玫瑰，琳珉昆吾，瑊玏玄厉，礝石武夫。其东则有蕙圃，衡兰芷若，穹穷昌蒲，江离蘪芜，诸柘巴且。其南则有平原广泽，登降陁靡，案衍坛曼，缘以大江，限以巫山。其高燥则生葴析苞荔，薛莎青薠。其埤湿则生藏莨蒹葭，东蘠彫胡，莲藕觚卢，奄闾轩于。众物居之，不可胜图。其西则有涌泉清池，激水推移。外发夫容蔆华，内隐钜石白沙。其中则有神龟

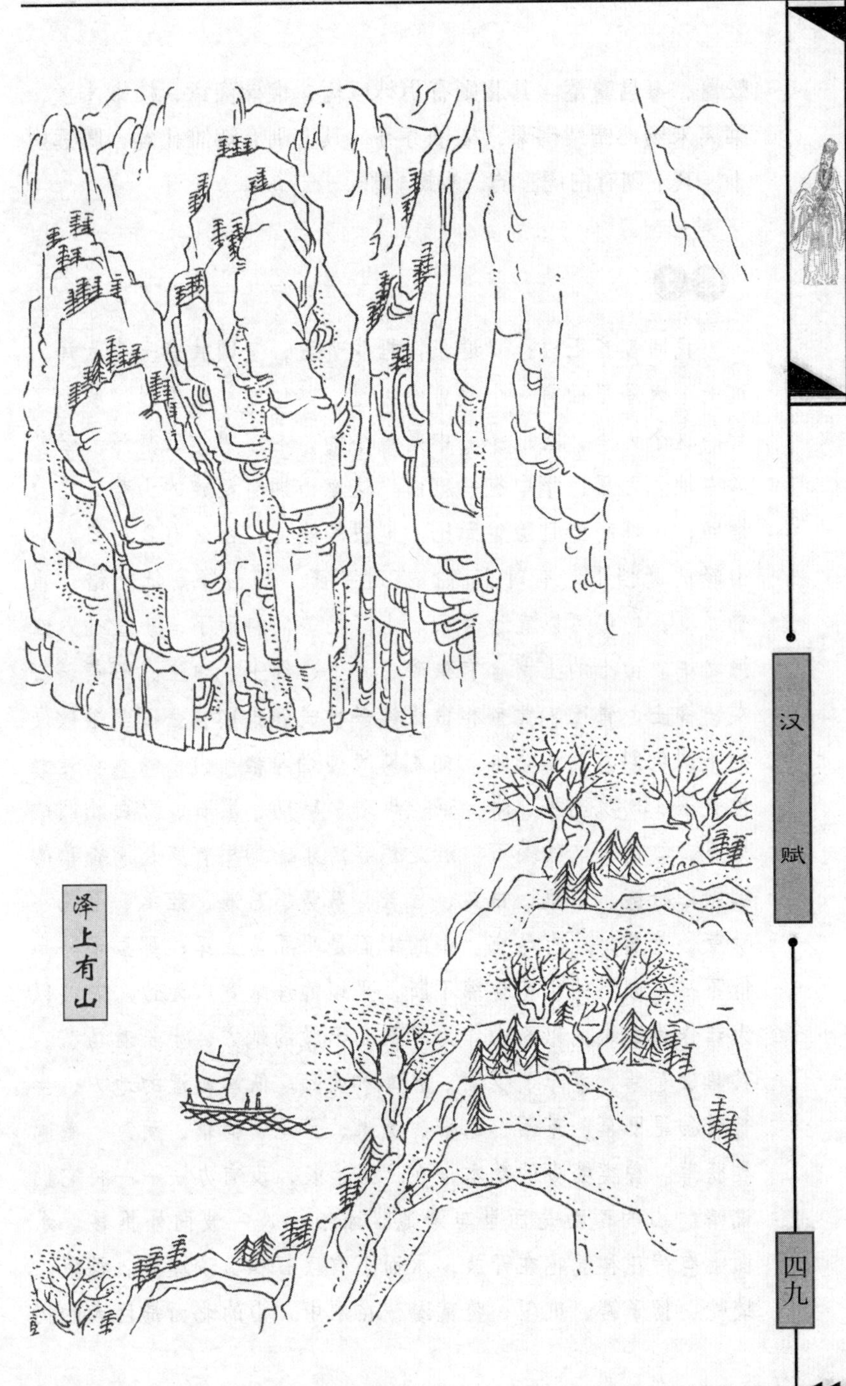
泽上有山

蛟鼍，毒冒鳖鼋。其北则有阴林巨树，楩楠豫章，桂椒木兰，檗离朱杨，樝梨梬栗，橘柚芬芬。其上则有鹓雏孔鸾，腾远射干。其下则有白虎玄豹，蟃蜒貙犴。

译文

我回答齐王说：‘遵命。据我听说，楚国共有七个大泽，这七个大泽里面有一个我曾经去过，其他的并未见过。我所了解的这个大泽，在七泽之中是最小的，名字叫作云梦泽。云梦泽占地九百里，泽中有一座山。这座山拥有盘旋的山势，重叠迂回，山峰高耸且险峻无比。挺拔的峰峦，错落有致。日月在山峰的遮挡下，有时全隐，有时半露。那山峰高低交错，重叠并立，仿佛可以直达青云之上。山势倾斜而下，一直插入江河之中。山上的土壤含有朱砂、青土、红土、白土、石黄、石灰、锡土、青玉、黄金和白银等多种成分。这些金石土壤散发的不同色彩，灿烂耀眼，如龙鳞般绚烂闪耀。山上的石料是红色美玉、玫瑰美玉、琳、珉、琨珸、瑊玏、黑石、红白相间的美石、红色白文的美石。若是想要游乐，那里有座长满香草的园圃，杜衡、兰草、白芷、杜若、芎䓖、菖蒲、茳蓠、蘼芜、甘蔗、芭蕉，应有尽有。山的南面是平原与大泽，那里地势高低不平，倾斜的山峦连绵不断，平坦的洼地宽广无边。它们以大江作为边缘，以巫山作为界限。干燥的地方，生长着马蓝、菥草、苞草、荔草、艾蒿、莎草和青薠。低洼潮湿的地方，生长着狗尾巴草、芦苇、东蔷、菰米、莲花、荷藕、葫芦、菴闾和莸草。种类繁多的草木，在这里生长，没有办法一一将它们说清。山的西面是涌泉与清池，水浪一波一波向外推移。水面上有荷花和菱花在开放，水面下有巨石和白沙埋藏。神龟、蛟蛇、扬子鳄、玳瑁、鳖鼋潜藏在水中。山的北面是巨大的树林：黄梗木、楠木、樟木、桂树、花椒树、木兰、黄蘖树、山梨树、赤茎柳、山楂树、黑枣树、橘树、柚子树在里面散发着草木香气。鹓雏、孔雀、鸾鸟、腾猿与射干在树木上嬉戏停歇。白虎、黑豹、蟃蜒、貙、豻在树下游荡。

原文

于是乎乃使专诸之伦，手格此兽。楚王乃驾驯驳之驷，乘雕玉之舆，靡鱼须之桡旃，曳明月之珠旗，建干将之雄戟，左乌号之雕弓，右夏服之劲箭。阳子骖乘，孅阿为御，案节未舒，即陵狡兽。蹴蛩蛩，辚距虚，轶野马，䡾騊駼，乘遗风，射游骐，倏眒倩浰，雷动熛至，星流霆击，弓不虚发，中必决眦，洞胸达腋，绝乎心系。获若雨兽，揜草蔽地。于是楚王乃弭节徘徊，翱翔容与，览乎阴林，观壮士之暴怒，与猛兽之恐惧；徼郄受诎，殚睹众物之变态。

楚王驾车图

译文

因此楚王就将专诸一类的勇士派出，赤手空拳把这些野兽击杀。楚王驾起由四匹驯服的杂毛马拉着的、用雕刻的美玉装饰而成的马车。他挥动着的曲柄旗帜上有鱼须做的穗子，摇动着的旗子上有明月珠做装饰。他高举的三刃戟锋利无比，左手拿着的乌嗥弓刻有花纹，右手拿着的箭乃夏服所出。伯乐陪乘在车右，纤阿来为楚王驾车。马车有节奏的缓慢前进，在还没有尽情奔驰的情况下，便已经将强健的猛兽践踏在车轮之下。车轮把蛩蛩踩过，把距虚压过。它超过野马，将騊駼碾压，像是乘着千里马，把游骐追赶。楚王的车骑急速奔驰，如惊雷震动，呼啸而来，如流星坠落，雷电撞击。箭不虚发，次次都将禽兽的眼眶射裂，或贯穿胸膛，直刺腋下，斩断连接着心脏的血管。猎获的野兽，像是从天而降的雨滴，将野草覆盖，把大地遮蔽。于是，楚王就不再策马，而是徘徊游走，悠闲自得，观览那辽阔的树林，观看狂暴愤怒的壮士，以及恐惧的野兽。他将那精疲力竭的野兽拦截、捕捉，欣赏着群兽那各异的惶恐姿态。

原文

于是郑女曼姬，被阿锡，揄纻缟，杂纤罗，垂雾縠。襞积褰绉，郁桡溪谷，衯衯裶裶，扬袘戌削，蜚襳垂髾。扶舆猗靡，翕呷萃蔡。下摩兰蕙，上拂羽盖。错翡翠之葳蕤，缪绕玉绥。眇眇忽忽，若神之仿佛。

译文

于是，郑国皮肤细腻的美人，身着细布制成的衣衫，摇

宛若仙人

摆着苎麻布制成的白绢，轻细的罗绮装点着她们，轻薄如雾的柔纱挂在她们身上。她们的衣裙有层层褶皱，纹理线条细密婉曲，折纹好似深谷中弯曲的小溪。她们长衣飘飘，裙摆摇摇，衣裙全部剪裁合体，整齐又美观；那飘动的衣带，在空中翻飞着，燕尾一般的饰物垂在衣间。衣裙飘动的样子多么姣美，走路时布匹相磨的声音，噏呷萃蔡般响动。衣裙的饰带飞舞，向下将兰花蕙草摩挲，向上将羽饰车盖拂拭。她们将翡翠羽毛制成的饰物缀在头发上，将美玉装饰的帽缨放缠绕在颔下。隐约恍惚间，她们如同仙子一般。

于是乃相与獠于蕙圃，媻姗勃窣，上金堤，揜翡翠，射鵕鸃。微矰出，孅缴施。弋白鹄，连驾鹅，双鸧下，玄鹤加。怠而后发，游于清池，浮文鹢，扬旌栧，张翠帷，建羽盖。罔毒冒，钓紫贝，扻金鼓，吹鸣籁，榜人歌，声流喝，水虫骇，波鸿沸，涌泉起，奔扬会，礧石相击，琅琅礚礚。若雷霆之声，闻乎数百里之外。将息獠者，击灵鼓，起燧燧，车按行，骑就队。缅乎淫淫，般乎裔裔。

于是楚王与众人于夜间在蕙圃狩猎，人们蹒跚地走上坚固的堤坝。撒网捕捉翡翠鸟，放箭射取锦鸡。射出的短箭上都系着丝绳，这些短箭将白天鹅射落，把野鹅击中。中箭的鸧鸹扑啦啦从天上掉落，黑鹤的身上刺着小箭。打猎打得累了，便乘上船，在清池之中荡漾。在画着鹢鸟的船上，将桂木制成的船

楚王游清池

桨扬起。船上悬挂着用翡翠鸟羽毛做成的帷幔，树立着由鸟毛装饰而成的伞盖。撒下渔网捞玳瑁，钓紫贝。金鼓敲打起来，排箫吹奏起来。悲楚嘶哑的声调，是船夫悦耳动听的歌声。鱼鳖受到了惊吓，波涛也因此而汹涌起来。涌起的泉水，汇聚着浪涛。石头相互撞击，琅琅磕磕地发出声响。那撞击的声音好似惊雷轰鸣，数百里之外都能够听到。夜间狩猎即将结束，众人敲击着六面鼓，将火把燃起。战车一列列驶出，骑兵一队队前行。接续不断的队伍，排列整齐，缓缓地向前进发。

原文

于是楚王乃登阳云之台，泊乎无为，澹乎自持，勺药之和，具而后御之。不若大王终日驰骋，曾不下舆。脟割轮焠，自以为娱。臣窃观之，齐殆不如。于是齐王无以应仆也。

译文

于是，楚王登上阳云台，一派安静自若的神情，保持着宁静的心境。食物以五味酱调味，菜肴烹煮齐备之后，向楚王献上。楚王一改平日里奔波驰骋的模样，竟然走下车子，亲自切割肉块，放在火上烤熟，自娱自乐。以我私下里的观察来看，齐国大概比不上楚国吧。于是，齐王无言以对。

原文

乌有先生曰："是何言之过也！足下不远千里，来况齐国，王悉境内之士，备车骑之众，与使者出畋，乃欲戮力致获，以娱左右也，何名为夸哉！问楚地之有无者，愿闻大国之风烈，先生之余论也。今足下不称楚王之德厚，而盛推云梦以为高，奢言淫乐而显侈靡，窃为足下不取也。必若所言，固非楚国之美也。有而言之，是章君之恶也，无而言之，是害足下之信也。章君恶，伤私义，二者无一可，而先生行之，必且轻于齐而累于楚矣。且齐东陼钜海，南有琅琊，观乎成山，射乎之罘；浮渤澥，游孟诸。邪与肃慎为邻，右以汤谷为界。秋田乎青丘，彷徨乎海外。吞若云梦者八九，于其胸中曾不蒂芥。若乃俶傥瑰玮，异方殊类，珍怪鸟兽，万端鳞崪，充仞其中者，不可胜记，禹不能名，卨不能计。然在诸侯之位，不敢言游戏之乐，苑囿之大；先生又见客，是以王辞不复，何为无以应哉！”

乌有先生说：“为什么将话说得这样过分呢！您不远千里来到齐国赐教，齐王将境内的士卒全部调集起来，备下了数目众多的车马，齐国派出这些兵士同您一起外出打猎，是为了彼此通力合作一起猎获禽兽，为大家带来欢乐，怎么可以被说成是夸耀呢！齐王向您询问楚国是否有可以用来游猎的平原，是想要听到楚国的风尚与业绩，以及先生您的高谈阔论。如今您不但没有称赞楚王的德政，反而将云梦泽推崇到高于齐国一等的地位，您谈奢论侈，夸赞淫游纵乐靡费之事，我私自认为您这样的做法不可取。事实如果像您说的那样，那么楚国算不上美好。有这样的事情而议论，是在宣扬君主的过失，如果楚国事实并非如此，您这样一说，便会有损于您的信用。将国家的丑陋之处对外宣扬与损害个人的信义，这两件事没有一件是您应该做的。先生您这样的做法，肯定会让齐国的人轻视您，楚国的声誉也会因为您而受到牵累。况且齐国东面濒临着大

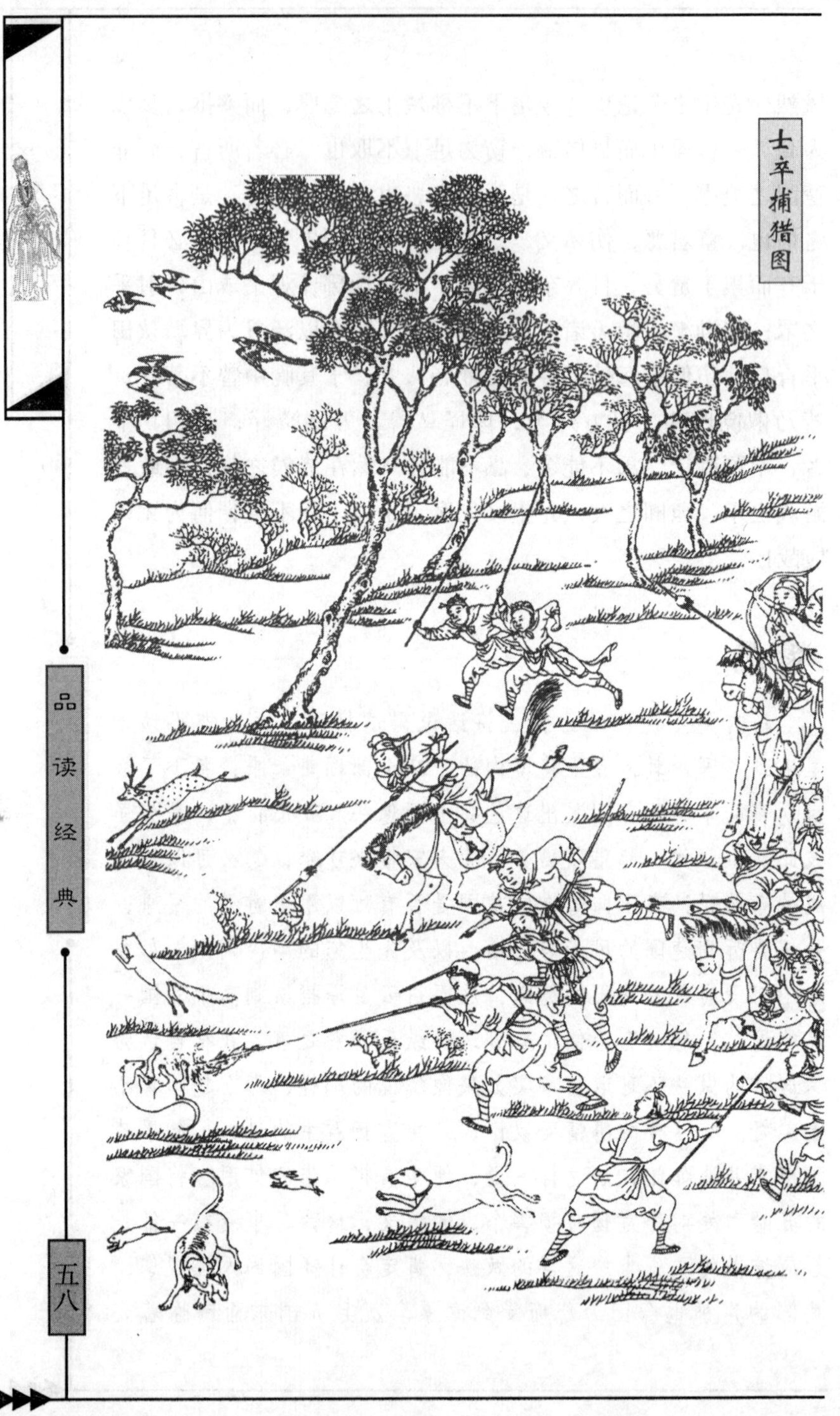
士卒捕猎图

海，南面依靠着琅琊山。观赏美景可以去成山，想要狩猎可以在之罘山，想要泛舟有渤海，想要游猎有孟诸泽。齐国的东北紧邻肃慎，右边以汤谷为界。秋天打猎可去青丘，自由漫步可到海外。即使将八九个云梦泽吞入胸中，也不会有丝毫的梗塞感。至于那些卓越奇伟的物品，也不过是各地的特产。珍怪的鸟兽，像鱼鳞那样积聚。它们充斥在大泽其中，多得数也数不清，大禹都没有办法分清它们的名字，契也不能计算出它们的数量。然而，以齐王在诸侯中的地位来说，他不能够随便讨论游猎嬉戏这样的享乐、苑囿的广大。先生是齐国的贵宾，因此齐王没有驳斥您的任何言辞，您怎么能说那是他没有话语来应对您呢！”

上林赋

原文

亡是公听然而笑曰：“楚则失矣，而齐亦未为得也。夫使诸侯纳贡者，非为财币，所以述职也；封疆画界者，非为守御，所以禁淫也。今齐列为东藩，而外私肃慎，捐国隃限，越海而田，其于义固未可也。且二君之论，不务明君臣之义，正诸侯之礼，徒事争于游戏之乐，苑囿之大，欲以奢侈相胜，荒淫相越，此不可以扬名发誉，而适足以贬君自损也。

译文

亡是公微笑着说：“楚国丧失了名誉，齐国也未必就得到了什么。天子之所以让诸侯进贡，为的并不是财物，而是让他

诸侯述职

们利用这个机会向天子汇报自己的统治情况；之所以要分疆划界而治，为的并不是守卫边境，而是利用这种情形防止诸侯们逾规越矩。如今，齐国作为东方的藩国，却在外私通肃慎，离开本国的疆土，越过国界，到海那一边的国家去游猎，这种行为从道义来讲，就是不可以的。更何况您们的言论，都不是致力于将君臣之间的关系阐明，也不是为了将诸侯的礼仪端正，而仅仅是在争论游猎嬉戏的乐趣，苑囿的宽广面积，想要以自己的奢侈将对方战胜，用自己的荒淫将对方比下去。你们的这种做法不但不能提高本国国君的声誉，反而还会贬低他们的名声，损害自己的信用。

且夫齐楚之事又乌足道乎！君未睹夫巨丽也，独不闻天子之上林乎？左苍梧，右西极，丹水更其南，紫渊径其北。终始灞产，出入泾渭，酆镐潦潏，纡馀委蛇，经营乎其内，荡荡乎八川分流，相背异态。东西南北，驰骛往来，出乎椒丘之阙，行乎洲淤之浦，径乎桂林之中，过乎泱漭之野，汩乎混流，顺阿而下，赴隘陿之口。触穹石，激堆埼，沸乎暴怒，汹涌澎湃，滭弗宓汩，逼侧泌㳅，横流逆折，转腾潎洌，滂濞沆溉，穹隆云桡，宛潬胶盭，逾波趋浥，涖涖下濑，批岩衝拥，奔扬滞沛，临坻注壑，瀺灂霣队，沈沈隐隐，砰磅訇礚，潏潏淈淈，湁潗鼎沸。驰波跳沫，汩急漂疾，悠远长怀，寂漻无声，肆乎永归。然后灏溔潢漾，安翔徐佪，翯乎滈滈，东注大湖，衍溢陂池。于是蛟龙赤螭，䱭鰽渐离，鰅鰫鳍魠，禺禺鱋鳎，揵鳍掉尾，振鳞奋翼，潜处乎深岩。鱼鳖讙声，万物众伙。明月珠子，的皪江靡。蜀石黄碝，水玉磊砢，磷磷烂烂，采色澔汗，丛积乎其中。鸿鹔鹄鸨，驾鹅属玉，交精旋目，烦鹜庸渠，箴

上林苑

疵䴔卢，群浮乎其上。汎帆淫泛滥，随风澹淡，与波摇荡，奄薄水渚，唼喋菁藻，咀嚼菱藕。

再说齐国和楚国之间的这些事情，又有什么地方是值得称道的呢！你们没有看到那宏大壮丽的场面，难道也没有听说过天子的上林苑吗？苍梧在上林苑的左边，西极在上林苑的右边。丹水从它的南面流过，紫渊在它的北面经过。霸水和浐水在上林苑内流淌，泾水和渭水经上林苑而过，从外流进又自此而出；酆水、鄗水、潦水、潏水，曲折绵延，在上林苑中周流往来。宽广的八条河流分别流动，流向不同，形态各异。东西南北，河水湍急奔流，从陡峭的山丘的豁口中流出，经过水中淤地，穿过长满桂木的树林，流过广阔辽远的原野。丰沛的水流急速流动，沿着弯曲的地势奔腾而下，直冲狭隘的山口而去。水流撞击着大石，激荡着泥沙堆积的弯曲河岸，水浪翻腾，暴躁愤怒，汹涌澎湃。泉水快速地上涌，水流不停地相互撞击；大股的水流回旋，翻滚碰撞，磅礴汹涌。急流隆起如云彩低垂弯曲，蜿蜒纠缠。后浪超越前浪，奔向低洼的地方，涖涖水流冲向浅滩。水波拍击着岩石，冲击着堤岸，奔腾飞扬，水花四溅。滚滚河水冲过小洲，流向山沟，水声渐弱，水流坠落于沟谷深潭之中。水潭广阔幽深，水流激荡，注入时发出乒乒乓乓的巨响。水波汹涌翻滚，如同鼎中沸腾的热水。奔腾的水波，激起层层白沫，白沫在水上跳跃，水流急速不止。八川从远处而来，水流平静无声，舒缓地向远方流去。然后，浩瀚无边的深广水流，缓慢迂回地流动，水波洁白光亮，向东注入大湖。湖水已经涨满，水流因此溢向附近的池塘。因此，蛟龙、赤螭、䱍䲛、渐离、鰅、鳙鰬、魠、禺禺、比目鱼、鳎，

水波激荡

都扬起背鳍，摇摆着尾巴，抖动鳞片，举起鱼翅，潜藏在深岩之中。鱼鳖喧闹着，成群结队聚在一起。明月珠在江边发出明亮的光芒，蜀石、黄石和水晶积聚在水中，玉石累累，闪闪发光，绚丽夺目。天鹅、鹔鷞、䴔鸟、鸳鸯、鹨、䴔䴖、鸀目、烦鹜、鷛鷞、䴖，一群一聚在水面上浮游。水流摇摆不定，鸟儿随风漂浮，在波涛里游荡。鸟儿们停集在水渚上，唼喋作响地吃着水草，咀嚼着菱藕。

于是乎崇山矗矗，巃嵸崔巍，深林巨木，崭岩参差。九嵕嶻嶭，南山峨峨，岩阤甗崎，摧崣崛崎。振溪通谷，蹇产沟渎，谽呀豁閜。阜陵别岛，崴磈嵔瘣，丘虚堀礨。隐辚郁𡾰，登降施靡。陂池貏豸，沇溶淫鬻，散涣夷陆；亭皋千里，靡不被筑。揜以绿蕙，被以江蓠，糅以蘪芜，杂以留夷，布结缕，攒戾莎，揭车衡兰，槀本射干，茈姜蘘荷，葴持若荪，鲜支黄砾，蒋苎青薠，布濩闳泽，延曼太原。离靡广衍，应风披靡，吐芳扬烈，郁郁菲菲，众香发越，肸蚃布写，晻薆咇茀。

苑内高山挺拔耸立，巍峨高峻。到处是茂密的树林，高大的树木，险峻的山势，高低不齐的峰峦。九嵕山高峻，终南山巍峨。山势倾斜，上大下小，险峻陡峭。收敛流水的山溪，流通于山谷之间，蜿蜒的小溪流进沟渠，谷口张开，谷中空旷。大小土丘在水中各自成岛，挺立的山峦起伏不平。丘陵高高低低，处处深峻，地势倾斜不平，绵延不断。溢出的浑浊河水，散漫在宽广的陆地上。广达千里的低平泽地，全部被开垦

崇山

建设。绿色的蕙草与江蓠将地面覆盖，蘼芜和留夷夹杂其中。陆地上布满了结缕，狼尾草和香附子交织丛生在一起，还有揭车、杜蘅、兰草、稾本、射干、茈姜、蘘荷、葴、橙、杜若、荪、鲜枝、黄砾、蒋、苎、青薠，广布大泽，在宽广的平原上蔓延。这些花草相连不断，繁衍广播。它们随着风向俯仰，散发着浓烈的芬芳，郁郁菲菲的香气四散远播，在空中弥漫，十分浓郁。

于是乎周览泛观，缜纷轧芴，芒芒恍忽。视之无端，察之无涯，日出东沼，入乎西陂。其南则隆冬生长，涌水跃波。其兽则庸旄貘犛，沈牛麈麋，赤首圜题，穷奇象犀。其北则盛夏含冻裂地，涉冰揭河；其兽则麒麟角端，騊駼橐驼，蛩蛩驒騱，駃騠驴骡。

于是向四周浏览观望，上林苑景物繁多，不可分辨。范围广大深远，所有事物都隐约不清。看不清它的顶端，察不到它的边际。清早，太阳从东边的水池处升起；傍晚，太阳由西边的池塘处落下。严冬的时候，上林苑的南边依然有草木生长，有河水奔腾流动。这里的野兽有獑、旄、貘、犛、沈牛、麈、麋、赤首、圜题、穷奇、象、犀。盛夏的时候，上林苑的北边也依然有结冰的河水，冻裂的土地，可以踏着冰过河。这里有麒麟、騊駼、橐驼、蛩蛩、驒騱、駃騠、驴、骡这样的野兽。

原文

于是乎离宫别馆，弥山跨谷，高廊四注，重坐曲阁，华榱璧珰，辇道缅属，步榈周流，长途中宿。夷嵕筑堂，絫台增成，岩突洞房。頫杳眇而无见，仰攀橑而扪天，奔星更于闺闼，宛虹拖于楯轩。青龙蚴蟉于东箱，象舆婉僤于西清，灵圄燕于闲馆，偓佺之伦暴于南荣；醴泉涌于清室，通川过于中庭。盘石振崖，嵚岩倚倾，嵯峨 嶕嶫，刻削峥嵘，玫瑰碧琳，珊瑚丛生。瑉玉旁唐，玢豳文鳞，赤瑕驳荦，杂臿其间，晁采琬琰，和氏出焉。

译文

那些离宫别馆，漫山跨谷，高大的行廊四面相接，多层的楼阁有曲道相连。雕花的屋椽，以玉饰做装点，辇道接连不断。沿着屋檐下的走廊四处游览，会感觉路途遥远，中途亦需住宿休息。重重的楼阁台榭建在削平的高山之上，与楼台相同的幽深的房室则建在岩石之下。俯视山下，深远得看不见下面的东西；仰视天空，似乎攀上屋椽便能触及苍天。流星从宫门前划过，弯曲的彩虹跨越栏杆与长廊之上。青龙在东厢弯曲前进，象车在西厢的清净之处盘曲而行。灵圄在清闲的馆舍休息，偓佺那一类的仙人在面南的屋檐之下晒太阳。甘甜的泉水从清静的屋室中涌出，河水从庭院中流过。用巨石修治池崖，渠岸参差不齐、错落有致。渠岸边高大的石头，好似刀削斧砍而成。这里丛生着玫瑰、碧玉和珊瑚。巨大的珉玉有着鱼鳞一样的纹理，它们中间夹杂着拥有错杂而灿烂的文采的赤色美玉。这里还出产垂绥、琬琐与和氏璧。

离宫别馆

原文

于是乎卢橘夏熟，黄甘橙楱，枇杷橪柿，亭柰厚朴，梬枣杨梅，樱桃蒲陶，隐夫薁棣，荅沓离支。罗乎后宫，列乎北园，崪丘陵，下平原。扬翠叶，扤紫茎，发红华，垂朱荣。煌煌扈扈，照曜钜野；沙棠栎槠，华枫枰栌，留落胥邪，仁频并闾，欃檀木兰，豫章女贞，长千仞，大连抱，夸条直畅，实叶葰楙，攒立丛倚，连卷欐佹，崔错癹骫，坑衡閜砢，垂条扶疏，落英幡纚，纷溶萷蔘，猗柅从风，藰莅芔歙，盖象金石之声，管籥之音。柴池茈虒，旋还乎后宫，杂袭絫辑，被山缘谷，循阪下隰，视之无端，究之无穷。

译文

在夏天的时候卢橘成熟了，黄柑、柚子、楱、枇杷、酸小枣、柿子、山梨、厚朴、羊枣、杨梅、樱桃、葡萄、常棣、荔枝等果树，在后宫之中和北园之内罗列生长。它们向上绵延到丘陵之上，向下弥散到平原之间，随风摆起翠绿的枝叶，摇动着紫色的茎条。不论花草还是树木，都盛开着红色的小花，散发出的明亮光彩，将广阔的田野照亮。沙果、栎、槠、桦树、枫树、银杏树、黄栌树、石榴、椰子树、槟榔树、棕榈树、檀树、木兰、枕木、樟木、冬青树，这些树木里，高的有千仞高，粗的要多人合抱才能抱得住。它们枝条挺直，花朵舒展，有硕大的果实和茂密的树叶。它们一丛一丛聚在一起，相互倚靠，树枝蜷曲，交错纠缠，互相扶持。下垂的枝条舒展四散，零落的花瓣纷飞在空中；高大的树木枝繁叶茂，婀娜多姿的枝条随风飘荡。风吹过草木，发出葪莅芔歙的响声，这声音像弹击钟磬，似吹奏管龠。参差不齐的树木将后宫环绕，重叠交织

千树绕宫墙

的草木将山野覆盖，它们沿着溪谷，顺着山坡，直抵低湿之地。漫山的草木没有边际，无穷无尽。

原文

于是乎玄猿素雌，蜼玃飞蠝，蛭蜩玃猱，獑胡縠蛫，栖息乎其间。长啸哀鸣，翩幡互经，夭蟜枝格，偃蹇杪颠。隃绝梁，腾殊榛，捷垂条，掉希间，牢落陆离，烂漫远迁。若此者数百千处。娱游往来，宫宿馆舍，庖厨不徙，后宫不移，百官备具。

译文

那里的黑猿、白色雌猴、长尾猿、大母猴、鼯鼠、飞蛭、蜩、猕猴、獑胡、縠、蛫，都在树林间栖息。它们长啸，哀鸣，腾挪跳跃，互相穿梭。它们在枝条间屈伸自如，在树梢上屈曲婉转。它们越过高桥，攀上高耸的榛树，在下垂的枝条间连续荡跃，腾跃到树枝稀疏的空间里。它们飘忽不定，聚散无常。这样的地方在上林苑共有上百数千处。你可以往来其中嬉戏游乐，玩累了就在离宫住宿，或者在别馆休息，不需要将厨房迁移过来，不需要让后宫妃嫔随行，文武百官也已经到位。

原文

于是乎背秋涉冬，天子校猎。乘镂象，六玉虬，拖蜺旌，靡云旗，前皮轩，后道游；孙叔奉辔，卫公参乘，扈从横行，出乎四校之中。鼓严簿，纵猎者，江河为阹，泰山为橹。车骑靁起，殷天动地。先后陆离，离散别追，淫淫裔裔，缘陵流

帝王宫殿

泽，云布雨施。生貔豹，搏豺狼，手熊罴，足壄羊，蒙鹖苏，绔白虎，被斑纹，跨壄马，凌三嵕之危，下碛历之坻，径峻赴险，越壑厉水。椎蜚廉，弄獬廌，格虾蛤，铤猛氏；羂騕褭，射封豕。箭不苟害，解脰陷脑，弓不虚发，应声而倒。于是乘舆弭节徘徊，翱翔往来，睨部曲之进退，览将帅之变态。然后侵淫促节，儵敻远去，流离轻禽，蹵履狡兽，轊白鹿，捷狡兔，轶赤电，遗光耀，追怪物，出宇宙，弯蕃弱，满白羽，射游枭，栎蜚遽。择肉而后发，先中而命处，弦矢分，蓺殪仆。然后扬节而上浮，凌惊风，历骇猋，乘虚亡，与神俱。躏玄鹤，乱昆鸡，遒孔鸾，促鵕鸃。拂翳鸟，捎凤凰，捷鹓鶵，揜焦明。道尽途殚，回车而还，消摇乎襄羊，降集乎北纮，率乎直指，晻乎反乡。蹷石阙，历封峦，过䧿鹊，望露寒，下棠梨，息宜春。西驰宣曲，濯鹢牛首，登龙台，掩细柳。观士大夫之勤略，钧猎者之所得获。徒车之所轥轹，步骑之所蹂若，人之所蹈藉，与其穷极倦𠧚，惊惮詟伏，不被创刃而死者，他他藉藉，填坑满谷，掩平弥泽。

秋去冬来的时候，天子准备去校猎。他乘坐着用镂刻的象牙装饰而成的车子，用六条蛟龙来拉车，摇曳着旌旗，挥舞着云旗。虎皮装饰的车子在前面为天子做前驱，它的后边跟着道车和游车。孙叔驾车，卫公做骖乘，随从在四校之外横行。列阵严整的仪仗队敲起大鼓，猎手们便出发前去狩猎。江河充当狩猎者围猎的栅栏，大山充当狩猎者瞭望的高楼。车马奔腾，声如震雷，惊天动地。猎手们四下散开，分头进行追捕，他们来来往往，沿着山陵，密密麻麻地冲向水泽，那种景象就像是云雾密布于天空，大雨倾注而下。勇士们生擒貔豹，搏击

将士行猎

豺狼，赤手空拳与熊罴野羊相搏。狩猎者把鹖尾装饰的帽子戴在头上，把画有白虎的裤子穿在身上，把绘有斑纹的衣服披在身上。他们骑着野马，登上三嵕的顶峰，沿着高地山坡奔驰而下。他们爬过险峻的山峰，涉过江河沟谷。他们击杀蜚廉，擒获獬豸、搏杀瑕蛤，用矛将猛氏刺杀，用绳索将騕褭绊取，用箭将大野猪射杀。猎手箭不乱射，每箭都将猎物破颈裂脑；弓不虚发，每箭射出，野兽必应声而倒。于是，天子乘着车舆，停歇徘徊，往来遨游，斜着眼睛观看打猎队伍的行进，看着将帅应对进退的各种神态。然后，车驾渐渐加快行进速度，急速飞驰远去。这阵势，使得飞禽四处逃散，狡猾的野兽也因此而遭到践踏。白鹿被车轴撞击，狡兔被快速捕获。车驾的飞驰速度，将赤色闪电超越，将电光抛在车后。追逐珍禽异兽，超出天地之间。蕃弱良弓拉弯，白羽之箭张满，射向四处游荡的枭羊，击倒蜚遽。先将肉肥体壮的野兽挑选出来，然后再发射箭羽，预想的目标，刚好被一一命中。箭一离弦，猎物便倒在地上。然后，天子的车驾继续奔驰，风驰电掣的样子仿佛升上天空，凌驾在劲风之上，踏着狂风到达虚无的境界，与神灵处在一起。黑鹤被践踏，鹍鸡被扰乱，孔雀和鸾鸟遭遇追捕；锦鸡被抓住，翳鸟被击落，凤凰遭遇竹竿击打，鹓雏和焦明被快速地抓捕。车驾奔驰前进，直至到了道路的尽头才掉头而返。车驾悠然自得地来来去去，自天上降落至极北之地。它笔直地前行，忽然间又按照来时的方向返回。它跑过石阙观，经过封峦观，过了雉鹊观，望着露寒观。它抵达棠梨宫，在宜春宫休息，然后奔驰到宣曲宫，天子在牛首池中划船。天子登到龙台观上，在细柳观停下。他观察士大夫们的勤劳与谋略，将狩猎者所猎到的猎物平均分配。那些被车驾辗轧死的、被骑兵践踏死的、被大臣踩死的野兽，以及那些无路可走、疲惫劳累、惊惧倒地、还未被刀刃所伤便已死去的野兽，其尸体纵横交错，不计其数，填满了坑谷，覆盖了平原，弥漫了大泽。

于是乎游戏懈怠，置酒乎颢天之台，张乐乎胶葛之寓，撞千石之钟，立万石之虡，建翠华之旗，树灵鼍之鼓。奏陶唐氏之舞，听葛天氏之歌；千人倡，万人和；山陵为之震动，川谷为之荡波。巴渝宋蔡，淮南《干遮》，文成颠歌，族居递奏，金鼓迭起，铿枪闛鞈，洞心骇耳。荆吴郑卫之声，《韶》《濩》《武》《象》之乐，阴淫案衍之音，鄢郢缤纷，《激楚》《结风》。俳优侏儒，狄鞮之倡，所以娱耳目乐心意者，丽靡烂漫于前，靡曼美色于后。若夫青琴宓妃之徒，绝殊离俗，妖冶闲都，靓庄刻饰，便嬛繛约，柔桡嫚嫚，妩媚孅弱，曳独茧之褕绁，眇阎易以恤削，便姗嫳屑，与俗殊服。芬芳沤郁，酷烈淑郁，皓齿粲烂，宜笑的皪，长眉连娟，微睇绵藐，色授魂与，心愉于侧。

于是，众人开始游乐嬉戏，倦怠松懈起来。天子在高度直指天空的高台上设下酒宴，在宽广的殿宇内演奏音乐。撞响千石重的大钟，立起万石重的钟架，举起翠羽装饰的旗帜，竖起鳄鱼皮制成的大鼓。跳起陶唐氏的歌舞，听起葛天氏的乐曲。千人来唱，万人来和，这歌声将山陵震动，将河水激起大波。巴渝的舞蹈，宋蔡的歌曲，淮南的《于遮》，文成和云南的民歌，众乐并奏，交替演出。此起彼伏的钟鼓声，铿锵有力，让人震惊。荆、吴、郑、卫的歌声，《韶》《濩》《武》《象》的音乐，淫靡无制的乐曲，鄢、郢地区的飘逸舞姿，激越昂扬

宴乐

的《激楚》《结风》，余韵哀切动人。表演杂技的侏儒，西戎来的乐妓，让人耳目愉悦、心情欢畅。天子面前回荡着的是美妙动听的音乐，身后站立的是肤质细腻的美女。这些美女仿佛青琴、宓妃一般，出尘绝世，惊艳脱俗。她们以粉黛修饰容颜，将鬓发梳理得整齐如画；体态柔美，身段苗条，姿态美丽动人。她们拖着颜色纯净一致的单衣袖子，长长的衣衫下摆如刀削般整齐，衣袂翩翩飞舞，服饰超凡出尘。她们身上散发着浓郁的香气，清香醇厚；她们那洁白的牙齿光洁明亮，露齿而笑，美丽动人；她们眉毛弯曲细长，双目顾盼生辉，凝望着远方。如此令人心魂荡漾的美人，高兴地侍立在天子两侧。

于是酒中乐酣，天子芒然而思，似若有亡，曰：‘嗟乎，此大奢侈！朕以览听余闲，无事弃日，顺天道以杀伐，时休息于此，恐后叶靡丽，遂往而不返，非所以为继嗣创业垂统也。’于是乎乃解酒罢猎，而命有司曰：‘地可垦辟，悉为农郊，以赡氓隶，隤墙填壍，使山泽之人得至焉。实陂池而勿禁，虚宫馆而勿仞。发仓廪以救贫穷，补不足，恤鳏寡，存孤独。出德号，省刑罚，改制度，易服色。革正朔，与天下为更始。’

译文

于是酒过半巡，音乐正奏得欢畅时，天子茫然地思考着，似乎若有所失，说：‘哎呀，我这样也太奢侈了！在理政的空闲时间，我没有政事，只是虚度时间。因此顺应天道，在秋末冬初的时节前来上林苑游猎，并时常在这里休息。我担心

天子爱民

我的后代会喜好奢侈淫靡，并沿着这条路一直堕落下去，我如今的种种作为并不是为后人创立可以沿袭的传统的做法啊。’说完便命人将酒宴撤去，也不再打猎，并对主管官员颁下命令说：‘把这里可以开垦的土地，全部变成农田，用来供养平民百姓。将猎场中的那些围墙都推倒，壕沟都填平，让乡野的平民都可以进入这里劳作营生。养满鱼虾的池塘不要禁止百姓捕捞，空闲的官馆也不禁止百姓进来居住。将粮仓打开，把粮食都拿出来赈济贫穷的百姓，补助他们的生活，抚恤鳏夫寡妇，慰问孤儿和无儿无女的孤苦老人。发布德政号令，减轻刑罚，改革制度，更换车马服饰的颜色，改变历法的计算方式，让天下间的所有事物都重新开始。’

原文

于是历吉日以斋戒，袭朝服，乘法驾，建华旗，鸣玉鸾，游于六艺之囿，驰骛乎仁义之涂，览观《春秋》之林，射《狸首》，兼《驺虞》，弋玄鹤，舞干戚，载云罕，掩群雅，悲《伐檀》，乐乐胥；修容乎《礼》园，翱翔乎《书》圃。述《易》道，放怪兽；登明堂，坐清庙；次群臣，奏得失。四海之内，靡不受获。于斯之时，天下大说。乡风而听，随流而化，芔然兴道而迁义，刑错而不用。德隆于三王，而功羡于五帝，若此，故猎乃可喜也。若夫终日驰骋，劳神苦形，罢车马之用，抚士卒之精，费府库之财，而无德厚之恩。务在独乐，不顾众庶，亡国家之政，贪雉兔之获，则仁者不繇也。从此观之，齐楚之事，岂不哀哉！地方不过千里，而囿居九百，是草木不得垦辟，而民无所食也。夫以诸侯之细，而乐万乘之所侈，仆恐百姓被其尤也。”

译文

于是天子在选好的黄道吉日举行斋戒，穿上朝服，乘上天子的车驾。饰有文采的旌旗被高高举起，玉饰的鸾铃开始奏响。车驾在六艺的苑囿里巡游，在仁义的大道上奔驰，在《春秋》之林观赏浏览。奏响《狸首》及《驺虞》的乐章，用以举行射礼；表演弋射黑鹤的舞蹈，挥舞着盾斧，摇动旌旗，将天下文人雅士招入麾下。天子读《伐檀》，为它的作者悲伤；读"乐胥"，因它的诗句而感到快乐，他在《礼》的世界中修饰威仪，在《尚书》的园圃中翱翔游览，阐释《易经》中所包含的道理，将宫苑中的珍禽异兽全部放生。天子登上明堂，坐在太庙之中，群臣按次序排列在下方，禀奏朝政上的得失。四海之内的百姓，没有一个不因此而受惠的。在这个时刻，天下百姓无不欢心大悦，他们响应天子的号召，听从政令，顺应改革的潮流，接受教化。圣明之道兴起，人民归顺于道义，废止刑罚不再启用。天子的德行高于三皇，功业超出五帝。要是能拥有这样的政绩，那游猎才是一件值得高兴的事情。反之，假若整天在苑囿之中游猎驰骋，使精神劳累，身体疲苦，车马劳顿，兵力耗尽，国库散尽，却对百姓没有任何恩德，只图个人享乐，不顾百姓安危，荒废国家朝政，却贪图野鸡和兔子这样的猎物，这不是仁爱之君要做的事情。由此看来，齐国和楚国的游猎故事，难道不让人觉得悲哀吗！齐、楚两国的领土方圆不过千里，却拥有九百里地的苑囿。这样一来，原本可供开垦的田野便不能充当农田，百姓便会吃不上粮食。他们身为诸侯，却凭借个人低微的地位，享受着天子才能够拥有的奢侈，我担心百姓将要遭遇灾祸。

原文

于是二子愀然改容，超若自失，逡巡避席，曰：“鄙人固陋，不知忌讳，乃今日见教，谨受命矣。

译文

于是子虚和乌有两位先生顿时面容失色，心情沮丧，徘徊着退离座席，说道：“鄙人粗浅无知，不懂得忌讳，今天听了您的高见，我们谨遵教诲。”

东方朔（前154—前93），字曼倩，平原厌次（今山东惠民）人，西汉辞赋家。汉武帝登基之后四处征求有识之士，东方朔毛遂自荐，被授予官职，后来又担任了侍郎、太中大夫等职位。他个性幽默，语言机敏，足智多谋。曾经谈论政事，为国家的发展出谋划策，但是却一直没有得到重用，所以创作了《答客难》、《非有先生论》，以此来述说自己的志向和心中的怨怼。

答客难

原文

客难东方朔曰："苏秦、张仪一当万乘之主，而都卿相之位，泽及后世。今子大夫修先王之术，慕圣人之义，讽诵《诗》《书》、百家之言，不可胜记，著于竹帛，唇腐齿落，服膺而不释，好学乐道之效，明白甚矣；自以智能海内无双，则可谓博闻辩智矣。然悉力尽忠以事圣帝，旷日持久，官不过侍郎，位不过持戟，意者尚有遗行耶？同胞之徒，无所容居，其何故也？"

客难东方朔

译文

有人为难东方朔，问道："苏秦、张仪只要是遇到了大国的君王，就可以官居相位，其福泽一直延续到后代。现在你研习先王之术，敬仰圣人的道义，背诵的《诗经》、《尚书》等圣贤之人的著作，已经多得无法计数了，并且还把它们写到竹简之上，以至于口唇腐烂，牙齿掉落也不放弃。热衷于学习的功效是十分显著的，自认为智慧才干在世间无人能及了，也算是精明而且能言善辩。但是长久以来竭尽全力地为君王服务，官位却还是一个侍郎，只怕是在道德上有所缺陷吧？由于俸禄太少，导致你的兄弟都没有居住的地方，又是什么原因呢？"

原文

东方先生喟然长息，仰而应之曰："是固非子所能备。彼一时也，此一时也，岂可同哉？夫苏秦、张仪之时，周室大坏，诸侯不朝，力政争权，相擒以兵，并为十二国，未有雌雄，得士者强，失士者亡，故说得行焉。身处尊位，珍宝充内，外有仓廪，泽及后世，子孙长享。今则不然。圣帝流德，天下震慑，诸侯宾服，连四海之外以为带，安于覆盂，动发举事，犹运之掌，贤与不肖，何以异哉？遵天之道，顺地之理，物无不得其所；故绥之则安，动之则苦，尊之则为将，卑之则为虏；抗之则在青云之上，抑之则在深渊之下；用之则为虎，不用则为鼠；虽欲尽节效情，安知前后？夫天地之大，士民之众，竭精驰说，并进辐凑者不可胜数。悉力募之，困于衣食，或失门户。使苏秦、张仪与仆并生于今之世也，曾不得掌故，安敢望侍郎乎！传曰：'天下无害，虽有圣人，无所施才；上下和同，虽有贤者，无所立功。'故曰时异事异。

译文

东方朔长叹一声，抬头应答说："这种事你是无法了解的，时代不一样了，怎么能放在一起谈论呢？回顾苏秦、张仪身处的时期，周王朝日益衰弱，诸侯都不进行朝拜，各自争夺权力，兵戎相见，用武力相互征服，最后兼并而成为十二个国家，不分伯仲。得到了善于治国用兵的人就会变得强大，失去了贤士则会灭亡，因此游说之风变得十分流行。游说之人的地位十分尊贵，拥有很多宝物和粮食，恩泽一直遍及后代，儿孙都可以享受到他们的福祉。但是现在却不是这样，皇上圣明的威德遍及天下，诸侯全都俯首称臣。天下就像系衣带一样紧密地联合在一起，王朝就如同倒扣的痰盂，很是稳固。不管想要做什么样的事情都易如反掌，如此一来，是否具有才干就很难区分了。顺应天道和地理，世间的事物都处于合适的位置。所以加以安抚就能够保住平安，稍有变动就会遭受祸乱；尊敬它就能够成为将帅，贬低它则会变成阶下之囚；提升它就能够平步青云，压抑它则会身处深渊；使用它就可以成为老虎，不用它便会成为鼠类。虽说大臣想要尽力效忠，但是却不知道怎样做才是最适宜的。天下如此广大，人民如此之多，竭尽精力到处游说的人就如同向中心点汇聚的车轮辐条，数不胜数。有些人全力追求君王的恩泽，但结果却连吃穿都没有保障，有的甚至还遭到了灭门之灾。就算是苏秦、张仪跟我一起存在于现在的时代，恐怕也无法担任掌故那种小官，更别说是侍郎了。典籍上说：'天下太平的时候，即使有圣德之人存在，也没有什么地方可以用来施展自己的才能；君臣上下和谐，同心同德的时候，即使有贤明之士存在，也没有什么事情能够让自己建功立业。'所以说时代不同，世事也会有所变化，这就是时代的差异啊。

原文

虽然，安可以不务修身乎哉！《诗》云：‘鼓钟于宫，声闻于外。’‘鹤鸣于九皋，声闻于天。’苟能修身，何患不荣！太公体行仁义，七十有二，乃设用于文、武，得信厥说，封于齐，七百岁而不绝。此士所以日夜孳孳，修学敏行而不敢怠也。辟若鹡鸰，飞且鸣矣。

译文

即使这样，又如何能够不提升自己的修为呢？《诗经》中说道：‘鼓钟于宫，声闻于外。’‘鹤鸣九皋，声闻于天。’要是果真可以修身养性，能不能获得显赫的地位，又有什么值得担心的呢！姜太公亲自推行仁义，七十二岁时被文、武两位君王所重用，最终将他的理论付诸实践，在齐受到分封，七百年后还不断有人祭祀他。这便是文人们日日勤奋努力，不敢有一丝懒惰的缘由啊。就如同鹡鸰鸟，只要飞行，便肯定会啼鸣。

原文

传曰：‘天不为人之恶寒而辍其冬，地不为人之恶险而辍其广，君子不为小人之匈匈而易其行。’‘天有常度，地有常形，君子有常行；君子道其常，小人计其功。’诗云：‘礼义之不愆，何恤人之言？’故曰：‘水至清则无鱼，人至察则无徒，冕而前旒，所以蔽明；黈纩充耳，所以塞聪。’明有所不见，聪有所不闻，举大德，赦小过，无求备于一人之义也。枉而直之，使自得之，优而柔之，使自求之；揆而度之，使自索之。盖圣人之教化如此，欲自得之；自得之，则敏且广矣。

译文

《左传》中说道：‘上天不会因为人们畏惧寒冷便不让冬季来临，大地也不会由于民众厌恶陡峭的山谷就只形成辽阔的平原，而君子也不会因为小人的谗言就改换自己的举动。’‘天道的运行有一定的法则，大地也有恒定的形态，君子的行为必定有他自己的标准。君子将多行义事当作是自己应当遵守的基本规则，小人却会自吹自擂，锱铢必较。’《诗经》中讲道：‘如果你的举止不偏离礼义，那又何必忧心别人的说法呢？’所以说：‘过于清澈的水中，鱼便无法隐匿，人如果对事物太过明晰，大众便会对他感到畏惧，从而独自一人无人跟随。皇冠前方垂挂的旒，便是为了阻隔视线的，如此一来，就可以无视臣民犯下的微小过错；皇冠两侧用丝线包裹的黄玉，便是为了将耳朵挡起，如此一来，便不会听到那些不需要听到的话语。’就算能够洞察毫厘，也要有不看不听的方面。这是因为对待一个人要多看他的功劳，宽恕小错，不可以过于吹毛求疵。只有是瑕疵和差错，便更正他，使他明了错误的本源；要对他宽厚包容，让他去干应该干的事情；琢磨衡量每个人的才干和品质，使众人不会争权夺势，而是追求各自应尽之事。圣贤的教诲便是如此。希望人们通过自身的奋进，增加学识和修为，因为是自己慢慢摸索形成的感受，所以便会德行淳厚，学问渊博。

原文

今世之处士，块然无徒，廓然独居，上观许由，下察接舆，计同范蠡，忠合子胥，天下和平，与义相扶，寡偶少徒，固其宜也，子何疑于予哉？若夫燕之用乐毅，秦之任李斯，郦食其之下齐，说行如流，曲从如环，所欲必得，功若丘山，海内定，国家安，是遇其时者也，子又何怪之邪？

译文

现今隐居的人，才能虽高，却没有用武之地，寂寞地独自居住而没有弟子，许由、接舆这样的隐居者，谋略比得上范蠡，忠义比得上伍子胥，国家混乱的时候，忠臣才会被委以重任，如今世间太平，人民相互帮助，因此贤明的人没有用武之地，也缺少志向相同的伙伴，事情原本便是如此，客人又为何对我存有疑虑从而为难我呢？至于乐毅成为燕国的大将，李斯担任秦国的宰相，郦食其以口才劝降齐王，他们的游说都进行得很是顺利，随心所致，居功至伟，使得四海稳固，国土平定，这是由于他们碰到了好时机啊，客人您又为何会觉得古怪呢！

原文

语曰：‘以管窥天，以蠡测海，以筳撞钟。’岂能通其条贯，考其文理，发其音声哉！犹是观之，譬由鼱鼩之袭狗，孤豚之咋虎，至则靡耳，何功之有？今以下愚而非处士，虽欲勿困，固不得已，此适足以明其不知权变而终惑于大道也。

译文

古语讲：用管看天，以瓢量海，用树枝敲钟，又如何能知晓自然法则，考究本质，使它发出声音呢？这样看来，就如同老鼠攻击狗，小猪咬住老虎，是不可能成功的，又有什么作用呢？现今我用愚笨的话语来应答客人您对我的为难，虽说不想让您觉得窘迫，但这是不可能的事情。这也能够说明我还是不懂得变通，对大道理始终有不理解的地方。

司马迁（约前145—约前87），字子长，西汉夏阳（今陕西韩城）人，中国古代著名的文学家、思想家、史学家，被后世称作“史圣”。他创作了中国第一部纪传体通史《史记》，这本书记录了从上古的黄帝时期到公元前101年（汉武帝太初四年）间发生的历史事件，时间跨度长达三千多年，被看做是中国历史书籍的范本。

悲士不遇赋

原文

悲夫！士生之不辰，愧顾影而独存。恒克己而复礼，惧志行而无闻。谅才韪而世戾，将逮死而长勤。虽有形而不彰，徒有能而不陈。何穷达之易惑，信美恶之难分。时悠悠而荡荡，将遂屈而不伸。

译文

我悲伤地感叹自己生不逢时的命运，怨恨只能看着自己的影子独自生存。总是束缚自己使自己的行为举止合乎礼教规范，生怕自身的志愿与行为无声无息。自觉有极高的才能但是时世混乱，直至死亡时都感到忧虑。虽然体貌很好但是不能为世人所知，空怀能力却没法在众人面前施展。为什么逆境和顺境会轻易地让人感到迷惘，美丽和丑恶也难以分辨清楚。时间流逝得很快，我只能屈服于世事，无法施展才干。

使公于公者，彼我同兮；私于私者，自相悲兮。天道微哉！吁嗟阔兮；人理显然，相倾夺兮。好生恶死，才之鄙也；好贵夷贱，哲之乱也。炤炤洞达，胸中豁也。昏昏罔觉，内生毒也。

如果能够公平地对待所有事情，那么你我都可以等同；如果人们都只想着自己，那么结果只能是各自悲伤。天道是如此幽远难知；世人面对现实中的不公平，互相争夺利益。贪生畏死，被士人所鄙夷；贪图富贵，被哲人所反感。明亮透彻，是因为内心开阔通达；而迷乱糊涂，则是由于心中拥有邪念。

原文

我之心矣，哲已能忖。我之言矣，哲已能选。没世无闻，古人唯耻。朝闻夕死，孰云其否？逆顺还周，乍没乍起。理不可据，智不可恃。无造福先，无触祸始。委之自然，终归一矣。

译文

我的想法，拥有卓越智慧的人都可以理解；我的理论，明理的人都会选择。古人以一生都不明事理为耻；清晨时得知了真理，夜晚便去世了，这样又有什么不可以呢！逆境和顺境不断循环，变化不定，忽起忽灭，无迹可寻。不能永远守着一个道理不变，也不能依仗现在的才智停止学习。不要靠近幸福的前方，也不要触碰灾祸的边缘，一切都应该顺其自然。将自己托付于宇宙万物之间，最后还是会与其合为一体啊。

王褒，字子渊，蜀资中（今四川资阳）人，西汉文学家。王褒的具体生卒年月已失载，只能知道其主要的文学作品都是写于汉宣帝（前73~前49年在位）时期。他是中国知名的辞赋家，著作包括《甘泉》、《洞箫》等十六篇，与杨雄一起被称为“渊云”。

洞箫赋

原文

原夫箫干之所生兮，于江南之丘墟。洞条畅而罕节兮，标敷纷以扶疏。徒观其旁山侧兮，则岖嵚岿崎，倚巇迤巇，诚可悲乎其不安也。弥望傥莽，联延旷荡，又足乐乎其敞闲也。托身躯于后土兮，经万载而不迁。吸至精之滋熙兮，禀苍色之润坚。感阴阳之变化兮，附性命乎皇天。翔风萧萧而径其末兮，回江流川而溉其山。扬素波而挥连珠兮，声礚礚而澍渊。

溯本求源，用来做箫的竹子全都生长在江南的荒地上，竹身笔直通畅，竹节稀疏，竹叶茂盛无比，遍布四处。徒步行走时观察竹林，会发现竹子都依靠着山侧生长，那里地势十分崎岖险要，竹子就这样凄凉地依靠着陡坡，看起来很是悲凉而不稳定。但是眺望辽阔的原野，可以看到竹林一直延伸到看不到边际的远方，看起来似乎又很是悠然自得。竹子在此处生长，历经各朝各代的变迁也没有挪动。吸收着世间的精华而滋长，感受着自然界的浸润。在阴阳的交换之中，把自身交托给上天。风飞卷着从竹梢间刮过，江河大川回环着流过，缠绕着这座著名的山峰。浪花从江流中溅起，就犹如洒下的珍珠一般，水流汹涌着没入幽深的峡谷，发出磕磕的声音。

朝露清冷而陨其侧兮，玉液浸润而承其根。孤雌寡鹤，娱优乎其下兮，春禽群嬉，翱翔乎其颠。秋蜩不食，抱朴而长吟兮，玄猿悲啸，搜索乎其间。处幽隐而奥庰兮，密漠泊以獭猭。唯详察其素体兮，宜清静而弗喧。幸得谥为洞箫兮，蒙圣主之渥恩。可谓惠而不费兮，因天性之自然。

生长在山中的竹子，每天都会在天光初现时吸收甘露，而甘甜的清泉又滋润着它们的根部。失去伴侣的雌鹤闲适地漫步在竹林下，群鸟嬉闹着从竹林的顶端滑翔而过。秋天时蝉不再进食，抱住树木长久地啼鸣，黑色的猿猴在山间来来往往，

林中鹤鸣

发出的叫声就如同悲泣一般。竹子生长在幽深隐蔽的山间，连绵不断十分茂盛。仔细观察竹子的本性，原来它们是适宜安静而非喧闹的。这样的竹子有幸被制成精美的乐器，取名叫作洞箫，这真的算是受到了圣王大舜的恩赐啊。这正是君主给人民以好处而自己也无所消耗，这种洞箫完全是依照竹子自然的天性而制成的。

于是般匠施巧，夔妃准法。带以象牙，掍其会合。锼镂里洒，绛唇错杂。邻菌缭纠，罗鳞捷猎。胶致理比，挹抐擫擶。于是乃使夫性昧之宕冥，生不睹天地之体势，闇于白黑之貌形。愤伊郁而酷䎼，愍眸子之丧精，寡所舒其思虑兮，专发愤乎音声。

于是鲁班、匠石等有着绝妙技艺的人运用窍门制作出了乐器，舜时的乐师夔和春秋时期的乐师师襄则依据箫的特性制定了相关的的法则。于是将象牙装点在吹奏孔会合的地方，并且雕刻出很多的花纹，还把箫管的吹口涂成红色，看起来十分鲜艳。箫管上有明显的竹纹环绕着，排箫就如同鱼鳞一般参差不齐地排列着；箫管排列得十分细密，松紧也刚好适合，演奏的时候，只要按动、压捻孔洞，便会发出十分优美的声响。那些天生的盲人，无法看到天地间事物的形状，一生都处在昏暗之中；他们因此而愤怒、抑郁，感觉很是忧伤，不过他们既然无法看见这世间的东西，那么考虑的事情就少，这样便可以将心思专注在演奏之上，使得自己的技艺日益精湛。

后夔典乐图

原文

故吻吮值夫宫商兮，和纷离其匹溢。形旖旎以顺吹兮，瞋啯𪡏以纡郁。气旁迕以飞射兮，驰散涣以逫律。趣从容其勿述兮，骛合遝以诡谲。或浑沌而潺湲兮，猎若枚折。或漫衍而骆驿兮，沛焉竞溢。惏栗密率，掩以绝灭。嘈霵晔踕，跳然复出。若乃徐听其曲度兮，廉察其赋歌。啾咇㘉而将吟兮，行锴铻以和啰。风鸿洞而不绝兮，优娆娆以婆娑。翩绵连以牢落兮，漂乍弃而为他。要复遮其蹊径兮，与讴谣乎相和。

译文

盲乐师们用嘴演奏出古代那些奇妙的乐音，这些美好的声音在四周飘散不绝于耳。吹箫的乐手们时而体态柔和婉约，时而鼓腮而奏，看起来就像在发怒一般。他们吹箫时气流错杂，气息急促；当声音扩散开来后，气息又会趋于平。箫声时而流畅和谐，时而急劲含混，纷繁奇异。时而浑厚仿佛缓行的流水，清脆如同断裂的枝条；时而又如河流漫溢接连不断，曲调纷繁交错。激烈之处会让人感到心惊胆寒，又会在猛然间声响全无；一会儿之后，声响又从寂静中一齐发出，就像是埋伏着的士兵们突然亮出刀剑，使人神魂震惊。待一切平静下来之后，仔细地聆听乐曲的节奏，详细地辨认歌曲所唱的辞赋。众多的声音一同响起，就如同大声的哼唱，慢慢地所有的声音都混杂在一起，跌宕起伏，在空中飞扬飘荡，连绵不绝。正当乐曲恣意飞扬的时候，突然间声音又开始变得稀落，接着响起了新的美妙乐章。等到合适的时机，歌者又开始歌唱，天籁一般的歌声与箫声相互呼应，十分美妙。

故听其巨音，则周流泛滥，并包吐含，若慈父之畜子也。其妙声，则清静厌瘱，顺叙卑达，若孝子之事父也。科条譬类，诚应义理，澎濞慷慨，一何壮士。优柔温润，又似君子。

厚重响亮的音乐在周围流转，吞吐之间曲调各异似要包罗万象，就像是慈爱的父辈在劝导孩子。这美妙的音乐意境幽静深远，曲调温顺而恭谨，就如同孝顺的儿子在侍奉父亲。连绵不断之声，就像是法规一般符合道德仁义。激昂的乐曲就像是勇士的大吼，意气何其风发。平静之声听起来像是温文尔雅、礼让有度的君子。

妙音和柔似君子

原文

故其武声则若雷霆輘輷，佚豫以沸愲。其仁声则若飘风纷披，容与而施惠。或杂遝以聚敛兮，或拔摋以奋弃。悲怆怳以恻惐兮，时恬淡以绥肆。被淋洒其靡靡兮，时横溃以阳遂。哀悁悁之可怀兮，良醰醰而有味。

雄厚的箫声就像是巨大的雷声轰响激荡，迅急不安。施与人教化，让人感觉和缓平静的箫声则像是吹面而来的南风，将恩典赐予人们。声音众多时而汇聚在一处，时而迅速地分散消失。时而使人感到悲痛万分，时而让人感觉无限安闲平静。有时候连绵不断细腻美妙，有时候刚烈强劲就像是波涛冲破堤岸，让人畅快无比。伤感的乐音使人忧伤，美妙的乐声又是那么的富有韵味。

原文

故贪饕者听之而廉隅兮，狼戾者闻之而不怼。刚毅强暴反仁恩兮，啴唌逸豫戒其失。钟期牙旷怅然而愕兮，杞梁之妻不能为其气。师襄严春不敢窜其巧兮，浸淫叔子远其类。嚚顽朱均惕复惠兮，桀跖鬻博儡以顿顇。吹参差而入道德兮，故永御而可贵。时奏狡弄，则彷徨翱翔。或留而不行，或行而不留。愺恅澜漫，亡耦失畴。薄索合沓，罔象相求。

就算是贪心的人，听过了这样的音乐，也会变得廉洁而又

听乐

富有节操；凶恶之徒也会感到自己愤怒的火焰变得平和了。残暴的人变得仁慈，乐于施予；无所顾忌的人开始反思自身的过错。就算是子期、伯牙和师旷，也会惊讶地瞪大了双眼呆站在原地惊叹这乐音之美妙；哪怕是将城墙哭塌的杞梁之妻，听到这箫声也会停止恸哭。就连知名的乐师师襄、严春也不敢再展现自己的技艺；人们都会像颜叔子一样，认为再美艳的女子也比不上洞箫的声音；就连愚昧迟钝的丹朱、商均听后都会变得聪慧；残暴的夏桀王、身为盗贼的柳下跖以及骁勇的夏育、申博听后都会改变自己原来的所作所为，不再凶悍好杀了。洞箫之音中蕴含着仁义道德，因此才会显得更加珍贵。演奏急促的曲调，就如同鸟类拍打着翅膀，飞翔盘旋时停时歇。箫声时而幽静时而散漫，如同鸟儿已经忘却失去了同伴，独自翱翔。在近处聆听这样的箫声，却只感到虚无缥缈。

原文

故知音者乐而悲之，不知音者怪而伟之。故闻其悲声则莫不怆然累欷，擎涕抆泪。其奏欢娱，则莫不惮漫衍凯。阿那腲腇者已。是以蟋蟀蚸蠖，蚑行喘息，蝼蚁蝘蜒，蝇蝇翊翊，迁延徙迤，鱼瞰鸡睨，垂喙蜿转，瞪瞢忘食。况感阴阳之和，而化风俗之伦哉？

所以精通声乐的人听到之后，可能会觉得愉悦，也可能会觉得伤心；不懂音律的人就会觉得惊愕无比，感到其深不可测。听见伤感的箫声，所有人都会唏嘘不已，默然落泪；而当欢快的乐曲响起的时候，又全都感到身心舒畅，痛快无比，心

天地同乐

情舒缓。美妙的声音不光让人类无比感动，就连蟋蟀、尺蠖也都会忘记呼吸，缓慢地爬行；蝼蚁、壁虎也都会爬出地面仔细倾听，不停地蠕动退却；鱼和鸡听到乐曲也都会为之着迷，闭着嘴瞪着眼茫然地盘曲而行，甚至忘了进食。动物们都因为洞箫的声音而受到感染，更何况是继承了天地的德行，融会了阴阳之气，受到了道德伦理教化的人类呢。

原文

乱曰：状若捷武，超腾逾曳，迅漂巧兮，又似流波，泡溲泛湕，趋巇道兮。哮呷呟唤，跻蹞连绝，淈殄沌兮。搅搜学捎，逍遥踊跃，若坏颓兮。优游流离，踌躇稽诣，亦足耽兮。颓唐遂往，长辞远逝，漂不还兮。赖蒙圣化，从容中道，乐不淫兮。条畅洞达，中节操兮。终诗卒曲，尚余音兮。吟气遗响，联绵漂撇，生微风兮。连延骆驿，变无穷兮。

译文

总之：洞箫之声让人觉得就像是勇士在奔跑跳跃，迅速而灵敏。它们时而像是潺潺的溪流，时而就像是奔腾的洪峰，幕天席地翻卷而至，冲击着悬崖峭壁，时断时续，奔驰怒吼，使世间全都变得混沌不清。箫音激烈地轰响着，汹涌澎湃，就像是天地都崩裂倾覆了。但是平静之后，就如同溪流一般无拘无束地流动，让人觉得恋恋不舍。乐声坠落，就像是从高地奔流到平原后，又安静地缓缓流淌着，不再返回。神圣的帝王通过洞箫施行教化，乐声呵护着人伦道义，使人们陶醉于其中但又不至于过分。箫声通畅洞达，条理清晰，忠于节操。美好的乐曲演奏完成之后，还会让人感到余音绕梁。乐曲的余音连续不断地飘荡在上空，与清风相应和，变化多端，绵绵不绝。

扬雄（前53—18），字子云，四川成都（今四川成都郫县）人，汉族，西汉时期的著名学者。少年时就勤于学习，研读了很多书籍，对于辞赋很是擅长，但是有些口吃。四十多岁时，去往京城，因为文采出众被皇上召见，写有《甘泉》、《河东》等赋。成帝时期担任给事黄门郎，后在王莽手下，职任校书天禄阁。著有《太玄》《法言》《方言》《训纂篇》等。

蜀都赋

原文

蜀都之地，古曰梁州。禹治其江，渟皋弥望。郁乎青葱，沃壄千里。上稽干度，则井络储精，下案地纪，则巛宫奠位。东有巴賨，绵亘百濮。铜梁金堂，火井龙湫。其中则有玉石嶜岑，丹青玲珑。邛节桃枝，石鳢水螭。南则有犍牂潜夷，昆明峩眉，绝限峼塘，堪严亶翔。灵山揭其右，离堆被其东。于近则有瑕英菌芝，玉石江珠；于远则有银铅锡碧马犀象僰，西有盐泉铁冶，橘林铜陵，邙连庐池，澹漫波沦。其旁则有期牛兕旄，金马碧鸡。北则有岷山，外羌白马；兽则麙羊野麋，罢犛貘貙，鷵鹰，鹿麝，户豹能黄，貑胡蛫玃，猨蝙玃猱，犹毅毕方。

译文

蜀郡的都府成都所在的地方，古时候被叫作梁州。大禹曾经在此处整治过洪水，在这里，一望无际的平原位于江水的两侧，土地肥沃，绿意盎然。按照天上的分界，它处在井宿所笼罩的精华区域。要是按照地域划分，它便从属于坤宫，位于西南方。在它的东边有巴族和賨族，再往远处便是百濮族，还有铜梁、金堂诸山，并且有可以出产可燃气的井、上方悬挂着瀑布的深潭。这里盛产一种很像玉石的石头、可以作为染料的丹砂、能够制作拐棍的邛竹与可以编织席子的桃枝竹，还有石鳝鱼和螭。它的南边是犍为郡和犍牂柯郡，以及生活在潜水旁的少数民族，从昆明湖、峨眉山，直到崀塘山为止，山势深邃，就像是在舞蹈一样。它的西边耸立着灵山，东边耸立着离堆山。它的附近盛产赤玉、美石、钟乳、玉和琥珀。稍远处便贮藏着白银、铅、锡、绿色美石，还生活着马、犀牛、大象，僰族人也生活在那里。它的西边有盐井、炼铁场、橘子林和铜矿山，邛池和黑水连在一起，水上泛着涟漪。它的周边生活着期牛、兕牛、牦牛等珍贵的动物，金马、碧鸡二山也在此处，山里的祠堂就是为了金马、碧鸡两位神仙修建的。北面有岷山，还有羌族，羌族人豢养白马，还有很多宝贵的兽类，比如细角羚羊、麋鹿、牦牛、大熊猫、猪獾、麢、麈、鹿、麝、户豹、能黄、猘胡、蜼、玃、猿、揉、犹、毂、毕方。

原文

尔乃仓山隐天，岎崯回丛。增嶃重崒，岨石巉崔，岌嶷嶊嵬，霜雪终夏。叩岩岭嶙，崇隆临柴。诸徼嵦峴，五硊参差。湔山岩岩，观上岑嵒。龙阳累峗，灌粲交倚。崕崒崛崎，集崄胁施。形精出偈，堪峃隐倚。彭门鸿屼，岬嵾嵑岢，方彼碑池，峔岇嵑嶻，砾乎岳岳，北属昆仑泰极。涌泉醴，凝水流津，漉集成川。

译文

这里的山峰郁郁葱葱，高耸入云，山势险要，高低错落，层峦叠嶂，就算是夏季，峰顶还是有白雪堆积。叩击山岩，能

山峰葱郁

听到清幽的声响。群山接连不断，山形也十分杂乱，特别是五砙山，总共有五重，高低起伏不定。湔山险峻，观上山雄伟，龙阳山也很挺拔峻峭。如此多的高山前后相叠，互相连接，山势互相倚靠，山峰挺立，轮廓高峻纤巧，就像是诸多神灵彼此竞争，举起了高山。众山排布得十分紧密，彼此遮挡。彭门山的两座山峰对立着，似乎是在竞争，而且两座山峰都是既高又险，不管是斜向下的山坡，还是挺立的山峰，全都在其他山之上，傲然地耸立着。众山的北面和昆仑山的边界连接，有甘甜的泉水从地底涌现，聚集起来，渗出地表，形成了河流。

原文

于是乎则左沈犂，右羌庭，漆水浡其匈，都江漂其泾。乃溢乎通沟，洪涛溶沈，千溪万谷，合流逆折，泌沛乎争降。湖潧排碣，反波逆澋，磙石洌巀。纷汯周溥，旋溺冤，绥颓惭，博岸敌呷猝濑，磴岩樘，忽溶闇沛，踰窘出限。连混陁隧，铚钉钟，涌声讙，薄泙龙，历丰隆，潜延，雷抶电击，鸿开康磕，远乎长喻。驰山下卒纷纷。湍降疾流，分川并注，合乎江州。

译文

成都的东边有沈犛郡；羌族生活在其西边；漆水从它的前方流经；都江从其东南边流过。江水浪涛翻滚，把沟渠全都填满了，山中的千万条溪流汇聚成大河，形成漩涡，涤荡着所有流经的事物。水流急速地下涌，巨大的浪涛拍打着岩石，波涛声、拍击声交杂着；浪涛把石块打得粉碎，把高山冲出裂痕，洋洋洒洒，洗刷一切。浪涛时而回旋落下犹如人满含烦恼冤屈；时而缓慢颓唐犹如人面带羞愧之情。浪花激扬地拍打涯

浪涛拍岸

岸，沙滩上涌现出众多的小水流，并且顺着岸旁逐渐上涨。水势汹涌，将堤岸都盖过了，使得河流与凹凸不平的道路连到了一起。波涛声就像是滚滚的雷声，甚至超越了雷神丰隆；翻滚的浪涛好似电闪雷鸣，奔涌翻腾着急速地流往了远方，就如同从山顶向山下奔跑的战士。水流急速向下，小河汇集到了大河之中，最终都在江州聚集了起来。

原文

于木则楩栎豫章树榜，檜槵樿柙，青稚雕梓，枌梧橿枥，槲楢木稷，枒信揖丛，俊干湊集。枇栫梜楬，比沈橧椅，从风推参，循崖撮捼，淫淫溶溶，缤纷幼靡，泛闳野望，芒芒菲菲。其竹则钟龙箹篁，野篠纷㟧，宗生族攒，俊茂丰美，洪溶忿苇，纷杨搔翕，与风披拖，夹江缘山，寻卒而起，结根才业，填衍迥野，若此者方乎数十百里，于汜则注注漾漾，积土崇隄，其浅湿则生苍葭蒋蒲，藿芓青蘋，草叶莲藕，茱华菱根；其中则有翡翠鸳鸯，臬鸬鹢鹭，鹭鶂鹔鹅；其深则有猵獭沈鳣，水豹蛟蛇，鼋蟺鳖龟，众鳞鳎鳙蚌含珠而擘裂。

这里树木很多，有楩、栎、豫章、榜、檜、槵、樿、柙、青稚、雕梓、枌、梧、橿、枥、楢、木稷、枒等，所有树木全都在一处生长，高挺的枝干并排在一起。还有枇、栫、梜、楬等树，树林漫无边际，所有树都彼此紧靠着，风吹过密林时，叶片随之摆动，起伏不定。树木顺着崖壁生长，在风里互相碰撞抚擦。森林很是广阔，植被紧密，在高处往四周眺望，会发现这片森林是如此的繁茂。至于竹子，这里有钟龙、箹篁及野生的篠，很是茂盛，竹子都是成片地生长，显得比其他的植物更加茂盛美丽。竹林广袤繁盛，竹尖和竹叶顺着风势开合起落，江边和山坡上都有成片的竹子。竹子的根部互相连接，竹竿高挺笔直，四处延伸，遍布整个原野。这样的竹林，可以绵延至周围数千里。这里的湖泊水势浩大，人们把石块和泥土堆叠到一起，建起了高高的堤坝。在较浅的水塘里长着绿茵茵的芦苇、蒋、蒲、藿芧、野草、莲藕、荷花、菱等，还有翡翠、鸳鸯、袅鸬、鹚、鹭、鹳、鹈鹕等禽鸟。而水比较深的地方则居住着各类水生物种，比如猵、獭、水豹、蛟、蛇、鼋、蟺、鳖、龟，还有裂开的蕴含珍珠的蚌。

尔乃其都门二九，四百余间。两江珥其市，九桥带其流。武儋镇都，刻削成蕟。王基既夷，蜀候尚丛。并石石屏，岍岑倚从。秦汉之徙，元以山东。是以隤山厥饶，水贡其获，苴竹浮流。龟鳖碛竹，石蝎相救。鱼酌不收。鵁鶄鸲鹍，风胎雨鷇，众物骇目，单不知所御。

成都总共有十八个城门，城中的闾里有四百多个，有两条河流从城边经过，河上修有九座桥梁。成都城外最主要的山就是武儋山，其山形险峻，植被茂盛。最早在蜀地称王、奠定蜀地王业的是古代蜀国的君王蚕丛，他用石头搭建房屋，在石室里生活，房子就建在小山的旁边。秦汉时期，有人从崤山的东边迁徙到了此处，开始开垦梯田，把山里丰富的产品，比如麻和竹子通过水路运送出去，运送货品的船只顺江而下，数量多得好比龟浮碛聚。而杜若、蝎子这样刚柔相济的药物，更是随处可见，可以任意取用，完全不用掩藏。还有鹖、鸧、凤凰等珍奇的动物，它们能因风孕育出生命，又能因雨孵出后代。那些此前从没看到过的、叫人惊叹的事物，更是不晓得总共有多少了。

原文

尔乃其裸，罗诸圃畋缘畛黄甘诸柘，柿桃杏李枇杷，杜樼栗棕，棠黎离支，杂以梃橙，被以樱梅，树以木兰。扶林禽，爚般关，旁支何若，英络其闲。春机杨柳，袅弱蝉杪。扶施连卷。鉅貕螗蛦，子鸐呼焉。

译文

各类蔬果散布在众多的果园里，果园的四面全都围着围栏。里面有黄柑、甘蔗、柿、桃、杏、李、枇杷、杜梨、榛子、栗子、棠梨、荔枝，还夹杂有高挺的橙树、樱树、梅树以及木兰树，林禽果在枝头一簇簇地并列生长着，般关梨子色泽光鲜，树枝柔软轻扬，开满了美丽的花朵。春季来临的时候，杨树与柳树的树枝在风中飘摆，枝叶连接，从弯曲的主干上向外延展，鉅貕、螗蜩、子规鸟在枝头欢叫。

原文

尔乃五谷冯戎，瓜瓠饶多，卉以部麻，往往姜栀。附子巨蒜，木艾椒蓠。蔼酱酴清，众献储斯。盛冬育笋，旧菜增伽。百华投春，隆隐芬芳。蔓茗荧郁，翠紫青黄。丽靡螭烛，若挥锦布绣。望芒兮无幅。

译文

这里谷物种类众多，瓜瓠等菜蔬也很是丰盛，遍地都生长着姜和栀子树，盛产附子、巨蒜，还出产嫩艾、花椒、江蓠，蒟子酱和酴酸醺酒。民间出产的最多的便是薯蓣和荠菜，哪怕是在寒冷的冬天，这里也会有笋长出。除了上述的这些蔬菜，这里还特产一种茄子。春季时百花盛开，争奇斗艳，散发出浓重的馨香；茶树到处都是，很是繁茂；翠紫青黄各种颜色的鲜花，配合着遍及四处的小草，就好似翻舞的绸缎，又像是用绸缎把大地整个遮盖住了，看上去无边无际，一片茫茫。

原文

尔乃其人，自造奇锦，紌縳緟缬，缕缘卢中。发文扬采，转代无穷；其布则细都弱折，绵茧成衽。阿丽纤靡，避晏与阴。蜘蛛作丝，不可见风。筩中黄润，一端数金，雕镂扣器，百伎千工。东西鳞集，南北并凑，驰逐相逢，周流往来，方辕齐毂。隐轸幽輵，埃教尘拂。万端异类，崇戎总浓般旋，阓齐嗜楚，而喉不感概。万物更凑，四时迭代，彼不折货，我罔乏械。财用饶赡，蓄积备具。

译文

这里的人们可以编制出花纹种类跟别的地区不同的锦缎。锦缎的品种有纨、缧、缅、缬等，边缘全都是深红色的，中央染为黑色，颜色鲜艳美丽，这些品种从原来一直流存至今，再传给后世，从不断绝。此地生产的布匹，种类有细絺、弱折；丝绵的服装，材质都很纤细柔美，不管天气阴晴，都能穿在身上。这些丝织品的纹路都如同蜘蛛丝一样细，让人感觉被风一吹就要破掉了似的，而筩中、黄润这两种布匹，买一端就需要花费数金。还有很多镶嵌着黄金和玉石的器物，都是由很多的工艺师制造而成的。各地的商贩和货品都汇聚在蜀地。商贩们从各个地方骑马乘车开到这里，过后又再次分散到各处，他们有时候并排行驶，共同进出，车声轰响，尘土四散。有数不清的奇珍异宝和数量庞大的物品在此处周转、在市场中买进卖出，齐地的商贩吆喝的嗓子都嘶哑了，楚地的商人也同样如此，但是他们全都毫不在意。商贩们每年都根据季节的变化，将各种货物拉来此地进行售卖，他们商品只要没有缺损，我们便不阻碍禁止。如此一来，这里的钱财物品就很齐全，储存起来的物资也十分充裕。

原文

若夫慈孙孝子，宗厥祖祢，鬼神祭祀，练时选日。沥豫斋戒，龙明衣，表玄谷。俪吉日，异清浊，合疏明，绥离旅。乃使有伊之徒，调夫五味、甘甜之和，勺药之羹，江东鲐鲍，陇西牛羊，籴米肥猪，麠麀不行，鸿猍獐乳，独竹孤鸧，炮鸮被纰之胎，山麠髓脑，水游之腴，蜂豚应鴈，被鴳晨凫，戳鹅初乳。山鹤既交，春羔秋鼬，脍鲮龟肴。秔田孺鹭。形不及劳。五

祭祀祖先

肉七菜，朦厌腥臊。可以颐精神养血脉者，莫不毕陈。

这里的孝顺子孙非常尊敬他们的祖宗先人，每次要祭拜鬼神的时候，都要事先挑选日期，并且洗澡换衣，并且不能喝酒食荤，这些都是为了表示诚心和敬意。他们身穿明衣，将黑黍当作祭祀的礼物，在挑好的良辰吉日，将清酒和浊酒分别拿出，按照关系的亲近和疏远，安排大家的位置顺序，再叫擅长烹调的人协调五味，制作好吃的甜点和五味俱全的浓汤。宴席里有江东的鲐鱼、鲍鱼，陇西的牛羊，还有在涤宫里用米喂出的猪与嫩鹿脯。除了这些还有大獭獾、炒猫头鹰和活剖获取的豹胎、山獐的髓和脑、最高级的水产品、大猪肥雁、鹑和早晨抓获的野鸭、才下过蛋的野鹅和鵽、正在交合的鹤、春季的羊羔、秋天的竹鼠、切得极细的鲍鱼片、龟肉菜品和稻田里的小锦鸡。不需要太多的工夫，便可将五种肉食七种蔬菜备齐了。所有除掉了腥气，能够增加精神、补气养血的食物，全都会被摆放上来。

尔乃其俗，迎春送冬。百金之家，千金之公。干池泄澳，观鱼于江。

说起蜀地的习俗，立春时节会有一个迎春送冬节，届时那些大户人家便会把家中池塘里的水抽光，并且将河边的水也全都排空，然后到江边去观看别人抓鱼。

捕鱼于江

原文

若其吉日嘉会，期于倍春之阴，迎夏之阳。侯罗司马，郭范畾杨。置酒乎荥川之闲宅，设坐乎华都之高堂。延帷扬幕，接帐连冈。众器雕琢，早刻将皇。朱缘之画，邠盼丽光。龙虵蜷错其中，禽兽奇伟髦山林。昔天地降生杜鄘密促之君，则荆上亡尸之相，厥女作歌，是以其声呼吟靖领，激呦喝啾。户音六成，行夏低徊，胥徒入冥，及庙噆吟，诸连单情，舞曲转节，踃驱应声，其佚则接芬错芳，襜祐纤延。蜩《凄秋》，发《阳春》。罗儒吟，吴公连，眺朱颜，离绛唇。眇眇之态，吡噉出焉。

等到了吉利的时日，也就是春夏交界的时候，便会有盛大的集会。届时侯、罗、司马、郭、范、垒、杨等名门望族便会于荥水边的住宅中摆设宴席，在宽敞华美的大厅里摆好座位，并且拉起幕帐，幕帐一直延展至山冈旁边。宴会中使用的器皿全都经过了精雕细琢，厅堂里纹刻着华丽绚烂的藻形纹路，所有器皿的边缘都是红色的，看起来颜色亮丽、色泽光艳。墙上绘着盘起的龙蛇、隐藏在高山树林中的珍禽异兽，还有各种神话传说，其中有从天上降生至人间的蜀王杜宇治理国家的事迹，还有曾经是漂浮在江上的尸体，但后来当上了蜀国宰相的荆人弊灵的传说。宴会上有美丽的女子站起来歌唱，声音低回悲伤，而伴奏的音乐十分激昂；舞者还会表演“大遭”舞，这个舞蹈里的乐声总共变换了六次；此外还会弹奏高雅舒缓的夏乐，此时乐师已经融入到了音乐当中。之后进到庙里，还是按旧曲歌唱，要尽力让情感在歌声里体现出来，舞蹈的人会根据

聚会宴饮

节奏舞动。跳舞的队伍里面容娇好的女子一个接着一个，清风拂过她们的衣服，很是自由随意。她们跟着《凄秋曲》的节奏踏地高歌，还演唱《阳春曲》。一位擅长唱歌的姓罗的书生放声歌唱，另外一个吴姓的高人也随着一起唱。诸位女子双目含情地瞟向他们，和他们共同唱和。她们神情羞涩，声音十分悠扬。

若其游怠渔弋郄公之徒，相与如平阳，濒巨沼。罗车百乘，期会投宿。观者方堤，行舡竞逐。偃衍揪曳，绨索恍惚。罗畏弥澥，蔓蔓沕沕。茏睢瞓兮罧布列，枚孤施兮纤缴出，惊雌落兮高雄蹷，翔鹍挂兮奔萦毕。俎飞脍沈，单然后别。

那些喜好游玩的人会去打猎捉鱼，比如郄公。众人坐在车上，上百辆车并列行驶，来到平整开阔的地方，面向着浩大的湖泊。大家约好要一起露营，观众们全都站立在护堤之上，看着操控着船只的水手们互相竞赛追赶。湖上的众多船只很是杂乱，无法分辨清楚，最终那些乱作一团的船只开往了远处，逐渐隐没于水天相交的地方。湖泊旁边随处都能看见渔网，像蔓草一样纠结成一团，无法看清。水里有很多开口的用于抓鱼的竹笼，还有许多由扔在水里的树木枝条所形成的鱼群休憩的地方，所以众人便将渔网撒出，或者把系有丝绳的箭矢射出去。天上飞翔的鹍鸡被箭射下，地面上奔逃的兽类撞进网中，然后人们便将猎物剁馅切片，吃喝一番后，就分别回去了。

郤公出行

甘泉赋

原文

孝成帝时，客有荐雄文似相如者，上方郊祠甘泉泰畤，汾阴后土，以求继嗣，召雄待诏承明之庭。正月，从上甘泉还，奏《甘泉赋》以风。其辞曰：

译文

汉成帝时，有一个客人觉得我的文字跟司马相如的风格很像，便将我举荐给皇上。当时皇帝正要前往甘泉宫南面的太一祠和汾水南面的后土祠，分别祭拜神明和地祇以求子嗣。而我正在未央宫的承明殿等待诏书的发布。永始四年正月，我有幸侍奉皇帝前去祭祀。事情结束回来以后，我上奏了一篇《甘泉赋》，用以讽谏。赋是这样的：

原文

唯汉十世，将郊上玄，定泰畤。雍神休，尊明号，同符三皇，录功五帝，恤胤锡羡，拓迹开统。于是乃命群僚，历吉日，协灵辰，星陈而天行。诏招摇与泰阴兮，伏钩陈使当兵，属堪舆以壁垒兮，捎夔魖而抶獝狂。八神奔而警跸兮，振殷辚而军装。蚩尤之伦带干将而秉玉戚兮，飞蒙茸而走陆梁。齐总总以撙撙，其相胶轕兮，猋骇云迅，奋以方攘；骈罗列布，鳞以杂沓兮，柴虒参差，鱼颉而鸟䀛；翕赫曶霍，务集蒙合兮，半散照烂，粲以成章。

译文

汉朝第十代君主要祭祀神明，地点定在太畤之坛。君主祈祷能够得到神明的护佑，享有吉庆和美好；诵读众神的名号，祈求怜惜。上苍给予汉王的德望命数和三皇相当，汉王所取得的功绩跟五帝持平，现在所担忧的就只有缺少可以即位的子嗣，于是渴求上苍能够降下更多的祥瑞，让汉代可以得到延续，使皇家的统治能够永远相传。所以命令官员挑选良辰吉日，文武百官列队前往，如同众星在天空中列队行进。用绘有招摇星和太阴星的旗帜开道；叫钩陈神前来效命，掌管队伍；将整顿军队的任务托付给堪舆神，拿竹竿抽打夔、魖和獝狂。八方的神灵有的在御驾前面开道，有的在皇上的身旁护佑警戒，各路人马，奔涌前进。神灵全都精神焕发，身穿军装；蚩尤般的武士，腰带利刃，手拿玉斧，奔跑如飞，到处走动。队伍集中起来，十分密集，排列整齐；然后交错混杂，就像是狂风流云一般；继而又瞬间分散开来。队伍的排列，就像鳞甲；纷繁错杂又像是游鱼下潜飞鸟攀升。而队伍聚集分散的速度之快，就像是雾气聚合、地气凝结。一聚一分之时，士兵的铠甲在光照下闪烁着光芒，组成绚烂的图案。

原文

于是乘舆乃登夫凤皇兮翳华芝，驷苍螭兮六素虬，蠖略蕤绥，漓乎襂纚。帅尔阴闭，霅然阳开，腾清霄而轶浮景兮，夫何旟旐郅偈之旖旎也。流星旄以电烛兮，咸翠盖而鸾旗。敦万骑于中营兮，方玉车之千乘。声骈隐以陆离兮，轻先疾雷而馺遗风。陵高衍之嵱嵷兮，超纡谲之清澄。登椽栾而狃天门兮，驰阊阖而入凌兢。

椽栾山

皇上坐着以凤凰作为装饰的御驾，车顶用华盖进行遮盖。四匹苍螭一样的宝马、六匹白龙一般的好马拉着车，节奏统一地抬步前行；马儿青苍素白的颜色交相呼应，身上的鬃毛披撒，飘扬潇洒。车队时而聚集时而分散，就像是刚刚周围还阴云密布，但是一会儿就阳光灿烂；车队驰骋好像升上了云霄、超越了流光。画着鸟隼、龟蛇的旗帜，高耸竖立着，在空中随风飘摆，很是轻扬婀娜。用牦牛尾装点的棋子在风里飞扬，泛着流光溢彩，像点燃的蜡烛，十分通亮。车上的华盖是用翠鸟的翎羽装点的，旗子是用鸳鸯的羽毛装饰的，全都整洁清爽。皇帝的中营里，集合了上万的骑兵，排列着的兵车达到了千辆。兵车隆隆作响，顺序前进，车子轻快迅疾，就算是迅雷也比不过、大风也追不上。车队跨越过耸立在高原上的山峰，渡过了弯曲的河流，终于到了位于甘泉南边的椽栾山。在这里能够叩响通往上天的门楣。通过这道门之后，就能到达九天之上的寒凉之地。

原文

是时未臻夫甘泉也，乃望通天之绎绎。下阴潜以惨廪兮，上洪纷而相错。直峣峣以造天兮，厥高庆而不可乎弥度。平原唐其坛曼兮，列新雉于林薄；攒并闾与茇葀兮，纷被丽其亡鄂。崇丘陵之駊騀兮，深沟嵚岩而为谷。往往离宫般以相烛兮，封峦石关施靡虖延属。

这时候，车队还没有抵达甘泉，但是已经可以看到华丽

璀璨的通天台了。台子的下方阴暗不清，使人顿时感到一阵阴冷；台上却是雄伟宏大，颜色亮丽纷乱。它直接插入苍穹，高度无法测量。四周的原野平整广阔，林子中生长着辛夷。棕榈、薄荷到处都是，交杂生长，无边无际。丘陵巍然直立，幽深的沟壑和山谷充满了危险。此处有许多离宫，互相映衬，封峦观、石关观彼此连接，绵延不绝。

于是大厦云谲波诡，摧嗺而成观，仰挢首以高视兮，目冥眴而亡见。正浏滥以弘惝兮，指东西之漫漫，徒徊徊以徨徨兮，魂固眇眇而昏乱。据轸轩而周流兮，忽軮轧而亡垠。翠玉树之青葱兮，壁马犀之瞵㻞。金人仡仡其承钟虡兮，嵌岩岩其龙鳞，扬光曜之燎烛兮，乘景炎之炘炘，配帝居之县圃兮，像泰一之威神。

译文

此处的甘泉大厦在雾气之中显得神秘莫测，宏伟壮观。仰头向上看时，只觉得眼前一片缭乱，无法看清。大致浏览一下，就感到甘泉宫是那样的高阔敞亮，不管是向东还是向西观望，全都看不到边际，不禁使人觉得心神惶恐，就像失去了魂魄一般茫然失措。依靠着栏杆向远方眺望，只看见无边无际的一片迷茫。宫中的玉树青翠碧绿，用玉璧雕刻的马犀光彩四射。高壮威猛的金人举着洪钟的架子，身上穿的盔甲就像是飞龙的甲片一般璀璨。照明的灯火光鲜照人，像是炽烈的焰火，在太阳的照射下，反射出耀眼的光芒。甘泉宫的富贵华丽，只有神灵生活的县圃能够与之相比，又如同泰一神宫一般的庄严肃穆。

原文

洪台掘其独出兮，掇把北极之嶟嶟，列宿乃施于上荣兮，日月才经于柍桭，雷郁律而岩窔兮，电倏忽于墙藩。鬼魅不能自还兮，半长途而下颠。历倒景而绝飞梁兮，浮蠛蠓而撇天。左欃枪右玄冥兮，前熛阙后应门；荫西海与幽都兮，涌醴汩以生川。蛟龙连蜷于东厓兮，白虎敦圉虖昆仑。览樛流于高光兮，溶方皇于西清。前殿崔巍兮，和氏珑玲，炕浮柱之飞榱兮，神莫莫而扶倾，闶阆阆其寥廓兮，似紫宫之峥嵘。骈交错而曼衍兮，嵯嶫隗虖其相婴。乘云阁而上下兮，纷蒙笼以掍成，曳红采之流离兮，扬翠气之宛延。袭琁室与倾宫兮，若登高妙远，肃虖临渊。

译文

宏大的通天台高耸突出，像山峰一样矗立着，仿佛直接通往北极星。众多的星辰就像是围绕在翘起的高檐上面，日月转换时仿佛是从高台的中间经过。隐约可以听到雷鸣在山中回响，闪电从高台的围栏间急速地掠过。妖魔也无法去到顶峰，半路上便会掉落下去。顶端穿越天空的倒影，度过悬天的桥梁。在极高的穹顶，能够看见尘埃漂浮在天空之中。左边是彗星，右边是冬神，前方是红色的阙楼，后方是甘泉宫的大门。雄伟的阙楼遮挡住了西边的海洋，以及北方极远之地。醴泉从地底涌出，汇成了小河。蛟龙盘踞在宫东，白虎雄踞于昆仑。先去高光宫里观赏，之后再闲适地行走于西庭之中。大殿巍峨高大，墙壁上的装饰都是用玉做成。上方的浮柱和飞檐，好像是有神明在扶持才不会倒塌。殿堂空旷悠远，如同紫微宫一样深邃。排在一起的宫殿房屋，交错连接，伸展开去，既显得雄壮，又围绕出独特的形状。攀登上位于云霄之中的高阁，正好和甘泉宫高低相应，自然天成。宫室映衬，色彩奇妙，红绿错杂，亮丽纷繁，碧色飞舞，形状曲折。夏桀曾经修建了琁室，殷纣建造了倾宫，如今甘泉宫继承了那两个宫室的风格。要是站在高处向远方眺望，形势险峻，就如同在深渊边上行走一般。

原文

回猋肆其砀骇兮，披桂椒郁移杨。香芬茀以穹隆兮，击薄栌而将荣。芗呋肸以掍根兮，声骍隐而历钟。排玉户而扬金铺兮，发兰惠与穹穷。唯弸彋其拂汨兮，稍暗暗而靓深。阴阳清浊穆羽相和兮，若夔、牙之调琴。般倕弃其剞劂兮，王尔投其钩绳。虽方征侨与偓佺兮，犹彷佛其若梦。

译文

狂风肆虐，激起一阵动荡，吹动了桂树、花椒树和移杨树。浓重的馨香发散升腾，充斥穹顶，到达梁柱，越过屋檐。凌厉的大风四散开去，吹动树林，发出了巨大的声响，声音胜过轰鸣的钟声。玉饰的大门被风吹开，门环被风抬起；兰花和川穹在风中飞舞，帷幔也因为风而鼓起，发出声响，飘舞翻卷。到了幽静的深处，才略微安静了一些。风声忽大忽小，忽高忽低，互相应和，就像是夔师和伯牙弹奏的乐曲。面对如此雄伟的殿堂，就算是鲁班、工倕也不敢妄自拿起工具；哪怕是有王尔的技术，也会把钩绳扔下。征侨与偓佺这样的神仙处在宫殿之内，也会感觉像在绮丽的梦中一样。

狂风大作

原文

于是事变物化，目骇耳回，盖天子穆然，珍台闲馆，琁题玉英，蜵蜎蠖濩之中，唯夫所以澄心清魂，储精垂恩，感动天地，逆厘三神者。乃搜逑索耦，皋、伊之徒，冠伦魁能，函甘棠之惠，挟东征之意，相与齐乎阳灵之宫。靡薜荔而为席兮，折琼枝以为芳。噏清云之流瑕兮，饮若木之露英。集乎礼神之囿，登乎颂祇之堂。建光燿之长旓兮，昭华覆之威威。攀琁玑而下视兮，行游月乎三危。陈众车于东坑兮，肆玉钛而下驰；漂龙渊而还九垠兮，窥地底而上回。风傱傱而扶辖兮，鸾凤纷其御蕤。梁弱水之濎濙兮，蹑不周之逶蛇。想西王母欣然而上寿兮，屏玉女而却宓妃。玉女亡所眺其清卢兮，宓妃曾不得施其峨眉。方揽道德之精刚兮，侔神明与之为资。

译文

在这样的情境中，事物便会产生变化，所听所看都会让人感到惊讶和疑惑。皇上身处玉饰装饰、花纹闪耀，图案精心雕刻的精美高台和幽静的宫室，在安静地思考着。他想要涤荡自己的心灵、洗净性情、养精蓄锐，以求能够感动上天，得到恩赐。于是精心找寻，寻觅像皋繇、伊尹一样有才能的臣子。这种贤臣心中留存着召公施与民众恩惠那样的仁德，能像周公一样让政权稳定。皇帝和臣子一同静心斋戒，聚集到阳灵宫，将薛荔铺开作为座席，把琼枝折下装点衣衫；吸取天空里的云雾，饮用花朵上的露水。然后共同来到祭祀天神的地方，登上歌颂地神的殿堂。高高的旗帜树立起来，车盖颜色艳丽光亮。在这里，抓攀着北斗七星往下方观望，可以看到远处的三危山。把所有车辆都安置在东边的山丘上，任由玉饰的车辆向下驰骋。车子漂过龙渊，绕路九重，窥视池底后再驾车向上归来。急速的劲风吹着马车，众多的鸾凤与车旁的流苏紧紧相伴。车子渡过弱水就像跨过浅溪，越过神山就像走过一条蜿蜒的道路。想到应当去为西王母贺寿，但是又感到有些好色会败坏道德，因此屏退玉女、宓妃这样的美人，使得她们无法摆弄身姿、媚眼挑逗。这样自身就能保持着精微强大的道德，这一点上能够跟神明志趣相投、相互比较。

原文

于是钦柴宗祈，燎熏皇天，招摇泰一。举洪颐，树灵旗，樵蒸焜上，配藜四施，东烛沧海，西耀流沙，北炉幽都，南炀丹厓。玄瓒觩醪，秬鬯泔淡。肸向丰融，懿懿芬芬。炎感黄龙兮，熛讹硕麟。选巫咸兮叫帝阍，开天庭兮延群神。傧暗蔼兮降清坛，瑞穰穰兮委如山。于是事毕功弘，回车而归，度三峦兮偈棠黎，天阃决兮地垠开，八荒协兮万国谐。登长平兮雷鼓磕，天声起兮勇士厉，云飞扬兮雨滂沛，于胥德兮丽万世。

于是尊敬地点燃柴火，心怀敬意地对着上天祈祷，焚烧的烟尘升到天上，直抵招摇和泰一。举起洪颐旗，拿起灵验旗，木柴不论粗细，燃烧的火焰都一同升上天空。火光扩散四处，东面照到沧海，西边点亮流沙，北边可以照亮幽都，南面可以烧灼丹厓。玄玉制成的酒器，柄部就像弯角一样；黑黍酿造的酒倒满酒杯，香气弥漫四周，酒味浓郁，酒香简直无法描述。

燃烧木柴形成的炽烈火焰，使黄龙、麒麟动容，于是派遣神巫，喊来管理天宫大门的人，将天门打开，邀请众位神仙。应邀前来的神明众多，全都降临在祭坛之上。随之而来的祥瑞多得犹如大山一样，普天之下都变得兴旺祥和。祭祀结束之后，众人上车返回，途径封峦观，便在棠黎宫休整。天宫的大门开启，地域上的边界也被打破了，世上所有的国家和地处偏远的蛮荒之地全都和睦协调。踏上长平坂，鼓声就像是响雷一般，声音直传天际，鼓舞着将士的士气，使他们倍感勇猛。阴云飘荡，降下雨水，君主和臣子全都十分仁慈，这种美好的德行将会万世长存。

乱曰：崇崇圜丘，隆隐天兮。登降峛崺，单埢垣兮。增宫嵾差，骈嵯峨兮。岭巆嶙峋，洞亡厓兮。上天之縡，杳旭卉兮。圣皇穆穆，信厥对兮。徕祇郊禋，神所依兮，徘徊招摇，灵遅迡兮。辉光眩耀，降厥福兮。子子孙孙，长亡极兮。

全赋概括起来：雄伟的祭祀圆台，高耸入云、遮蔽天日。顺着道路上下行走，就像是转了一个很大的圈。重重相叠的殿堂有的高低错落；有的排列在一起、高高矗立；有的深邃无比；有的阶梯陡峭。上苍的事情全都十分晦暗难懂，但贤明的君王加上其庄严肃穆的仪容，也是可以跟上苍匹配的。君王来到此地虔诚地祈祷，神明肯定会前来。诸位神祇在天上逍遥自在地盘旋回环，他们的光彩耀人眼目，把福祉降到成帝的身上，子孙后代，永世都会得到护佑。

长杨赋

明年，上将大夸胡人以多禽兽，秋，命右扶风发民入南山，西自褒斜，东至弘农，南敺汉中，张罗网罝罘，捕熊罴、豪猪、虎豹、狖玃、狐兔、麋鹿，载以槛车，输长杨射熊馆。以网为周阹，纵禽兽其中，令胡人手搏之，自取其获，上亲临观焉。是时，农民不得收敛。雄从至射熊馆，还，上《长杨赋》，聊因笔墨之成文章，故藉翰林以为主人，子墨为客卿以风。其辞曰：

在我写下《羽猎赋》后的第二年，成帝因为要向胡人炫耀我国的鸟兽种类繁多，所以在秋季的时候，下令让扶风郡的官员，征调民众到终南山里去捕猎。从西方的褒斜谷，到东方的弘农郡，再到南面的汉中郡，到处都是张开着的各种兽网，活抓熊、罴、箭猪、虎、豹、猿猴以及狐兔、麋鹿等，装在槛车中，运送往长杨宫的射熊馆里。在那里铺开一张巨大的网，形成兽圈，各类禽兽们就关在其中，胡人则要与这些野兽打斗，抓住的兽类就属于他们，皇帝亲自前来观赏。这种时候，人民就没有时间收获庄稼。我随皇帝一起去到猎熊馆观看捕猎，回来之后，写了《长杨赋》进献给皇帝。由于有笔墨才可以写文章，所以用“翰林”当作主人的姓名，“子墨”当作客人的姓名。借由他们的谈话来进行讽谏，文章是这样的：

原文

子墨客卿问于翰林主人曰："盖闻圣主之养民也，仁沾而恩洽，动不为身，今年猎长杨，先命右扶风，左太华而右褒斜，椓巀嶭而为弋，纡南山以为罝。罗千乘于林莽，列万骑于山隅。帅军踤陆，锡戎获胡。扼熊罴，拖豪猪，木雍枪累，以为储胥，此天下之穷览极观也。虽然，亦颇扰于农民。三旬有余，其廑至矣，而功不图，恐不识者，外之则以为娱乐之游，内之则不以为乾豆之事，岂为民乎哉！且人君以玄默为神，澹泊为德。今乐远出以露威灵，数摇动以罢车甲，本非人主之急务也，蒙窃惑焉。"翰林主人曰："吁，谓之兹耶！若客，所谓知其一未睹其二，见其外不识其内者也。仆尝倦谈，不能一二其详，请略举其凡，而客自览其切焉！"客曰："唯，唯。"

译文

宾客子墨询问主人翰林："听闻贤明的君王养育民众，要时常对人民施与恩惠，他的所有行为，都不为私人的欲望。但是这次长杨捕猎却不是这样，君王首先下令让右扶风征集左起太华右至褒斜的人民为之辛劳准备，又在巀嶭山、终南山钉立系网柱，拉上捕兽网；派遣上千辆的军车排列在树林之中，万名骑兵在山梁上布阵，将官带领着士兵，在狩猎场里围出阵型。胡人杀死的禽兽，便当作奖品给予他们，他们猎取了不少熊罴，带走的箭猪也是肥硕无比。整个狩猎场周围是一圈木栅栏，外面是一圈由削光了的竹片编成的篱笆，这样的情景真是世间少有。虽说狩猎十分热闹，但是平民却是深受其害，一个多月的时间，他们都在到处抓获禽兽，但是付出的辛苦却得不

主客对答

到相应的酬劳。我见到很多人的心里都很是疑惑，觉得这样的事情看起来就只是为了满足个人的兴趣而已，探查深层次的缘由也并非是为神明捕猎祭品，难道这样也可以说是为了众多百姓着想么？而且身为君王最主要的品质和德行就是沉静恬淡，现在却为了显示威望而到处游乐，屡次外出打猎，导致军队和马匹都劳累不堪，这些本就不该是君王看重的事情。我太过于愚笨，对这样的事情无法思考明白。”主人翰林答道：“唉！你如何能讲出这种话呢？你只知道事物的一个方面，只看到了事情的表象而不清楚其根本所在。我并不擅长评论，所以无法将道理全都讲清楚，只能大致说说，还是要你自己去观察体会。”宾客说：“好的。”

原文

主人曰：“昔有强秦，封豕其土，窫窳其民，凿齿之徒相与摩牙而争之，豪俊麋沸云扰，群黎为之不康。于是上帝眷顾高祖。高祖奉命，顺斗极，运天关，横钜游，漂昆仑。提剑而叱之，所过麾城撕邑，下将降旗，一日之战，不可殚记。当此之勤，头蓬不暇梳，饥不及餐。鞮鍪生虮虱，介胄被沾汗，以为万姓请命乎皇天。乃展人之所诎，振民之所乏，规亿载，恢帝业，七年之间而天下密如也。

主人讲道：“汉朝之前的秦王很是凶残，如野猪一般四处破坏土地，如窫窳一般吞吃民众；其他六国的君主也都像凿齿一样凶残，为了跟秦王争斗把爪牙都打磨得十分尖利。天下英雄们便奋勇抗争、纷纷起义，世上的民众全都没有安定的

讨伐暴君

生活。于是神明便把信赖放到了汉高祖身上。高祖谨遵天命揭竿而起，顺从上天的旨意行使天命，渡过大海撼动昆仑，手中拿着锋利的长剑讨伐残暴的君王。只要是他所到的地方，全都被攻占了城池，使得敌方的将领升旗投降。他每日所进行的战争，多得无法计算。在这种困苦的情况下，头发没有时间打理，饿了也没有功夫吃饭，头盔上爬满了虮虱，汗水把盔甲都浸透了。他一心为了世上百姓向上天请命，希望让民众的冤屈得以昭雪，让贫苦的人民可以温饱，为后世建立规章，让国家的事业能够发扬光大。这样，不到七年的时间，天下就平定安宁了。

逮至圣文，随风乘流，方垂意于至宁。躬服节俭，绨衣不弊，革鞜不穿，大厦不居，木器无文。于是后宫贱玳瑁而疏珠玑，却翡翠之饰，除彫琢之巧，恶丽靡而不近，斥芬芳而不御，抑止丝竹晏衍之乐，憎闻郑、卫幼眇之声，是以玉衡正而太阶平也。

到了文帝时期，他承袭了先王的精神，专注于让国家安定和平。他勤俭奉公，严格要求自己，衣服不穿破就不做新的，靴底不磨透就不再添置，不住华丽的宫室，木制器皿也不绘制花纹。他的这种品质也影响到了后宫的妃嫔们。妃嫔们都将各种精美的首饰看得很淡，既不佩戴翡翠金钿等饰品，也不使用金玉制作的东西；不穿华贵的艳丽服装，也不用味道浓郁的熏香；不演奏各类曲子，也不喜欢听靡靡之音。所以政事清明，百姓生活稳定。

原文

其后熏鬻作虐，东夷横畔，羌戎睚眦，闽越相乱。遐萌为之不安，中国蒙被其难。于是圣武勃怒，爰整其旅。乃命骠、卫，汾沄沸渭，云合电发，猋腾波流，机骇蜂轶，疾如奔星，击如震霆。碎轒辒，破穹庐，脑沙幕，髓余吾。遂猎乎王庭，敺橐它，烧熐蠡，分剺单于，磔裂属国。夷坑谷，拔卤莽，刊山石。蹂尸舆厮，系累老弱。兖铤瘢耆，金镞淫夷者数十万人，皆稽颡树颔，扶服蛾伏。二十余年矣，尚不敢惕息。夫天兵四临，幽都先加，回戈邪指，南越相夷，靡节西征，羌僰东驰。是以遐方疏俗，殊邻绝党之域，自上仁所不化，茂德所不绥，莫不跻足抗首，请献厥珍。使海内澹然，永亡边城之灾，金革之患。

译文

后来匈奴作乱，东夷反叛，羌戎之间彼此敌对，闽越地区也战乱频发，在边境生活的人民心中全都惴惴不安，中原地区也遭受了灾祸。于是武帝勃然大怒，整合精兵强将，派遣霍、卫两个将军带领军队前去各方征讨。军队庞大，士兵情绪激昂，就像是云彩闭合闪电劈开天空、旋风刮过大浪翻卷、万弩齐发、蜂群飞过；速度快得像是流星，威力大得好比雷霆。军队击碎了匈奴的战车，毁坏了他们的营帐。敌方将领的脑浆使沙漠都沾染上了腥气，他们的尸骨在余吾河中漂荡。军队继续往前推进，踏平了匈奴的腹地，将他们的骆驼赶走，把他们的部落烧毁，孤立单于，让他的附属国投降。我方将士填平谷地，拔掉野草，将山石砍平，使得路途畅通；一路踩着敌军的尸首，把伤兵装进车中，病弱年老的人则用绳子捆着。被长矛箭矢所伤的敌人多达数十万。残存的敌兵下跪叩拜，就像蝼蚁一样趴伏在地，就算是过去了二十年，也还是不敢轻松地喘息。我国的精兵从边境向地方出击，先攻陷了寒冷的北都；然后再挥师向南，使南越都归顺朝廷；接着去往西边，让羌僰认输投降。自此之后，原本无法沐浴君王仁德的、习俗不同的偏远地区，也都提足抬头地仰慕汉朝的威德，将他们特有的珍宝进献出来。于是天下和平安定，边疆的民众也再不会遭受战争的苦难。

今朝廷纯仁，遵道显义，并包书林，圣风云靡。英华沈浮，洋溢八区，普天所覆，莫不沾儒。士有不谈王道者，则樵夫笑之。故意者以为事罔隆而不杀，物靡盛而不亏，故平不肆险，安不忘危。乃时以有年出兵，整舆竦戎，振师五柞，习马长杨，简力狡兽，校武票禽。乃萃然登南山，瞰乌弋，西厌月[illegible]，东震日域。又恐后世迷于一时之事，常以此为国家之大务，淫荒田猎，陵夷而不御也。是以车不安轫，日未靡旃，从者仿佛，骫属而还。亦所以奉太宗之烈，遵文武之度，复三王之田，反五帝之虞。使农不辍耰，工不下机，婚姻以时，男女莫违。出恺悌，行简易，矜劬劳，休力役；见百年，存孤弱，帅与之同苦乐。然后陈钟鼓之乐，鸣鞀磬之和，建碣磍之虡，拮隔鸣球，掉八列之舞。酌允铄，肴乐胥，听庙中之雍雍，受神人之福祜。歌投《颂》，吹合《雅》。其勤若此，故真神之

不辍耕种

所劳也。方将俟元符，以禅梁甫之基，增泰山之高，延光于将来，比荣乎往号。岂徒欲淫览浮观，驰骋梗稻之地，周流梨栗之林。蹂践刍荛，夸诩众庶，盛狖玃之收，多麋鹿之获哉！且盲者不见咫尺，而离娄烛千里之隅。客徒爱胡人之获我禽兽，曾不知我亦已获其王侯。”

现在君王仁慈爱民，谨遵道德，广纳人才；良好的风气就像天上的云一般扩散至全国，美好的德行就如同江河覆盖至所有的地域。世间所有的民众，全都感谢朝廷的恩德。如果有读书人不谈论王道，那么砍柴的人都会笑话他。但是目光深远的人觉得天下的所有事物，盛极之后肯定都会衰弱，太过兴旺便会有所损失，安宁的时候就应小心危机的发生，和平时也不能遗忘灾祸的来临。所以君主在丰收的年月里演练军队，整理战车鼓舞战士，于五柞官里操练步兵，于长杨宫中操练骑军，用威猛的野兽比试膂力，用迅捷的禽鸟考察箭术。并且领兵攀上终南山，俯视远方的乌戈国，使威信可以震慑到西方和东方极远的地区。但又担忧后代沉迷于捕猎游玩，将此当成是最重要的事情，导致肆意打猎，无法限制，所以不许车辆停下。影子还没有越过旗杆，打猎的军队还没能看清楚有多少，就停下活动领队返回。这些才是承袭高祖伟业的体现，遵循圣明君主的法度，学习三皇有节制狩猎的举动，像五帝那样游乐时也有所限制。这样农民便不需停止种植，可以生产稻菽桑麻；工匠也不用离开机器，能专心于织布纺纱；不会耽误人们结婚的岁数，所有男女都在合适的时间成亲。君主性情亲和，显得平易近人；实行的法规尽量从简，让民众容易明白；体恤人们的劳苦，不进行徭役的征派；经常照会百岁以上的老者，关怀孤儿

步兵操练

弱者，与他们同甘共苦。之后又摆设各式的乐器，黄钟、悬鼓一应俱全，手鼓、玉磬音色协调，人们听过后便会觉得身心舒畅。钟鼓的支架上雕刻着野兽，抬头怒视生机勃勃；击打鸣球声音清越，美丽的女子踏着节奏跳舞。君主将信美当作自己的美酒，将乐曲视为佳肴，倾听着寺庙中悠扬的钟声，感受祖先神明降下的福祉。歌唱和演奏全都符合《颂》《雅》的音律规格。君主态度恭敬勤勉，真是应当获得神明的护佑。等到上天赐予更多的祥瑞，然后就可以去梁甫和泰山举办封禅大典，使自己的辉煌万世永存、自己的荣耀与三皇五帝相当。怎能说君主只想着游玩，在田地中奔驰，游览果园，踩踏草原。又怎能说君主只是想要对人民炫耀才抓了如此多的猿猴麋鹿。就算是咫尺之内的事物，目光短浅的人也是看不到的，但是有眼光的人却能够看见千里以外的东西。你只看见胡人捕猎我们的禽兽，觉得很是不值，却不明白我们已然使他们的王侯臣服了，让他们再也不会发起叛乱。”

言未卒，墨客降席，再拜稽首曰：“大哉体乎！允非小人之所能及也。乃今日发蒙，廓然已昭矣。”

主人翰林还没有讲完，宾客已经离开席位，心服口服地行礼道：“君主的胸怀和气度真是太高深了，所有这些都是我无法想到和讲出来的。你今日的讲解驱散了我心中的蒙昧，解开了我心里所有的疑惑。”

东汉

公元25年，刘秀推翻王莽的统治，东汉建立。东汉初年民生凋敝，这一点可以从当时的赋上窥见一斑。庆幸的是，马上到来的光武中兴使汉赋再现了往日华彩，为我们留下了许多华美大赋。然而，这种光彩并没有一直延续下去，而是随着东汉末期的衰败，逐渐转变为简明小赋，直至退出主流。

班彪（3—54年），字叔皮，扶风安陵（今陕西咸阳东北）人。班彪的家族世代为官，他小时候便喜好古学，并且很有求知欲，和自己的哥哥一起四处求学，逐渐地显露出才华，名气渐长。西汉末期，班彪为了躲避战事而去了天水，投身于隗嚣的门下，他写了《王命论》，想以此来劝导隗嚣归顺汉朝，但是最终失败了。之后他去往河西（今河西走廊一带），在大将军窦融手下做事，并借机劝说窦融站在汉武帝一边。东汉初年，他考取了秀才，担任徐县县令，后来由于疾病而辞去了官职。班彪知识渊博，专门致力于撰写历史题材的书籍。他写作了六十多篇《后传》，用前人的事迹，来明辨得失，矫正错误，被后人所看重。

北征赋

余遭世之颠覆兮，罹填塞之阨灾。旧室灭以丘墟兮，曾不得乎少留。遂奋袂以北征兮，超绝迹而远游。

我身处这风雨飘摇的年代啊，就如同被不通畅的道路所围困。原来的家园全部被摧毁了，变得一片荒芜，我没有办法再多留片刻，只能挥别家园，前往北方，在这个人迹罕至的地方游荡。

原文

朝发轫于长都兮，夕宿瓠谷之玄宫。历云门而反顾，望通天之崇崇。乘陵岗以登降，息郇邠之邑乡。慕公刘之遗德，及《行苇》之不伤。彼何生之优渥？我独罹此百殃。故时会之变化兮，非天命之靡常。

清晨时分，自长都启程，夜晚落脚在瓠谷的玄宫。途中路过云门转头回看，望到了高耸的通天台。攀上了高山之后，便在郇邠的村落中休息。因为十分敬仰公刘所遗留下来的美好品德，所以就算是道路两旁的杂草，我也不会伤到一分一毫。为何乌云将天空都遮盖住了，为何我会遭受到如此多的磨难？难道是由于事态发生了改变么？又或者是由于世事无常？

驻马黄昏

原文

登赤须之长坂，入义渠之旧城。忿戎王之淫狡，秽宣后之失贞。嘉秦昭之讨贼，赫斯怒以北征。纷吾去此旧都兮，骈迟迟以历兹。

译文

攀爬于赤须的长坡之上，进入了义渠旧日的城郭。心里对戎王的罪恶充满了仇恨，对宣后不守贞操的行为充满了鄙夷。赞赏秦昭王讨伐贼人、四处征战的行为。离别旧都之后，我的心情十分烦躁，便叫马车缓缓地向前行去。

原文

遂舒节以远逝兮，指安定以为期。涉长路之绵绵兮，远纡回以樛流。过泥阳而太息兮，悲祖庙之不修。释余马于彭阳兮，且弭节而自思。日晻晻其将暮兮，睹牛羊之下来。寤旷怨之伤情兮，哀诗人之叹时。

译文

慢慢地挥鞭远去，将旧都抛在了身后，一直走到安定郡才停下来。道路向前延伸没有尽头，艰难地行走在这陌生的远方。途经泥阳的时候如何能叫人停止哀叹呢，祖庙都破败了却无人修缮。我到达彭阳的时候把缰绳松开，停下马车默默地思考。天色已经将近傍晚，光线十分昏暗，看到牛羊都已然返家。我似乎了解了那些尚未婚配的男女的伤感情绪，悲伤的诗人在这样的时候也只能是独自哀伤了。

越安定以容与兮，遵长城之漫漫。剧蒙公之疲民兮，为强秦乎筑怨。舍高亥之切忧兮，事蛮狄之辽患。不耀德以绥远兮，顾厚固而缮藩。首身分而不寤兮，犹数功而辞鱤。何夫子之妄说兮，孰云地脉而生残？

越过了安定郡之后，我缓慢地往前行去，顺着长城继续自己漫长的路途。那些抱怨蒙恬的疲惫的民众啊，为强秦修建长城而跟君王结下了仇怨。秦朝的统治者放任赵高、胡亥的反叛不管，只顾着提防远方蛮族的祸患。不以德行安抚外族，而是把心思都放在了加固城墙的工事上。身体与脑袋已经分离了，但是他们却丝毫没有醒悟，只是想着数算自己的功绩却不肯承认犯下的罪过。蒙恬又何必要乱说那些因为修建长城从而阻断了地脉之类的话呢？

原文

登鄣隧而遥望兮，聊须臾以婆娑。闵獯鬻之猾夏兮，吊尉潡于朝那。从圣文之克让兮，不劳师而币加。惠父兄于南越兮，黜帝号于尉他。降几杖于藩国兮，折吴濞之逆邪。唯太宗之荡荡兮，岂曩秦之所图。

译文

站在彰城的烽火亭的顶端，暂且纵容自己在此处徘徊。为了被匈奴侵扰的土地伤心，缅怀在朝那被杀害的卬都尉。汉文

汉文帝赐几杖

帝贤明仁让，他并不主张兴兵打仗，而是用钱币对南越王等人进行赏赐。他给予南越王的父兄一定的恩赐，致使南越王不再以皇帝自居，而是俯首称臣来朝拜自己。同时汉文帝还将几杖赐予吴国，使吴王刘濞没有实施反叛的邪恶念头。汉文帝那宽广的王道德行，过去秦朝的统治者又怎么能想到呢。

原文

跻高平而周览，望山谷之嵯峨。野萧条以莽荡，迥千里而无家。风猋发以漂遥兮，谷水灌以扬波。飞云雾之杳杳，涉积雪之皑皑。雁邕邕以群翔兮，鹍鸡鸣以哜哜。

译文

攀登到高平之上，往四周观望，环视山谷间高耸的山势。周围全都是荒野，十分空旷，方圆千里都没有一处人家。狂风在身边翻卷，河水掀起了波浪。艰难地在深幽的山间雾气和覆盖着山峦的茫茫大雪中行走，众鸟高声鸣叫着从天空中飞过。

原文

游子悲其故乡，心怆悢以伤怀。抚长剑而慨息，泣涟落而沾衣。揽余涕以于邑兮，哀生民之多故。夫何阴曀之不阳兮，嗟久失其平度。谅时运之所为兮，永伊郁其谁愬？

译文

独自在外的人悲伤地思念着他的故乡，心中充满了伤感的情绪。轻抚着佩剑连声哀叹，衣服都沾上了泪水。愁闷地流泪，为人民遭受的苦难而感到悲伤。天空为何总是如此晦暗不明，而我也只能悲叹世间已经太久没有正常的律法了。这些都是现在的时局所造成的啊，心中的怨恨能对谁诉说呢？

原文

乱曰：夫子固穷，游艺文兮。乐以忘忧，唯圣贤兮。达人从事，有仪则兮。行止屈申，与时息兮。君子履信，无不居兮。虽之蛮貊，何忧惧兮？

译文

结语：孔子曾经说过，在贫穷中也不能失去气节，将自己置身于六艺和书籍之中吧。只有圣人才能够总是心怀希望，忘却忧愁啊。通达知命的人，做事情的时候，能够遵守礼仪准则，行为举止的进退都跟人事、自然的兴衰变化互相配合，消长自如，顺应时局和事态的发展与变化。君子信守承诺，以诚信待人，没有什么地方不能够安身立命。就算是身处蛮荒之地，也没有什么值得惧怕的。

君子固穷

傅毅（？—89），字武仲，扶风茂陵（今陕西兴平东北）人，东汉时期辞赋家。章帝广招文人学士，任命他为兰台令史，拜为郎中，跟班固、贾逵一起校对藏书。和帝永元元年时车骑将军窦宪请他担任主记室，窦宪升作大将军后，又将他升为司马。但是他很早就去世了。

舞赋

原文

楚襄王既游云梦，使宋玉赋高唐之事。将置酒宴饮，谓宋玉曰："寡人欲觞群臣，何以娱之？"玉曰："臣闻歌以咏言，舞以尽意，是以论其诗不如听其声，听其声不如察其形。《激楚》《结风》《阳阿》之舞，材人之穷观，天下之至妙。噫！可以进乎？"王曰："如其《郑》何？"玉曰："小大殊用，《郑》《雅》异宜。弛张之度，圣哲所施。是以《乐》记干戚之容，《雅》美蹲蹲之舞，《礼》设三爵之制，《颂》有醉归之歌，夫《咸池》《六英》，所以陈清庙，协神人也；郑卫之乐，所以娱密坐，接欢欣也。余日怡荡，非以风民也，其何害哉？"王曰："试为寡人赋之。"玉曰："唯唯。"

译文

楚襄王游历过云梦泽后，便叫宋玉写作了《高唐赋》，随后又想要设立酒席宴请群臣。所以向宋玉询问："寡人想要请臣子同欢，你觉得用什么助兴好呢？"宋玉回答："我听闻，歌曲能够传递情感，舞蹈可以使人尽兴，因此，谈诗比不上听

宋玉答楚襄王

歌，听歌又不及看舞。比如《激楚》《结风》《阳阿》这样的舞蹈，可以叫人们尽情观赏舞女曼妙的身姿，真是再好不过了，您觉得怎么样呢？”楚襄王接着问道：“与郑乐比起来怎么样呢？”宋玉答道：“天下的事物各自有其适合的情况，郑乐、雅乐都有各自的乐趣所在。‘张弛有度，文武之道’，什么时候该用什么样的舞蹈，前代的圣贤已经做出了规定。《乐记》里有干戚之舞；《雅》赞颂翩然之舞；《礼记》规定了喝酒的规则；《鲁颂》记载了醉归的歌曲。《咸池》和《六英》之乐，高雅端正，可以用来调和人神的关系；郑卫的音乐热情豪放，适合于愉悦朋友，使人身心欢畅。做完政事的闲暇时光，用歌舞让大家都放松一下，又不是用来教导臣民，又有什么要紧呢？”楚襄王说：“那便尝试用赋文来描绘一下吧。”宋玉说：“好的。”

夫何皎皎之闲夜兮，明月烂以施光。朱火晔其延起兮，耀华屋而熺洞房。黼帐祛而结组兮，铺首炳以焜煌。陈茵席而设坐兮，溢金罍而列玉觞。腾觚爵之斟酌兮，漫既醉其乐康。严颜和而怡怿兮，幽情形而外扬。文人不能怀其藻兮，武毅不能隐其刚。简惰跳踃，般纷挐兮。渊塞沉荡，改恒常兮。于是郑女出进，二八徐侍。姣服极丽，姁媮致态。貌嫽妙以妖蛊兮，红颜晔其扬华。眉连娟以增绕兮，目流睇而横波。珠翠的砾而照耀兮，华袿飞髾而杂纤罗。顾形影，自整装；顺微风，挥若芳。动朱唇，纡清阳；抗音高歌，为乐之方。歌曰：摅予意以弘观兮，绎精灵之所束。弛紧急之弦张兮，慢末事之骩曲。舒恢炱之广度兮，阔细体之苛缛。嘉《关雎》之不淫兮，哀《蟋蟀》之局促。启泰贞之否隔兮，超遗物而度俗。扬《激徵》，骋《清角》，赞舞操，奏均曲。形态和，神意协，从容得，志不劫。

译文

真是一个美丽的夜晚啊，月光明亮。烛火刚刚被点燃，把大厅和内室都照亮了。用丝带将绣花的帷幔高高挂起，月光照射在门环上闪烁着光辉。铺设好垫子，设置了座位。桌上摆放着金制酒樽和玉石做的碗，排列得很是整齐。人们慢慢地酌饮着美酒，互相敬酒；等到微微有些酒意之后，气氛便愉悦起来。君主龙颜大悦，臣子们内心激动的情绪也都显现了出来。文臣低声吟诵执笔作诗，武将则都想要一展技艺。人们都放松了平日拘谨的仪态，手足舞动起来。忠厚老实的人也开始放纵自己，不复平常的神情。此时，十六名郑国舞女翩然舞动，围绕在君主的身旁，姿态柔美。她们衣着光鲜，撩拨众人的眼神；神情愉悦，让人心驰神往；样貌亮丽，俊美的脸庞上洋溢着青春的光亮。每个人都是眉形纤长弯曲，目含秋波眼神荡漾，头上戴满了华丽的珠宝，衣服上装点着燕尾形的饰品，身上的纱衣随着身体的摆动而飘起。还时常回视自己的身形，整理自己的衣衫；随着清风，舞动随身带着的香囊。她们微张着樱桃小嘴，眼眉间流动着深情，然后放声歌唱，音色清亮。歌词道：疏解心理的烦闷，清除精神上的枷锁。放松紧绷的琴弦，暂且将那些严肃的郑卫之乐放在一旁。放宽心胸，不要为细小的事情所累。赞颂《关雎》的快乐但不过分，悲哀《蟋蟀》过俭的行为。观赏舞蹈能够疏导阴阳之气，超脱凡尘，让人精神激昂。于是乐师弹奏《激徵》《清角》等音律和谐的雅曲，人们全都神情平和，从容安稳，意气风发，逍遥自在。

原文

于是蹑节鼓陈，舒意自广。游心无垠，远思长想。其始兴也，若俯若仰，若来若往。雍容惆怅，不可为象。其少进也，若翔若行，若竦若倾。兀动赴度，指顾应声。罗衣从风，长袖交横。骆驿飞散，飒沓合并。鶣鷅燕居，拉揩鹄惊。绰约闲靡，机迅体轻。姿绝伦之妙态，怀悫素之洁清。修仪操以显志兮，独驰思乎杳冥。在山峨峨，在水汤汤。与志迁化，容不虚生。明诗表指，喟息激昂。气若浮云，志若秋霜。观者增叹，诸工莫当。

此时，舞女们应和着鼓声，按照节奏迈动脚步。乐曲清新使人心情舒畅，心神仿佛已然去往了远方。最初的时候，舞者时而俯下，时而仰起，穿梭来往，身形变换，舞姿无法一一表述清楚。过了一段时间，舞者便既像是行走，又像是飞舞，时而歪向一旁，时而挺胸抬头，静动相适，神态适宜。她们的衣衫随风飘动，衣袖上下翻飞，身体跟随着曲调一直旋转，配合得十分恰当。一时如同灵巧的燕子回归巢穴，一时又像受到惊吓的鸿雁飞到空中。灵活快速，舒缓和徐；身姿美好，无与伦比。她们全都心怀纯洁的情感，坦诚洁净；端正自身的仪表操守，用来表明自身的志向。在舞蹈里，她们的思想已经去往了高远的境界。她们的舞姿，让人们联想到了威仪的山峰，想到翻卷的河水，她们已经将自身的感情与舞蹈连在了一起，将情感通过面部表情展现出来。她们用舞姿来展示诗一样的情趣，舞姿时而沉稳，时而高昂。她们的气节如同天空中的云彩，志向犹如洁净的秋霜。观赏的人全都不住的赞赏，觉得这是乐师们的技巧没有办法比拟的。

随心舞动

于是合场递进，按次而俟。埒材角妙，夸容乃理。轶态横出，瑰姿谲起。眄般鼓则腾清眸，吐哇咬则发皓齿。摘齐行列，经营切儗。彷佛神动，迴翔竦峙。击不致筴，蹈不顿趾。翼尔悠往，闇复辍已。及至迴身还入，迫于急节，浮腾累跪，跗蹋摩跌。纡形赴远，漼似摧折。纤縠蛾飞，纷猋若绝。超逾鸟集，纵驰殟殁。蝼蛇姌袅，云转飘曶。体如游龙，袖如素霓。黎收而拜，曲度究毕。迁延微笑，退复次列。观者称丽，莫不怡悦。

译文

之后，所有的舞女全都进入场地，争相比拼技艺，比试相貌和服装。她们身姿绰约，舞姿变幻不定。应和着鼓点，眼中饱含情感；开口演唱歌曲，嘴唇红艳，牙齿洁白。队伍规整，来往有序。时动时静，来回往复，就像是来到凡间的仙女。鼓声节奏得当，动作轻盈迅疾，她们向着远处舞去，直到乐声停止，才转身再次进入舞池，又伴随着快速的乐曲舞动起来。一会儿往前飞跃，向前膝行；一会儿脚背向地，用腿旋转。有时屈身，有时直立，舞姿优美。丝罗飘舞就像飞蛾颤动的翅膀，轻灵飞扬让人赞赏。身姿变幻迅速就像是飞鸟掠过的影子，突然间又变得舒缓柔美。她们飘忽不定，就像被风吹动的云彩，身形如同弯曲的游龙。当她们缓缓收敛身姿行礼的时候，乐曲也刚好奏完。舞女们微笑离场，按序回到队中。观众全都交口称赞，十分愉快。

于是欢洽宴夜，命遣诸客。扰躟就驾，仆夫正策。车骑并

狎，寵嵷逼迫。良骏逸足，跄捍陵越。龙骧横举，扬镳飞沫。马材不同，各相倾夺。或有踰埃赴辙，霆骇电灭。跖地远群，阍跳独绝。或有宛足郁怒，般桓不发。后往先至，遂为逐末。或有矜容爱仪，洋洋习习。迟速承意，控御缓急。车音若雷，骛骤相及。骆漠而归，云散城邑。天王燕胥，乐而不泆。娱神遗老，永年之术。优哉游哉，聊以永日。

译文

宴会已经结束，宾客们全都散去，乘坐马车，举鞭道别。车辆并排行驶，很是拥挤。于是催促马匹，奋力向前。宝马迈着大步，嘴中口沫飞溅。众人的马匹好坏不一，但是大家全都相互追赶、互不相让。有的马车急速如飞，就像是雷霆万钧，一下便冲到了前方，让人无法追上。有的马匹像是心怀怨恨，止步不前，但是只要开始飞奔，竟然率先到达目的地。有的马姿态矜持，从容高雅，随心所欲地控制的车辆的速度，不紧不慢。车辆行进的声音，就像是远处的响雷，慢慢地消散在了远方。君王的宴会，欢快但又有秩序，让人心情愉悦，可以延年益寿。就如此悠闲地生活吧，闲适地度过那些悠长的年月。

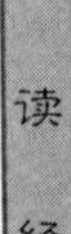

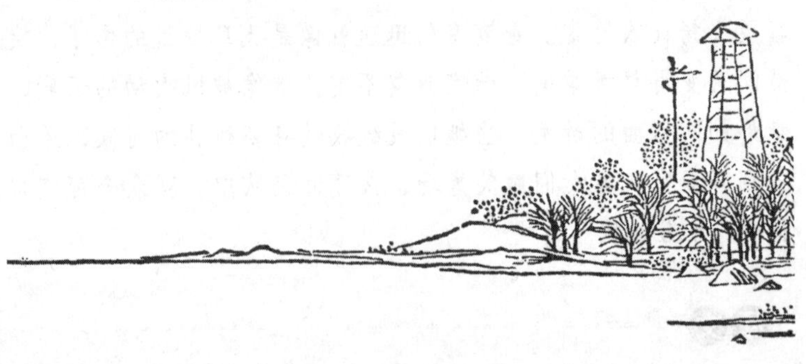

班固（32—92），字孟坚，扶风安陵（今陕西咸阳东北）人，汉族，历史学家班彪的儿子，东汉时期文学家、历史学家。被任命为兰台令史，后来迁为郎，校对秘书。用了二十多年的时间，续写《汉书》，之后升任玄武司马，写作了《白虎通德论》。以中护军的身份征讨匈奴，战败后受到连累，在监狱里去世。他十分擅长辞赋，著有《两都赋》等。

西都赋

原文

有西都宾问于东都主人曰："盖闻皇汉之初经营也，尝有意乎都河洛矣。缀而弗康，寔用西迁，作我上都。主人闻其故而睹其制乎？"主人曰："未也。愿宾摅怀旧之蓄念，发思古之幽情，博我以皇道，弘我以汉京。"宾曰："唯唯。"

译文

有一位自长安的宾客，对在洛阳的主人询问道："听闻汉朝初年建造首都的时候，曾经想要把建都地址选在河南洛阳，但是后来觉得把都城定在这里并不安定，所以便迁往了西边，定都长安。您是否知道这件事其中的缘由呢？是否看到过长安城的制度规模呢？”洛阳城的主人答道：“我没有见过，希望您能够把心里的情感都讲述出来，表达怀古的心情，讲述高祖定夺都城的理由，使我得以增长见识，描述长安的景象扩充我的视野。”宾客说道：“好的，好的。”

原文

“汉之西都，在于雍州，寔曰长安。左据函谷、二崤之阻，表以太华、终南之山；右界褒斜、陇首之险，带以洪河、泾、渭之川。众流之隈，汧涌其西。华实之毛，则九州之上腴焉；防御之阻，则天下之隩区焉。是故横被六合，三成帝畿。周以龙兴，秦以虎视。及至大汉受命而都之也，仰悟东井之精，俯协河图之灵，奉春建策，留侯演成，天人合应，以发皇明，乃眷西顾，寔唯作京。

译文

“汉王朝的西都地处雍州，叫作长安。长安左面倚靠着雄壮险要的函谷和崤山，周围还有标志性的太华山和终南山；右边和褒谷、斜谷、龙首山连接在一起；四周环绕着黄河、泾水、渭水等大川。众河流蜿蜒曲折，西边还流淌着汧水。这里的花果树木十分茂盛，还有着世间最肥沃的田地；防守方面，险峻的地势使得此处易守难攻，是最合适居住的地方。因为这里跟四方都联通，所以有三个朝代的君王都将此地定为都城。周朝因此而像神龙般腾飞，秦朝因此而虎视天下。到了汉朝要按照天意选定首都的时候，抬头观测上天，发现有五星汇聚在东井，明白那是汉朝入主秦地的吉兆；俯瞰大地，看到有河图之书现于河边，那便是汉朝应该接受天命的预示。所以娄敬说出了把长安作为都城的想法，张良论述了这个建议的正确缘由。天意和人的想法相呼应，启迪了皇上的英明，所以皇上才眷恋关西，将京师定在了长安。

山势险峻

原文

于是睎秦岭，睋北阜，挟酆、灞，据龙首。图皇基于亿载，度宏规而大起。肇自高而终平，世增饰以崇丽。历十二之延祚，故穷泰而极侈。建金城而万雉，呀周池而成渊。披三条之广路，立十二之通门。内则街衢洞达，闾阎且千。九市开场，货别隧分。人不得顾，车不得旋。阗城溢郭，旁流百廛。红尘四合，烟云相连。于是既庶且富，娱乐无疆。都人士女，殊异乎五方。游士拟于公侯，列肆侈于姬姜。乡曲豪举，游侠之雄，节慕原尝，名亚春陵。连交合众，骋骛乎其中。若乃观其四郊，浮游近县，则南望杜、霸，北眺五陵。名都对郭，邑居相承。英俊之域，绂冕所兴，冠盖如云，七相五公。与乎州郡之豪杰，五都之货殖。三选七迁，充奉陵邑，盖以强干弱枝，隆上都而观万国也。

译文

于是远眺终南，遥望北山，携带着酆灞两水，依靠着龙首山。希冀君王的伟业可以延续亿年，于是制定了雄伟的图纸然后大肆修建。修建从高祖时开始，在平帝时结束，每朝君王都会继续修葺完善，使之愈加华美；通过十二个君主一直以来的努力，长安城变得十分奢华和壮美。牢固的城墙高达万雉，宽大的护城河深不可测；每一面城墙都开通了三条道路，四个方向总共修了十二个城门。城里的街巷四通八达，小路更是有近千条，并且开办了九个市场，类型不同的货品在不一样的路边售卖。人群拥挤得都没有办法回顾观看，车辆也无法改变方向，路人把市区都填满了。人们进入各式各样的店铺，路上烟尘漫布各处，翻卷的灰尘跟云彩相接。这里人口繁多、社会富足，民众全都感到无比的幸福快乐。在都城里生活的男男女女，跟其他地区的人们都不一样。街道上人们的穿着都和王公贵族们一样，商女的衣装甚至比贵族女子的还好。乡镇中的豪杰头领，论气质跟平原君与孟尝君近似，论威望可以排在春申君和信陵君的后边。他们结交各方宾朋，联合各方人士，时常在京师里来回奔驰。要是留心观看长安的郊野，或在临近的县市游荡，那么向南能够望见杜陵、霸陵，向北可以见到五陵。这些城镇相互毗邻、楼台彼此临近，都是豪杰们居住的地方、富商官吏建筑的城镇，名人往来如织。将原先朝中的七相五公、郡县的豪强英杰，还有五都的富商巨贾这三种人都迁到汉家七陵，担负侍奉皇陵的任务。这大约是为了加强中央集权，消减地方的力量，提升京师的声望，把国家的威仪彰显于世间。

原文

封畿之内，厥土千里，逴跞诸夏，兼其所有。其阳则崇山隐天，幽林穹谷，陆海珍藏，蓝田美玉。商洛缘其隈，鄠杜滨其足。源泉灌注，陂池交属。竹林果园，芳草甘木。郊野之富，号为近蜀。其阴则冠以九嵕，陪以甘泉。乃有灵宫起乎其中，秦汉之所以极观，渊云之所颂叹，于是乎存焉。下有郑白之沃，衣食之源，提封五万，疆埸绮分。沟塍刻镂，原隰龙鳞。决渠降雨，荷插成云。五谷垂颖，桑麻铺棻。东郊则有通沟大漕，溃渭洞河，泛舟山东，控引淮、湖，与海通波。西郊则有上囿禁苑，林麓薮泽。陂池连乎蜀、汉，缭以周墙，四百余里。离宫别馆，三十六所。神池灵沼，往往而在。其中乃有九真之麟，大宛之马，黄支之犀，条支之鸟。逾昆仑，越巨海，殊方异类，至于三万里。

桑林繁茂

京师直接管辖的区域，占地大约方圆千里，面积超越了所有的诸侯国，各国的产品在此处一应俱全。京师南边是茂林幽谷，高山遮蔽了天空，其中的珍贵物种无法算清，优良的玉石，从蓝田出产。丹、洛两条河流的水湾中有商县和洛县，鄠县和杜县位于渭、漆两条河流的下游。清澈的泉水潺潺流动，池塘星罗棋布，到处都是果园和竹林，植被草木遍布，郊外的富裕程度跟西蜀相近。北方有九嵕、甘泉两座名山，还有灵宫矗立在甘泉山顶。灵宫在秦汉两朝时颇为雄伟，王褒和扬雄都曾作赋赞颂，直至今日赋文还保留在殿堂里。下方的肥沃田地由郑渠和白渠灌溉，是众多百姓衣食的来源。总共有五万顷的良田，田界交错就像是针织品上的纹理一般繁杂；沟塍环绕就像是在地面上雕琢的图画。平原与低地的田畴连在一起，似乎是神龙身上密集的鳞甲。开掘水渠浇灌田地的时候就像是降下甘雨，举着铁锹的农民就像是成片的云彩。五谷被饱满的粮食压得低垂下去，桑林麻田也无比繁茂。修造在东边郊外的漕渠，连通着渭水、黄河。从这里乘船可以到达崤山的东面，还能够从淮水、太湖引进水流，最终连接到东海，跟滔天巨浪相通。西侧的郊外是上林禁苑，树林胡波遍布，与蜀郡和汉中郡相接，围墙就长达四百多里，其中的宫殿共有三十六所，碧绿的池沼遍地都是。珍稀的麒麟从九真而来，名贵的宝马是大宛进献的，还有黄支国赠送的犀牛和条支国进贡的大鸟。这些来自异国的珍奇物种有的翻越了昆仑山峰，有的渡过了澎湃的大海，还有的走过的路途达到了几万里。

原文

其宫室也，体象乎天地，经纬乎阴阳。据坤灵之正位，仿太紫之圆方。树中天之华阙，丰冠山之朱堂。因瑰材而究奇，抗应龙之虹梁。列棼橑以布翼，荷栋桴而高骧。雕玉瑱以居楹，裁金璧以饰珰。发五色之渥彩，光焰朗以景彰。于是左墄右平，重轩三阶；闺房周通，门闼洞开。列钟虡于中庭，立金人于端闱。仍增崖而衡阈，临峻路而启扉。徇以离宫别寝，承以崇台闲馆。焕若列宿，紫宫是环。清凉、宣、温、神仙、长年，金华、玉堂，白虎、麒麟，区宇若兹，不可殚论。增盘崔嵬，登降炤烂；殊形诡制，每各异观。乘茵步辇，唯所息宴。

译文

长安城的宫殿全都是仿照天地所建，建筑结构全都与阴阳相符。宫廷修建在正中的位置，依照紫微星座和太微星座而成方圆。华丽的双阙耸立在半空，红色的未央宫矗立在龙首山上。修建宫殿使用的材料全都十分宝贵，建筑样式充满了奇思妙想。弯曲的横梁形状既像是飞龙又像是彩虹，椽桷排布规整，飞榜像禽鸟张开的翅膀，承重的栋桴好似宝马一样器宇轩昂。用玉石雕铸成基石来承受殿柱，将黄金裁成墙壁来装点瓦珰。宫殿中散发出的光芒绚烂耀眼，如同阳光和烟花般明媚。左侧是供人行走的阶梯，右侧是行车的通道。围栏、阶梯层层叠叠，内室相互连接，大门开放，院落中竖立着钟架，宫门的外面摆放着金人。宫室门槛顺着山崖建成，大门正对着大道。周围环绕的都是行宫别馆，还有宏伟的楼台居所，它们就如同星辰一般闪亮，将未央宫包围在中央。清凉、宣、温、神仙、长年，金华、玉堂，白虎、麒麟这些全是富贵堂皇的宫殿，如此华贵的屋室根本无法完全描述清楚。这些建筑有些弯曲环绕，高高直立；有些层层叠叠，光芒四射；有些形状奇特，结构怪异，外观各不相同。帝后乘坐着车辇，到处游览，不管到了什么地方，都能够休息。

原文

后宫则有掖庭、椒房，后妃之室；合欢、增城，安处、常宁，茝若、椒风，披香、发越，兰林、蕙草，鸳鸾、飞翔之列。昭阳特盛，隆乎孝成；屋不呈材，墙不露形。裛以藻绣，络以纶连。随侯明月，错落其间；金釭衔璧，是为列钱。翡翠火齐，流耀含英；悬黎垂棘，夜光在焉。于是玄墀釦砌，玉阶彤庭。碝磩彩致，琳珉青荧。珊瑚碧树，周阿而生。红罗飒纚，绮组缤纷。精曜华烛，俯仰如神。后宫之号，十有四位。窈窕繁华，更盛迭贵。处乎斯列者，盖以百数。

译文

后宫中的掖庭、椒房都是妃嫔们生活的地方，还有合欢、增成、安处、常宁、茝若、椒风、披香、发越、兰林、蕙草、鸳鸾和飞翔等妃嫔媵嫱的宫室。其中尤以昭阳宫最为豪华，是成帝时期修建的。宫殿的屋顶、墙壁都看不出原来的材料为何，全都被锦绣包裹着，装点出各式的纹路，点缀在其中的珠宝就像是明亮的月亮闪烁着光辉。宫廷的壁带上点缀着环形的金属，如同钱币般整齐地排列着。翡翠玉和玫瑰珠光芒流转，悬黎、垂棘和夜光珠也发出光亮。宫殿的地面涂着黑色的漆料，门框都是镀金的，阶梯用白玉修成，院落里铺设着红石，其中还夹杂着碝磩等各色彩石，排列十分精细密集。琳珉等玉石通透青翠，还有贵重的珊瑚枝与好似碧玉的石雕树，它们被摆放在庭院的四角，看上去栩栩如生。身穿红色罗裙的美女，长袖飘舞、丝带亮丽。她们全都容光焕发、美丽动人，一行一动都轻捷飘逸。后宫的位级名号共分十四个等级，各级妃嫔全都容貌美好，一级比一级更加高贵雅致，有位级名号的美人共有百余位。

原文

左右庭中，朝堂百寮之位。萧、曹、魏、邴，谋谟乎其上。佐命则垂统，辅翼则成化；流大汉之恺悌，荡亡秦之毒螫。故令斯人扬乐和之声，作画一之歌。功德著乎祖宗，膏泽洽乎黎庶。又有天禄、石渠，典籍之府，命夫惇诲故老，名儒师父，讲论乎六艺，稽合乎同异。又有承明、金马，著作之庭，大雅宏达，于兹为群。元元本本，殚见洽闻。启发篇章，校理秘文。周以钩陈之位，卫以严更之署。总礼官之甲科，群百郡之廉孝。虎贲赘衣，阉尹阍寺。阶载百重，各有典司。

译文

左右庭中是文武百官商议国事的地方，萧何、曹参、魏相、邴吉等人在此出谋划策。他们辅助君主使国运可以永世流传；辅佐皇帝施行仁政以教化百姓。把大汉的恩德散布出去，洗涤亡秦的流毒，所以令臣子们演奏和谐的音乐、人民高唱《画一之歌》。当朝的功勋可以昭示于祖辈，恩泽遍及世间的民众。还有两座叫作天禄、石渠的高楼，里面收藏着很多书籍宝典，又让那些苦于钻研的学者和声名在外的老臣讲授儒家六艺、考校典籍的异同。另有承明庐和金马门，都是写书创作的地方，品德崇高学识广博的人都汇聚在此处。他们对待学问可以做到追本溯源；他们的眼界开阔，可以深刻地阐释书籍、准确地校对文字。后宫是君主居住的地方，四周都有守夜护卫的部门。总礼官负责考察国内的甲科举子、挑选郡县的廉孝人士。此外‘虎贲’‘赘衣’‘阉尹’‘阍寺’‘陛戟’等职位也都有各自的职责。

周庐千列，徼道绮错。辇路经营，脩除飞阁。自未央而连桂宫，北弥明光而亘长乐。凌隥道而超西墉，掍建章而连外属。设璧门之凤阙，上觚稜而栖金爵。内则别风之嶕峣，眇丽巧而耸擢；张千门而立万户，顺阴阳以开阖。尔乃正殿崔嵬，层构厥高，临乎未央。经骀荡而出馺娑，洞枍诣以与天梁。上反宇以盖戴，激日景而纳光。神明郁其特起，遂偃蹇而上跻。轶云雨于太半，虹霓回带于棼楣。虽轻迅与僄狡，犹愕眙而不能阶。攀井干而未半，目眴转而意迷。舍棂槛而却倚，若颠坠而复稽。魂怳怳以失度，巡迴途而下低。既惩惧于登望，降周流以彷徨。步甬道以萦纡，又杳窱而不见阳。排飞闼而上出，若游目于天表，似无依而洋洋。

为值班准备的房屋有千座之多，巡逻的道路交叉纵横，宽大的辇道周而复始，长长的阶梯通往天桥。未央宫中建有通往桂宫的阁道，途经长乐宫，往北直到明光宫。登上阁道往西可以越过城墙、通向章宫，阁道和从属的建筑壁门、凤阙也是相连接的。凤阙的檐角上有铜凤闪闪发光。别风阙伫立在建章宫的一侧，其构造精巧、直上云霄。建章宫的门户有千万扇，根据明暗冷暖时开时闭。它的大殿宏伟雄壮，各层楼阁高大轩昂，甚至超越了未央宫。在它的近旁还有四个大殿，从‘骀汤’能去往‘驭姿’，过了‘枍诣’便是‘天梁’。建章宫房檐上的瓦珰金光闪闪，跟太阳的光芒相互映照，使宫里充斥着光辉。神明台屹立高耸，高高的台顶直接天际，越过了天上的云彩。彩虹环绕着高处的栋梁，就算是勇猛轻盈的武士，也会惊讶呆立不敢前去。还没有上到井干楼的一半便会觉得头晕眼花心神不定，只能赶快远离围栏退到后面，好似是下落的半途获了救。惊慌失措无法反应，只能顺路返回。惧怕登到高处眺望远方，就只好在下方四处游荡。沿着弯折回旋的甬道行走，幽深不见天日；打开大门往上观望，着眼于天空之上，只感到无所依靠、茫然空虚。

前唐中而后太液，览沧海之汤汤。扬波涛于碣石，激神岳之嶈嶈。滥瀛洲与方壶，蓬莱起乎中央。于是灵草冬荣，神木丛生，岩峻崷崒，金石峥嵘。抗仙掌以承露，擢双立之金茎。轶埃堨之混浊，鲜颢气之清英。骋文成之丕诞，驰五利之所刑。庶松乔之群类，时游从乎斯庭。实列仙之攸馆，非吾人之所宁。

俯视前方的唐中池和后边的太液池，水波清澈浩大就如同沧海一般。浪花翻滚着拍击悬岸上的碣石，山下浪涛轰鸣，水流漫卷过瀛洲与方丈，蓬莱就在两者中间。在这里，就算是冬季灵芝也还会生长，松柏丛生在漫山遍野。石崖山峰高耸险峻，很是坚固。一对铜柱高耸入云，上面立有举着仙掌接取露水的铜人。露水高于人世的灰尘，是空气中洁净新鲜的露汁。

少翁讲述谎言，栾大施展巫术。应该只有赤松子、王子乔等神明可以经常到这里来游玩。这些宫殿其实是供神仙们居住的地方，并不是我们这种普通人可以安居的所在。

唐中池

原文

尔乃盛娱游之壮观，奋泰武乎上囿。因兹以威戎夸狄，耀威灵而讲武事。命荆州使起鸟，诏梁野而驱兽。毛群内阗，飞羽上覆，接翼侧足，集禁林而屯聚。水衡虞人，修其营表。种别群分，部曲有署。罘网连纮，笼山络野。列卒周匝，星罗云布。于是乘銮舆，备法驾，帅群臣，披飞廉，入苑门。遂绕酆鄗，历上兰。六师发逐，百兽骇殚。震震爚爚，雷奔电激。草木涂地，山渊反覆。蹂躏其十二三，乃拗怒而少息。尔乃期门佽飞，列刃钻鍭，要趹追踪。鸟惊触丝，兽骇值锋。机不虚掎，弦不再控。矢不单杀，中必叠双。飑飑纷纷，矰缴相缠。风毛雨血，洒野蔽天。平原赤，勇士厉。猨狖失木，豺狼慑窜。尔乃移师趋险，并蹈潜秽，穷虎奔突，狂兕触蹶。许少施巧，秦成力折。掎僄狡，扼猛噬。脱角挫脰，徒搏独杀。挟师豹，拖熊螭，曳犀犛，顿象罴。超洞壑，越峻崖，蹶崭岩，钜石隤。松柏仆，丛林摧，草木无余，禽兽殄夷。

译文

为了展示壮丽的游乐活动，皇帝在上林苑发动了规模浩大的捕猎，借机向戎狄展示我军的威仪，既夸耀兵力又可以训练军队。于是下令让荆州的民众驱逐飞禽，让梁州的人民追赶兽类。野兽布满禁苑，禽鸟遮蔽天空。群鸟翅膀相连，百兽脚足相接，云集在禁苑之中，汇聚在园林里。调派水衡、虞人给打猎的队列分别竖立标志，以便规整队伍。每支部队都遵照计划进行安置，分派有不同的跟踪目标。兽网全部相连、遍布山间。士兵排列整齐，布满周围的山岭，队列排布紧凑，就像天上的群星一般。于是帝王坐着车辇，带领众位官员，从飞廉门驶出，进到上林苑中。绕过鄠县、鄗县，途径上兰观。六军士卒奋发向前，群兽惊慌奔逃，军车驰骋就像是雷声轰鸣，良驹掠过好似迅疾的闪电。草木折断，山川倾覆。二三成的飞禽走兽或者被抓住，或者被杀死，这时发起攻击的士兵才稍稍平息怒气、略做休整。于是期门、佽飞这样的勇者开始展现英姿。他们举起刀剑、拉开弓弦，拦阻飞奔的野兽，追查躲起的禽兽。飞禽因为惊吓而自己撞进网中，野兽惊骇异常碰到了尖利的刀刃。箭弩从不虚发，弓箭也每射必中，而且每一箭都会射中两个猎物。众箭齐发，箭杆尾端的绳子就纠缠到了一起。禽兽的翎羽随风飞舞，鲜血就像落下的雨水。山野都沾染上了鲜血，羽毛遮盖了天空，平原也被染成了红色，但是勇士却更加奋勇。猿猴躲藏进密林，豺狼到处逃跑。此时将帅指挥士兵进入危险的地域，去到山林的深处。受困的老虎横冲乱撞，疯狂的兕牛奋力顶撞。有许少般快手的士兵使用巧妙的技能、有秦成般力气的士兵运用自身的力气，将飞奔的野兽拉住，抓获了凶猛的兽类，折断它们的犄角、弯折它们的脖颈。空手搏斗，让野兽丧命。勇士们把狮豹挟在胳膊下面，拖拽着熊螭、拉着犀牦、捕获象罴。他们跨越沟壑，翻过山岭；崩塌岩壁，震落石块；压毁松柏，毁坏树林。一路上植被基本都没有剩下，野兽也被赶尽杀绝。

于是天子乃登属玉之馆，历长杨之榭。览山川之体势，观三军之杀获。原野萧条，目极四裔，禽相镇压，兽相枕藉。然后收禽会众，论功赐胙。陈轻骑以行炰，腾酒车以斟酌。割鲜野食，举烽命釂。飨赐毕，劳逸齐。大路鸣銮，容与徘徊。集乎豫章之宇，临乎昆明之池。左牵牛而右织女，似云汉之无

涯。茂树荫蔚，芳草被堤。兰茝发色，晔晔猗猗。若摛锦布绣，烛燿乎其陂。鸟则玄鹤白鹭，黄鹄鵁鶄；鸧鸹鸨鶂，凫鹥鸿雁。朝发河海，夕宿江汉；沈浮往来，云集雾散。于是后宫乘輚辂，登龙舟。张凤盖，建华旗。祛黼帷，镜清流。靡微风，澹淡浮。櫂女讴，鼓吹震，声激越，謍厉天。鸟群翔，鱼窥渊。招白鹇，下双鹄。揄文竿，出比目。抚鸿罿，御矰缴，方舟并骛，俛仰极乐。遂乃风举云摇，浮游溥览。

众鸟翔集

译文

然后天子来到属玉馆，经过长杨榭，观赏山河的情势，查阅军队的收获。只见田野荒凉，一片空无。极目远望，只看到禽鸟的尸体满地都是，死去的野兽一个挨着一个。接着收拢猎物，集合将士，讲评功劳，进行奖赏。骑兵们将烤肉分发下去，驰骋的车子为众人提供酒水。战士们把鲜肉切下，在郊野食用，燃烧篝火，将美酒一饮而尽。饱餐一顿之后，众人有劳有逸。天子乘坐车辇，缓慢地前进，在豫章观集合军队，对面便是昆明池，池子的左右都有雕塑，分别是牵牛像和织女像。池里碧波浩荡，就像漫无边际的银河。那里树林茂盛，嫩草遍地，兰草和白芷色彩光鲜，就如同展开的锦缎一样，映照着昆明池水。禽鸟种类繁多，有玄鹤、白鹭、天鹅、鸬鹚、鸛、鸧、鸨、鶂、野鸭、鸥鸟、大雁，它们清晨从河海飞来，夜晚在江汉休息。众鸟降落在水上，于空中飞翔，如云一般汇集，又像雾一样消失。妃嫔女官坐着卧车，登上龙船；打开凤盖，立起彩旗；张开幕帐，对着洁净的水流照着自己的身形；顺着风向，在水面上漂流。此时，划船的女子唱起了歌谣，于是各种乐器一同奏响，声音高昂，在天空中鸣响；群鸟在天空飞翔，鱼类潜入深潭。美女们拉开白鹇弓，射落一对天鹅；拿起绘有纹路的鱼竿，把比目鱼从水里钓出。还有人撒下巨大的捕鱼网，射出系着绳索的飞缴。两条船并排前进，乘风破浪，众人从中得到了极大的欢愉。于是风吹云荡，漫游观赏。

原文

前乘秦岭，后越九嵕。东薄河华，西涉岐雍。宫馆所历，百有余区。行所朝夕，储不改供。礼上下而接山川，究休祐之

所用。采游童之欢谣，第从臣之嘉颂。于斯之时，都都相望，邑邑相属。国藉十世之基，家承百年之业。士食旧德之名氏，农服先畴之畎亩，商循族世之所鬻，工用高曾之规矩。粲乎隐隐，各得其所。

先登上秦岭，然后翻越九嵕山，往东到了黄河太华，向西过了岐山雍县，途径的宫室大概有一百多所。早晨出发傍晚停下，每到一地都有充足的供给。祭祀天地山河的神灵，用尽祈福所需的物品。收集世间的童谣，对百官所写的文章评定高低。在这个时代，各都城可以彼此看到，城镇都是连接在一起。诸侯能够依靠十代的基业，名门望族能够继承百年的家产。文人可以享受到祖先的名分，农民可以耕种先人的田地，商贩可以从事世代相传的买卖，工匠可以承袭祖辈留下的器具。国家兴旺发达，民众各得其所。

原文

若臣者，徒观迹于旧墟，闻之乎故老，十分而未得其一端，故不能遍举也。

我看到的只是长安的遗址而已，听说的也只是老年人所讲的故事，可以说还不及长安的十分之一呢，所以也无法全部列举清楚。

东都赋

原文

东都主人喟然而叹曰："痛乎，风俗之移人也！子实秦人，矜夸馆室，保界河山，信识昭襄而知始皇矣。乌睹大汉之云为乎？

译文

东都的主人喟然叹息说："风俗对于世人想法的影响是多么巨大啊，先生果真是秦国的人啊，只晓得夸耀雄伟的殿堂，依仗险要的地形，虽说了解昭襄和始皇，但是先生却不知晓大汉辉煌绚烂的功绩啊。

原文

夫大汉之开元也，奋布衣以登皇位，由数期而创万代，盖六籍所不能谈，前圣靡得言焉。当此之时，功有横而当天，讨有逆而顺民。故娄敬度势而献其说，萧公权宜而拓其制。时岂泰而安之哉？计不得以已也。吾子曾不是睹，顾曜后嗣之末造，不亦暗乎！今将语子以建武之治，永平之事，监于太清，以变子之惑志。

译文

大汉王朝刚刚创立的时候，高祖以平民的身份坐上了皇上的宝座，经过常年的征战建立了稳固的政权，这些都是没有记录在六经中的，也全都是前圣所没有言传的。当时，高祖顺应天命攻打残暴的秦王、征讨乱臣贼子以安抚人心；娄敬权衡局势提议把都城定在长安，萧何依据情形建造了壮美的宫室。这些莫非都是为了奢靡享乐的欲望么？这全是因为情势所迫不得已而为啊。先生不仅没能想到这一点，还将后世问仙等奢靡之事夸耀称赞，这不是显得太过愚昧了么？现今，我给先生讲讲建武和永平时期的政事，让先生知晓政治应该顺从天道自然而为，以更改先生糊涂的思想。

往者王莽作逆，汉祚中缺。天人致诛，六合相灭。于时之乱，生人几亡，鬼神泯绝。壑无完柩，郛罔遗室。原野厌人之肉，川谷流人之血。秦项之灾，犹不克半，书契以来，未之或纪。故下人号而上诉，上帝怀而降监，乃致命乎圣皇。于是圣皇乃握乾符，阐坤珍，披皇图，稽帝文。赫然发愤，应若兴云。霆击昆阳，凭怒雷震。遂超大河，跨北岳。立号高邑，建都河洛。绍百王之荒屯，因造化之荡涤。体元立制，继天而作。系唐统，接汉绪，茂育群生，恢复疆宇。勋兼乎在昔，事勤乎三五。岂特方轨并迹，纷纶后辟，治近古之所务，蹈一圣之险易云尔哉？

以前王莽叛乱篡汉，汉朝的血脉因此断绝。天命与民心都想铲除王莽，世间民众共同歼灭贼党。那时战祸连绵，人民都快死光了，神鬼也都要灭绝了。沟谷尸骨遍布以致都没有足够的棺木盛载了，城市屋宇都只剩下残垣断壁，尸身盖满了田野，山川和谷地流满了鲜血。秦、项制造的灾难还比不上此事

王莽作乱

的一半；自从有了文字，还从没有记载过这么大的灾难。民众对着天上苦求，天帝视察下界，传天命给光武帝。于是圣皇手拿上天的祥符，阐释大地上出现的祥瑞之物；揽阅皇图，查看帝书。继而奋而发兵，回应的人数不胜数，军队在昆阳以少胜多，拥有了雷霆之势。于是圣皇渡过江河、翻越北越，在高邑登基称帝，把京城定在了洛阳，继承了数代以来被耽误的事业。他依据上天的旨意清除弊政；以世间的法德为基础创建法制，承袭天命将此推行开去。他继承了唐尧的传统，做出的功绩达到了前汉的程度，让所有生物生长繁育，使各地都统一起来。光武帝的功劳已然超过了前朝的明君，他的功勋也大于三皇五帝。难道说他只是跟近代的圣主相当么？只和近代的明君一般处治国事么？怎么可以说他仅仅是重复了某些圣主的强国计划呢？

原文

且夫建武之元，天地革命，四海之内，更造夫妇，肇有父子，君臣初建，人伦实始，斯乃伏羲氏之所以基皇德也。分州土，立市朝，作舟车，造器械，斯乃轩辕氏之所以开帝功也。龚行天罚，应天顺人，斯乃汤武之所以昭王业也。迁都改邑，有殷宗中兴之则焉。即土之中，有周成隆平之制焉。不阶尺土一人之柄，同符乎高祖。克己复礼，以奉始终，允恭乎孝文，宪章稽古，封岱勒成，仪炳乎世宗。案《六经》而校德，眇古昔而论功，仁圣之事既该，而帝王之道备矣。

建武初年的时候，世间因革命而发生了改变。所有的区

夫妻间的道德重塑，父子间的礼数得以周全，君臣间的道义开始建立，人伦有了新的变化，就如同伏羲一般将皇德的基业打造。分划州县城郭，建设城镇市场，建造船只车辆，制作器具，这些都是轩辕氏创立基业的举措。恭敬地代替上苍惩治逆贼，依照天意顺应人心，这些全是商汤、周武宣扬帝业的举动。定洛阳为首都，有盘庚中兴作为决定的依据；将都城设在国土的中央，使仿照周成王是国家兴盛的旧制。不依靠分封的土地和世代承袭的权力，光武帝和高祖一样同样受命于上天；一直奉行克己复礼，光武帝同文帝一样严谨恭敬；依照古制效法古礼，在泰山举办封禅大典，仪式跟汉武时期一样光辉。遵照《六经》跟古帝比较德行，察视以往和先代的贤人品评功勋。光武帝完成了仁圣该做的所有事，也全数具备了帝王所应该具有的德行。

至乎永平之际，重熙而累洽。盛三雍之上仪，修衮龙之法服。铺鸿藻，信景铄，扬世庙，正雅乐。人神之和允洽，群臣之序既肃。乃动大辂，遵皇衢，省方巡狩，穷览万国之有无，考声教之所被，散皇明以烛幽。然后增周旧，修洛邑，扇巍巍，显翼翼。光汉京于诸夏，总八方而为之极。于是皇城之内，宫室光明，阙庭神丽，奢不可逾，俭不能侈。外则因原野以作苑，填流泉而为沼，发蘋藻以潜鱼，丰圃草以毓兽。制同乎梁邹，谊合乎灵囿。

到了明帝永平年间，社会风俗就更加和谐与光明。在三

雍宫举办盛大的典礼，明帝身穿绣着神龙的礼服。陈述经典的文章，宣扬美好的德行；诵读祖辈的庙号，纠正庙宇的音乐。人神之间十分和谐，臣子之间的秩序也很是严谨。于是明帝乘车出发，顺着大路巡察各地，考量地方上的物产，观看民间的风气和习俗，视察教化达到了什么样的程度，布施君主的仁德，使边远的地区也可以得到教化。之后扩建周朝京师的遗址，建造洛阳的宫殿。新城宏伟高大，展示了雄壮的气势，向其他国家展现汉朝京师的风采，成了统治各地的标识。都城中的宫殿、城阙，庭院全都十分明媚华丽，但是又没有过分的奢华，朴素的地方也不显得简陋。皇城的外边，依据田野修建苑囿，将泉水规划成湖泊，繁茂的水草下面生活着许多游鱼，草木茂盛养育了众多禽兽，规模与梁邹相似，但是意义又与灵囿相同。

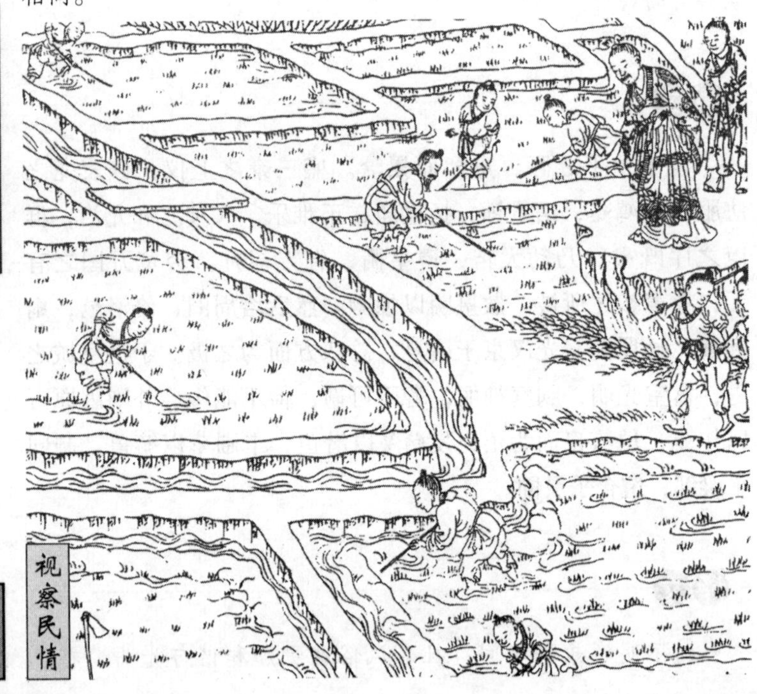
视察民情

原文

若乃顺时节而搜狩，简车徒以讲武，则必临之以《王制》，考之以《风》《雅》。历《驺虞》，览《驷驖》，嘉《车攻》，采《吉日》。礼官整仪，乘舆乃出。于是发鲸鱼，铿华钟。发玉辂，乘时龙。凤盖棽丽，和銮玲珑。天官景从，寝威盛容，山灵护野，属御方神。雨师泛洒，风伯清尘，千乘雷起，万骑纷纭。元戎竟野，戈铤彗云。羽旄扫霓，旌旗拂天。焱焱炎炎，扬光飞文，吐焰生风，欱野喷山。日月为之夺明，丘陵为之摇震。遂集乎中囿，陈师案屯。骈部曲，列校队，勒三军，誓将帅。然后举烽伐鼓，申令三驱。輶车霆激，骁骑电骛。由基发射，范氏施御，弦不睼禽，辔不诡遇。飞者未及翔，走者未及去。指顾倏忽，获车已实。乐不极盘，杀不尽物。马踠余足，士怒未泄。先驱复路，属车案节。于是荐三牺，效五牲，礼神祇，怀百灵。

译文

如果根据节气进行狩猎、搅阅军队演习军事，就一定要遵守《礼记》的《王制》，参照《风》《雅》里与田猎相关的诗歌。参考《驺虞》《驷驖》《车攻》《吉日》等篇目，让礼官整顿仪仗之后，车辇才可以出行。用鲸鱼形状的钟杵敲击刻有篆文的华丽大钟，使之发出轰响。皇帝坐上用玉装饰的车辇，搭乘由六匹宝马拉着的猎车，华美的伞盖在风中飘舞，前进的车辆铃声清越，侍从官员紧紧跟随，整个队伍威严整齐。山野神明在野外保护，四方的神仙驾车紧随，雨师清洁路途，风伯除去尘土。千辆军车一起行动如同响雷阵阵，上万的骑兵共同前进，巨大的战车遍布原野，各式武器挡住了天空，箭羽从彩

列队前进

虹上扫过，飞扬的旗帜擦过天空。刀剑舞动似乎有火光闪动，旌旗飞舞只见色彩鲜艳；刀枪反射的光芒就像焰火，车马驶过就如同大风席卷。山峰和平原相应和，清风在中间盘旋。日月因此而昏暗，山丘也随之震颤。将所有的将士都集中到苑囿的中间，按照部队依次排列成行。排布三军，劝诫将帅，之后高举烽火，将战鼓擂响，宣告从三面进行狩猎。车辆像迅雷激荡，骑兵似划过的闪电；由基一样的射手开弓射箭，范式一样的车夫驱车驰骋。不射击从正面逃来的受惊的野兽，也不杀死从旁边飞走的惊惧的禽鸟。往前逃的禽鸟刚飞起来就被射中掉下，向前奔跑的野兽还没跑多远便受伤无法前行。没用多久，车辆便已经盛满猎物，战士们享受欢乐但是并不过分，进行狩猎但不赶尽杀绝。马匹还有力气，士兵也充满了斗志，先导的车辆就已经往回行驶，后面的车辆也随后跟从。然后在庙宇里进献各种野味，祭祀神仙地祇，也招待各路的神仙。

原文

覲明堂，临辟雍，扬缉熙，宣皇风，登灵台，考休征。俯仰乎乾坤，参象乎圣躬。目中夏而布德，瞰四裔而抗棱。西荡河源，东澹海漘，北动幽崖，南燿朱垠。殊方别区，界绝而不邻。自孝武之所不征，孝宣之所未臣，莫不陆詟水栗，奔走而来宾。遂绥哀牢，开永昌。春王三朝，会同汉京。是日也，天子受四海之图籍，膺万国之贡珍。内抚诸夏，外绥百蛮。尔乃盛礼兴乐，供帐置乎云龙之庭。陈百寮而赞群后，究皇仪而展帝容。于是庭实千品，旨酒万钟。列金罍，班玉觞，嘉珍御，太牢飨。尔乃食举《雍》彻，太师奏乐，陈金石，布丝竹，钟鼓铿鍧，管弦烨煜。抗五声，极六律，歌九功，舞八佾《韶》《武》备，泰古毕。四夷间奏，德广所及，㑊佅兜离，罔不具集。万乐备，百礼暨，皇欢浃，群臣醉，降烟煴，调元气。然后撞钟告罢，百寮遂退。

译文

明帝在明堂会见诸侯，去往太学宣扬礼教，表现帝王的德行，展示君主的仁慈。登上高耸入云的灵台，察视上天降下的吉兆，仰看天象俯视大地，反省皇家的仁德与天地是否一致。览视国内散布仁慈，远眺四方彰显威仪，西至黄河的源头，东到海洋，北至幽静的山地，南到朱红的偏远边境。那些遥远的地方；有边境阻隔并不相邻的国邦；武帝没有讨伐、宣帝没有使其归顺的地方，现在全都既尊敬又惧怕，都赶赴中国，臣服于大汉。于是明帝安抚归顺的哀牢国，设立了永昌郡。春季诸侯全都前来觐见，集合于洛阳。明帝会在这日收取各处呈上的地图户籍、接收各国进献的珍稀宝物、安抚国内的诸侯和外邦的民众。然后举行盛大的仪式，歌舞庆祝，在云龙门摆设酒席，文武官员伴随着前来的各国君主，先进行觐见的仪式，然后瞻仰皇帝的容貌。宫廷里摆满了各种美食和名酒，杯子都是金玉制作的，美味的佳肴被不停地端来，还杀死了肥嫩的牲畜来接待。酒席间乐师奏乐助兴，奏起《雍》彻之乐，演奏钟、磬、琴、瑟等乐器。钟鼓的声音庄严悠远、管弦的声音急促热烈，乐师用各式的音律弹奏，颂扬所有事情。九功的歌声直传进云霄，八佾的舞姿优雅美丽；《韶乐》《武乐》尽数演奏，太古之曲也全都弹奏。还表演了很多少数民族的乐曲，因为汉朝的威仪传播到了远方，还有《僸佅》《兜离》等曲子也拿来助兴。酒席中表演的全部歌舞都使用了最隆重的礼仪，君王十分愉快，百官也都有了醉意，欢愉的气氛在席间流转。之后敲钟宣布宴会结束，官员这才告谢离开。

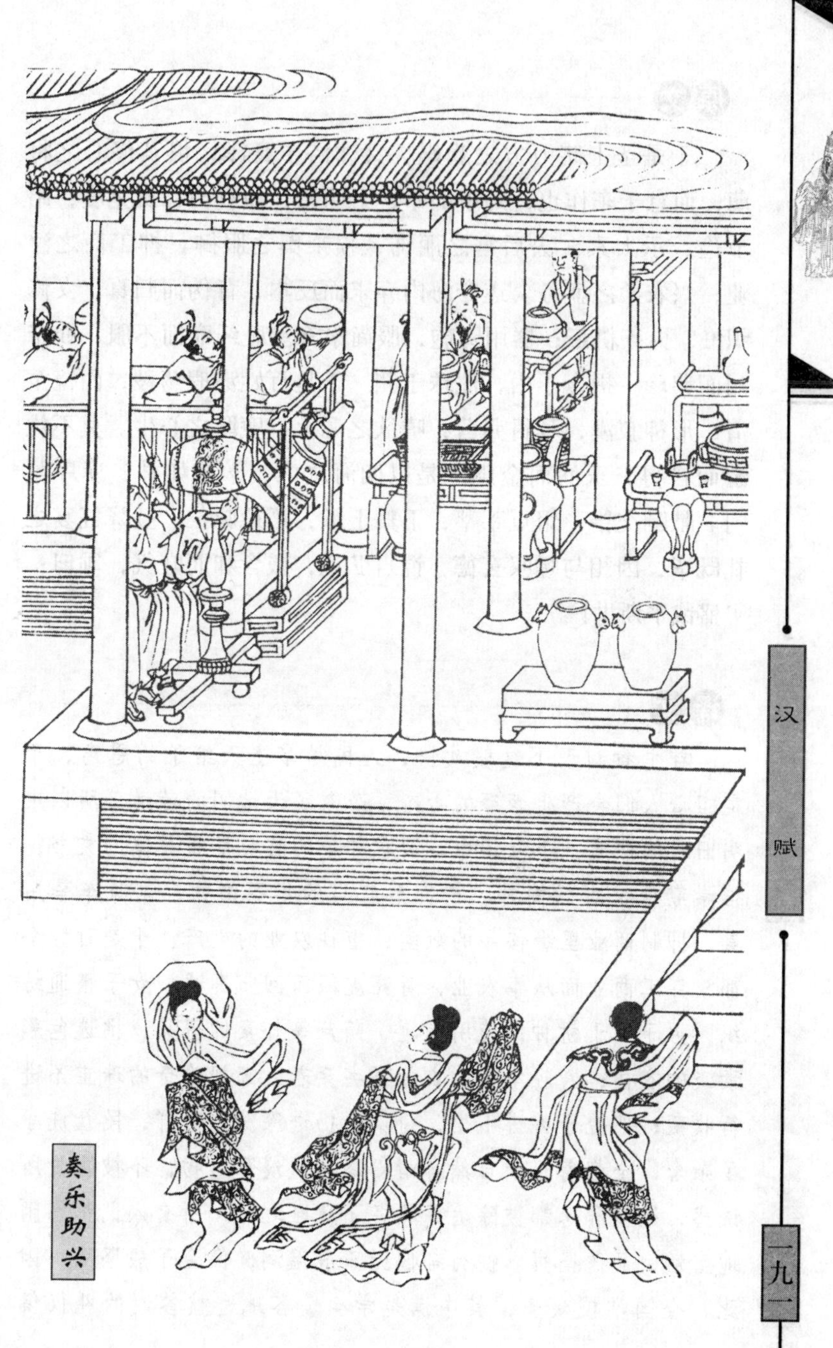

奏乐助兴

原文

于是圣上睹万方之欢娱，又沐浴于膏泽，惧其侈心之将萌，而怠于东作也，乃申旧章，下明诏，命有司，班宪度，昭节俭，示太素。去后宫之丽饰，损乘舆之服御。抑工商之淫业，兴农桑之盛务。遂令海内弃末而反本，背伪而归真。女修织纴，男务耕耘；器用陶匏，服尚素玄。耻纤靡而不服，贱奇丽而弗珍。捐金于山，沈珠于渊。于是百姓涤瑕荡秽，而镜至清，形神寂漠，耳目弗营，嗜欲之源灭，廉耻之心生。莫不优游而自得，玉润而金声。是以四海之内，学校如林，庠序盈门。献酬交错，俎豆莘莘，下舞上歌，蹈德咏仁。登降饪宴之礼既毕，因相与嗟叹玄德，谠言弘说，威含和而吐气，颂曰：'盛哉乎斯世！'

译文

君主看到天下这般欢快，人民尽享上天给予的恩惠，于是担心人们会产生奢靡的心态，疏忽了天地间的劳动。所以申明旧时的法度，下发诏命，要求相关的官员发布具体的文书，推崇勤俭、表扬简朴。摒弃后宫里的华丽饰物，削减车辇用具，抑制商业里奢侈品的贩卖，重视农业的生产。于是百姓全都放弃工商业而从事农业，背离虚假而回归真诚。女子精通纺织，男子工于耕种；使用陶罐、葫芦等朴素的器具，挑选色彩素淡的衣裙；看轻华美的衣衫不去穿着，鄙视珍奇的珠宝不进行收藏；把金子丢进山里，将珍珠扔进深渊。这样，民众洗净了杂念，全都着眼于自然。清心寡欲，淡薄财物，不被富贵所诱惑，欲望邪念都被除去，具备了廉耻之心。所有人民都悠闲地生活，品德坚贞。德行都像玉石般温润，像金子般坚固。因此，全国学校众多，其中满是学生。各地进献答谢的礼仪俱全，俎豆类的礼器种类很多。所有人都传诵着帝王的功绩，称赞其美好的德行。每次各种宴席的礼仪完结之后，众人都会一同赞美皇上的仁德。大家抒发自己的思想，表述自身的情感；心怀中和的仁德，吞吐天地间的元气。最后共同赞颂：'这真是个繁华昌盛的时代啊！

原文

今论者但知诵虞夏之《书》，咏殷周之《诗》，讲羲文之《易》，论孔氏之《春秋》，罕能精古今之清浊，究汉德之所由。唯子颇识旧典，又徒驰骋乎末流，温故知新已难，而知德者鲜矣。且夫僻界西戎，险阻四塞，修其防御，孰与处乎土中，平夷洞达，万方辐凑？秦岭、九嵕泾渭之川，曷若四渎五岳，带河溯洛，图书之渊？建章甘泉，馆御列仙，孰与灵台明堂，统和天人？太液昆明，鸟兽之囿，曷若辟雍海流，道德之富？游侠逾侈，犯义侵礼，孰与同履法度，翼翼济济也？子徒习秦阿房之造天，而不知京洛之有制也；识函谷之可关，而不知王者之无外也。"

译文

现在的人只晓得诵读虞夏的《尚书》、殷周的《诗经》、伏羲及文王的《周易》、孔子的《春秋》等书籍，很少可以精通古今的变化，知悉汉皇仁德的前因后果。先生对于以前的文章典籍研究颇深，对旧时的奢华习俗十分喜爱，让你透过经典的义理认清新鲜的事物已经很不容易了，要想明白现今的盛德就更难了。而且长安和西戎连接在一起，方位偏向西方，四周都被险要的地形阻隔，出入不便，怎么比得上东都呢。洛阳位于国家的中央，四通八达，各方臣服，就像车辐都向着车轴聚拢一般。长安依靠着秦岭、九嵕，周围有泾水、渭水，哪里及得上洛阳周边有四河五岳，而且黄河、洛水都环绕着洛阳城郭，是天然的屏障。长安有建章、甘泉供奉着众位神明，怎么及得上洛阳的灵台、明堂，在这里可以宣讲道义，使人神都和谐安稳。长安有太液和昆明池以及饲养禽兽的囿苑，怎么及得上洛阳的辟雍和环水又深又宽，意味着道义的富足，如同无边的四海一般。长安的侠客目无法纪，逾越礼仪，怎么及得上洛阳人遵纪守法，仪容规整。先生只晓得阿房宫直入云天，怎么会明白洛阳的法度明清；先生只晓得函谷关易于防守，怎么会明白王道的效力无法战胜！

原文

主人之辞未终，西都宾矍然失容，逡巡降阶，揲然意下，捧手欲辞。主人曰："复位。今将授子以五篇之诗。"宾既卒业，乃称曰："美哉乎斯诗！义正乎扬雄，事实乎相如。匪唯主人之好学，盖乃遭遇乎斯时也。小子狂简，不知所裁，既闻正道，请终身而诵之。

译文

东都主人的话还没有讲完，西都的客人已经慌张得变了脸色。他退到台阶的下面，心情很是沉闷，拱手道别想要离去。主人说："请你过来落座，我还要为你诵读五篇诗歌。"客人听完之后，禁不住连声赞扬道："这些诗作太美妙了，意义比扬雄的赋文更好，内容比相如的赋文更加真切，不仅是因为主人高深的学识，更重要的还是身处一个太平盛世。我的志向虽然远大但是有些愚鲁，不明白高低，既然听到了诗里讲述的正气，就肯定会一生诵读。"

宾客辞行

幽通赋

原文

系高顼之玄胄兮，氏中叶之炳灵；飖颻风而蝉蜕兮，雄朔野以飏声。皇十纪而鸿渐兮，有羽仪于上京。巨滔天而泯夏兮，考遘愍以行谣；终保己而贻而兮，里上仁之所庐。懿前烈之纯淑兮，穷与达其必济；咨孤蒙之眇眇兮，将圮绝而罔阶；岂余身之足殉兮，违世业之可怀。

译文

我是高阳帝颛顼的后人，家道中叶在楚国声明显赫。楚国灭亡后，世道风雨飘摇，祖先们从故土逃出，之后便称雄北方英名远扬。在汉朝十世的时候，先辈中有人官居高位，享受旗帜仪队显耀于京师。后来，王莽罪孽深重将要毁灭华夏，父亲遭遇这种祸事而感到担忧。我的祖先一直安分守己，为后代留下了为人处世的训诫；效仿品德高雅之人，选择适宜生活的地方。我赞赏先辈是如此的贤明尚德，不管环境的好坏都心怀人民。我叹息自己孤苦愚钝见解浅薄，断了祖辈的功绩从而成名无门。我无法继承祖辈的业绩，真是为家道的衰败而忧愁烦闷。

原文

靖潜处以永思兮，经日月而弥远；匪党人之敢拾兮，庶斯言之不玷。魂茕茕与神交兮，精诚发于宵寐；梦登山而迥眺兮，觌幽人之仿佛；揽葛藟而授余兮，眷峻谷曰勿坠。吻昕寤

而仰思兮，心蒙蒙犹未察；黄神邈而靡质兮，仪遗谶以臆对。曰乘高而遌神兮，道遐通而不迷；葛绵绵于樛木兮，咏《南风》以为绥；盖惴惴之临深兮，乃二《雅》之所祇。既讯尔以吉象兮，又申之以炯戒：盍孟晋以迨群兮？辰倏忽其不再。

译文

我在隐居的时候尽心思考，想要让祖辈的事业永世留存。我不敢跟乡中的友人一起前进，希望秉承德行不玷污先辈的仁德。我心神孤独经常在梦中诚心地和神明交往。在梦里，我攀登到高峰上向远处眺望，依稀看到有神明前来。他手持葛藤交给我，回视幽谷叮嘱我千万不要摔下深渊。清晨醒来后，我仰头沉思，心思迷糊不晓得此梦是福是凶。黄帝是如此的遥远无法前去问询，于是暗中在心里揣测谶书。占梦书里说，在高处遇到神明，代表着理解了道术，就会道路通达不再迷茫。葛藤纠缠着高挺弯折的树木，诵读《樛木》，发现这预示着安定。而梦里面对深渊的惊恐，大概便是《大雅》《小雅》警告的言辞。梦境已然告诉我有吉祥的景象，并且给予我敬告。我为何不奋力前进追赶友人，时光易逝再也不会回来。

原文

承灵训其虚徐兮，竚盘桓而且俟。唯天地之无穷兮，鲜生民之晦在。纷屯亶与蹇连兮，何艰多而智寡！上圣迕而后拔兮，虽群黎之所御！昔卫叔之御昆兮，昆为寇而丧予。管弯弧欲毙雠兮，雠作后而成己。变化故而相诡兮，孰云预其终始！雍造怨而先赏兮，丁繇惠而被戮；栗取吊于逌吉兮，王膺庆于所慼。叛回穴其若兹兮，北叟颇识其倚伏。单治里而外凋兮，

察视等候

张修襮而内逼；聿中和为庶几兮，颜与冉又不得。溺招路以从己兮，谓孔氏犹未可，安慆慆而不葩兮，卒陨身乎世祸。游圣门而靡救兮，虽覆醢其何补？

我虽经受了神明训导仍心有疑虑，所以站在原处察视等候。只觉得天地悠悠，人生苦短，时间无多。世间的事情混乱，让人进退不定，艰难困苦少有智者。前代的圣人可以从困境中自拔，世俗之人的灾祸又怎么提防。曾经卫叔武真心地欢迎他的兄长回国，但是他的兄长却把他看作仇敌将其杀死。管仲将小白当作敌人击杀，桓公即位后却对管仲委以重任。世事变幻多端，没人可以预见其始终。雍齿与刘邦有怨但却最先受到封赏，丁公对刘邦有恩但却遭到杀害。栗姬备受宠幸但却自取灭亡，王婕妤无子本应是忧苦之事，但是最终成为皇后得到幸福。事情的乖张与混乱本就这样，塞北老翁对于祸福便很是明了。单豹重视调养身体但却死于意外，张毅为了外事忙碌，最后却死于内疾。都说秉承中庸的道德可以避开灾祸，但是颜渊、冉耕也无法逃离早死的灾祸。桀溺要求子路跟着他隐居，说孔子的道德在世间无用。子路处在乱世不进行躲避，最终葬身灾难遭遇砍杀。子路求学在圣明门下也无法避祸，孔子纵然将肉酱盖上又有什么用处呢？

原文

固行行其必凶兮，免盗乱为赖道。形气发于根柢兮，柯叶汇而零茂。恐魍魉之责景兮，羌未得其云已。黎淳耀于高辛兮，芈强大于南汜；嬴取威于伯仪兮，姜本支乎三趾：既仁得其信然兮，仰天路而同轨。东邻虐而歼仁兮，王合位乎三五；戎女烈而丧孝兮，伯徂归于龙虎；发还师以成命兮，重醉行而自耦。震鳞漦于夏庭兮，匝三正而灭姬；巽羽化于宣宫兮，弥五辟而成灾。

译文

子路刚烈固执，不免会遭遇危难，而他没有成为一个祸乱之人，便是因为从师于孔子。一个人的样貌气质是从父母那里承袭来的。就像植被，所有的特征都是取决于根部，枝条的茂盛衰败也都是由此决定的；就像是罔两向影子问询，一直无法得到确定的回答。黎的功绩显耀于高辛时期，楚国因此在江淮地区强盛起来。秦国兴盛是由于伯益管理得当，齐国兴起是因为伯夷掌管三礼。这些的确都是求仁得仁的结果，从天道上讲，也应该做到如此。殷纣残暴地杀死了三个仁者，而武王则受神明护佑，又顺应了天时地利人和。骊姬残忍导致孝子死去，而文公归来好比龙虎呈祥。武王率军返回终于完成了天命，晋文公醉酒回国正好符合了天意。神龙在夏朝的宫殿中流下了唾液，三朝之后，竟然导致了周朝的灭亡。汉宣帝宫中的雌鸡变成了雄鸡，五代以后造成了灾祸的发生。

原文

道修长而世短兮，敻冥默而不周；胥仍物而鬼诹兮，乃穷宙而达幽。妫巢姜于孺筮兮，旦算祀于契龟。宣、曹兴败于下梦兮，鲁、卫名谥于铭谣。妣聆呱而劾石兮，许相理而鞫条。道混成而自然兮，术同原而分流。神先心以定命兮，命随行以消息。斡流迁其不济兮，故遭罹而嬴缩。三栾同于一体兮，虽移易而不忒。洞参差其纷错兮，斯众兆之所惑。周、贾荡而贡愤兮，齐死生与祸福；抗爽言以矫情兮，信畏牺而忌鹏。所贵圣人之至论兮，顺天性而断谊。物有欲而不居兮，亦有恶而不避；守孔约而不贰兮，乃輶德而无累。三仁殊于一致兮，夷、惠舛而齐声。木偃息以蕃魏兮，申重茧以存荆。纪焚躬以卫上兮，皓颐志而弗倾。侯草木之区别兮，苟能实其必荣。要没世而不朽兮，乃先民之所程。观天网之纮覆兮，实棐谌而相训；谟先圣之大猷兮，亦邻德而助信。虞《韶》美而仪凤兮，孔忘味于千载。素文节而底麟兮，汉宾祚于异代。精通灵而感物兮，神动气而入微。养流睇而猨号兮，李虎发而石开；非精诚其焉通兮，苟无实其孰信！操末技犹必然兮，矧耽躬于道真！

译文

天道悠久但是人生苦短，深刻的幽思无法彻底顿悟，因此需要借由占卜向神鬼询问，才可以通晓古今、明了幽微。占卜表明敬仲在齐，陈国才可以兴盛。周公以龟壳占卜，得到周朝可以延续的年数。仆人的梦境预示了宣王和伯阳的兴衰，童谣和铭文展示了鲁召公、卫灵公的谥号。叔向的母亲听见伯石出生后的第一声啼哭就知道他肯定会导致晋的灭亡，许负观察条侯的面相就言明了他的命运。世间万物的根源和发展变化全是于混沌中自然形成的，但是查看的方式、手法却可以从相同目的中分化出不一样的派别。神明总是在人类思索考量以前便决定了他的命数，人便因为这个命数而显现出兴衰祸福。人的一生变幻莫测，依据自身的遭遇从而取得成功或者以失败告终。栾氏三代都承袭着同样的血脉，虽然世事不同但是报应却

周公龟卜

没有什么差别。察觉到报应的反复不一，会使大家迷茫无措半信半疑。庄周、贾谊思想激愤，对世俗的法则感到困惑，因而宣扬生死相同福祸无差，用这样的话语来掩藏内心真实的情感，其实他们是害怕成为祭祀的牛和鹏鸟带来的凶讯。最应该珍惜的是圣贤的观点、著作，因为它可以指点人们顺应自己的品性和特点，做事便不会逾越道义。心怀欲念但是不符道德便不去获取，感到厌恶但是符合道德就不要避讳。严格遵守道德始终如一，就会觉得承担德行不是一件烦累的事情。“三仁”的作为虽然不同但是都被称为仁，伯夷和柳下惠对去留的选择不同，但是都留下了好名声。段干木安稳地睡在卧房中，使魏国不被进攻；申包胥四处奔走，导致脚底磨出厚茧，让楚国留存了下来。纪信牺牲自己使高祖得以逃亡；四皓坚守自己的节操才使汉朝免于倾覆。道德的实施就像是植被有不同的类型，但是只要能够实行就一定会声名显赫。在去世之后还可以留下不朽的美名，这便是古代圣贤所做出的榜样。查看天道恢宏笼罩人间。要想名留青史便要辅佐诚实而顺从天道的人，既要寻求先辈圣贤治世的法则，还要有仁德和诚信这两个基本的品质。《韶》乐优美引来了凤凰，孔子听到以后三月不晓得肉味的事情永世流传。孔圣人写作《春秋》明示礼数，从而招来了麒麟，所以汉朝一直对孔子的后代以礼相待。人只要诚心便能够通达神明感动万物，精神流转就可以达到忘我的境界。养由基只是斜眼一看，还没有射箭猿猴便哀叫不停；李广将石头当作老虎，射出的箭矢没入了石头。这些事情如果没有诚挚的心灵，普通人怎么能够做到呢，如果这些事不是真的发生了，又有谁会相信！哪怕是射箭这样的技能也需要诚信专一，况且那些将身心都沉溺于其中的真理大义呢！

李广

登孔昊而上下兮，纬群龙之所经；朝贞观而夕化兮，犹谊己而遗形；若胤彭而偕老兮，诉来哲而通情。

从伏羲到孔子，再到现今，有无数的圣人研究过天道经纬。早晨的时候明晰了天理，傍晚时死去也不觉得可惜了，就如同忘记了自己、抛弃了形体。如果得以像彭祖、老聃一样，拥有长久的寿命，我便能够与来世的圣贤通晓情意了。

原文

乱曰：天造草昧，立性命兮；复心弘道，唯圣贤兮。浑元运物，流不处兮；保身遗名，民之表兮。舍生取谊，以道用兮；忧伤夭物，忝莫痛兮！皓尔太素，曷渝色兮？尚越其几，沦神域兮！

译文

结论：上天在蒙昧之中创造了世间的万物，但是心中装有天道正义的，只有圣人而已。天地以气使万物运行，就像流水永不停止。生时可以保全自身，死后能永世留名，这样便能成为后人的表率。如果为了正道而牺牲了生命，则适合道义的标准。无法保留自身的品质，为了身外之物的折损而感到烦忧，这便是最大的耻辱了。要是可以保持洁白的天性不被污染，又怎么会担心本质的改变呢？如果可以做到这些，那么便基本上接近了天道的精深要义，能够进入神灵的领域了！

班昭（约45—约117），名姬，字惠班，扶风安陵（今陕西咸阳东北）人，是东汉时期的历史学家。她是史学家班彪的女儿，班固和班超的妹妹，博学多才。班昭嫁与同乡曹寿为妻，但是很早就守了寡。她的哥哥班固撰写了《汉书》，但是还没完成时就去世了。班昭将这项事业继续了下去，写完了后面的内容，使《汉书》完整成书。皇帝多次将她召入宫中，命其为皇后、贵人等妃嫔讲学授业，并赐其名号为曹大家（gū）。班昭十分擅长作赋，写有《东征赋》《女诫》，是中国历史上首位女史学家。

东征赋

原文

唯永初之有七兮，余随子乎东征。时孟春之吉日兮，撰良辰而将行。乃举趾而升舆兮，夕予宿乎偃师。遂去故而就新兮，志怆悢而怀悲。

译文

汉安帝永初七年的时候，我跟着要去任职的儿子一同从京城搬到了东方的陈留。当时正是春季的第一个月，我们特意选在这样的良辰吉日启程。我们在清晨的时候，匆忙地登上了马车，傍晚的时候就抵达了偃师，并在那里度过了夜晚。离开了久居的京师，身处在一个毫不了解的全新的地方，我的心被伤感的情绪所填满。

原文

明发曙而不寐兮，心迟迟而有违。酌鳟酒以弛念兮，喟抑情而自非。谅不登樔而椓蠡兮，得不陈力而相追。且从众而就列兮，听天命之所归。遵通衢之大道兮，求捷径欲从谁？乃遂往而徂逝兮，聊游目而遨魂！

乘车远行

我一直到天色明亮起来也没能够安然地进入梦乡。我清楚这是因为自己心中有所迟疑故而觉得不顺心，但是却无法减少对于故乡的思念之情，紧握着手中的酒杯，无法理清自己纷乱的思绪，叹息没有办法使悲伤的情绪消散不见。无法过那种远古时代的生活，所以只能让儿子贡献才力进入仕途，而让自己跟随着他。现在也只能是遵循着大众的脚步进入官场，任由上天安排自身的命运了。还是沿着大路前行吧，要是想行不正之道，是没有人跟随的。就这样静静地从京城离开，到远方去巡游吧，在游览中愉悦自己的心神。

原文

历七邑而观览兮，遭巩县之多艰。望河洛之交流兮，看成皋之旋门。既免脱于峻崄兮，历荥阳而过卷。食原武之息足，宿阳武之桑间。涉封丘而践路兮，慕京师而窃叹。小人性之怀土兮，自书传而有焉。

译文

途中经过了七个城邑，并且在去巩义的路上又遭遇了险情。远远地望着黄河跟洛水相汇，也看到了成皋县闻名于世的旋门，真是宏伟而又震撼。翻过了很多高山峻岭，穿过了声名远播的荥阳城。在原武县短暂地停留歇息，匆忙地吃了些东西，当夜幕降临的时候，我们就睡在了阳武县的桑树林中。我们马不停蹄地渡过了封丘河，一直向前行进，默默地在心里感叹自己日思夜想的家乡愈加遥远。小人更容易贪恋故土，不喜欢迁移啊，这一点在我自己写过的书传中就有所记载。

原文

遂进道而少前兮，得平丘之北边。入匡郭而追远兮，念夫子之厄勤。彼衰乱之无道兮，乃困畏乎圣人。怅容与而久驻兮，忘日夕而将昏。到长垣之境界，察农野之居民。睹蒲城之丘墟兮，生荆棘之榛榛。惕觉寤而顾问兮，想子路之威神。卫人嘉其勇义兮，讫于今而称云。蘧氏在城之东南兮，民亦尚其丘坟。唯令德为不朽兮，身既没而名存。

译文

顺着大路行走了没多长时间，就抵达了平丘县的北面。进入了匡郭之后，就不自觉地开始追忆古时的事情，当年孔子被围困的场景仿佛历历在目。那时世间是多么的衰败混乱啊，难怪会发生圣贤被囚禁的事情。我长久地伫立在此处，迟疑着无法前进，一直到天色黯淡下来。走到长桓县的边境时，顺便去探访了在郊区住着的农民们。亲眼看到了蒲城县破败的景象，到处都长满了杂草，被荆棘所湮没。我伤感地向周围的人们多次询问，心里想着当时子路的威名。卫国的人民全都赞扬他的勇气与仁义，宣扬他的事迹，直至今日，每每说起还是一片称赞之声。蒲城的东南方便是贤者蘧瑗的故乡，在他死后，当地的人民也还是对他的坟冢充满了敬意。只有美好的品德才能够永远地留存在尘世之间啊，哪怕身体已经被黄土所掩埋，但名声却依旧在世上传播。

唯经典之所美兮，贵道德与仁贤。吴札称多君子兮，其言

信而有征。后衰微而遭患兮，遂陵迟而不兴。知性命之在天，由力行而近仁。勉仰高而蹈景兮，尽忠恕而与人。好正直而不回兮，精诚通于明神。庶灵祇之鉴照兮，佑贞良而辅信。

人们尊敬的是优秀的品德和贤能的行为，这些都是被经典的作品所一直称赞的。吴国的公子季扎曾经讲过："卫多君子，未有患也。"他说的话既能够让人信任还十分的准确。之后卫国的衰败使得灾难接连不断地发生，从那之后，卫国就没能再次兴旺，一直败落下去了。我认为人们的命运都是由上天所掌握着的，然而想让自己贤明却需要亲自实践。尽力使自己仰望高尚的德行，对人忠义而宽容。尽量做到耿直待人，使神灵知晓自己的真心诚意。希望神明探查监督我的所作所为，保佑我这颗热诚仁慈之心。

原文

乱曰：君子之思，必成文兮，盍各言志，慕古人兮。先君行止，则有作兮；虽其不敏，敢不法兮。贵贱贫富，不可求兮。正身履道，以俟时兮。脩短之运，愚智同兮。靖恭委命，唯吉凶兮。敬慎无怠，思嗛约兮。清静少欲，师公绰兮。

译文

结语：君子考虑的事情，一定会把它写成文章。所以为什么不各言其志，追随古人的脚步呢？我父亲每到一个地方，就会写出优秀的作品，我虽然没有那么聪慧的思想，但是可以仿

效他的文笔。人们是富有还是贫穷是无法求得的，做人只能是履行正义，然后等待正确的时机。生命的长久和短暂都是上天安排的，头脑是聪慧还是愚笨也都是相同的。不管是福是祸，都要恭敬地听任命运的支配。要谨慎谦虚地行事，时刻记得反思自身。保持心灵的纯净，减少欲念，将孟公绰作为自己的榜样。

君子安贫乐道

张衡（78—139），字平子，南阳西鄂（今河南南阳）人，东汉科学家、文学家，汉赋四大家之一。张衡勤奋聪敏，学识渊博，他在担任太史令期间，醉心于天文、历算方面的研究，发明和制作了举世闻名的浑天仪和地动仪，并著有《灵宪》等科学著作。在文学领域，张衡擅长辞赋和诗歌的创作，他还曾针对当时社会上流行的谶纬迷信之风，著《请禁绝图谶疏》上书表示反对。

张衡

归田赋

原文

游都邑以永久，无明略以佐时；徒临川以羡鱼，俟河清乎未期。感蔡子之慷慨，从唐生以决疑。谅天道之微昧，追渔父以同嬉；超埃尘以遐逝，与世事乎长辞。

译文

游学京都却停留在这里做了这么久的官，虽然我辅佐的是现在的君主，但没有献出什么高明的谋略；就好像我只是站在河边，想着要吃味美的肥鱼，但却不知道这河水什么时候才能变得清澈。感慨蔡子的不得志，要靠找唐举算命来指明前路。我相信这幽暗难测，所以倒不如追随渔父一起去玩乐；远离这污浊的世俗吧，跟世间的杂务诀别。

原文

于是仲春令月，时和气清；原隰郁茂，百草滋荣。王雎鼓翼，鸧鹒哀鸣；交颈颉颃，关关嘤嘤。于焉逍遥，聊以娱情。

此时正是农历二月，气候温和，天空一片清明。不论是高原还是洼地，到处都呈现出一派枝叶茂密、百草繁荣的景象。水鸟鼓动着翅膀，黄莺发出阵阵悲痛哀伤的鸣叫；河面有交颈的鸳鸯，空中有飞上飞下的群鸟，关关嘤嘤地鸣叫着。我悠然自得地陶醉在这春天的美好景象中，心情格外欢畅。

原文

尔乃龙吟方泽，虎啸山丘；仰飞纤缴，俯钓长流；触矢而毙，贪饵吞钩；落云间之逸禽，悬渊沈之魦鰡。

译文

就像是龙在大泽中低吟，虎在山丘里长啸。我仰首射箭，俯身垂钓；飞鸟触箭而毙命，游鱼贪饵而上钩；我射落云间的飞鸟，钓起深水中的魦鰡。

原文

于时曜灵俄景，系以望舒；极般游之至乐，虽日夕而忘劬。感老氏之遗诫，将回驾乎蓬庐。弹五弦之妙指，咏周孔之图书；挥翰墨以奋藻，陈三皇之轨模。苟纵心于物外，安知荣辱之所如？

龙吟于泽

译文

此时太阳倾斜而下，明月开始渐渐升起。尽情地嬉戏游乐，玩到太阳下山也不觉疲累。老子的告诫在脑中浮现，是时候应该驾车返家了。弹奏五弦琴展现美好的情趣，将周公、孔子所著之书拿来咏诵；挥舞纸墨，奋笔疾书，把三皇贤圣的法规一一陈述。暂且将心置于尘世之外，哪里还去管什么毁誉与荣辱？

西京赋

原文

有凭虚公子者，心奓体忲，雅好博古，学乎旧史氏，是以多识前代之载。言于安处先生曰：夫人在阳时则舒，在阴时则惨，此牵乎天者也。处沃土则逸，处瘠土则劳，此系乎地者也。惨则鲜于欢，劳则褊于惠，能违之者寡矣。小必有之，大亦宜然。故帝者因天地以致化，兆人承上教以成俗，化俗之本，有与推移。何以核诸？秦据雍而强，周即豫而弱，高祖都西而泰，光武处东而约，政之兴衰，恒由此作，先生独不见西京之事欤？请为吾子陈之：

译文

有一个叫作凭虚的公子，他喜好奢华，爱享受舒适闲逸的生活。他向来喜欢考究古时的事情、学习旧时的史书，由此得知了很多历史事件。他跟安处先生讲道：“人在春季和夏季

奋笔疾书

的时候会觉得心情畅快，但是在秋季和冬季时便会感到忧伤，这些都是跟天气的改变密不可分的。在土地肥沃的地方生活的人就会懒惰不想劳动，在贫乏的地方生活的人便会勤俭老实，这便是地势不同造成的结果。忧愁便缺少快乐，疲于劳作则无法给予他人帮助。可以更改这些情形的人实在是少之又少。普通民众是这样，皇帝君王也是如此。所以做皇帝的人，就应该依据天时地利颁布法令、施行教化，民众受到君王的教导则会形成优良的习惯。转化人民风俗习性的根本在于要符合自然客观条件。怎么能够验证这些呢？秦朝占据雍州之地从而兴盛，周朝迁至豫州导致衰亡；汉高祖将长安定为都城，所以奢华安康，光武帝迁都到洛阳致使行事勤俭。国家的兴旺和衰落，总是因此而产生，先生难道看不到西京长安的盛景么？那么我就为您仔细地讲一讲吧。”

原文

汉氏初都，在渭之涘。秦里其朔，实为咸阳。左有崤函重险，桃林之塞，缀以二华，巨灵赑屃，高掌远蹠，以流河曲，厥迹犹存。右有陇坻之隘。隔阂华戎，岐梁汧雍，陈宝鸣鸡在焉。于前则终南太一，隆崛崔萃，隐辚郁律，连冈乎嶓冢，抱杜含户，欱沣吐镐，爰有蓝田珍玉，是之自出。于后则高陵平原，据渭踞泾，澶漫靡迤，作镇于近。其远则九嵕甘泉，涸阴冱寒，日北至而含冻，此焉清暑。尔乃广衍沃野，厥田上上，寔唯地之奥区神皋。昔者，大帝说秦穆公而觐之，飨以钧天广乐。帝有醉焉，乃为金策，锡用此土，而翦诸鹑首。是时也，并为强国者有六，然而四海同宅西秦，岂不诡哉！

秦都咸阳

原先汉朝把首都建造在渭水河畔，也就是长安，秦朝的旧都城在它的北边，叫作咸阳。长安的东边有险峻的崤山和函谷关，桃林要塞跟太华山和少华山紧紧连接。相传这两座山原来是一座山，但是阻断了黄河，所以河神用手掌将大山奋力劈为了两半，并且用脚踢穿了山麓，使得黄河得以从两山中间穿过，神灵足掌的印记现在还清楚可见。长安西边有陇坂作为关隘，阻隔了西戎。还有岐梁汧雍等高山，以及陈宝祠——传说祠中神灵声音宛如雄鸡，这些全在陇山的东边。长安前方还有太一山和终南山，山势高大险峻，地形高低不平，山峰一直延续到嶓冢，将杜陵、鄠县都环绕其中。沣水从这里流入，镐川于此处流出。还有蓝田宝玉，出产在蓝田山中。后方有原野丘陵，依靠着渭河和泾水，陵原广阔，可以保卫国都。远处还有九嵕山和甘泉山，那里阴气聚集终年冰冷，哪怕是夏至的时候，还是阴凉寒冷，真的是一处避暑胜地，秦始皇和汉武帝都曾去往那里。此地有平阔的肥沃原野，田地也都是最优秀的，是世间的中心区域、群神集聚的地域。相传天帝喜欢秦穆公，秦穆公曾经在梦里与天帝见面，并且一起享受上天的美妙音乐。天帝情绪欢快，喝得有些醉了，于是写下文书，将这块土地赐给了秦穆公。那时，韩、魏、赵、齐、楚、燕与秦国一起同是世间的强国，但是后来全都被秦国所吞并，这样的结果难道不奇怪吗！

自我高祖之始入也，五纬相汁，以旅于东井。娄敬委辂，干非其议，天启其心，人惎之谋。及帝图时，意亦有虑乎神

祇，宜其可定，以为天邑。岂伊不虔思于天衢？岂伊不怀归于枌榆？天命不滔，畴敢以渝！于是量径轮，考广袤，经城洫，营郭郛，取殊裁于八都，岂启度于往旧。乃览秦制，跨周法，狭百堵之侧陋，增九筵之迫胁。正紫宫于未央，表峣阙于阊阖。疏龙首以抗殿，状巍峨以岌嶪。亘雄虹之长梁，结棼橑以相接。蒂倒茄于藻井，披红葩之狎猎。饰华榱与璧珰，流景曜之韡晔。雕楹玉碣，绣栭云楣。三阶重轩，镂槛文棍。右平左墄，青琐丹墀。刊层平堂，设切厓隒。坻崿鳞眴，栈齴巉崄。襄岸夷涂，修路陵险。重门袭固，奸宄是防。仰福帝居，阳曜阴藏。洪钟万钧，猛虡趪趪。负笋业而余怒，乃奋翅而腾骧。朝堂承东，温调延北，西有玉台，联以昆德。嵯峨崨嶫，罔识所则。若夫长年神仙，宣室玉堂，麒麟朱鸟，龙兴含章，譬众星之环极，叛赫戏以辉煌。正殿路寝，用朝群辟。大夏耽耽，九户开辟。嘉木树庭，芳草如积。高门有闶，列坐金狄。

译文

汉高祖刚刚进入关中时，五星并列，排布整齐，相互依序运行，共同汇聚在秦朝的天域。娄敬卸掉挽车，纠正了把洛阳定位首都的言论，进言秦都为天府之国，定都在那里有极大的益处。上天用五星排布引导高祖的心思，臣子也用正道启迪高祖的思想。到了高祖决定都城地址的时候，也考虑了神明的意旨，选择了能够安定天下的地方建都。高祖难道不想要住在四通八达的地方么？或者难道他不想返回故乡么？但是不能疑心天意，有谁胆敢违背天命呢！于是，测量周围四方，查看左右长短；开挖护城河，修建外部城墙。选择跟各处都不一样的规格，因为怎可只遵循旧日的规则呢？于是，参考秦时的制度，超过了周王朝的宫殿的规模。觉得周朝宫室限制在百堵之内太过逼仄，又嫌弃明堂太窄小所以进行了扩建。依照天上的紫微宫修建未央宫，在宫殿的正门树立高阙。修整龙首山，建造高大的宫室。宫室规模很是雄伟，殿中的横梁就像彩虹一样贯穿长空，梁木和椽木紧紧相连。天花板上雕刻着倒竖的绿荷，跟绽放的红莲重叠连接。用玉石装饰椽桷瓦珰，光彩闪烁明艳亮丽。楹柱都绘着彩饰，磉蹬也都是玉制，斗拱和横梁上画着祥云图案。南边修建了三阶，阶梯上走廊曲折，栏杆上全都镂刻着彩色的花纹。阶梯的右侧是平整的斜坡，左侧是齿状的阶梯。宫门上有青色的图饰，台阶都涂有红漆。将山坡分层削平，顺着山岩铺设石阶。殿堂阶梯高耸，台阶层层排列、逐渐升高。虽然台阶平整，但是渐渐往上便觉得危险了。宫前设置了多重大门，是为了防备匪盗奸邪之人。宫殿的规模和样式能够和上天的宫室比拟，晴天时光亮耀眼、阴天时幽深阴凉。殿中有沉重的大钟和雕刻着凶猛野兽的钟架，钟架上雕刻着的禽兽怒气冲天，似乎正在奋力展翅、腾空飞翔。东边是宫殿大堂，北边是温调殿，西侧为玉台殿和昆德殿，它们雄伟屹立，无法看出是依据什么样式修建的。至于长年、神仙、宣室、玉堂、麒麟、朱鸟、龙兴、含章等宫殿，就像是围绕着北极星的众多星星，将未央宫包围在其中。所有宫殿都绚烂华贵、光辉灿烂。正殿是会见臣子王侯之地；大夏殿很是幽深，共有九个大门。庭院里种着嘉木，草木葱绿。王宫正门高大威武，排列着十二个金人。

原文

内有常侍谒者，奉命当御。兰台金马，递宿迭居。次有天禄石渠，校文之处。重以虎威章沟，严更之署。徼道外周，千庐内附，卫尉八屯，警夜巡昼。植铩悬犬，用戒不虞。

译文

大夏殿中有常侍和谒者，以便及时依照皇帝的命令办事。外面还有兰台和金马两个官署，有人轮流在其中驻守。还有天禄阁和石渠阁，那里是查校书籍的地方。另外设有虎威、章沟，是负责打更巡逻的部门。巡逻的道路围着宫墙的外围，皇宫的近旁还有许多住有卫兵的房间。卫尉掌管八屯士兵，昼夜不停地巡逻。他们将长矛直立，在各处都挂上盾牌，时刻警戒毫不松解，严密防备可能出现的意外。

原文

后宫则昭阳、飞翔、增成、合欢，兰林、披香、凤凰、鸳鸾。群窈窕之华丽、嗟内顾之所观。故其馆室次舍，采饰纤缛。裛以藻绣，文以朱绿。翡翠火齐，络以美玉。流悬黎之夜光，缀随珠以为烛。金戺玉阶，彤庭辉辉。珊瑚琳碧，瓀珉磷彬。珍物罗生，焕若昆仑。虽厥裁之不广，侈靡逾乎至尊。于是钩陈之外，阁道穹隆，属长乐与明光，径北通乎桂宫，命般尔之巧匠，尽变态乎其中。后宫不移，乐不徙悬，门卫供帐，官以物辨。恣意所幸，下辇成燕。穷年忘归，犹弗能徧。瑰异日新，殚所未见。

译文

后宫中的宫殿有昭阳、飞翔、增成、合欢、兰林、披香、凤凰、鸳鸾。妃嫔如云，美丽苗条。环视后宫，叫人叹为观止。无论正宫还是侧室，都装点得精致奢华。到处缠绕着色彩缤纷的锦缎，颜色主要为红绿，还镶嵌着翡翠玫瑰和好看的

后宫佳丽

玉石。挂在其间的悬黎珠和随侯珠，在夜里也可以发出熠熠光彩，甚至能够跟夜晚的烛火相比。用金子修筑围栏，用白玉建造阶梯，庭院里涂绘着红漆，红光闪耀十分辉煌。院落里还有珊瑚、碧玉和各式漂亮的石头，珍稀的宝物遍布其间，光芒璀璨，就如同昆仑山上的仙宫一样。后宫之中的各个宫室虽说规模不算很大，但是奢华的程度比正殿更甚。而且在钩陈宫外面，还建有好似彩虹的复道，连接着长乐宫和明光殿，一直往北连通着桂宫。朝廷征调了许多诸如鲁班、王尔这样的优秀工匠，尽最大能力使这里的样式变化多端。后宫里美人、乐师、卫士和宫中用具一应俱全，只要是皇帝需要的东西，都由专人准备。君王可以在这里随意地进行游览，只要从车辇中下来便可以开办酒宴。这个地方，可以让人们一整年都保持心情愉悦，来了这里便不想离开。即便如此，也无法将所有的宫室都游览一遍。美好奇妙的事物，每日都有所不同，全都是没有见过的东西。

原文

唯帝王之神丽，惧尊卑之不殊。虽斯宇之既坦，心犹凭而未摅。思比象于紫微，恨阿房之不可庐。觇往昔之遗馆，获林光于秦余。处甘泉之爽垲，乃隆崇而弘敷。既新作于迎风，增露寒与储胥。托乔基于山冈，直滞霓以高居。通天眇以竦峙，径百常而茎擢。上辩华以交纷，下刻哨其若削。翔鹤仰而弗逮，况青鸟与黄雀。伏棂槛而頫听，闻雷霆之相激。柏梁即灾，越巫陈方。建章是经，用厌火祥。营宇之制，事兼未央。圜阙竦以造天，若双碣之相望。凤骞翥于甍标，咸溯风而欲翔。阊阖之内，别风嶕峣。何工巧之瑰玮，交绮豁以疏寮。干云雾而上达，状亭亭以岧岧。神明崛其特起，井干叠而百增。

跱游极于浮柱，结重栾以相承。累层构而遂隮，望北辰而高兴。消氛埃于中宸。集重阳之清澄。瞰宛虹之长鬐，察云师之所凭。上飞闼而仰眺，正睹瑶光与玉绳。将乍往而未半，休悼慄而怂兢。非都卢之轻趫、孰能超而究升？驳娑、骀荡，焘奡桔桀。枍诣、承光，睽罛庨豁。增桴重棼，锷锷列列。反宇业业，飞檐𪩘𪩘。流景内照，引曜日月。

只有帝王的宫殿才能如此豪华，但是皇帝总是担心与众臣的住宅相差不大。所以虽说宫室已经十分奢华，但是诸位佳丽心中还是郁闷不平。她们畅想着天上的紫微宫，遗憾没有住过阿房宫。于是叫人去搜寻以前留下的宫室，找到了秦时的林光宫。它处在甘泉山的干燥之处，看起来十分宏伟高大。于是就在那里新增了迎风馆，然后又修建了储胥馆和露寒馆。殿基就坐落在高耸的山顶，馆阁就雄立在山宫中。通天台直入云霄，高达一百多丈。上部美丽错杂，下方悬崖仿若刀削。就连擅长飞翔的鹞鸡也无法飞抵，更何况是青鸟和黄雀呢？靠着栏杆向下倾听，可以听到雷声轰鸣。柏梁宫遭遇大火之后，越巫提出妙法，建造了建章宫，用来压制火灾。所以，建章宫的规模是未央宫的两倍。殿前圆阙高挺，直指天空，就像是两座碣石山隔海相对。屋脊十分高大，其间雕有显示风向的铁凤凰，它双翅舒张就好似将要飞翔一样。建章宫大门处有高大的别风阙，打造得十分精致美丽，周围全是刻花的窗体。此阙高耸直达云霄，显得雄伟挺立。神明台拔地而起，井干楼层层叠叠多达百层。游梁托在短柱的上方，一层一层相互承接。如此逐级上升，高高地指向北极星，在天空中扬起尘埃，集合澄清的重阳之气。登到台上，便可以看见弯曲的彩虹如同鱼的脊背，还能观察云朵的变幻。走上台顶的小楼抬头望去，能够见到瑶光星和玉绳星。当你向台顶攀登的时候，往往还没有到达半途就会心惊胆战，要是不具备都卢人那样轻便的身手，如何可以走上顶部呢？还有驳娑、骀荡、枍诣、承光四殿并立，幽深宽阔。宫殿层层叠叠，雄伟壮丽；屋檐梁柱，高大直挺。不管是在日光下，还是月色中，全都能折射出光辉。

原文

天梁之宫，实开高闱。旗不脱扃，结驷方蕲。轹辐轻骛，容于一扉。长廊广庑，途阁云蔓。闬庭诡异，门千户万。重闺幽闼，转相逾延。望窈窱以径廷，眇不知其所返。既乃珍台蹇产以极壮，墱道逦倚以正东。似阆风之遐坂，横西洫而绝金墉。城尉不弛柝，而内外潜通。前开唐中，弥望广橡。顾临太液，沧池漭沆。渐台立于中央，赫眪眪以弘敞。清渊洋洋，神山峨峨。列瀛洲与方丈，夹蓬莱而骈罗。上林岑以垒嶵，下崭岩以岩齬。长风激于别岛，起洪涛而扬波，浸石菌于重涯，濯灵芝以朱柯。海若游于玄渚，鲸宜失流而蹉跎。于是采少君之端信，庶栾大之贞固。立修茎之仙掌，承云表之清露。屑琼蕊以朝飧，必性命之可度。美往昔之松乔，要羡门乎天路。想升龙于鼎湖，岂时俗之足慕，若历世而长存，何遽营乎陵墓。

译文

天梁宫的大门十分高阔，车辇行过时都不需要收起旗帜，并且可以四匹马一起同行。赶车的人能够边用小锤击打车辐边迅速地奔驰而过，门扉的宽度完全可以容纳车辆。走廊和小屋相连，阁道像云气一般弥漫在四周。墙壁院落奇特，门户数不

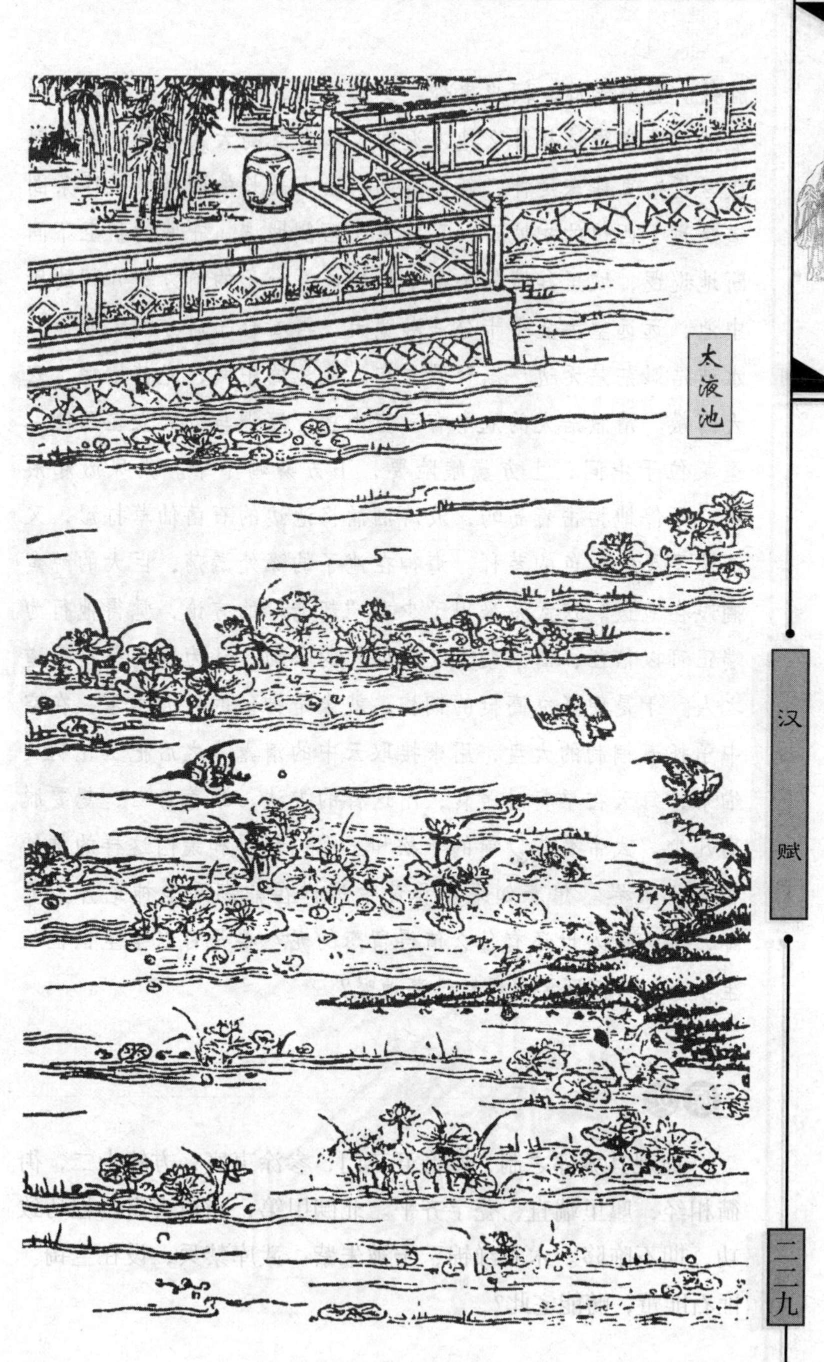
太液池

胜数。宫室幽静、门户重叠、交错相通，越往深处去就越感到茫然，不晓得该从什么地方返回。珍台既高大又雄伟，阁道起伏弯折一直往东延伸，就像是昆仑山上长长的阆风坡。这条阁道跨过了西边的护城河，又翻过了西侧城墙。守城的护卫不间断地巡逻，城里和城外全都十分警戒。台子的前方是开阔的唐中池，远远望去显得十分浩瀚宽大。再看台子后方的太液池，水波浩渺茫茫无边。渐台伫立在太液池的中间，光芒熠熠，宏大高敞。清澈浩大的池中有三座小岛，瀛洲与方丈立在两侧，蓬莱位于中间，上方巍峨险要，下方嶙峋不平。大风激起浪花，不停地拍击着岛屿，波涛汹涌将池边的石菌仙草打湿，又清洗了灵芝红色的茎秆。海神在池子的深处游荡，巨大的鲸鱼搁浅在池边。汉武帝采用了少君“却老”的言论，觉得他行为端正可以信任；渴求栾大“致仙”的举动，认为他是坚持正道之人。于是便竖立高挺的铜柱，就像是神仙的巨大手掌，在空中承托着铜制的大盘，用来接取云中的清露。之后把玉花制成细末，每天在早餐时服食，用这样的方法，颐养身心，想要脱离凡尘。武帝赞赏以前的赤松和王乔，想要和羡门这样的神仙相会于天界。想着如果能和黄帝那样在鼎湖乘坐神龙升上天际，那么这人世还有什么值得留恋的呢？要是可以生生世世长生不老，为何还要急于建造墓地呢？

徒观其城郭之制，则旁开三门，参涂夷庭，方轨十二，街衢相经，廛里端直，甍宇齐平。北阙甲第，当道直启。程巧致功，期不陁陊。木衣绨锦，士被朱紫。武库禁兵，设在兰锜。匪石匪董，畴能宅此？

观看长安城的规模，每一个方向都开设三个大门，三条大道笔直平阔，四方的道路都可以让车辆并排通行。街巷交错，四通八达。百姓居住的房屋风格统一，屋脊房檐高低相同。城市北边的那些深宅大院，正门全都直对大道。建造房屋时挑选能工巧匠，尽数展现他们的技艺，希望房屋可以永世都不倒塌。木头上全都绘制彩色的花纹，就像是穿上了锦缎，墙壁上也都涂着朱紫色的漆料。武器库中储存着禁军的兵器，不是放在架子上就是搁在袋中。如果不是石显、董贤这样的世家大户，又有谁可以住在这样的宅院中呢？

尔乃廓开九市，通阛带阓。旗亭五重，俯察百隧。周制大胥，今也唯尉。瑰货方至，鸟集鳞萃。鬻者兼赢，求者不匮。尔乃商贾百族，裨贩夫妇，鬻良杂普，蚩眩边鄙。何必昏于作劳，邪赢优而足恃。彼肆人之男女，丽美奢乎许史。

城中开设了九个市场，市门互相连接。市中有一个五层高的市楼，上面竖着棋子，登上顶层可以查看各式摊位。周朝时，市集是由胥师管辖的，而现今是由长丞都尉官管理。珍稀的货物从各地汇聚至此，就像是禽鸟集于树上、鱼群聚于深潭。商人们获得的利润成倍增长，前来购买的人络绎不绝。于是，这里既有各行各业的商家，也有买进卖出的夫妻商贩。有些人把假货掺进优质的货物中，欺骗朴实的边疆民众。这些人哪里需要去辛苦地劳作？他们只靠着造假欺诈获得的利润便足够过上富裕的生活了。在市集中售卖商品的人，不论男女，全都衣着华贵，甚至超过了许、史这样的名门世家。

原文

若夫翁伯、浊、质、张里之家，击钟鼎食，连骑相过。东京公侯，壮何能加？都邑游侠，张赵之伦，齐志无忌，拟迹田文。轻死重气，结党连群，实蕃有徒，其从如云。茂陵之原，阳陵之朱。趫悍虓豁，如虎如貙。睚眦虿芥，尸僵路隅。丞相欲以赎子罪，阳石污而公孙诛。若其五县游丽辩论之士，街谈巷议，弹射臧否，剖析毫厘，擘肌分理。所好生毛羽，所恶成创痏。

译文

至于卖油的翁伯、制作羊肚干的浊氏、打磨兵器的质氏和给马匹看病的张力等家，也全都钟鸣鼎食，有车辆排队前来拜访。哪怕是洛阳城中的王侯，又怎能与他们相比呢？长安城中还有很多游侠豪杰，例如张禁、赵放等人。他们的理想跟信陵君无忌相仿，行动做事仿照着孟尝君田文。他们重视义气，对于生死却看得很轻；团结一致，一起行动。跟随着他们的人数量很多，就像是汇集在一起的云彩。茂陵县的原巨先、阳陵县的朱安世，他们行动迅速，骁勇善战，凶悍得就像是虎貙一般。如果他们对什么事情心怀怨恨，便会有人被杀死在路边。公孙丞相自以为考虑得十分周详，想要抓获游侠来为自己的儿子赎罪。没想到朱安世在狱中上书，告发了敬声私通的罪过，石阳公主的名声因此被破坏，公孙父子也一起命丧黄泉。还有那些无所事事、终日评议辩论的人，他们或者谈论街巷间的故事，或者指责官员们的政事，讲得头头是道，评析也很是细致。对于他们喜爱的人，他们便极力吹捧；对于他们所厌恶的人，便会极尽诋毁之言。

原文

郊甸之内，乡邑殷赈，五都货殖，既迁既引。商旅联槅，隐隐展展。冠带交错，方辕接轸。封畿千里，统以京尹。郡国宫馆，百四十五。右机盩屋，并卷酆鄠。左暨河华，遂至虢土。上林禁苑，跨谷弥阜。东至鼎湖，邪界细柳。掩长杨而联五柞，绕黄山而款牛首。缭垣绵联，四百余里。植物斯生，动物斯止。众鸟翩翻，群兽駓騃。散似惊波，聚以京峙。伯益不能名，隶首不能纪。林麓之饶，于何不有？木则枞栝椶楠，梓棫楩枫。嘉卉灌丛，蔚若邓林。郁蓊薆薱，橚爽櫹椮。吐葩飏荣，布叶垂阴。草则葴莎菅蒯，薇蕨荔苀，王刍莔台，戎葵怀羊。苯䔿蓬茸，弥皋被冈。篠荡敷衍，编町成篁。山谷原隰，泱漭无疆。

译文

长安城方圆二百里的范围内，不管是乡野还是城邑全都十分富裕，在五大都市售卖的商品全都在这里进出。商人的车辆前后相接，声响从不间断。富商官员来往不断，马车成排地奔驰。总管京师周围千里之地的官职是京兆尹。朝廷设在各郡国的离宫别馆共有一百四十五所。右起周至，包括酆水和鄠县；左起黄河和华山，一直延展到古虢国的疆界中：这一区域是专门用来给君王打猎的上林苑。其范围之广跨过了山谷河川，盖过了很多陵阜。向东到达蓝田鼎湖，西北以细柳为界；从长阳宫一直连接至五柞宫；围墙从槐里的黄山宫，围绕到甘泉的牛首宫，连绵不断，总共有四百多里。植被在这里生长，禽兽在此处生活，鸟群展翅翱翔，百兽奔走驰骋。它们散去时就像是翻卷的浪涛，聚集时又好像隆起的山丘。如此多的禽兽，就算伯益也不能将它们的名字全都说清楚，擅长算术的隶首也不能将它们的数量准确地统计出来。上林苑里的物产应有尽有，树木包括枞、栝、棕、楠、梓、棫、梗、枫。此外还有很多草类和灌木，就像是传说里的邓林一般繁茂，郁郁葱葱、高耸挺直，期间还开满了花朵，四处都是树荫。草则有马兰、莎草、菅、蒯、薇菜、蕨菜、荩草、贝母、蜀葵、怀羊，也都十分繁盛，把山冈都覆盖住了。此外还有许多大小竹子，蔓延各处，一丛丛的连接成片，从谷地到原野，看起来漫无边际。

原文

乃有昆明灵沼，黑水玄阯，周以金堤，树以柳杞。豫章珍馆，揭焉中峙。牵牛立其左，织女处其右，日月于是乎出入，象扶桑与檬汜。其中则有鼋鼍巨鳖，鳣鲤鲔鲖，鲔鲵鲿魦，修额短项，大口折鼻，诡类殊种。鸟则鹔鷞鸹鸨，驾鹅鸿鹤。上春候来，季秋就温。南翔衡阳，北栖雁门。奋隼归凫，沸卉軿訇。众形殊声，不可胜论。

译文

苑中还有昆明池，池水是颜色墨绿，池中还有一个小洲。池子的四周修有堤岸，堤上种植着很多柳树和杞树。华美的豫章馆就伫立在池中岛上，左边立有牵牛像，右边是织女像。昆

明池十分巨大，太阳和月亮从池中起落，就好比升降于扶桑和檬汜。池中生活着鼋、鼍、巨鳖、鳣、鲤、鮈、鲖、鲔、鲵、鲿、鲨等各种生物。它们有的额部很长，有的颈项很短，有的嘴巴很大，有的鼻如弯弓，形态不一，种类奇特。禽鸟有鹔鷞、灰鹤、鸨、野鹅、大雁等，它们春季时飞来北方，等到了深秋便飞去南边避寒。往南它们会飞到衡阳，向北可以飞过雁门关。抬头仰视天空的时候，会看见雄鹰在天空翱翔，以及野鸭回巢的景象，还可以听见各种鸟类啼鸣的声音，声响各不相同，混杂在一起，真是让人没法讲述明白。

原文

于是孟冬作阴，寒风肃杀。雨雪飘飘，冰霜惨烈。百卉具零，刚虫搏挚。尔乃振天维，衍地络，荡川渎，簸林薄，鸟毕骇，兽咸作，草伏木栖，寓居穴托。起彼集此，霍绎纷泊，在彼灵囿之中，前后无有垠锷。虞人掌焉，为之营域。焚莱平场，柞木翦棘。结罝百里，迒杜蹊塞。麀鹿麌麌，骈田逼仄。

等到初冬的时候，寒气凛冽，万物肃杀，雪花飘落，大地全都被冰霜所覆盖，草木都凋零了。此时，正是打猎的好时候。于是牵着鹰犬去追击野兽，张起巨大的捕兽网，遮蔽天日，满盖地面。使得河川震颤，使得树林颠簸。禽鸟受到惊吓，野兽奋力奔逃。有的掩藏在草丛之间，有的躲避在林木之中。它们四处寻找躲藏的居处，以至于只要看到洞穴便钻进其中，在林子里四处逃亡，想要避开祸端，以致林中到处都是飞翔的禽鸟和奔跑的野兽，交相错杂种类繁多。开阔的上林苑里

被赶出的禽兽实在是太多了，四处都看不到边际。虞官负责管理苑中的事务，划分界限为狩猎做好准备。焚烧野草，整修猎场，砍去杂木，削剪荆棘；在百里之内都张挂好兽网，拦截野兽出没的道路。如此一来，鹿群便都挤在一起，十分的密集。

原文

天子乃驾彫轸，六骏驳。戴翠帽，倚金较。璿弁玉缨，遗光倏爚。建玄弋，树招摇。栖鸣鸢，曳云梢。弧旌枉矢，虹旃蜺旄。华盖承辰，天毕前驱。千乘雷动，万骑龙趋。属车之簉，载猃猲獢。匪唯翫好，乃有秘书。小说九百，本自虞初。从容之求，寔俟寔储。于是蚩尤秉钺，奋鬣被般。禁御不若，以知神奸。魑魅魍魉，莫能逢旃。陈虎旅于飞廉，正垒壁乎上兰。结部曲，整行伍。燎京薪，骇雷鼓。纵猎徒，赴长莽。迾卒清候，武士赫怒。缇衣韎韐，睢盱拔扈。光炎烛天庭，嚣声震海浦。河渭为之波荡，吴狱为之陁堵。百禽㥄遽，骙瞿奔触。丧精亡魂，失归忘趋。投轮关辐，不邀自遇。飞罕潚箾，流镝擂擽。矢不虚舍，铤不苟跃。当足见蹍，值轮被轹。僵禽毙兽，烂若碛砾。但观置罗之所罥结，竿殳之所揘毕，叉簇之所搀捔，徒搏之所撞挖，白日未及移其晷，已狝其什七八。若夫游鹓高翚，绝阬逾斥。毚兔联猭，陵峦超壑。比诸东郭，莫之能获。乃有迅羽轻足，寻景追括。鸟不暇举，兽不得发。青骹挚于韝下，韩卢噬于绦末。及其猛毅髬髵，隅目高匡，威慑兕虎，莫之敢伉。乃使中黄之士，育获之俦，朱鬘髽髻，植发如竿。袒裼戟手，奎踽盘桓。鼻赤象，圈巨狿，摣狒猬，批窳狻，揩枳落，突棘藩。梗林为之靡拉，朴丛为之摧残。轻锐僄狡趫捷之徒，赴洞穴，探封狐。陵重巘，猎昆駼。杪木末，擭獑猢。超殊榛，摕飞鼯。是时，后宫嬖人昭仪之伦，常亚子乘舆。慕贾氏之如皋，北风之同车。盘于游畋，其乐只且。

译文

皇帝坐在绘制着华丽彩饰的车辆中，拉车的六匹良驹就好似虎狡，车盖上都装点着翠色的羽毛，车身旁边是用金子装饰的横木，马冠上用璇玉作为装饰，鞅靽上也有美玉。六匹宝马急速奔驰时，便会有光芒闪过。前驱的队伍高举着绘有玄弋星和招摇星的旗子，另外还有旗子上画着鸣鸢、云朵、孤星、枉矢星或者彩虹，它们都有着各自的象征和意义，有些旗子的旗杆上还装点着牛尾。君王的车盖如同北斗，有护卫在前方开路。千辆兵车一起开动声音就像是闷雷滚滚，万匹战马共同奔驰就像是神龙腾跃。皇帝的副车中装载着大量的猎狗。带在身边的不仅有新奇玩物，还有密藏在宫里的书籍，像是虞初所编撰的《周说》，总共九百多篇。一些能言善辩的人跟随在君主的车辆后方，时刻准备回答皇帝的问询。于是，如同蚩尤的勇士手持斧钺，他们披头散发，身着老虎斑纹的服饰，在前方制止和阻拦妨碍打猎的事物。他们对于神鬼全都非常了解，所以

整合队伍

经由他们祈祷，队伍就不会遇到山精水怪，一切事情都会十分顺利。此后，部队进入飞廉馆和上兰观，在那里驻扎营地，集合队伍，整理军队，然后点燃巨大的柴堆，擂响战鼓发出轰鸣。命狩猎的人进入广袤的树林，兵卒列队为帝王进行警戒，清理道路。勇士们看起来全都怒气冲冲，下边系着明黄色的护膝，上身穿着橙黄色的衣服，他们大张着双眼，相貌威武，身材高大。火光把天空都映得通红，喧嚣的声音直传海滨。黄河和渭水因此而翻起波浪，吴山和岳山都快要被震塌了。禽兽们惊慌失措，四处奔走找不到方向。它们全都失了魂魄，不晓得路在何处。有的竟然撞到了车轮之上，头颅卡在车辐之间。因此不需要围堵捕捉，禽兽便自行撞到车上。人们在空中拉开大网，禽鸟便会纷纷落入网中。箭矢如同流星，每一箭都会射中猎物，没有落空的；长矛也是每投必中，没有虚掷的。有些猎物被马匹踩死，有些被车辆轧死，死去的禽兽比比皆是，横竖堆叠，如同石堆。查看一下被兽网捉住的、被竿杖打死的、被长矛扎穿的，还有被徒手抓住的猎物数量，便能够知晓收获是怎样的辉煌。虽然只有很短的时间，但是死伤的禽兽已经有七八成了。至于那些野雉，它们或是展翅在高空飞翔，或是去往了湖泊的对岸；野兔奋力奔逃，它们翻越过山冈和沟壑，就如同擅长奔跑的东郭狡兔一般，人们好像已经没法将它们抓住了。这时，迅捷的猎鹰和轻盈的猎犬被放出，它们能够追赶日影，赶上飞驰的箭矢。禽鸟还来不及挥动翅膀，野兽还能奔跑，便被猎鹰抓到套中，或被猎犬咬死在套前。另有一些凶恶的猛兽，当它们无路可逃之时，便会鬓毛竖立，双目圆瞪，看着很是狰狞吓人，就连虎兕也不敢去到它的近旁。此时，便有中黄、夏育、乌获一般的武士，他们使用红头巾束额，将头发用麻绳扎起，使之像竖起的竹竿一样。他们胸背裸露，曲着手臂，张开双脚，跟猛兽打斗。他们拉着象鼻，围着蝘蜓，抓住狒狒刺猬，生擒猰貐雄狮。他们撞坏了围栏，踩平了荆棘和灌木。还有更勇敢矫捷的人，他们进入深邃的洞穴，抓住大狐狸；攀登上险峻的山峦，捕获昆猃；登上高挺的树梢，擒拿珍奇的猢狲；跳上直立的榛树，抓捕飞鼯。这种时候，后宫里得宠的美女，像是昭仪婕妤之类，便紧随在皇帝身旁，可以和夫君一同享受狩猎的欢快，体会到《北风》诗里描述的“携手同车”的愉快。她们真是沉浸在这样的乐事中，从心底感到十分的欢愉。

于是鸟兽殚，目观穷。迁延邪睨，集乎长杨之宫。息行夫，展车马。收禽举胔，数课众寡。置互摆牲，颁赐获卤。割鲜野飨，犒勤赏功。五军六师，千列盲重。酒车酌醴，方驾授饔。升觞举燧，既釂鸣钟，膳夫驰骑，察贰廉空。炙炰伙，清酤敍。皇恩溥，洪德施。徒御悦，士忘罢。

当狩猎已经进行的差不多了，周边的风景也都游览过了，这时便乘车返回。将队伍汇聚到长杨宫里，让士兵休息，整理马车。把捕猎的禽兽都集中起来，清点数量计算多少。之后，将死去的禽兽放到木架之上，切割成片，将活着的猎物作为奖品分发。就地开办宴席，犒赏有功劳的人。所有参与狩猎的将士，排成千百行的队伍。酒车顺序倒酒，还有负责分发肉食的车辆。士卒们将火把点燃，畅饮美酒，喝完后便敲钟告知。负责的官员骑马巡查，按照酒菜的多少及时添补。各种野味数目繁多，醇厚的美酒可以尽兴饮用。皇帝的恩惠众人共享，不管是驾驶车辆的士兵还是参与狩猎的士兵，全都十分兴奋愉悦。

原文

巾车命驾，回旆右移。相羊乎五柞之馆，旋憩乎昆明之池。登豫章，简矰红。蒲且发，弋高鸿。挂白鹄，联飞龙。磻不待缴，往必加双。于是命舟牧，为水嬉。浮鹢首，翳云芝。垂翟葆，建羽旗。齐栧女，纵棹歌。发引和，校鸣葭。奏淮南，度阳阿。感河冯，怀湘娥。惊蜩蛹，惮蛟蛇。然后钓鲂鳢，纚鰋鲉。摭紫贝，搏耆龟。搤水豹，馽潜牛。泽虞是滥，何有春秋？擿漻澥，搜川渎。布九罭，设罜麗。摷鲲鲕，殄水族。蘧藕拔，蜃蛤剥。逞欲畋魰，效获麑麌。谬蓼浶浪，乾池涤薮。上无逸飞，下无遗走。擭胎拾卵，蚳蝝尽取。取乐今日，遑恤我后！既定且宁，焉知倾阤？

译文

掌管车辆的官员传令启程，于是竖起旗帜，大队右转返回。队伍顺着五柞官缓缓前行，在昆明池的岸边休憩。箭手登上豫章台，看到系着红丝的箭矢，取箭射出，正中了在高空飞翔的鸿雁，箭矢还穿过白鹄，射在了野鸭身上，一箭便射下了三只禽鸟，箭术真是精妙。此时，君王又命令负责船只的官吏，筹办水中的表演。荡起船只，在船体上绘出云朵和芝草，在船盖上垂下雉尾作为装饰，在船头竖起羽旗随风翻飞。划船的女子行动一致，高声唱着船家的歌曲。一人领唱大家应和，还有胡笳在一旁伴奏。唱完了《淮南》之后，又演奏了《阳阿》。河伯冯夷深受感动，娥皇女英情思荡漾；魍魉因此惊讶，蛟蛇因此颤抖。随后，又命人钓起鲂鱼和鳢鱼，用网捕捞鰋鱼和鲉鱼，捡拾紫贝，抓捕老龟，捉住水豹，套取潜牛。管理湖泊的官员允许众人肆意捕捞，从不管季节为何。小溪河沟都被搜遍了，撒下网孔极细的渔网，把小鱼小虾也都捕捞了上来，甚至是鱼苗也不放过。水生物种全都灭绝了。还有人把莲藕连根拔出，剥下蛤蚌的外壳。狩猎抓鱼极尽贪婪，小鹿小麋也被人抓捕。水陆生物全都经受搅扰，山林池沼的资源全都遭到攫取。空中再也没有飞翔的禽鸟，地上也无法看到野兽。甚至还有人剥取胎盘，进巢取卵，就算是蚂蚁和蝗虫的幼子也要拿走。他们只贪图一时的享乐，从不考虑以后的事情！他们觉得世间已经平定，又怎么会想到国家将来的安危？

原文

大驾幸乎平乐，张甲乙而袭翠被。攒珍宝之玩好，纷瑰丽以侈靡。临迴望之广场，程角觝之妙戏。乌获扛鼎，都卢寻橦。冲狭燕濯，胸突铦锋。跳丸剑之挥霍，走索上而相逢。华岳峨峨，冈峦参差。神木灵草，朱实离离。总会仙倡，戏豹舞罴。白虎鼓瑟，苍龙吹篪。女娥坐而长歌，声清畅而蜲蛇。洪涯立而指麾，被毛羽之襳襹。度曲未终，云起雪飞。初若飘飘，后遂霏霏。复陆重阁，转石成雷。礔砺激而增响，磅盖象乎天威。

译文

皇帝又驾车来到了平乐馆，在馆里设立帐幕，用甲乙进行编号，身披翠羽制作的披风，在帐幕中摆放许多奇珍异宝，规模十分纷繁华丽奢靡堂皇。然后又亲自到宽广的广场，观看表演各式节目。其中有力士举鼎；有一个人顶着竹竿，其他人往上攀爬的节目；有“钻刀圈”、“燕子点水”；以及将胸部从锐利的刀丛中穿过，全都十分刺激。还有扔接短剑、抛掷弹丸，以及在绳索上交错行走。节目演完以后，就是戏曲。在场地里搭起布景，布景里的华山雄伟、山岭起伏，上边有神树仙草，还垂挂着红色的果实。艺人们装扮成神仙和各类动物，只见豹子在杂耍、熊在跳舞、白虎在弹琴、神龙在吹篪。女英娥皇高声歌唱，声音清扬舒展；洪涯站立指挥，身着轻便的羽衣。歌声还没有结束，舞台上就有云彩汇集雪花飘落，起初纷纷扬扬，后来大雪密布。还有人在复道上捻转石块，声音如同响雷，霹雳轰鸣，象征着上天的威仪。

巨兽百寻，是为曼延。神山崔巍，欻从背见。熊虎升而拏攫，猿狖超而高援。怪兽陆梁，大雀踆踆，白象行孕，垂鼻辚囷。海鳞变而成龙，状蜿蜿以蝹蝹。舍利飏飏，化为仙车，骊驾四鹿，芝盖九葩。蟾蜍与龟，水人弄蛇。奇幻倏忽，易貌分形。吞刀吐火，云雾杳冥。画地成川，流渭通泾。东海黄公，赤刀粤祝。冀厌白虎，卒不能救。挟邪作蛊，于是不售。尔乃建戏车，树修旃。侲僮程材，上下翩翻。突倒投而跟结，譬陨绝而复联。百马同辔，骋足并驰。橦末之技，态不可弥。弯弓射乎西羌，又顾发乎鲜卑。

接着又出现了百寻长的巨大猛兽，根据它的样子起名叫曼延。它的后边突然耸起了一座雄伟的神山，熊和虎登场打斗，

猿猴争着向高处攀爬。各种怪兽来往走动。大鸟摇摆着寻找食物；庞大的白象边走便喂奶，长长的鼻子随意地垂在下边。顷刻间，大鱼就变成了神龙，弯曲着四处游动。神兽舍利将水化作雾气，瞬时就变出了一辆仙车，车由四只仙鹿一同拉着，用灵芝做的车盖光华闪耀。装扮成蟾蜍和大龟的演员一同舞蹈，还有人抓着大蛇不停舞动。各种表演奇幻莫测、变换迅速，比如瞬间改变了形体样貌、吞咽利刃口吐火焰、喷出清水化成云雾、以手划地即刻成河，河水流向渭水和泾水。又有人扮成东海黄公，手里拿着赤刀，嘴里念着粤地的咒语。他想要制服勇猛的白虎，但是最终咒语失效葬身虎口。这表明用奸邪的法术诱骗世人的人，最后必然是要被人们所识破的。之后又将一辆戏车搬到了舞台上，车上插着很长的旗杆。年幼的艺人在上面展示自己的技艺，爬上爬下轻松自由。忽然倒挂在杆上，似乎马上就要掉下，但下一刻便起来了。他们还模拟各种马匹奔跑的形态，在杆顶进行表演，技艺十分高超。各种变化无穷无尽，时而开弓射向西羌，时而又转头对着鲜卑射箭。

原文

于是众变尽，心酲醉。般乐极，怅怀萃。阴戒期门，微行要屈。降尊就卑，怀玺藏绂。便旋闾阎，周观郊遂。若神龙之变化，章后皇之为贵。然后历掖庭，适欢馆。捐衰色，从嫿婉。促中堂之狭坐，羽觞行而无算。秘舞更奏，妙材骋伎。妖蛊艳夫夏姬，美声畅于虞氏。始徐进而羸形，似不任乎罗绮。嚼清商而却转，增婵娟以此豸。纷纵体而迅赴，若惊鹤之群罢。振朱屣于盘樽，奋长袖之飒纚。要绍修态，丽服飏菁。眳藐流眄，一顾倾城。展季桑门，谁能不营？列爵十四，竞媚取荣。盛衰无常，唯爱所丁。卫后兴于鬒发，飞燕宠于体轻。尔乃逞志究欲，穷身极娱。鉴戒《唐诗》，他人是媮。自君作故，何礼之拘？增昭仪于婕妤，贤既公而又侯。许赵氏以无上，思致董于有虞。王闳争于坐侧，汉载安而不渝。

所有的表演都已经完成，但是众人还是沉浸在喜乐之中，游乐之情极盛，心里依依不舍，怅然怀想。此时，君主已经暗中给护卫下令，装扮成普通民众的样子，隐藏身份，将玉玺放好，共同去民间探访。他们在城中的街巷里走了一圈，又去郊区到处巡查。如此的行为就好像藏匿踪迹的神龙一般，变化多端，彰显了皇帝的尊贵。然后，天子去往后宫，到自己喜爱的宫殿中去。后宫中的嫔妃数量众多，当然是抛下那些老去的，挑选那些青春靓丽的。君主坐在嫔妃房屋的中间，手持酒杯，不住地饮酒。才华出色的美女表演少见的舞蹈，送上优雅的舞技。她的相貌比夏姬还美艳动人，歌声比虞氏还优美婉转。她身形轻便，缓缓迈步向前，那细瘦的腰身好像就连丝质的舞衣都承担不起。她演唱着悠扬的靡靡之音，神情越发的柔情似水。她跟着节拍，时而往前飞跃，如同惊鸿照影；时而靠近桌案，挥舞了宽大的襟袖，做出各种妩媚的姿态。她俊美的体态和华丽的衣裙叫人心意迷乱；她弯弯的双眼一顾便可倾城，哪怕是柳下惠和佛家子弟，也无法不受到她的诱惑。后宫中的美女，分为十四个级别，所有人都想要争取宠爱，但是君王的喜爱是变化无常的，哪个人符合他的心意，他便喜欢哪个。就如同卫皇后是因为头发漂亮而备受宠爱，赵飞燕则是由于体态轻巧而受宠。君王随心所欲地追求欲望的满足，终其一生都在享受欢愉；把《唐风》中的诗句作为对自己的劝诫：今日不好好享受，那么以后就是别人的了。他们认为，所有的法制都由自

佳人献舞

己决定，既然如此，又为什么要拘泥于古法呢？所以便随着自己的喜好，将喜爱的女子从婕妤直接升至昭仪；给喜欢的臣子加爵封侯，还授予其三公这样重要的职位。再如孝成帝轻易便答应赵氏，将她叫为第一夫人；孝哀帝甚至还毫不负责地想要把天子都让与董贤，幸亏王闳一直据理力争，汉朝才没有落到他人的手中。

高祖创业，继体承基。暂劳永逸，无为而治。耽乐是从，何虑何思？多历年所，二百余期，徒以地沃野丰，百物殷阜，岩险周固；衿带易守。得之者强，据之者久。流长则难竭，柢深则难朽。故奢泰肆情，馨烈弥茂。

译文

高祖开创了大汉的基业，后来的帝王将其世代承袭。他们自觉世间已经安定，就算是毫无作为天下也可以平安无事。所以便放任享乐，觉得没有什么是值得考量的了。汉朝持续的时间，已经有二百一十四年了，这只是得益于田地肥沃、物产丰富、田园广博、资产殷实、山势险要、地形稳固，还有大河环绕，易守难攻。在这种地方建立国家必然会兴盛长久，绵长的河水不会瞬间干涸，庞大的树根不可能太快腐朽，所以就算是世代的皇帝耽于享乐，但是大汉王朝还是声名远播气势非凡。

原文

鄙生生乎三百之外，传闻于未闻之者，曾仿佛其若梦，未一隅之能睹。此何与于殷人之屡迁，前八而后五，居相圮耿，不常厥土。盘庚作诰，帅人以苦。方今圣上，同天号于帝皇，掩四海而为家。富有之业，莫我大也。徒恨不能以靡丽为国华，独俭啬以龌龊，忘蟋蟀之谓何。岂欲之而不能，将能之而不欲欤？蒙窃惑焉，愿闻所以辩之之说也。

我出生在汉朝建国三百年之后，经过他人的讲述我才知道了这些没有听过的事情，直到现在我似乎还处在梦境里，真是遗憾这些事情我都没有亲眼看到过。我们将长安定为首都，一待便是二百多年，不像殷商的人屡次更改都城，从契到成汤搬移了八回，再到盘庚又挪动了五回。河亶甲曾经把相地定作首都，但他的儿子祖乙将都城迁往了于邢（耿）。后来因为邢遭到了破坏，无法再当作京师。虽然盘庚在更改都城地址的时候劝慰子民，但是众人对于迁都还是感到十分艰难。现在我朝的君王与上天称号相同，叫作皇帝，世间各处都被收入我朝的版图，从来没有任何的一个国家能比汉朝更富强。所以，君王只是遗憾不能用极度的奢华来显示国家的荣耀，觉得节俭代表着气量太小、过于拘谨。他不会遗忘《唐风·蟋蟀》是怎样嘲讽帝王一味地节俭不懂得礼乐。难道君主是畅想着长安的奢华但无法前去，还是能去洛阳但又不愿前去呢？对此我觉得很是困惑，希望您清晰地解答能使我明白。

王延寿，字文考，南郡宜城（今属湖北）人，生卒年代不明，东汉时知名的辞赋家，他的父亲是知名的文学家王逸。在他父亲的栽培下，王延寿自幼就展示出了非凡的文学能力。他曾经跟随父亲去鲁地游览，创作了《鲁灵光殿赋》。后来王延寿溺水身亡，年仅二十多岁。

鲁灵光殿赋

原文

鲁灵光殿者，盖景帝程姬之子恭王余之所立也。初恭王始都下国，好治宫室，遂因鲁僖基兆而营焉。遭汉中微，盗贼奔突，自西京未央、建章之殿，皆见隳坏，而灵光岿然独存。意者岂非神明依凭支持，以保汉室者也。然其规矩制度，上应星宿，亦所以永安也。予客自南鄙，观艺于鲁，睹斯而眙，曰：嗟乎！诗人之兴，感物而作。故奚斯颂僖，歌其路寝。而功绩存乎辞，德音昭乎声。物以赋显，事以颂宣。匪赋匪颂，将何述焉。遂作赋曰：

译文

鲁灵光殿是由汉景帝的妃子程姬之子、鲁恭王刘余建设的。最初，恭王刚到他的封地时，喜好建造宫殿，便在鲁僖公殿堂的遗址上营建了这个宫殿。西汉末期，匪盗猖狂，长安的未央宫、建章宫等全都遭到了破坏，只有灵光殿仍旧稳固地挺立在鲁国，这不就说明汉室受到神明保护，它才会完好无损么？这座宫殿的结构，跟上天的星象相符，这大概也是它得以

建造宫殿

平安的缘由吧。我从南方偏远的荆州而来，在鲁国修习六艺，看到这样雄伟的殿堂，禁不住大声惊呼：真是太雄壮了！诗人的情绪会由于受到了外界的触动而想要落笔成文，我想起早年奚斯用诗歌称赞鲁僖公，赞颂他的宫室，将他的功劳用诗词表达了出来，在歌曲里颂扬他的品德。华美的宫殿就是由于记述才得到了宣扬，功劳业绩也因称颂而被宣传开去。没有记述和称颂，如何可以显现此类美妙的事物呢？所以我写下了这片赋文，内容是：

原文

粤若稽古，帝汉祖宗，浚哲钦明。殷五代之纯熙，绍伊唐之炎精。荷天衢以元亨，廓宇宙而作京。敷皇极以创业，协神道而大宁。于是百姓昭明，九族敦序。乃命孝孙，俾侯于鲁。锡介珪以作瑞，宅附庸而开宇。乃立灵光之秘殿，配紫微而为辅。承明堂于少阳，昭列显于奎之分野。

汉室王朝顺从天道遵循古礼，汉朝历代的先人是如此的明智、英武，超越了此前五代的圣主，承袭了尧尊崇火德的传统。汉朝先祖依从天命行使正道，使美德汇聚，统一了全国。然后修建京城，颁行律法，开创基业，一切都遵从神明的意旨，从而使世间安定。人民全都通情达理，整个社会秩序井然，百姓彼此关切。所以便封赏恭王，给予他管理鲁国的大任，赏赐他玉珪当作镇国之物。又将鲁地作为汉朝的附庸国，以扩充汉朝的边境。同意恭王建造灵光殿，希望灵光殿就像是伴随着紫微的客星一般辅佑着京师。灵光殿应和天象伫立在东方，其光辉映照着鲁国所有的地域。

原文

瞻彼灵光之为状也。则嵯峨嶵嵬，嵬巍𡼫㠝。吁可畏乎，其骇人也。迢峣倜傥，丰丽博敞。洞轇轕乎，其无垠也。邈希世而特出，羌瓌谲而鸿纷。屹山峙以纡郁，隆崛岉乎青云。郁坱圠以嶒竑，㠑缯绫而龙鳞。汩硙硙以璀璨，赫烨烨而烛坤。状若积石之锵锵，又似乎帝室之威神。崇墉冈连以岭属，朱阙岩岩而双立。高门拟于阊阖，方二轨而并入。

灵光殿

译文

灵光殿十分雄伟，看到的人都会被它所震撼。它巍然矗立不落凡俗，华美威武幽深无比，这样的建筑真是世间罕见。它华丽奇妙色彩斑斓，如同山岭一般蜿蜒曲折，又像耸立的高山一样直入云霄。它的构造繁复，占地广大，殿堂全都深邃无边。大殿高旷，侧殿高低错落就像龙鳞一般。它色彩明亮，由许多优质的材料建成，散射出得红光映照世间。浑厚的气势好似巨石堆成的山峰，威仪的氛围有如同天上的宫殿。高耸的墙壁就像是连续不断的山冈，正门前竖立着两个红色的高阙。高大的正门只有天门才能与之相比，能容纳两辆车辇并排出入。

原文

于是乎乃历夫太阶，以造其堂。俯仰顾眄，东西周章。彤彩之饰，徒何为乎。澔澔涆涆，流离烂漫。皓壁暠曜以月照，丹柱歙赩而电烻。霞驳云蔚，若阴若阳，瀖濩磷乱，炜炜煌煌。隐阴夏以中处，霐寥窲以峥嵘。鸿炌炾以炾阆，飔萧条而清泠。动滴沥以成响，殷雷应其若惊。耳嘈嘈以失听，目矎矎而丧精。骈密石与琅玕，齐玉珰与璧英。遂排金扉而北入，霄霭霭而晻暖。旋室娟以窈窕，洞房叫窱而幽邃。西厢踟蹰以闲宴，东序重深而奥秘。屹铿瞑以勿罔，屑黡翳以懿濞。魂悚悚其惊斯，心猥猥而发悸。

译文

于是，我踏上台阶，走进了前殿，环顾四周上下。涂着的红色油彩是如此的美丽，大殿里光亮夺目，亮丽的光彩在周围闪耀。雪白的墙壁就像是映照着月亮的光辉，红色的柱子似乎闪耀着电光。这些光芒就像是霞光一般灿烂无比，又像是蒸腾的云气，明灭不定，时而好似月光时而又像是日光。各种颜色变幻多端，让人目不暇接一片迷乱。朝向北方的“阴夏殿”位于宫殿的中间，进入便会感到幽深静谧。屋宇十分敞亮，清风拂过清爽宜人。下雨时，屋檐上会有水珠滴落，在屋里听着好似雷鸣。耳边各种声响混杂回旋，使得什么也无法听清，眼前绚烂的颜色又晃得视线模糊。大殿的地面由打磨得十分光滑的美石修建，装饰檐口的是晶莹洁白的玉制瓦珰。我打开金色的大门往北边走去，前方是那么深邃晦暗。旋室华美而又蜿蜒，内室既深又静，紧挨着的西侧厢房安静无声，隐藏着的东侧厢房层层深入。向上看去，高悬的殿梁无法看清；向前看去，房间隐蔽暗沉。这些雄伟的屋宇让我的灵魂都觉得震颤，威严的殿堂使我深感惊心。

原文

于是详察其栋宇，观其结构。规矩应天，上宪觜陬。倔佹云起，嵚崟离搂，三间四表，八维九隅。万楹丛倚，磊砢相扶。浮柱岹嵽以星悬，漂峣岘而枝拄。飞梁偃蹇以虹指，揭蘧蘧而腾凑。层栌磥垝以岌峨，曲枅要绍而环句。芝栭攒罗以戢舂，枝掌杈枒而斜据。傍夭蟜以横出，互黝纠而搏负。下弟蔚以璀错，上崎嶬而重注。捷猎鳞集，支离分赴。纵横骆驿，各有所趣。

我仔细查看殿堂楼宇，认真观察它的构造。它的布局跟天象吻合，依据“觜陬”星宿建造。殿堂像云朵一般变幻莫测，

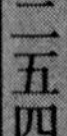

很是高大。环顾大殿，无数粗大的柱子稳固地支撑着大殿，梁上的短柱就像是悬在空中的星辰，它们轻巧地相互支撑，托起宏伟的屋顶。各条复道如同弯曲的长虹，汇集在重楼的四方。方正的斗拱竖立在柱端，由曲折的斗拱进行连接，上面绘制着芝草的图案，长短不一的斜柱于一旁伸出，根根相连承担着屋顶的重量。下边挺立着密集的巨柱，上面则由无数短柱相互连接，它们如同鱼鳞一般密集排布，规则地往四方延伸，纵横交错，各有用途。

尔乃悬栋结阿，天窗绮疏。圆渊方井，反植荷蕖。发秀吐荣，菡萏披敷。绿房紫菂，窋咤垂珠。云楶藻棁，龙桷雕镂。飞禽走兽，因木生姿。奔虎攫挐以梁倚，仡奋衅而轩鬐。虬龙腾骧以蜿蟺，颔若动而躨跜。朱鸟舒翼以峙衡，腾虵蟉虬而绕榱。白鹿孑蜺于欂栌，蟠螭宛转而承楣。狡兔跧伏于柎侧，猿狖攀椽而相追。玄熊䑛舑以断断，却负载而蹲跠。齐首目以瞪眄，徒脈脈而狋狋。胡人遥集于上楹，俨雅跽而相对。仡欺怨以雕䀣，䫜颔顟而睽睢。状若悲愁于危处，憯嚬蹙而含悴。神仙岳岳于栋间。玉女窥窗而下视。忽瞟眇以响像，若鬼神之仿佛。

屋顶下面的梁柱有绸缎作为装饰，高高的天窗上有许多镂空的图案。天花板上涂画着圆池方井；水里种植着倒竖的荷花；嫩绿的茎秆托着花蕾；开放的红花色彩绚烂；碧绿的莲房中包含着紫色的莲子，就像是隐藏在小洞里的珍珠。斗拱上画着云霞；短柱上雕着水草；还有数条神龙被描绘在方椽上，就像是正在天空腾飞。其他的地方也根据材质画着各种禽兽：凶猛的老虎扭打在一处，因为怒气高昂着的脑袋毛发直立；蛟龙在空中弯曲翻腾，头部好似在左右转动；红色的禽鸟展翅站在杆上、长蛇环绕着屋椽；白鹿抬头站在斗拱上、螭龙盘踞在横木上；狡兔趴伏在横木边、猿猴拉拽着椽木彼此追逐；黑熊将舌头伸出嘴外，身背飞梁，在柱子的顶部蹲着。所有动物全都昂首瞪眼，彼此观望，显得栩栩如生。柱上还画着胡人，他们毕恭毕敬地相对跪坐，抬着脑袋，目光如同大雕。他们的眼睛很大，眼窝深邃，看着似乎是面临着危险，容貌是如此忧愁悲戚。梁木的高处涂绘着神灵，还有仙女打开窗户观望着尘世。另有一些图像既像妖怪又像神祇，形神模糊无法分清。

原文

图书天地，品类群生。杂物奇怪，山神海灵。写载其状，托之丹青。千变万化，事各缪形。随色象类，曲得其情。上纪开辟，遂古之初。五龙比翼，人皇九头。伏羲鳞身，女娲蛇躯。鸿荒朴略，厥状睢盱。焕炳可观，黄帝、唐、虞。轩冕以庸，衣裳有殊。下及三后，淫妃乱主。忠臣孝子，烈士贞女。贤愚成败，靡不载叙。恶以诫世，善以示后。

译文

殿里还有许多壁画，上面画着世间的无数事情。其中有些人形象奇特，似乎是山精海怪。依据史书记录或者民间神话，把这些全都画出来，形态各式各样，每个人的故事也全然不同，经过画笔的精心绘制，全都真实地呈现在了墙壁上。混沌的太古时代，天地初成，神龙在空中翱翔；人皇长有九头；伏羲全身披盖着龙鳞；女娲有人的相貌和蛇的身体。那时世间一片荒芜，事物都很是粗犷质朴。黄帝、尧、舜功绩显著，而且也更加有礼，所以画面中，他们乘坐车辇，头戴冠冕，衣服也根据地位有所变化。夏禹、商汤、周武的贤德；妹嬉、妲己、褒姒的荒淫；忠臣、孝子、烈士、贞女、智者、愚民的事迹也都通过图画体现出来。丑恶的让后人惊醒，美好的当作后世的榜样。

山精海怪

原文

于是乎连阁承宫，驰道周环。阳榭外望，高楼飞观。长途升降，轩槛曼延。渐台临池，层曲九成。屹然特立，的尔殊形。高径华盖，仰看天庭。飞陛揭孽，缘云上征。中坐垂景，頫视流星。千门相似，万户如一。岩突洞出，逶迤诘屈。周行数里，仰不见日。何宏丽之靡靡，咨用力之妙勤，非夫通神之俊才，谁能克成乎此勋。

译文

大殿的周围环绕着楼台亭阁，还有大路连接四周。有可供登高远眺的楼台，还有高耸的楼阁。重楼中间有层叠的复道，走廊两侧有弯折的护栏。渐台位于池塘的中央，共有九层，直入云霄，巍峨伫立，寻常的池台根本无法与之相比。登上台子的顶部便超越了华盖星，抬起头就可以看到上界的宫殿。台阶伸展进空中，拾阶而上就像是顺着云彩行走一般。在台子的中间坐定，能够俯瞰日影；靠着围栏能够看到流星从下方划过。大殿有千门万户，每一户都一样美好。它好比幽深的岩穴，有路从中间伸展开来。沿着灵光殿周围的路向上走几千米，仰起头很难看到空中的太阳。如何能有此般的精致雄伟呢？全是由于精妙的想法和勤劳的工作。如果没有这些世间罕有的能工巧匠，又如何能建造起这世间的奇观。

原文

据坤灵之宝势，承苍昊之纯殷。包阴阳之变化，含元气之烟煴。玄醴腾涌于阴沟，甘灵被宇而下臻。朱桂黝儵于南北，兰芝阿那于东西。祥风翕习以飒洒，激芳香而常芬。神灵扶其栋宇，历千载而弥坚。永安宁以祉福，长与大汉而久存。实至尊之所御，保延寿而宜子孙。苟可贵其若斯，孰亦有云而不珍。

译文

灵光殿占有优秀的地势，承接着上天的浑圆醇厚，依据阴阳的变换而形成，经由世间的元气而凝结。有甘泉从阴谷里涌现，有甘露于空中滴落。殿堂四周生长着茂盛的丹桂、兰草和灵芝。清风徐徐吹过，花朵吐露着芬芳。神明保护着这个宫殿，就算千年之后它也还是稳固平安。它使得世间永远安康，它与汉朝一样永世留存。它是只有皇帝才能够居住的地方，保佑着在里面生活的人健康长寿，并使他的后代安稳。如此宝贵的殿堂，怎么会有人说它是不完美的呢！

原文

乱曰：彤彤灵宫，岿嶵穹崇，纷庬鸿兮。崱屴嵫釐，岑崟崰嶷，骈嵸岪兮。连拳偃蹇，仑菌踡嵼，傍欹倾兮。歇欻幽蔼，云覆霮䨴，洞杳冥兮。葱翠紫蔚，礧碨瓌玮，含光晷兮。穷奇极妙，栋宇已来，未之有兮。神之营之，瑞我汉室，永不朽兮。

译文

总而言之，赤红的宝殿是那样的雄壮而高大！那样的挺拔而险峻！那样的出色而卓尔不群！那样的深邃而稳固！颜色灿烂、华美无比、光芒闪烁！从古至今就没有看过这么精致奇妙的建筑。如此珍贵的殿堂，给汉朝增加光彩，使大汉永垂不朽啊！

赵壹，字元叔，汉阳西县（今甘肃天水南）人，东汉辞赋家。大约于汉顺帝永建年间出生，于汉灵帝中平年间去世。本名为赵懿，因避司马懿的名讳，而改名叫赵壹。赵壹一生总共写作了赋、颂、箴、诔、书、论及杂文等十六篇文章，留存至今的只有五篇，他曾用《刺世疾邪赋》来抒发自己对世事的不满之情。

刺世疾邪赋

伊五帝之不同礼，三王亦又不同乐。数极自然变化，非是故相反。德政不能救世溷乱，赏罚岂足惩时清浊？春秋时祸败之始，战国逾增其荼毒。秦汉无以相逾越，乃更加其怨酷。宁计生民之命？为利己而自足。

五帝时期的礼制各有不同，三王时代的礼制也并不统一。天命走到尽头的时候，必然要有所改变，是与非两者原本便是相互排斥的。实施仁政而无法将紊乱颠倒的时世拉回正轨，实行奖惩就能够惩戒时世的污浊了吗？春秋时期是战乱横生、国运衰败的开端，到了战国时代，民众所遭受的磨难愈加深重，直到秦汉时期也没有什么改变的，统治更加残暴。这些统治者又怎么会顾虑到人民的生死呢？对他们来说，只要有利于自身就可以了。

周代礼乐

原文

于兹迄今，情伪万方。佞谄日炽，刚克消亡。舐痔结驷，正色徒行。妪禹名势，抚拍豪强。偃蹇反俗，立致咎殃。捷慑逐物，日富月昌。浑然同惑，孰温孰凉？邪夫显进，直士幽藏。

译文

从春秋战国时代直至今天，真实与虚假相互交错，有着千变万化的不同。逢迎巴结、巧言谄媚的风气日益兴盛，正派刚强的品质反而消失不见了。那些舔痔疮的人能够坐在由四匹马所拉的马车中，而耿直的人却只能步行着前进。很多人都对有权有钱的人阿谀奉承、卑躬屈膝，只要略有些傲气，能够反击这些世俗之风的人，立刻就会遭逢灾祸。那些利用一切机会和方法获得权势的人，全都居于高位。世人不辨是非，不知冷暖。邪佞的人都青云直上，但是正派的人却只能隐姓埋名。

原文

原斯瘼之所兴，实执政之匪贤。女谒掩其视听兮，近习秉其威权。所好则钻皮出其毛羽，所恶则洗垢求其瘢痕。虽欲竭诚而尽忠，路绝险而靡缘。九重既不可启，又群吠之狺狺。安危亡于旦夕，肆嗜欲于目前。奚异涉海之失柁，坐积薪而待燃？荣纳由于闪揄，孰知辨其蚩妍？故法禁屈桡于势族，恩泽不逮于单门。宁饥寒于尧舜之荒岁兮，不饱暖于当今之丰年。乘理虽死而非亡，违义虽生而匪存。

君王信谗图

译文

这样的事情之所以会大行其道，究其根本是由于掌权者的昏庸。宫中的女官将君主的视听遮掩住了，国家的权柄被宦官宠臣掌握在手中。只要是讨这些人喜欢的人，他们就在君主面前竭力夸赞，但如果是其觉得厌恶的人，他们便会千方百计地挑毛病予以诋毁。正派的人想要对国家尽忠，但是却无法找到途经。宫殿的门扉无法开启，而且还有一群凶恶的狼狗到处狂吠。国家已经到了生死存亡的关头，但是那些人却只知道满足自己的贪欲，只贪图眼前一时的放纵。这与在那海上航行却没有舵盘的船只，或者那盘坐于柴垛之上等着火焰升起的人相比，又有什么区别呢？那些被委以重任的人全都是擅长溜须拍马的人，谁能够分辨出他们的善恶呢？所以，就连律法也被豪门贵族所阻挠，恩典赏赐无法送给真正贫困的人。宁愿生活在无法吃饱穿暖、灾祸不断的尧舜时期，也不想在这样的时代享受温饱不愁的生活。能够秉持正义，那么就算是死去了也还是活着；如果背叛了正道，那么就算是活着其实也已经死了。

有秦客者，乃为诗曰：“河清不可俟，人命不可延。顺风激靡草，富贵者称贤。文籍虽满腹，不如一囊钱。伊犹北堂上，抗脏依门边。”

译文

有一位生活在秦地的人，写一了首诗道：“无法再见到国泰民安的时代到来了，毕竟人只有很短的时间能够在这个世上生活，所以只能是趋炎附势了。只要掌握了权势，那么你就是贤明的。满腹的诗书又算得了什么，还不如一袋钱财有用。善于阿谀奉承的人可以站在明堂之上，但是耿直不阿的人却只能依靠在门边。”

原文

鲁生闻此辞，系而作歌曰：“势家多所宜，咳唾自成珠。被褐怀金玉，兰蕙化为刍。贤者虽独悟，所困在群愚。且各守尔分，勿复空驰驱。哀哉复哀哉，此是命矣夫！”

译文

生活在鲁地的人听说了这首诗之后，便接着创作了一首歌曲道：“有权势的人不管做什么事都是正确的，哪怕是吐出的唾液也会被看成是珍宝。但是贫贱的人，哪怕是有着极高的才华，也会被当成是喂牲口的草料，而不是芬芳的鲜花。怀有才干的人就算能够看清时世，也只能是困在愚昧的人群中间。姑且独守自己的本分吧，不要再为这混乱的时世而奔走呼号了。我哀痛万分，这就是命啊！”

祢衡（173—198），字正平，平原般县（今山东临邑）人，东汉文学家，名望甚高。跟孔融等人的关系很好，后来因在言语上激怒了曹操，被送往荆州刘表的辖地，之后再次因为出言无状，被刘表遣至江夏太守黄祖处，后来被黄祖杀害，死时只有二十六岁。

鹦鹉赋

原文

时黄祖太子射，宾客大会。有献鹦鹉者，举酒于衡前曰：“祢处士，今日无用娱宾，窃以此鸟自远而至，明彗聪善，羽族之可贵，愿先生为之赋，使四坐咸共荣观，不亦可乎？”衡因为赋，笔不停辍，文不加点。

译文

黄祖的长子黄射宴请宾客的时候，有一个人进献了一只鹦鹉，并且敬酒给祢衡说道：“祢处士，今天的宴会没有太多让宾客们感兴趣的项目，我觉得这只禽鸟从远方前来，十分聪颖，是一种很宝贵的鸟类，希望先生可以以它为主题作赋一篇，让在座的各位能够有幸欣赏您的文采，不知您觉得如何呢？”于是，祢衡开始作赋，顿时笔下毫不停顿，文不加点。

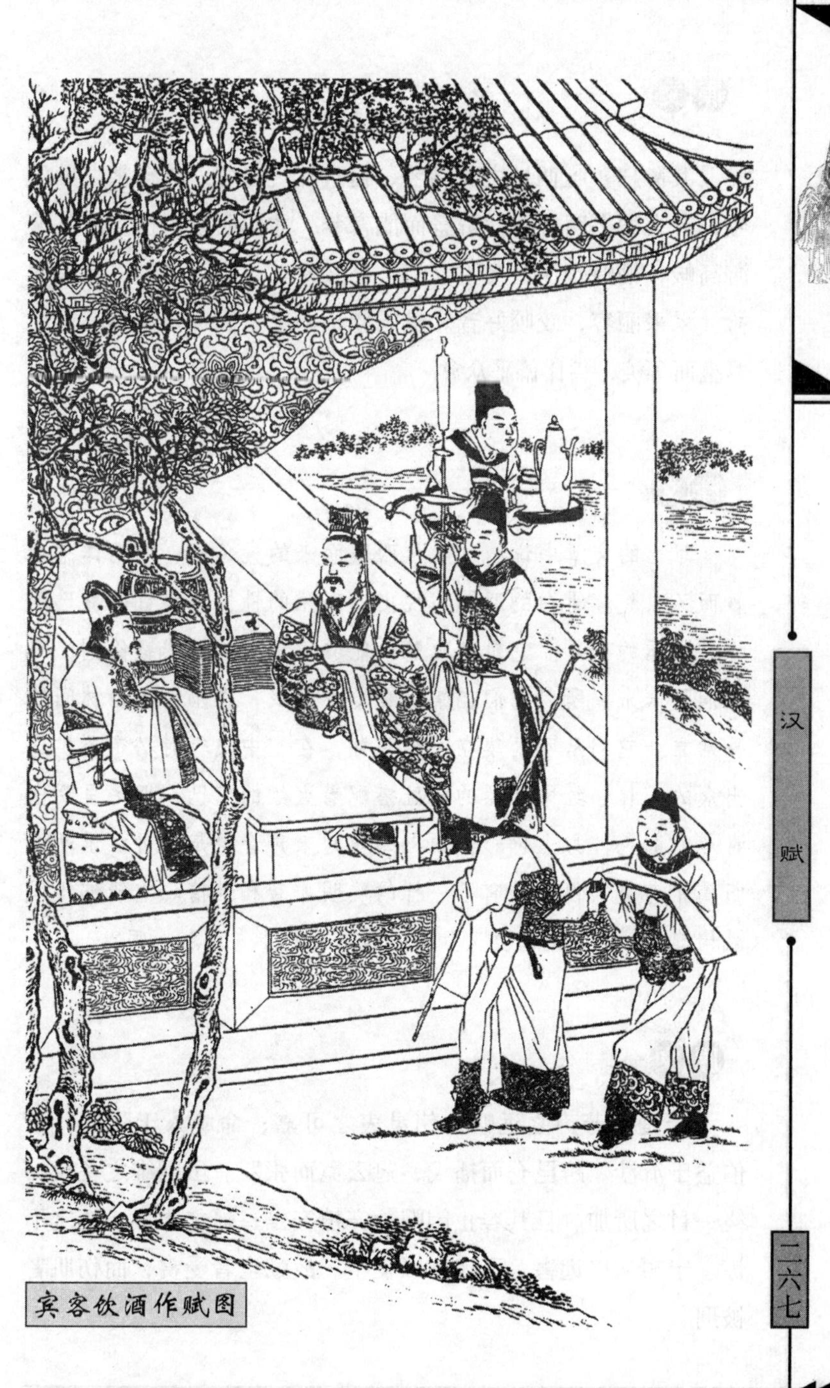
宾客饮酒作赋图

原文

其辞曰：唯西域之灵鸟兮，挺自然之奇姿。体金精之妙质兮，合火德之明辉。性辩慧而能言兮，才聪明以识机。故其嬉游高峻，栖跱幽深。飞不妄集，翔必择林。绀趾丹嘴，绿衣翠衿。采采丽容，咬咬好音。虽同族于羽毛，固殊智而异心。配鸾皇而等美，焉比德乎众禽。

译文

写出的文章中说：这只从西域而来的灵鸟啊，它的体态奇妙而又自然。雪白的羽翼体现出它高雅的性情，火红的嘴巴闪烁着亮丽的光彩。它机智聪慧，能够讲出人语；聪颖伶俐，可以洞悉未来。所以它们在崇山峻岭中嬉戏，在幽深的山林间停驻站立。它们从不聚集在一起飞翔，在空中飞行时必定要挑选出众的山林。红中带黑的脚趾搭配着火红的嘴巴，羽毛呈现出青翠的颜色。身上色彩艳丽，鸣叫起来声音很是动听。虽然它归属于鸟类，但是具有不一样的聪明才智和性情。它能够跟凤凰相媲美，另外的鸟类又如何可以在品行上与之相比呢？

原文

于是羡芳声之远畅，伟灵表之可嘉；命虞人于陇坻，诏伯益于流沙。跨昆仑而播弋，冠云霓而张罗。虽纲维之备设，终一目之所加。且其容止闲暇，守植安停；逼之不惧，抚之不惊。宁顺从以远害，不违忤以丧生。故献全者受赏，而伤肌者被刑。

译文

所以它那叫人艳羡的名气散布到远方，轻盈的体态被众人所称赞嘉奖。虞人在陇山得到指令，伯益在西北的沙漠接到旨意。那些权贵的手下翻越昆仑山，射出捕射鸟类的箭镞，穿过云层在空中铺设捕鸟的大网，他们的装备是那样的齐全，最后终于用一块很小的网子捉住了鹦鹉。就算是这样，鹦鹉还是面色镇定，神态优雅，性情坚定而祥和。威逼它，它也不感到害怕；触碰它，它也不觉得慌乱。宁可表现驯顺以避免伤害，也不会进行违抗而使自己失去生命。所以如果进献完好的鹦鹉便会受到奖励，但要是让鹦鹉有所损害便会遭到惩处。

原文

尔乃归穷委命，离群丧侣；闭以雕笼，翦其翅羽；流飘万里，崎岖重阻，逾岷越障，载罹寒暑。女辞家而适人，臣出身而事主。彼贤哲之逢患，犹栖迟以羁旅。矧禽鸟之微物，能驯扰以安处？眷西路而长怀，望故乡而延伫。忖陋体之腥臊，亦何劳于鼎俎？嗟禄命之衰薄，奚遭时之险巇？岂言语以阶乱，将不密以致危？痛母子之永隔，哀伉俪之生离。匪余年之足惜，愍众雏之无知。背蛮夷之下国，侍君子之光仪。惧名实之不副，耻才能之无奇。羡西都之沃壤，识苦乐之异宜。怀代越之悠思，故每言而称斯。

译文

鹦鹉被捉住以后听天由命，只能任人摆布而离开自己的群体，失去了自己的伴侣。它被关在雕有花纹的鸟笼中，翅膀也

高山险阻

被剪掉了。它在远方漂泊，与故乡之间隔着重重阻碍。岷山和障山隔在中间，使它年复一年地遭受着苦难。女子与家人告别嫁去远方，大臣投靠新的主人奉献自己。哪怕是贤明的人，如果遭遇磨难，也不免依靠别人滞留在外面。况且是鸟类这种弱小的生物，又怎么能不屈服以求得平安？想念着西方回家的路途而深深感伤，眺望着家乡而长久地站立。暗中想着像我这样卑贱的身体，应该不会被人们所宰杀吧？叹息自己怎么会如此苦命，不知为何会陷于这样的境地。难道是由于语言上有所过失所以招致了灾难吗，还是因为行事时没有考虑周全？因为母子间永久的分离而伤痛，因为夫妇间凄苦的离别而哀伤。并不是为自己晚年的苟活而感到怜惜，而是为孩子们的天真年少而觉得伤心。从我生活着的蛮荒国度，前来为您显赫的仪表增光添彩。担心自己的才能与名气并不相符，也因为自己没有特殊的能力而觉得羞惭。虽然羡慕长安肥沃的土地，人们富足安乐的生活，但我这只鹦鹉却知道如今的苦乐已不同往昔。心中满怀着对家乡的思念，所以开口说话时总是带有故乡的口音。

原文

若乃少昊司辰，蓐收整辔。严霜初降，凉风萧瑟。长吟远慕，哀鸣感类。音声凄以激扬，容貌惨以憔悴。闻之者悲伤，见之者陨泪。放臣为之屡叹，弃妻为之歔欷。

译文

少昊掌管的季节已经到头了，蓐收已经整顿好了马车。严寒降临大地，寒风萧索肃静。笼子里的鸟儿禁不住长久地鸣叫，思念着远处的家乡，悲哀的叫声让同类都觉得伤心。那叫

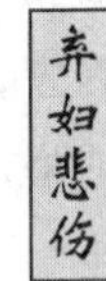
弃妇悲伤

声凄惨而又激昂，鸟儿的相貌干瘦，形如枯槁。听到叫声的人全都会感到悲哀，看到了它的样子的人全都泪流满面。遭到流放的大臣不住地为它叹气，被抛弃的妻室也为它而伤心抽泣。

感平生之游处，若埙篪之相须，何今日之两绝，若胡越之异区？顺笼槛以俯仰，窥户牖以踟蹰。想昆山之高岳，思邓林之扶疏；顾六翮之残毁，虽奋迅其焉如？心怀归而弗果，徒怨毒于一隅。苟竭心于所事，敢背惠而忘初？托轻鄙之微命，委陋贱之薄躯；期守死以报德，甘尽辞以效愚；恃隆恩于既往，庶弥久而不渝。

感慨着生活中一起游玩相处的友人，结交的人都十分友好。今时今日却分隔两地，遥远得就像分别待在偏远的北方和南方。在笼子里不停地跳动，窥探着门窗但却犹豫不决。怀念着昆仑山的山岭，想着邓林树木的身影。转头看着被毁坏的翅膀，想着就算是拼命努力又能够飞到哪里去呢？满怀着回家的心愿，但是却无法达成，只能够在角落中悲愤地痛哭。现今还是尽心竭力地完成主人交代的任务吧，又怎么敢背弃原来得到的恩惠。我愿意把我这卑贱的生命都交付与主人，让我用卑微的身体来依赖您吧。期望我可以用一生来答谢您的恩典，愿意用我全部的能力来报效您。依靠着您一直以来的恩赐，也许我的待遇很久都不会改变。

王粲（177—217），字仲宣，“建安七子”之一，山阳郡高平（今山东微山）人，东汉末期著名的文学家，具有极高的文采。早年为刘表效力，后来归顺了曹操。

登楼赋

登兹楼以四望兮，聊暇日以销忧。览斯宇之所处兮，实显敞而寡仇。挟清漳之通浦兮，倚曲沮之长洲。背坟衍之广陆兮，临皋隰之沃流。北弥陶牧，西接昭丘。华实蔽野，黍稷盈畴。虽信美而非吾土兮，曾何足以少留。

走上这座楼向周围远眺，暂时在这样悠闲的时日里排解愁苦。我看着这个楼台所在的位置，真是宽阔亮堂，很少有能与之相比的。毗邻着清透的漳水所延伸出的浦口，依靠着曲折的沮水所冲击出的长洲。背后靠着高阔宽广的平原，脚下是散布着淌有溪流的凹凸不平的土地，正是这溪流浇灌着广袤的田野。北面是陶朱公放牧的田野，西面与楚昭王的墓地相连。花草果实遍布田野，庄稼把田地都遮盖住了。但是就算这里再美好也不是我的故乡，我又如何能在这里停留呢。

原文

遭纷浊而迁逝兮，漫逾纪以迄今。情眷眷而怀归兮，孰忧思之可任。凭轩槛以遥望兮，向北风而开襟。平原远而极目

登楼远望

兮，蔽荆山之高岑。路逶迤而修迥兮，川既漾而济深。悲旧乡之壅隔兮，涕横坠而弗禁。昔尼父之在陈兮，有“归欤”之叹音。钟仪幽而楚奏兮，庄舄显而越吟。人情同于怀土兮，岂穷达而异心。

译文

我由于赶上了纷繁混乱的时世而逃亡到此处，至今已经十二年了。心里充满了对故土的思念，盼望着可以回到家乡，这样满是哀愁的思绪，有谁能够承受得住啊？依靠着楼台的围栏往远处看去，解开衣衫正对迎面吹来的北风。北边的原野是如此的辽远，我极目远眺，荆山高耸的山峰遮挡了我的视野。路途崎岖而又遥远，大河漫无边际而又深不见底。感伤与家乡之间隔着层层阻碍，泪水无法控制，不停地流淌。当初孔子身处陈国之时，曾经有过“回去吧”的哀叹；钟仪被关押在晋国时，也一直弹奏楚国的音乐；庄舄地位显赫但还是有着越地的口音。人们想念故土的情感是一样的，不会因为贫穷或者富贵而有所区别啊！

原文

唯日月之逾迈兮，俟河清其未极。冀王道之一平兮，假高衢而骋力。惧匏瓜之徒悬兮，畏井渫之莫食。步栖迟以徙倚兮，白日忽其将匿。风萧瑟而并兴兮，天惨惨而无色。兽狂顾以求群兮，鸟相鸣而举翼。原野阒其无人兮，征夫行而未息。心凄怆以感发兮，意忉怛而憯恻。循阶除而下降兮，气交愤于胸臆。夜参半而不寐兮，怅盘桓以反侧。

漫步原野间

译文

想着时间的流转，何时才能等来世间的和平啊。我热切地盼望着王道平定，可以让我在国泰民安的环境下发挥自身的才干。担忧会被弃置在一旁无人问津，不被重用，惧怕虽有清甜的井水但是没人来饮用。随意地四处走动，太阳很快便落下去了。凄凉的冷风骤起，天空也迅速地变得阴暗。兽类们赶紧寻找着同类，禽鸟全都啼叫着振翅飞翔。田野很是安静没有游客，只剩征夫还在不停地赶路。我的心中一片悲凉，充满了伤感的情绪，内心被悲伤和哀痛所填满。于是顺着阶梯走到楼下，心情十分抑郁，无法平复。直到夜半时分还是不能入眠，辗转反侧无法进入梦乡。

游海赋

原文

含精纯之至道，将轻举而高厉。游余心以广观兮，且仿佯乎西裔。乘兰桂之方舟，浮大江而遥逝。翼惊风而长驱，集会稽而一睨。登阴隅以东望兮，览沧海之体势。吐星出日，天与水际。其深不测，其广无臬。寻之冥地，不见涯泄。章亥所不极，卢敖所不届。洪洪洋洋，诚不可度也。处嵎夷之正位兮，同色号于穹苍。苞吐纳之弘量，正宗庙之纪纲。总众流而臣下，为百谷之君王。洪涛奋荡，大浪踊跃。山隆谷窳，宛亶相搏。怀珍藏宝，神隐怪匿。或无气能行，或含血而不食，或有叶而无根，或能飞而无翼。鸟则爰居孔鹄，翡翠鹔鹴，缤纷往来，沉浮翱翔。鱼则横尾曲头，方目偃额，大者若山陵，小者重钧石。乃有赍蛟大贝，明月夜光，蠵蠵瑇瑁，金质黑章。若夫长洲别岛，旗布星峙，高或万寻，近或千里。桂林丛乎其上，珊瑚周乎其趾。群犀代角，巨象解齿，黄金碧玉，针不可纪。

我满怀精诚而又纯粹的理想，轻轻地飞向高空。我放开心情浏览广阔的美景，徜徉在辽阔大海的西面。我乘坐着由菌桂香木造的船，在大江上漂向远方。船在大风吹拂下就像长了翅膀一般长驱直行，我停下船去参观一下会稽山。我登上山的北坡向东远望，一览沧海的壮阔气势。星星和太阳交替出现，天空和大海连成一线。大海深不可测，广阔无边。想探寻海的尽头，却总也找不到。那里应该是章亥未曾去过、卢敖也没有到过的地方。大海广阔深远，的确不可丈量。它正对嵎夷，和苍穹一色故名沧海。它度量大得足以包污纳垢，还象征着国家的法纪纲要。它汇集河流，将江河视为臣子，作百谷的君王也理所应当。巨浪激荡，大浪汹涌，耸立如高山，落下如低谷，漩涡低沉，浪花搏击。大海里蕴藏着无数的珍宝奇物，但也隐藏着各种怪异奇特的生物。有些气息全无却能行走，有些体内有血却不吃东西，有些长有叶子却不长根，有些没有翅膀却能飞。海中的鸟类有爰居、大天鹅、翡翠、鹔鹴等，它们数目繁多，有些在海面上浮游，有些在空中飞翔。海中的鱼类，有些尾巴很大且是横着的，有些长着方形的眼睛、弯曲的脑袋或低矮的前额。大的鱼庞大如山，小的鱼也重达三十斤至一百斤。有些种类的鱼，如三足龟、鲨鱼和大贝，明月珠、夜光珠，大龟、蠵和玳瑁，全身都是金色，还有黑色的花纹。还有很多长

长的沙洲和岛屿，散布在海中如同一面面旗帜，又好比一颗颗星星，远的可相隔上万里，近的也有千里。岛上桂树丛生，岛底珊瑚环绕，还有许多犀牛角、大象牙、黄金、碧玉，名目太多以至无法记录完整。

七释

原文

潜虚丈人，违世遁俗。恬淡清玄，浑沌淳朴。薄礼愚学，无为无欲。均同死生，混齐荣辱。不拔毛以利物，不拯溺以濡足。濯身乎沧浪，振衣乎嵩岳。于是文籍大夫闻而叹曰："於乎！圣人居上，国无室士。人之不训，在列之耻。我其释诸，弗革乃已。"遂造丈人而谒之，曰："盖闻君子不以志易道，不以身后时。进德修业，与俗同期。一物有蔽，大人耻之。今子深藏其身，高栖其志。外无所营，内无所事。有目而不视，有心而不思。颙若穷川之鱼，梢若槁木之枝。鄙夫惑焉，请为子言大伦，叙时务。宣导情性，启授达趣。虽谬雅旨，殆其有助，抑可陈乎？"丈人曰："可哉。"

译文

有位潜虚丈人，远离世俗；恬淡清闲，浑厚淳朴；轻视礼法和学术，无所为也无所求。用同一种态度对待生与死，用同一种标准丈量荣与辱。不愿为了天下而让出自己的半分利益，也不愿为了救溺水者而沾湿自己的双脚。在清澈的河水中沐浴，在耸立的高山上抖动衣服。文籍大夫听了他的事情后，感叹说："啊！明君在位，有才之人不应隐居世外。如果有人不能接受训导，将是朝中各位官员的耻辱。我要去向他解释出世的道理，若实在说不通他，再作罢。"于是文籍大夫前往潜虚丈人处拜访，对他说："我听说真正的君子不会用个人的志向代替天下的大道，也不会让自身的言行落后于现实的需要。修养德行、建立功业，是一辈子都不能停下来的事情。有修养的人，只要有一处优点没有得以发挥也感到耻辱。如今你隐藏自身，把对鸿业的追求之心高高挂起。对世人无所作为，在家中也无所事事。有眼睛却不去观察民情，有心志却不去思考天下大道。只是睁眼仰望，好比躺在干涸河道中等死的鱼；身体消瘦，好比枯竭病树上的枯枝。我对这种眼光浅陋的人感到很困惑，请让我向您陈述天下的伦常道理，叙述世间的事务。疏通您的性情，向您启发和传授通达的志趣。虽然会和您高雅的爱好有所不同，但希望能对您有所帮助。现在是否可以向您陈述？"潜虚丈人说："可以。"

大夫曰："道在养志，志在实气。将定其气，莫先五味。冻缥玄酎，醴白腐清。肴以多品，羞以珍名。鲔鳙鲐鲵，桂蠹石鳆。鳖寒鲍热，异和殊馨。紫梨黄甘，夏柰冬橘。枇杷都柘，龙眼荼实。河限之鲑，泗滨卢鳜。名工砥锷，因皮却切。纤而不茹，纷若红绛。乃有西旅游梁，御宿青粲。瓜州红麴，参糅相半。柔滑膏润，入口流散。鼋羹蠵臛，晨凫宿鹨。五黄捣珍，肠腼肺烂。旄象叶解，胎豹脔断。霜熊之掌，文麋之腱。

文籍拜访潜虚

齐以甘酸，随时代献。芬芳滋液，方丈兼案。此五味之极也，子其飧诸？”丈人曰：“否。膏粱虽旨，厚味腊毒。子之所甘，于我为戚。”

译文

文籍大夫说：“身心修养的根本在于心志的修养，心志修养的根本在于蓄养元气。要想安定元气，最重要的莫过于五味。冷冻的缥酒和黑色的醇酒，乳白的甜酒和清纯的齐酒。菜品佳肴名目繁多，珍贵的食物都有美好的名称。有鲔鱼、鲭鱼、鲐鱼和鲋鱼，还有世间罕有的桂蠹石鳗。鳖性寒、鲍性热，将不同食性的食物合在一起，会产生特别的香味且香气传得很远。紫色的梨子和黄色的柑橘，夏天的沙果和冬天的橘子，还有枇杷、甘蔗、龙眼和荼实。黄河曲隈盛产鲢鱼，泗水沿岸盛产卢鳜。名厨刀快，贴着鱼皮从鱼尾开始细细地切，鱼肉就会纤细却不连接，满满地堆起来就好像交错的红霞。西方的游客带来上好的粮食，御宿出产的青色精米，再加上瓜州出产的红鳞，用这些食物煮成的米饭柔滑滋润，入口即化。取来鼋和蠵、晨飞的野鸭和宿居的鹦鸟的肉，用五黄做辅料，将肉捣成泥，将肠和肺也煮烂。旄牛和大象的肉被一片片分解，豹胎被一点点切断。还有冬眠的熊的熊掌，群居獐子的筋腱。酸甜佐料都要备齐，还要随季节不同随时更换或进献。气味芬芳的佳肴美酒，用一丈面积的方桌都无法全部摆下。这是最好的五味饮食，您是否要品尝一下？”潜虚丈人说：“不！美食虽味道醇美，但味道越好，毒性就越大。您说的这些美食，在我看来都是让人忧虑害怕的东西。”

大夫曰："名都之会，土势敞丽。乃营显宇，极兹弘侈。重殿崛起，叠构复施。栾栭错跱，飞抑四刺。结栋舒宇，翼若鸟企。云枌虹带，华桷镂楹。绮寮颊斡，芙蓉披英。文轩雕楯，承以拘椂。云幄垂羽，山根紫茎。高门洞开，闱闼四通。阴阳殊制，温凉异容。班输之徒，致巧展功。土画黼绣，木刻虬龙。幽房广室，密牖疏窗。闾术相关，闺巷错重。窈窕迁化，莫识所从。尔乃层台特起，隆崇嵯峨。戴甗反宇，参差相加。属延阁以承梠，表曲观以四阿。径园囿而外折，临寒泉之激波。清沼澹淡，列植菱荷。芳卉奇草，垂叶布柯。竹木丛生，珍果骈罗。青葱幽蔼，含实吐华。孕鳞群跃，众鸟喧讹。熙春风而广望，恣心目之所嘉。此宫室之美也，子其宅诸？"丈人曰："否。水土交胜，是谓殃神。子之所安，我则未闻。"

文籍大夫说："那些有名的都会，地势宽阔，环境华美。人们便在那里建起高大的房屋，还要极力显示房屋的奢侈华贵。宫殿层层崛起，结构重重叠叠、纵横逶迤。曲木和拱木相互支持，飞檐向四周伸展。互相连接的梁木、舒展宽阔的屋宇，高高的飞檐好像展翅欲飞的鸟儿。高耸入云的重梁如同彩虹，还有华丽的方椽和镂空的前柱。绮罗做的纱窗配着红色窗框，纱窗上画有芙蓉的图案。彩绘的木板和雕刻的栏杆，中间嵌有雕花的曲木。云状的帷帐如同鸟垂下的翅膀，墙脚生长着紫色茎秆的名贵花种。高大的宫门对外敞开，侧门和角门都四面通达。向阳处和背阴处的设计各有不同，温暖处和凉爽处的

样式各异。拥有鲁班一样高超技艺的工匠们，展示各自的巧功和技能，在土墙四周刻上斧头的图案，在木器上雕刻上虬龙的形状。房间深幽居室宽广，窗户密致窗檐明亮。闾门和邑路相通，宫里的门和外面的小巷互联。道路深远蜿蜒曲折变换，人们无法识别这里的路径。紧邻着宫殿有突起的高层楼台，雄伟高耸巍峨崇峻。高大的甗形房盖和下面仰起的瓦头连接，二者错落参差。延阁之间由屋檐相互连接，其外面还有蜿蜒的长廊通往四面正堂的方向。走过花园、路过林圃时，有喷涌的寒泉映入眼帘。清冽的泉水激起碧波飞溅，泉下的池塘里种满菱角和荷花。芬芳的花卉和奇异的草木，低垂的绿叶和蔓延的枝柯。竹子和草木丛生，珍奇的果树整齐地排列。树木都枝繁叶茂、葱葱郁郁，树上开满五颜六色的花、果实若隐若现。怀子的鱼群嬉戏游玩，众多飞鸟鸣叫歌唱。在春风的吹拂下四处远望，所见的美景让人忘情。这样美丽的宫殿，您是否想到其中居住呢？”潜虚丈人说：“不！水土环境的美丽，都是所谓有害的精神。您说的安逸生活，我从未听说过。”

原文

大夫曰：“邯郸才女，三齐巧士。名倡秘舞，承闲并理。七盘陈于广庭，畴人俨其齐俟。坐二八于后行，盛容饰而递起。揄皓袖以振策，竦并足而轩跱。邪睨鼓下，抗音赴节。清歌流响，依违绕结。安翘足以徐击，驭顿身而倾折。扬蛾眉而顾指，仪闲暇以超绝。飙骇机发，杂沓遄促。投身放迹，邀声受曲。便娟婉娩，纷纶连属。忽捐桴而挥袂，聊徘徊以容与。坐列杂其俱兴，遂骈进而连武。转腾浮蹀，逐激和柎。足不空顿，手不徒举。仆似崩崖，起若飞羽。翩飘徽霍，乱精荡神。巴渝代起，鞞铎响振。羽旄奋麾，奕奕纷纷。于是白日西移，转即闲堂。号钟绀瑟，列乎洞房。管箫繁会，杂以笙簧。夔、牙之师，呈能极方。奏《白雪》之高均，弄幽徵与反商。声流畅以清哇，时忼慨而激扬。虞公含咏，陈惠清微。新声变词，惨凄增悲。听者动容，梁尘为飞。此音乐之至也，子其听诸？”丈人曰：“否。淫声慆心，心放生害。我之所畏，唯此为大。”

文籍大夫说：“邯郸的才女，三齐的巧士，都是有名的倡优，他们身怀舞蹈绝技，闲暇时会一同表演。宽广的庭院中摆着七个盘鼓，鼓师们都神情严肃，整齐排列等待开始。鼓师身后坐有十六个人，穿着盛装依次起舞。洁白的舞袖挥舞起来就如同挥动长鞭，他们踮起双脚伸长脖子、挺胸昂首。舞者用余光看鼓师演奏，配合着音乐的节拍。清纯委婉的歌声响亮流畅，抑扬顿挫绕梁不止。舞者平稳地翘起足尖，缓缓地踩出节拍，又急速转身弯腰及地。扬起美丽的眉毛，用目光相互照应，仪态悠然舞技超群。一会儿如同突起大风、发射弓弩，脚步急速纷繁的踢踏。转动身体变换舞姿时，舞者都能适应鼓声的音律和曲调的节奏。身姿柔软轻盈，舞姿变换多端。忽然鼓声停止，舞者衣袖挥动，暂且徘徊漫步仪态从容。座位上的人们也都翩翩起舞，成双成对、舞步多变。他们身体转动、脚步轻踏，动作激烈且与鼓点符合。双脚不停地凭空顿挫，双手不停地在空中挥动。身体一会儿前扑好像山崩，一会儿向上跃起好像鸟儿展翅。翩翩舞姿美好万分，让人心神荡漾意乱情迷。巴渝的舞蹈相继跳起，鞞鼓金铎声响大作。装饰有羽毛的旌旗奋力地舞动，盛大的场面缤纷华丽。刹那间太阳西移，人们转

而进入空旷的厅堂。号钟名琴和高音绖琴，摆在幽深的室内。管声和箫声合奏，还杂有笙和簧。拥有夔和伯牙一样技艺的琴师，尽力表现各自的巧功，演奏出高雅和谐的《白雪》，又奏出音调富于变化的幽徵和反商。声音时而流畅清新，时而高亢激扬。虞公的歌声深沉，陈惠的歌声细腻。新作的曲子和改写的词句，听起来让人感到凄然悲伤。听者都为之动容，连梁上的尘土都被震得到处飞扬。这是最好的音乐，您是否想听一听？”潜虚丈人说：“不！萎靡的音乐会扰乱人的心智，心智乱了就会滋生祸害。我所害怕的事情中，以这一点最甚。”

大夫曰：“农功既登，玄阴戒寒。鸟兽鸠萃，川滨涸干。乃致众庶，大猎中原。植旌树表，班校行曲。结网连罝，弥山跨谷。轻车布于平陆，选骑陈于林足。散蒸徒以成围，漫云兴而相属。鼓鸣旗动，雷发飙逝。流锋四射，罼罕横厉。奋干殳而捎击，放鹰犬以博噬。羽毛群骇，丧魂失势。飞遇矰矢，走逢遮例。中创被痛，金夷木毙。俯仰翕响，所获无艺。于是刚禽狡兽，惊厈跛扈。突围负阻，莫能婴御。乃使晋冯、鲁卞，注其奰怒。徒搏熊豹，袒暴兕武。顿犀掎象，破脰裂股。当足遇手，摧为四五。若夫轻材高足，光飞电去。踵奔逸之散迹，荷良弓而长驱。凌原隰以升降，捷蹊径而邀遇。弦不虚控，矢不徒注。僵禽连积，陨鸟若雨。纷纷藉藉，蔽野被原。含血之虫，莫不毕殚。罢围陈飨，旋旆回辕。从容四郊，栖迟圃园。娱游往来，唯意所安。此游猎之娱也，子其从诸？”丈人曰：“否。是与道忌，实曰心狂。闻子屡诲，弥失所望。”

译文

文籍大夫说："农作物已经收获，冬天来临了，需要御寒。各类飞禽走兽都聚集到一起，山川河流都干涸枯竭。于是招来众人，到平原去举行大型围猎。立起旌旗，设立标志，按照部队的校、行、曲部署各种事务。捕获禽兽的网，布满山林横跨河谷。轻便的军车布满陆地，精心挑选的骑士整齐排列在树林边。散步的猎手形成包围圈，像弥漫的云朵却又互相连接。鼓声齐鸣、旌旗舞动，声如雷鸣、势如飓风。利箭四处发射，罼罕八面横击。奋力挥舞着干戈殳矛击杀掠获，放出猎鹰和猎犬去搏击和撕咬猎物。鸟兽都受到惊吓，失魂落魄没有了常态。鸟类飞起则遇到利箭，兽类奔跑则受到阻拦。有些因身受重伤而痛吼，有些因被金器木杖击中而亡。就在一低头一抬头的时间里，捕获的猎物已经多得无法计算。有些刚猛的飞禽和凶猛的走兽，虽受惊却仍很暴戾。虽在突围时受到阻拦，却也没人能将其制服。于是命令那些如同晋国冯妇和鲁国卞庄子的勇士们，极力发挥他们的勇猛。徒手与熊豹搏击，赤身和兕虎搏斗。抓住犀牛拖住大象，扭断它们的脖子，撕裂它们的双腿。这样那些野兽的手足，都被扭折得四分五裂。那些身姿矫捷的骑士骑着高高的战马，如电光般飞奔。搜寻逃散野兽的踪迹，背着良弓来回驰骋。跨过平原和洼地，一会爬到山上，一会沉到低谷，走近路去搜寻。弓无空放，箭无虚射。僵死的兽类堆成一片，被射中的鸟儿如雨点般陨落。纷杂错乱，尸横遍野。凡是有血液的动物，都被猎杀尽了。于是停止围猎，开始论功行赏，旌旗转换方向，车子驶上归程。从容地在四方的郊野漫步，悠闲地在花园林圃里休憩。娱乐游玩，有来有往，都随自己的心意。这是最让人痛快的打猎，您是否也想参加呢？”潜虚丈人说：“不！这种行为是天下大道的禁忌，实际上是内心癫狂的表现。我听了您的这几次教诲，都很失望。”

大夫曰：“丽材美色，希世特立。都冶闲靡，窈窕娥娙。丰肤曼肌，弱骨纤形。鬒发玄鬓，修项秀颈。红颜熙曜，晔若苕荣。西施之畴，莫之与呈。盛容象而致饰，昭令质之艳姿。戴明月之羽雀，杂华镊之葳蕤。珥照夜之双珰，焕熠爚以垂辉。袭藻绣之缛彩，振纤縠之桂徽。纷绸缪而杂错，忽猗靡以依徽。于是释服堕容，微施的黛。承闲嬿御，携手同戴。和心善性，柔颜婥态。便研姆媚，不可忍耐。一顾迕精，倾城莫悔。此美色之选也，子其悦诸？”于是丈人心疾意忘，气怒外凌。艴然作色，谧尔弗应。

文籍大夫说：“女子有着美丽的身材，姿色姣好，稀世少有。娇艳美丽，温柔妩媚，身姿窈窕，体态轻盈。肌肤细腻光滑，身形纤瘦柔软。头发乌黑浓密，脖子修长白净。双颊泛红，圆润光滑，如同灿烂开放的凌霄花。即便是西施这样的美女，也不敢与之同时出现。容颜华贵，再加上精心的修饰，尽显艳丽美好的光彩。头戴孔雀羽毛样式的珠簪，还配有其他精美的装饰。双耳戴着夜明珠，下面还垂着一对亮闪闪的耳坠。身穿多种颜色的锦衣，外面披着有花纹的轻柔外衣和披巾。层层叠叠，五色相应，飘然柔软，相衬相映。脱去外衣，卸下妆容，轻施粉黛。换上轻便的衣服陪伴君子，牵手同车，甚是亲密。心性温和、品行善良，容颜美好、身姿绰约。妩媚俏丽，撩人心弦。初见美人就会精神相通，为之失国失城也无怨无悔。这是最美的女色，您是否也喜欢呢？”潜虚丈人内心汹涌、意念无法自控，情绪波动无法安宁。面色痴迷涨红，悄不作声。

大夫曰：“观海然后知江河之浅，登岳然后见丘陵之狭。君子志乎其大，小人玩乎所狎。昔在神圣，继天垂业。指象画卦，陈畴叙法。经纬庶典，作谟来叶。天人之事，靡不备浃。乃有应期睿达之师，开方敏学之友。朋徒自远，童冠八九。观礼杞宋，讲诲曲阜。浴乎沂、洙之上，风乎舞雩之右。栖迟诵咏，同车携手。论载籍，叙彝伦。度《八索》，考《三坟》。升堂入室，温故知新。上不为悠悠苟进，下不与鸟兽同群。近不逼俗，远不违亲。从容中和，与时屈申。焕然顺叙，粲乎有文。子曾此之弗欲，而犹遂彼所遵，不以过乎？”于是丈人变容，降色而应曰：“夫言有殊而感心，行有乖而悟事。大夫斯诲，实诱我志。道若存亡，请获容思。”

文籍大夫说：“看到大海，才会知道江河的浅薄，登上高山，才会发现丘陵的狭隘。君子追求的是大道，小人才会沉迷在琐碎的小事。昔日的圣人，继承天道，创立了名垂千古的功业。从物象中提取精粹汇成八卦，将寻访的所见所得记录下来形成了国家的法度。将众多的典章进行规划整理，设计出未来的宏图。天道和人间的各种事物，都记录完全，无一遗漏。于是出现顺应时势的睿智之师，开明正直的好学之友。朋友都

登高望岳

从远方赶来，还有八九位年轻人和学童。一起去杞国和宋国考察以前的礼仪，到曲阜讲授儒学经典。在沂水和泗水中沐浴，在祈雨的祭坛上乘凉。休憩时朗诵诗文，携手一同乘车。讨论历朝历代的典籍，记录各地的人文风俗。揣度《八索》的要义，考察《三坟》的精髓。升堂入室，温故知新。在高位做官不做谋取个人利益的苟且之事，在下面为民不和禽兽般的恶人同流合污。住在近邻的乡里不会沾上恶习，住在偏远的山林也不会遗忘亲情。从容中和，与时俱进，能屈能伸。神采奕奕又和顺温润，正当光明又极具文采。您对此没有兴趣，却固执地遵循您以前的做法，岂不是很过分吗？”于是潜虚丈人改变了态度，面露愧色，回应说：“凡是与众不同的言论就会让人感动，奇异的行为就会让人深思。您的这些教诲确实启发了我的心志。但对于道，我还感觉若有若无，请让我再考虑一下。”

原文

大夫曰：“大人在位，时迈其德。先天弗违，稽若古则。睿哲文明，允恭玄塞。旁施业业，勤厘万机。阐幽扬陋，博采畴咨。登俊乂于垄亩，举贤才于仄微。寘彼周行，列于邦畿。九德咸事，百寮师师。乃建雍宫，立明堂；考宪度，脩旧章。缀故训之纪，综六艺之纲。下理九土，上步三光。制礼作乐，班叙等分。明恤庶狱，详刑淑问。百揆无废，五品克顺。形中情于俎豆，宣德教于四邦。布休风以偃物，驰纯化而玄通。于是四海之内，咸变时雍。仁泽洽于心，义气荡其匈。父慈子孝，长惠幼恭。推畔让路，重信贵公。五辟偃措，囹圄阒空。普天率土，比屋可封。声暨海外，和充天宇。越裳重译而来献，肃慎纳贡于王府。日月重光，五征时叙。嘉生繁殖，祥瑞蔽野。是以栖林隐谷之夫，逸迹放言之士，鉴乎有道，贫贱是耻。踊跃泉田之间，莫不载赞而兴起。”于是丈人踧然动颜，乃叹而称曰：“美哉言乎！吾闻辞不必繁，以义为贵。道苟不同，听言则醉。子之前论，多违德类。槃游耽色，美室侈味。熏心慆耳，俾我戚悴。即获改诲，逾以学林。师友玄穆，我固有心。况乃圣人之至化，大道之上功。嘉言闻耳，廓若发蒙。老夫虽蔽，庶能斯通。敬抱衣冠，以及后踪。”

文籍大夫说：“有德行的人身居高位，也时时不忘修行品德。先于天时做事却不违背天时，遵循昔日圣人的遗训。聪慧文明，恭敬实在。做事恭恭敬敬，处事勤勉、日理万机。将深奥的道理变得浅显易懂、将浅陋的道理变得圆通，博采众议、不耻下问。在民众中选取俊杰，在社会底层挖掘人才。将俊杰和人才安置在重要的职位上，京畿为他们提供发挥才智的舞台。九种美德都得到弘扬，百官之间互相效法。于是建起雍宫，开设明堂；考核法度，修改旧章。联系先王的遗训，综合六艺的纲要。在下治理九州的土地，在上紧跟日月星光。制定礼仪乐章，区分高低等级。各种案件都要明白地分析，详细地量刑，认真地审讯。政务无论大小都要有专人负责，五伦和顺。在祭祀的时候抒发情感，向四方百姓宣扬德教。传播好风气安抚万物，推行醇厚的教化深入人心。于是四海之内，所有人都变得善良温和。仁德藏于心，义气存于胸。父母慈爱，子女孝德，老者忠厚，幼者恭谨。耕地的互让田界，走路的相互谦让，重视诚信和公平。五刑闲置，监狱空空。全天下的土地，家家都可受封受赏。声名传播到海外，仁德上达于天庭。越裳辗转来京进献宝物，肃慎向王府进献贡品。日月交替放光，气候更替适宜。谷物繁茂地生长，祥瑞散布原野。于是深居幽谷的隐士，口无遮拦的狂士，鉴于圣人说的‘邦有道，贫且贱焉，耻也’，全都离开山林田野，无不带着礼品愤然而起。”于是潜虚丈人面色沉重，感慨称赞说：“多么美好的言论啊！我听闻，言论不必很多，能表现正义就会很珍贵。道理若与众不同，就会让听的人沉醉其中。您之前的言论，大都违反了圣人的遗训。沉迷于游乐和女色，宫室奢华、美食浓郁。这些都会腐化污染心灵和耳目，听了让我感到很悲伤。但听了您另一番言论，劝我亲近学术之林。对良师益友，我本来就有仰慕之情。何况是圣人最高的教诲，实在是遵行大道的千古功业。美好的言论振聋发聩，让我豁然开朗。老夫虽然闭塞愚钝，但也能明白其中的道理。敬请等我收拾衣帽，跟随在您的身后。”